Marei Asbrook ist Buchhändlerin und alleinerziehende Mutter. Sie kämpft jeden Tag um ihre Existenz. Manchmal flüchtet sie in die Erinnerung an glückliche Momente ihrer Kindheit, als Lesen und Vorgelesen Bekommen, das Erlebnis der Natur einen wichtigen Platz eingenommen haben. Bei ihrer Gedankenreise in die Vergangenheit wird die Erinnerung an einen Deutschlehrer wach, der sich ihr mit einer spannenden Geschichte über Wölfe unauslöschlich eingeprägt hat. Marei versucht, diesen Lehrer ausfindig zu machen. Ihre kindliche Schwärmerei von damals spornt sie zu einer leidenschaftlichen Suche nach diesem »Wolfsmann« an ...

Svende Merian erzählt die Geschichte einer starken Frau, die ihre Schwierigkeiten im Leben meistert. Die viel über verpaßte Chancen nachdenkt und letztlich ihren eigenen Weg findet.

Svende Merian, geboren 1955, lebt als freie Autorin in Hamburg. Sie studierte Geschichte, Germanistik, Pädagogik und evangelische Theologie. Ihr erster Roman, ›Der Tod des Märchenprinzen‹, wurde 1980 zum Bestseller, löste eine breite Debatte aus und ist seitdem ununterbrochen lieferbar. Weitere Veröffentlichungen u. a.: ›Eine etwas andere Frau‹ (Novelle 1983), ›Der Mann aus Zucker‹ (Märchen, 1985; 1997), ›Scheidungspredigten‹ (Sachbuch, 1986) ›Sehnsucht hat lange Beine‹ Roman (1994).

Unsere Adresse im Internet: www.fischer-tb.de

Svende Merian

Ach, hätt' ich genommen den König Drosselbart

Roman

Fischer Taschenbuch Verlag

Veröffentlicht im Fischer Taschenbuch Verlag GmbH,
Frankfurt am Main, März 2001

Lizenzausgabe mit freundlicher Genehmigung der
F. A. Herbig Verlagsbuchhandlung GmbH, München

Gesamtherstellung: Clausen & Bosse, Leck
Printed in Germany
ISBN 3-596-14700-X

Diese Arbeit widme ich
meinen Eltern

»Den Wärwolf kannten sie alle. Das war ein Mensch, der nur eine gewisse verzauberte Schnalle an seinem Gürtel zu lösen brauchte, und er nahm die Gestalt eines Wolfes an …«

Karl Gutzkow
19. Jahrhundert

Nebelelstern

Die Elstern am Hauptbahnhof erinnern fast an Nebelkrähen, so schmutzig sind ihre weißen Federn. Vier dieser grauschwarzen, hüpfbeinigen Tanzgenossen beleben die Rasenfläche vor dem Brükkenpfeiler. Kaiserwalzer ertönt aus dem Autoradio, und die Elster rechtsaußen kann gar nicht wissen, daß sie im Takt der Musik über die bauchhohen, grünen Halme springt.

Aber Marei hat beides. Die Musik im Ohr und die Elstern vor Augen. Sie hüpfen immer abwechselnd, eine von links und eine von rechts ins Bild. Elsternballett.

Marei kommt vom Flughafen.

Sie ist jetzt allein.

Es ist ja nur für ein Jahr.

Sie sollte sich darauf konzentrieren, ihren Buchladen aus den roten Zahlen herauszuwirtschaften.

Sie sollte sich Gedanken machen, was nun wird.

Sie sollte Ideen entwickeln, was sie beruflich sonst unternehmen könnte, wenn der Buchladen sich auf Dauer nicht mehr trägt, den Lebensunterhalt nicht mehr abwirft.

Sie sollte.

Sie sollte.

Neulich hat ihr jemand vorgeschlagen, Reisen oder Kaffee in ihrem Laden mitzuverkaufen. Kombi-Läden seien auf dem Vormarsch.

Marei ist nicht auf dem Vormarsch. Sie weiß, daß sie irgend etwas ändern muß.

Sie hat zu viel Federn gelassen in letzter Zeit.

Sie sollte ...

Heute abend wird sie sich erst einmal richtig etwas gönnen. Die alten Winnetou-Filme werden wiederholt. Heute abend der erste. Die sieht sie sich jedes Mal an. Seit dreißig Jahren.

Claudio hat sie immer damit aufgezogen. Er stellte sich neben den Fernseher, verbreitete Unruhe und kommentierte: »So ein Kitsch! Kriegen die sich am Schluß?«

»Wer denn?« fragte Marei entnervt zurück, »Winnetou heiratet nicht. Winnetou reitet über die Prärie und durch die Berge, über den Fluß und in die Wälder.«

Später dann hatte sie das Argument, daß Jasper die Filme auch sehen wollte. Da ritt Winnetou wieder, und Claudio konnte sich seine Kommentare abschminken. Jasper lag mit einem bunten Stirnband auf der blauen Wolldecke vor dem Fernseher, und Marei setzte sich dazu und meinte: »Ich kann das Kind doch nicht allein fernsehen lassen! Da raten alle Pädagogen von ab. Alle!«

Wölfe

Die Geschichte mit den Wölfen. Wie er sie vorlas, dort vorn am Pult. Nichts hat sie vergessen. In all den dreißig Jahren nicht. Nichts. Nicht die Wölfe, nicht das Gesicht der alten Frau, nicht den Edelmut des handelnden Mannes.

Vor allem aber hatte Marei ihn nie vergessen. Ihn, der diese Geschichte vorlas. Sie war damals neun oder zehn Jahre alt.

Öfter schon hatte sie ihn im Treppenhaus gesehen, auf dem Schulhof. Immer hatte sie sich gewünscht, diesen Lehrer einmal im Unterricht zu bekommen.

Nie bekam sie ihn.

Sie sah ihn nur im Treppenhaus. Er hatte schwarze Haare. Irgend etwas Außergewöhnliches an sich.

Nie hatten sie ihn im Unterricht. Doch dann kam diese Vertretungsstunde. Er betrat die Klasse und schlug dort vorn am Pult ein Buch auf. Er las vor: Die Geschichte mit den Wölfen. Im Anfang war das Wort.

Die Kragenecken von seinem Hemd verschwanden unter seinem Pullover. Auch das hat sie nie vergessen. Ob das so sein sollte? Ob das so Mode war damals? Sie weiß es nicht. Sie weiß nur noch, daß es so war. Und, daß sie eine Stunde lang seine Stimme hören durfte, sein Gesicht anstarren durfte, ohne aufzufallen. Man guckt nach vorn, wenn der Lehrer redet. Vorn ist die Musik.

Im Anfang war das Wort. Er las vor, er sprach zur Klasse, er meisterte seine Vertretungsstunde. Ewig wird Marei dem Lehrer dankbar sein, der überraschend krank geworden war damals, für den er nun einspringen mußte. Sonst hätte sie die Geschichte mit den Wölfen nie kennengelernt.

Ein Mann auf einem Wagen, ein Pferd. Winter, Kälte, weitab vom Dorf und plötzlich Wolfsgeheul. Todesangst. Ein Mann treibt sein Pferd an. Hat er eine Chance, das Dorf zu erreichen? Vielleicht ja. Wenn er sich beeilt. Ein Mann treibt sein Pferd an. Plötzlich, am Waldrand, eine alte Frau, zu Fuß. Ein Mann treibt sein Pferd an, in Todesangst, ist ohne zu überlegen schon an ihr vorbei, sieht ihr Gesicht. Sekundenbruchteile nur sieht er ihre Angst im Gesicht. Ihr Wissen um ihre Todgeweihtheit. Er kehrt um. Er nimmt die Frau auf den Wagen. Verliert den Vorsprung vor dem Wolfsrudel. Findet in letzter Sekunde den rettenden Ausweg, die Idee: Er wirft einen großen Bottich von seinem Wagen, springt hinterher und kriecht darunter. Der alten Frau hat er vorher zugerufen, sie solle im nächsten Dorf Hilfe holen. Er wartet unter dem schweren Holzbottich auf Rettung. Hier endet die Geschichte.

Was sollte er tun, als die Wolfsgeschichte zu Ende war? Die Vertretungsstunde war noch nicht zu Ende. Was also sollte er tun? Er begann zu erzählen. Von Dingen, die er für wichtig hielt. Plötzlich stand das Wort »Krieg« an der Tafel. Er hatte es angeschrieben. Er sagte, sie sollten sich gut merken, wie es geschrieben wird. Sie sollten sich dieses Wort merken.

»Und ich hoffe für euch, daß ihr es nie schreiben müßt«, sagte er, nahm sein weißes Stofftaschentuch aus der Hosentasche und wischte das Wort »Krieg« damit von der Tafel.

Der Schwamm lag an seinem Platz. Er hätte den Schwamm nehmen können. Er aber nahm sein weißes Taschentuch dafür.

Er kam nie wieder in die Klasse. Es war nur eine Vertretungsstunde.

Nie hätte Marei die Geschichte mit den Wölfen kennengelernt, wenn nicht der andere Lehrer krank geworden wäre. War es Herr Schmid, der Klassenlehrer? War es Herr Schwarz, der Musiklehrer? Sie weiß es nicht mehr. Und sie weiß seinen Namen nicht mehr, den Namen von diesem Vertretungslehrer. Bei jedem Klassentreffen fragt Marei die anderen: »Erinnert ihr euch an diesen schwarzhaarigen Lehrer mit der Wolfsgeschichte? Er sah ein bißchen aus wie Pierre

Brice.« Doch niemand erinnert sich an ihn. Niemand außer ihr. Sie aber erinnert sich genau. Und sie weiß, daß die Wölfe nur Hunger hatten. Irgendeiner muß dran glauben. Irgendeiner wird immer gefressen.

Pleitegeier

Jetzt, wo sie die Bücher umräumen muß, kommt die Erinnerung an diese Schulstunde immer wieder. Dreißig Jahre muß das her sein. Ja, genau, dreißig Jahre. Sie war in der dritten oder vierten Klasse. Damals dachte sie noch, daß Bücher und Geschichten immer nur Spaß bringen. Im Anfang war das Wort. Und nun muß sie ihren Buchladen aufräumen, muß ihn vielleicht bald schließen. Sie hat die letzten Monate mehr Ausgaben als Einnahmen gehabt, weiß nicht, ob diese Tendenz sich fortsetzen wird. Sie weiß gar nicht, ob sie ihren Buchladen eigentlich aufräumt oder umräumt. Oder ausräumt. Wenn sie dem Lehrer mit der Wolfsgeschichte noch sagen könnte, daß er ein bißchen schuld daran ist, daß sie unbedingt einen Buchladen aufmachen wollte. Herr Schmid hat ihr Lesen und Schreiben beigebracht, der Wolfslehrer lehrte sie, wie man vorliest. Er konnte schön vorlesen. So, daß man es nie wieder vergißt.

Wenn sie sich bloß an seinen Namen erinnern würde! Warum weiß niemand mehr, wie der Wolfslehrer hieß? Warum weiß niemand mehr, wie spannend die Geschichte mit den Wölfen war? Marei beugt sich über den Karton, der heute angekommen ist, und beginnt, die Bücher auszupacken. Weitermachen. Auch, wenn sie die Zukunft nicht kennt, nicht weiß, ob alles noch Sinn hat, ob sie schließen muß oder auf seichte Unterhaltungsliteratur umsatteln, um ihren Buchladen über die Runden zu bringen – weitermachen. Ohne absehbare Perspektive, mit Gottvertrauen. Weitermachen.

Marei steht mit dem Rücken zur Tür, als sie das kurze harte Geräusch der Türklinke hört. Sie ist immer noch dabei, Bücher auszupacken. Dann folgt das Bimmeln der Kuhglocken, die anzeigen, daß ein Kunde den Laden betreten hat. Almglocken, so laut, daß sie es auch hört, wenn sie im hinteren Raum ist oder in der Teeküche. Marei nimmt an der Zeitspanne, bis sich die Tür wieder schließt, nebelig und ein bißchen desinteressiert wahr, daß es sich um zwei Kunden handeln muß. Wieder Almglocken, und das paßt nun so gar nicht zu dem Buch, das Marei jetzt gerade in der Hand hält. »Wolfsaga« heißt es, und der Einband ist wunderschön, dunkelblau mit einem strahlenden Mond. Das Buch wird sie ins Schaufenster legen, dachte sie gerade, bevor es läutete. Aber dazu kommt sie nicht mehr.

Das Gehusche hinter ihrem Rücken hat sie ein bißchen stutzig gemacht, aber sie kann ihren Blick noch nicht von dem Wolf vor dem blauen Nachthimmel losreißen, und als sie sich endlich umdreht, geht alles ganz schnell. Das sind keine Kunden. Die wollen keine Bücher.

Nur den einen sieht sie noch, der mit seinem Messer in Richtung Kasse fuchtelt und ihr bedeutet, sie solle sich beeilen. Den anderen riecht sie. Er steht dicht neben ihr und hält ihr sein Messer an den untersten Rippenbogen. Drängt sie in Richtung Kasse. Lautlos. Sie hat keine Chance. Draußen strömen Leute vorbei. Doch die wollen zum Juwelier oder zum Zeitschriftenhändler. In einen Buchladen verirrt sich heutzutage kaum einer mehr. Warum hat sie diese blöden Plakate ins Fenster gehängt? Niemand kann von draußen hereinsehen. Und wenn einer hereinsehen könnte? Was würde das nützen? Würde der wirklich erkennen, daß hier ein Überfall stattfindet? Der neben ihr steht so dicht, daß sein Messer in ihrem Pullover verschwindet. Der andere hat aufgehört zu fuchteln und nur noch »Los, aufmachen!« gefaucht. Sein Messer hält er unter seiner Jacke verborgen, so daß man von draußen nicht einmal sähe, daß die beiden bewaffnet sind.

Als beide mit dem Kasseninhalt den Laden verlassen haben, hält Marei die Wolfsaga immer noch in der Hand. Der Mensch ist des Menschen Wolf.

Marei steht mit dem Rücken zur Wand.

Jetzt nicht die Türklinke anfassen.

Sie reißt alle Fenster auf, bevor sie die Polizei anruft. Wen eigentlich? Die Kripo, oder?

Kalle Blomquist hat seine Verbrecher mit Fingerabdrücken überführt.

Die bei der Kripo lachen sich tot, wenn sie jetzt für eine geklaute Tageskasse mit vielleicht dreihundert Mark Inhalt die Spurensicherung schicken sollen. Versuchen kann man's trotzdem.

Tatsächlich lassen sie sich überreden, Fingerabdrücke von der Türklinke zu nehmen. Sie hätten vor Tagen schon zwei ähnliche Überfälle gehabt, einen davon im Nachbarblock bei einem Stempelmacher. Da wüßten sie schon gerne, ob sich die Fingerabdrücke decken.

Aha, denkt Marei. Buchladen und Stempelmacher, das sind die Läden, wo häufig mal gar kein Kunde zu sehen ist. Wahrscheinlich lockt das Einbrecher und räuberisches Gelichter.

Wie in einem anderen Aggregatzustand bringt sie die Protokollaufnahme mit den beiden Kripobeamten hinter sich. Sie erstattet Anzeige, beschreibt mehr schlecht als recht, wie die beiden Räuber aussahen und erinnert sich während der Beschreibung, daß einer klein und der andere größer als sie war. Daß der Große die meiste Zeit schräg hinter ihr stand und sie ihn kaum gesehen hat. Sie weiß nicht mehr, wann wer wo gestanden hat. Sie friert.

Als die Polizisten gehen, schließt sie die Fenster. Sie spürt die Angst um ihre bloße Existenz so stark und schmerzhaft, daß nichts anderes in ihren Gedanken noch Raum fassen kann. Wieso ausgerechnet sie? Sie wollte gerade einen Überlebensplan aufstellen. Weitere Ausgaben kürzen, neue Ideen für Abendveranstaltungen und Sonderverkäufe ausbrüten. Gerade wollte sie Rotstiftpläne entwerfen, um den drohenden Offenbarungseid abzuwenden. Und dann kommen die und klauen ihr dreihundert Mark. Mindestens. Wahrscheinlich sogar mehr. Sie hat das Gefühl, daß von den dreihundert Mark ihr Leben abhängt. Das kann sie keinem erzählen. Die sagen dann alle nur, sie solle mal nicht so schwarz sehen. Seit sie wirklich zum ersten Mal ernsthaft Angst um ihr ökonomisches Überleben hat, ist sie so allein wie nie zuvor in ihrem Leben. Die meisten Menschen grenzen sich davon ab, indem sie billigen Trost spenden. So schlimm wird's schon nicht sein. Sie macht das Theater dann mit. Sie hebt sich die wirkliche Überlebensangst für die intimen Stunden mit sich selbst auf. Sie zittert.

Wie jetzt gegen diese Panik ankommen? Wie soll sie in Zukunft gute Lügen erfinden? Bislang hat sie allen ihre roten Zahlen verschwiegen. Das wird schon wieder, war ihre Devise nach außen hin. Das wird schon wieder. Und wenn einer fragte, sagte sie, daß es ihrem Buchladen gut gehe. Erst sagte sie noch gut, dann sagte sie ganz gut. Als es nur noch ganz gut ging, setzte sie ein paar Abendveranstaltungen an. Dann verkauften sich Bücher zu den jeweiligen Themen. Diese Umsätze redete sie sich schön. Doch sie reichten vorn und hinten nicht. Sie kann den Zweckoptimismus verteidigen, solange Kunden im Laden sind. Sobald die Ladentür geschlossen ist, kehrt die Panik wieder. Allabendlich. Es geht immer mehr ums nackte Überleben. Und sie weiß plötzlich, daß sie mutterseelenallein ist mit der Verantwortung dafür. Seit Jahren fühlt sie sich überfordert. Sie hat das Gefühl, daß der Überfall nur ein Symbol für ihre angeschlagene Situation ist. Es geht an die Substanz, schon lange. Wie soll sie noch mehr Kraft nur aus sich selbst ziehen?

Neulich hat sie im Fernsehen einen Hirsch gesehen. Er war ein paar Tage zuvor angebissen worden, aber entkommen. Vom Wundbrand geschwächt, war er eine leichte Beute für die nächsten. Ein gefundenes Fressen, das sich mit letzter Kraft gegen ein paar Raubtiere wehrte und wehrte, verletzt war und schwächer wurde und am Schluß noch einmal vor Schmerz und vor Protest aufschrie. Dann ruhig liegen blieb, atmete, müde war, zu müde zum Schreien, zu müde zum Protestieren, und dann, als ihm immer noch niemand die Kehle durchbiß, aber hinten schon einer hungrig und genüßlich an ihm knabberte, einen allerletzten Schrei zu seinem Schöpfer emporstieß und mit letzter Kraft vor Schmerz röhrte, so als wollte er sagen: »Hast du mich nur dafür geschaffen? Damit ich Beute für die anderen bin?«

So wie der Hirsch fühlt sich Marei in letzter Zeit immer öfter. Was macht es für einen Sinn zu schreien? Wer hilft einem? Kurz vor Schluß der Sendung informiert der Kommentator noch trostreich und salbungsvoll darüber, wie gerecht und weise die Natur sei. Im Tierreich würden nur die alten, kranken und schwachen Tiere gerissen.

Sie weint. Nach und nach fällt ein wenig Spannung von ihr ab. Am Sonnabend wird sie den Laden früh schließen und ein wenig an die See fahren. Dorthin, wo keiner ist.

Sand

Hier am Meer gibt es keine Wurzeln. Vielleicht fühlt sie sich hier deshalb so zu Hause. Auf einmal hatte sie gewußt, daß es nur noch das Meer sein kann, das ihr jetzt hilft. Obwohl es sonst nicht so sehr ihre Landschaft ist. Marei ist Waldläuferin, eigentlich. Doch auf einmal mußte es das Meer sein. Vielleicht, weil hier alles so klar unterteilt ist: Wasser und Himmel und Sand. Im Wald dagegen ist alles miteinander verwoben und verwurzelt, verflochten und verstrickt. Alles greift ineinander. Gehört zusammen. Im Wald lernt man, feine Details miteinander zu verästeln. Hier am Meer dagegen lernt man, in großzügige Konturen einzuteilen, klare Linien zu ziehen. Sie bezweifelt, daß die Polizei jemals herausfinden wird, wer ihre Tageskasse geraubt und diese Dauerangst dagelassen hat. Nichts ist mehr so wie vor dem Überfall.

Zuerst wußte sie nicht, wohin. Der Strand sollte breit sein, breit und feinsandig, das Wasser endlos. Keine Bucht, keine Inseln, keine Grenzen für das Auge. Menschenleere Jahreszeit. Ruhe. So hatte Marei es sich gewünscht. Und genau so ist es nun hier. Der Frühling hat noch nicht einmal richtig begonnen.

Der Gesang des Meeres ist zweistimmig. Wenn sie die Augen schließt, kann sie die beiden Stimmen voneinander unterscheiden.

Da ist der gleichmäßige, ruhige Rhythmus der Wellen am flachen, sanft ansteigenden Ufersand. An- und abschwellend fast nur in der

Lautstärke. Der Ton bleibt der gleiche, fast der gleiche, nur unmerklich in der Tonlage schwankend.

Darüber liegt der grollende Rhythmus der größeren Wellenberge, die schräg auf die kleine steile Sandbank branden. Diese Stimme singt langsamer, unregelmäßiger, so scheint es. Eher einem dreihebigen Rhythmus folgend, aber auch diesem eher mit anarchischem Gleichmut. Komm ich heut nicht, komm ich morgen. Das Anrollen der Welle dauert länger. Kurz bevor der Wellenkamm bricht, singt das Wasser seinen höchsten Ton, um kurz darauf in sein tiefstes Grollen umzuschlagen, wenn der weiße Schaum einen Augenblick lang nicht weiß, ob er Wasser oder Luft sein will und dann mit ruhigen Armen vom Meer zurückgeholt wird, als hätte es nie den leisesten Zweifel gegeben.

Marei gräbt ihre Zehen in den weichen, kalten Sand und sieht hinaus aufs Meer. Es ist ihr eigenes Leben, das sie hier ein bißchen sortieren möchte. Neu ordnen. Sie hat sich von Robert getrennt. Das ist jetzt schon fast fünf Jahre her. Robert war der letzte einigermaßen präsente Freund in ihrem Leben, der mehr als nur Liebhaber war. Seitdem hat sie nur noch Scheidungsleichen und indisponierte Eremiten kennengelernt. Kaltstarts in die Sackgasse. Und nun hat sie auch noch ihren Buchladen in die roten Zahlen gewirtschaftet. Dafür hat sie anderthalb Jahre gebraucht. Und sie hat eine Wohnung, in der sie nicht mehr zu Hause ist. Und das nicht erst, seit ihr Sohn Jasper zum Schüleraustausch nach Atlanta abgeflogen ist. Die Nachbarn sind auch nicht gerade leiser geworden, seit sie wissen, daß Marei nachts in der Wohnung allein ist. Wenn nachts um vier Gepolter und Möbelrücken stattfindet, können die sich schon morgens um neun an nichts mehr erinnern. Totalamnesie. Sie sind es nie gewesen. So geht es jetzt seit Monaten. Eigentlich seit Jahren. Seit Marei hier wohnt, hat sich schon dreimal die Mieterstruktur in der Trampelwohngemeinschaft über ihr geändert.

Was hat sie Jasper beigebracht, der seit seinem dreizehnten Lebensjahr auf keiner Friedensdemo mehr fehlt? Daß die Welt ohne Waffen funktioniert, ohne Krieg und ohne Zähnefletschen? Hat sie ihn wirklich aufs Leben vorbereitet? Hat er bei ihr bekommen, was ein Kind von seiner Mutter braucht? Hat sie die gleichen Fehler wiederholt wie ihre Eltern? Oder andere? Da nützt es nichts, wenn sie mit Jaspers Vater seit Jahren unkomplizierte Besuchs- und Urlaubsregelungen praktiziert. Im Grunde muß sie zehn Monate im Jahr doch Mutter und Vater gleichzeitig sein.

Aufräumen müßte man mal. Ihr eigenes Leben ist es. Nur sie ist verantwortlich. Sie allein. Und sie ist für zwei verantwortlich. Warum hat sie ihr Leben nicht besser in den Griff bekommen? Alles, was einmal wichtig war, ist weg im Moment. Sogar Jasper. Und vielleicht ist es gut, daß seine Abwesenheit sie so mit sich selbst konfrontiert. Sie kann sich gegen aggressive Leute immer nicht zur Wehr setzen, schafft es häufig nicht, sich durchzusetzen. Sie muß wohl oder übel erkennen, daß andere Aufgaben anstehen als noch vor zehn Jahren. Irgendwie hatte sie es gar nicht so recht bemerkt, daß auch sie nun bald in der Lebensmitte angekommen ist. Die Jahre sind ihr einfach so davongelaufen. Vielleicht war sie einfach zu dumm zum Leben. Aber die anderen lernen ja auch nichts dazu. Manchmal wünscht sie sich jemanden, an den sie sich anlehnen kann. Ein Stück Verantwortung abgeben, manchmal.

Sie versucht, die Farben des Meeres mit ihren Worten zu fassen, aber sie merkt, daß die feinen Nuancen, die sich vor ihren Augen miteinander vermischen, sich einer einfachen Beschreibung entziehen. Sie trifft die Worte nicht, ihre Worte treffen die Farben nicht.

Das Meer ist ihr Gott, nicht Mann, nicht Frau, ein Es. Es ist einfach da. Das Meer wird ihr helfen. Es war da von Anfang an. Urbrühe. Da kommen wir alle her. Einzellig, neutral, sorglos sind wir da herumgeschwommen. Gleich nach der Zellteilung waren wir wer. Brauchten nicht jahrelange Besserwisserei zu ertragen. Konnten alles, was wir können mußten. Nestflüchterparadies.

Wärmer war es damals auch auf der Erde. Marei wird es kalt an den Füßen im klammfeuchten Sand. Wie soll sie jetzt die Schuhe wieder anziehen, ohne daß der Sand in den Strümpfen scheuert?

Das ganze Elend des Menschengeschlechts ist diese langjährige Abhängigkeit. Alle Psychologen der Welt wären überflüssig, wenn der Mensch nicht knappe zwanzig Jahre lang am Rockzipfel hängen würde. Zellteilung und: blubb fertig. Das wäre *die* Lösung. Das Kind schnürt sich einfach ab, schwimmt davon und winkt noch einmal aus mittlerer Ferne. Das war's dann. Keine Abhängigkeitskonflikte, keine seelischen Wunden, die einen für den Rest des Lebens meschugge machen. Warum ist die Schöpfung auf die Idee gekommen, ausgerechnet den Menschen mit diesem extremen Nesthocker-Schicksal zu schlagen?

Herr Schmid war der erste Mann in Mareis Leben. Herr Schmid war der Mann, der Marei Lesen und Schreiben gelehrt hatte. Marei wurde eingeschult in dem Jahr, als sie von Eichenrade in die Großstadt umzogen. Herr Schmid war der Klassenlehrer. Am Mittagstisch erzählte Marei manchmal, was Herr Schmid am Vormittag in der Schule gesagt hatte. Nicht lange, und die Mutter fegte Herrn Schmids Weisheiten in unwirschem Tonfall vom Tisch.

»Ach! Herr Schmid hat gesagt, Herr Schmid hat gesagt, was hat Herr Schmid denn nun schon wieder gesagt? – Na, wenn Herr Schmid das gesagt hat, dann muß es ja stimmen.«

Herr Schmid war der erste, der elterliche Autorität durch profundes Wissen zu untergraben in der Lage war.

Manchmal in letzter Zeit hat sie bedauert, daß ihre Mutter so früh gestorben ist. Als ihre Mutter starb, empfand sie es nicht als früh. Früh für das Leben ihrer Mutter schon. Sie ist nur achtundsechzig Jahre alt geworden. Aber nicht früh für Marei. Sie dachte, das könnte normal sein, daß eine Mutter stirbt, wenn man siebenundzwanzig ist. Was ist schon normal? Sie hat nie geahnt, daß ihr die Mutter eines Tages so fehlen würde. Nichts wünscht sich Marei in letzter Zeit häufiger, als daß ihre Mutter noch leben würde.

Die Muscheln mit herausgebrochenen Ecken läßt Marei liegen. Sie nimmt nur die, die heil sind. Oder fast heil. Und am liebsten weiße. Aber auch die mit leichten Schattierungen. Gelb und bräunlich, manchmal ins Rötliche spielend, dann wieder grau und bläulich an den Rändern. Nie sieht eine Muschel genauso aus wie die andere. Zu Hause wird sie Sand und Tangreste abwaschen und Muscheln und Steine in ein Glas füllen. Bei den Steinen muß Marei sich zusammennehmen. Sie kann unmöglich alle mitnehmen, die hübsch sind. Wie soll sie das schleppen? Wenn Herr Schmid noch leben würde! Gerne hätte sie ihm noch dafür gedankt, daß er ihr Lesen und Schreiben beigebracht hat. Kaum, daß sie allein lesen konnte, holte sie sich Bücher über Förster, Bücher über Füchse, Bücher über Tiere und Kinder und deren Abenteuer aus der Bücherei. Die Mutter war nur die ersten Male mit dabei. Den Weg zur Bücherei fand Marei schnell allein.

Bei Herrn Schwarz hatten sie Singen, und später dann noch so eine große, blonde Handarbeitslehrerin für Kreuzstich, Kettenstich und unsichtbaren Stich, der bei Marei nie unsichtbar wurde.

Und dann gab es da noch den Lehrer mit der Wolfsgeschichte. Seit es mit ihrem Buchladen bergab geht, kommen die Gedanken an diese Schulstunde immer öfter zu Besuch. Mareis Erinnerung daran ist so klar und ruhig und lebt in ihr, als hätte diese Stunde gestern stattgefunden. Der Wolfserzähler. Der Lehrer mit den schwarzen Haaren. Er sah aus wie Pierre Brice. Jedenfalls kam es ihr immer ein bißchen so vor. Er hatte etwas von Winnetou, etwas Archaisches, Bodenständiges, Erdverbundenes. Und er konnte die Geschichte mit den Wölfen so schön vorlesen. Nur seinen Namen hatte sie lange Zeit vergessen, sich derart vage nur an ihn erinnert, daß sie falsch wurde, die Erinnerung.

Einen Augenblick lang ist wieder alles so wie vor dreißig Jahren. Der Lehrer mit den Kragenecken im Pullover sitzt am Pult, und die Wölfe heulen zwischen den verschneiten Tannen. Die Pferde geben ihr Bestes, und Marei sitzt gebannt hinter ihrer hellbraunen Schülerbank und stellt sich vor, daß es heute noch Wölfe in unseren Wäldern gäbe ...

Im Religionsunterricht bei Herrn Schmid hatten sie die Schöpfungsgeschichte behandelt und ein Bild dazu gemalt. Gott hatte nicht nur Himmel und Erde geschaffen, sondern auch alle Tiere im Wasser, in der Luft und auf dem Land. Die Meerestiere schuf er am fünften Tag. Und zuletzt, am sechsten Tag, die Menschen. Dann soll er angeblich zu den Menschen gesagt haben: Macht euch die Erde untertan.

Doch was ist, wenn die ihn nur falsch verstanden haben, und Gott hatte in Wahrheit zu den Walen gesagt: Macht euch die Erde untertan? Wenn die Menschen nur alles in den falschen Hals bekommen haben? Was dann? Wie sähe die Welt heute aus, wenn die Wale das Sagen hätten?

Marei hatte damals ein Bild zur Schöpfung gemalt, auf dem viel Blau oben und unten war, und etwas Weißes, das keiner von den Erwachsenen dechiffrieren konnte. Aber der Geist Gottes schwebte über den Wassern, das war doch klar. Marei verstand gar nicht, was an ihrem Bild zur Schöpfungsgeschichte unklar sein sollte. Ein großer Wal pustete eine Fontäne aus dem blauen Wasser.

Ein Wal. Der ertrinkt nicht. Der taucht immer wieder auf. Marei dagegen hat das Gefühl, daß es sie immer weiter nach unten zieht. Das kann man keinem erzählen. Da reden alle nur was von »Kopf hoch« und »Ohren steif halten« und sagen: »Das wird schon wieder.« Aber wo ist der Sinn ihres Lebens, wenn sie nur noch gegen ihren Untergang anstrampelt? Nie einmal drei ruhige Atemzüge hintereinander tun kann. Immer nur knapp über dem Meeresspiegel. Das ist kein Leben mehr, das ist nur noch ein Überleben. Schon lange. Das wird nicht wieder. Aber noch ist Jasper nicht volljährig. Noch kann sie ihn nicht allein lassen. Sie hat ihn zur Selbständigkeit erzogen, damit er auf eigenen Füßen steht, falls es bei ihr einmal gar nicht mehr weitergeht. Aber noch ist es zu früh.

Wenn jetzt der Wal käme und sie ins Meer holte. Wenn der Wal, so wie er Jona gerettet hat, jetzt käme, sie vor den Haien zu retten. Sie kann ihre Wunden nicht mehr zählen. Es ist diese Ballung von kleinen Angriffen, die an die Substanz geht. Und sie muß alles allein auffangen. Kein Ort mehr, nirgends, an dem nicht neue Blessuren drohen.

Wie war die Geschichte mit Jona und seinem Wal? Und wo begann sie? Am Ufer? Nein, im Meer hat der Wal sich den Jona geschnappt, ihn gerettet, und dann an Land gebracht.

Im Maul? Im Bauch? Egal. Die Leute denken sich viel aus, wenn sie sich Dinge nicht erklären können. Immer haben irgendwelche Meeressäuger Menschen gerettet. Ein Fisch kann nicht begreifen, daß der Mensch am Ertrinken ist. Der Wal kann. Weil er selbst ertrinken kann. Der Wal hat Jona vor dem Ertrinken gerettet. Ihn an Land gespuckt, heißt es. Auch Delphine stoßen die Menschen mit ihrer

Schnauze nach oben, über die Wasseroberfläche, wenn sie Ertrinkende retten. Wer weiß, wer da am Ufer gestanden hat, als Jonas Wal dieses kleine Menschlein aus dem riesigen Meer ins Trockene gestupst hat. Warum war Jona überhaupt in die Bredouille gekommen? So bibelfest ist sie nicht. Das muß sie zu Hause nachschlagen.

Marei hat die Schuhe wieder angezogen, ist aufgestanden und verabschiedet sich freiwillig und widerstrebend zugleich für heute vom Meer. Sie dreht sich um. Eine andere Welt empfängt ihren Blick, als hätte die Landschaft darauf gewartet, endlich wieder ihrer Aufmerksamkeit habhaft zu werden. Da gibt es Bäume, da gibt es Sträucher. Dünen mit Strandhafer. Wattig und schwer versinken Mareis Schritte im Sand, immer tiefer, je weiter sie sich vom Wasser entfernt, je trockener der Sand wird. Der Weg zurück durch die Dünen ist jedes Mal das Auftauchen aus einer anderen Welt, aus einem Reich, das nur Himmel und Wasser kennt. Rückkehr aus einem Traum. Pelzig stehen dichte Halme auf den Dünenkämmen gegen den Himmel über dem Land, fahlgelb und zerzaust wie ein struppiges Tier. Zu Mareis Füßen fließt der trockene Sand die Dünenhänge hinunter über Muscheln und Steine und herabgefallene, verwehte Zweige der ersten Bäume, die die Dünenlandschaft säumen. Jeder Schritt verändert das Bild, ohne daß Fußspuren bleiben. Der Wind tut das Seine dazu. Halbverwehte Geheimnisse im Sand, die nach Lust und Laune des Seewindes mal diese, mal jene Ecke ihres Seins dem erstaunten Augenzeugen preisgeben.

Leseratten

Sie weiß, daß sie jetzt eigentlich tatkräftig irgend etwas anpacken müßte. Aber Marei ist nicht tatkräftig im Moment. Sie fühlt sich weich wie Mus und möchte am liebsten nie wieder aufstehen. Sie wünscht sich nur noch eines: ein Buch aufschlagen und lesen, und sich nie wieder um irgend etwas kümmern müssen. Am liebsten »Die Abenteuer von Tom Sawyer und Huckleberry Finn«. Obwohl Jasper auf Mark Twain schimpft, jetzt, in seinen Briefen. – Einmal wieder so lesen, wie man als Kind lesen konnte! Nur Leseratte sein dürfen. Nicht an morgen denken müssen. Nicht bei jedem Buch sofort auch den beruflichen Nutzen der Leserei mit im Auge haben müssen. Oft hat sie Jasper in den letzten Jahren beneidet, wenn sie in sein Zimmer kam und er in eines von seinen Büchern versunken war. Selbst wenn er Stephen King las, hat sie ihn nicht gestört.

Wenn bloß erst Wochenende wäre. Sie möchte ein Buch und eine Wolldecke und einen ganzen Tag Zeit einpacken. Statt dessen muß sie hier im Arbeitsalltag ausharren und sinnvolle Entscheidungen treffen. Eigentlich weiß sie ihre Entscheidung schon. Der Überfall hat nur bestätigt, was seit langem in ihr brodelt. Die Kasse mit den Tageseinnahmen ist weg. Die Lust, in dieser Großstadt einen Buchladen zu betreiben, auch. Sie hat auch keine Lust mehr, jeden zweiten Morgen zu den Nachbarn hochzugehen und sich anzuhören, daß sie wieder gar nichts gemacht hätten, als mit großem Getöse Marei halb fünf aus dem Schlaf gerissen wurde.

»Dann waren es eben die, die zwischen uns wohnen«, hatte sie das letzte Mal gesagt und im Grunde resigniert. Man müßte irgendwo aufs Land ziehen. Ob die Leute da mehr Bücher lesen?

Die Leseratte ist eine stark vom Aussterben bedrohte Tierart. Nur vereinzelt bekommt man heute noch scheue Exemplare zu sehen, wenn man sich ganz still verhält und keinen Lärm macht. Die Pleitegeier dagegen vermehren sich rasant, brüten mehrmals pro Jahr. Wie kann man auf die dumme Idee kommen, mit Büchern Geld verdienen zu wollen? Warum hat sie ihre Stelle als Sozialpädagogin aufgegeben? Nein, so herum darf man nicht denken. Sie hatte keine Lust mehr auf den Lärm und die Enge in den Neubauvierteln, in den Hochhäusern. Sie hat die Kids verstanden, die ihr eignes Jugendzentrum kaputtgeschlagen hatten, nachdem herausgekommen war, daß man das Telefon angezapft hatte. Nur damit konnte man der Behörde nicht kommen. Die argumentierten mit einem Versehen. Niemand konnte das Gegenteil nachweisen. Drei Jugendliche hatten Hanfpflänzchen auf dem Balkon gezüchtet. Das reichte für zwei Razzien und die Wanze. Irgendwer wollte auch noch Terroristen ein und aus gehen gesehen haben. Das müssen Nachbarn hinter der Tüllgardine gewesen sein. Und für dieses Arbeitsklima, diese Erfolgserlebnisse den ganzen Tag zwischen Beton und Hundekot zu verbringen und dabei den Jugendlichen noch Mut für den Start in ihr Leben zu machen? Das war Marei zu viel gewesen. Oder zu wenig. Wie man es nimmt. Besonders hatte sie darunter gelitten, ihre Mädchengruppe allein lassen zu müssen. Der Abschied war ihr schwergefallen. Aber sie hatte Glück gehabt, daß zu diesem Zeitpunkt Hinnerk Behrens dort Pastor wurde. Den kannte sie aus ihrer Studienzeit, hatte Seminare zu Religionsdidaktik und Jugendsekten mit ihm gemeinsam belegt. Sie hatte dann zwei Abende mit ihm zusammengesessen und ihm ihre Jugendlichen ans Herz gelegt, als sie ihm die Arbeit im Jugendzentrum übergab. Nur – eine Mädchengruppe konnte er natürlich schlecht leiten. Irgendwann war Marei dennoch so weit, die Verantwortung für »ihre« Kids loszulassen. Sie wollte weg von den Hochhäusern. Sie hatte danach vorübergehend eine Arbeit in einer Beratungsstelle übernommen, und das nicht in einer Trabantenstadt, sondern in einem gewachsenen Stadtteil, ohne Hochhäuser.

Und dann kam Jasper. Das heißt, eigentlich kam erst Claudio, oder besser: der war schon da. Als Marei schwanger wurde, ließen sie sich beide ganz gerne vom Schicksal überrumpeln, sowohl Claudio als auch Marei selbst. Irgendwie war die Zeit auch reif dafür, ein Kind in die Welt zu setzen und mal Nägel mit Köpfen zu machen. Claudio hatte zu der Zeit ein paar sehr gutbezahlte Aufträge, zum Teil in Italien. Marei hatte angefangen, an ihrem Jesusmärchen zu schreiben, und darin ihre Erfahrungen mit der Jugendarbeit einfließen lassen. »Wenn Jesus ein Mädchen geworden wäre« hieß der Titel. Bald nach der Veröffentlichung wußte Marei, daß es nun endgültig nur noch Bücher sein sollten. Als Jasper fünf Jahre alt war und sie sich mit Claudio auseinandergelebt hatte, war sie zurück nach Deutschland gezogen und hatte den kleinen Buchladen übernommen, der gerade einen neuen Besitzer suchte. Und nun, gute zehn Jahre später, hat sie wieder das Gefühl, eine Veränderung steht an. Bloß welche?

In der Stadt zu wohnen hat Marei schon lange keine Lust mehr. In der Stadt zu arbeiten auch nicht. Ob das alte Forsthaus bei Eichenrade noch steht? Wieso hat sie keinen Buchladen in Eichenrade? Oder mitten im Wald? Plötzlich ist ihr alles fremd, was sie mit eigenen Händen, mit eigenem Kopf, mit eigener Arbeit aufgebaut hat. Die Wohnung, der Buchladen, als ob ein anderer für sie bestimmt hätte, daß das alles mitten in der Stadt sein muß. Eine Zeitlang hatte Robert immer mehr, immer öfter die Arbeit im Buchladen übernommen, wenn Marei mal für ein paar Tage wegfahren mußte. Kongresse, Tagungen, Buchhändlertreffen. Wenn Marei dann wiederkam, war meistens das Schaufenster »umgestaltet«. Marei wußte manchmal nicht mehr, ob es nun ihr Buchladen oder ein Gemeinschaftsprojekt war. Robert wollte alles anders als Marei. Unter seiner Obhut wurde die Schaufenstergestaltung wuselig und unübersichtlich. Marei kämpfte um die klare Linie.

Andererseits: Unter Roberts Obhut fühlte Jasper sich wohl. Das war auch schon viel wert.

Robert ist Übersetzer. Robert übersetzt alles. Kochbücher, Sportbücher, Reisebücher, politische Romane bzw. was er dafür hält. Marei setzt gerne Schwerpunkte, auch farblich. Robert liebt aus jedem Dorf einen Köter. Marei will in jeder Dekoration ein erkennbares Schwerpunktthema, und möglichst eine monochrome Gestaltung. Blickfang sein, Eye-catcher zwischen all den kakadubunten Schaufenstern links und rechts die Straße rauf und runter. Robert hatte immer noch hier und da eine Marginalie, die fast auch zum Thema paßte, wenn er das Schaufenster dekorierte. Robert spöttelte über Mareis Vorliebe für alte Försterbücher und Tiergeschichten. Er hatte angefangen, ausgestopfte Tiere aus dem biologischen Fundus der gegenüberliegenden Schule auszuleihen. Manchmal fand Marei die Idee gar nicht schlecht, mit ein paar Schaufenstertieren etwas Leben in die Bude zu bringen. Aber Robert verstand nicht, daß sie auch dabei auf farbliche Gestaltung Wert legte. Jasper sah mit großen Augen von einem zum anderen, wenn er ihre heftigen Dispute zu diesem Thema miterlebte.

»Mag Mama den Fuchs nicht?«

Maulaffen

Ob das alte Forsthaus bei Eichenrade noch steht? Natürlich. Warum sollte es nicht mehr stehen? Marei hat den Ort gemieden, seit die Großeltern dort nicht mehr wohnen. Selbst damals, als sie vor einigen Jahren mal mit Robert am kleinen Waldsee spazieren war, hatte sie nicht den Weg über Eichenrade genommen. Mit Robert kam einfach nicht die Stimmung für Nostalgie auf. Den größeren Waldsee, wo früher immer der Fuchs am Ufer entlangschnürte, hatte sie ihm gar nicht erst gezeigt. Sie hatte das Gefühl, daß Roberts Blicke und sein Genörgel den heiligen Ort ihrer Kindheit entweihen würden. Er hatte über die Frösche gequengelt. Dann waren sie nie wieder in die Gegend gefahren.

Aber Robert ist ja nun nicht mehr. Sie kann jetzt tun und lassen, was sie will. Auch nach Eichenrade fahren. Nur, sie kann sich doch nicht bei fremden Leuten vor die Tür stellen und Maulaffen feilhalten. Außerdem: Was soll sie da? Sie kann ja schlecht hingehen und sagen: Mein Opa war hier mal Förster. Darf ich mal gucken, wie es bei Ihnen heute so aussieht?

Sie weiß nicht, ob da nicht eher die Wehmut übermächtig würde, wenn sie dort heute fremde Leute ein- und ausgehen sähe. Und in Neukaten, wo die Großeltern zum Schluß die Pensionswohnung hatten, wird sie erst recht nichts mehr wie früher vorfinden. Wenn das Storchennest weg wäre, das alte Wagenrad von Bauer Paulsen, das man von Opas Küchenfenster aus sehen konnte, das würde Marei nicht verkraften.

Und die Graureiherkolonie am See, ob es die noch gibt? Und die Nistecke der Blaukehlchen? Als Kind hatte Marei immer gedacht, das Blaukehlchen wäre der Mann vom Rotkehlchen und die Jungen wären auch alle blau und rot, je nachdem ob es Jungen oder Mädchen sind. Doch Opa hatte nur gelacht und gesagt, das seien zwei völlig verschiedene Vögel, die Blaukehlchen und die Rotkehlchen.

Marei war davon nicht zu überzeugen. Sie hatte weiterhin das Blaukehlchen und das Rotkehlchen miteinander verheiratet. Auch dachte sie immer, der Grünspecht und der Pirol gehörten zusammen. Sie hatte Opas großes Buch mit den vielen bunten Vögeln jeden Abend durchgeblättert, als sie noch nicht selbst lesen konnte, und hatte die Vögel immer nach Farben geordnet. Daß die Pinguine auch in dem Buch abgebildet waren, hatte sie anfangs gewundert. Als die Großmutter ihr erklärte, daß auch Pinguine Vögel seien und Federn hätten, da hatte Marei sie kurzerhand mit den Elstern verschwägert. Das paßte von der Farbe her. Warum die Großmutter so lachte, verstand sie damals nicht. Marei hatte ihre eigenen zoologischen Ordnungen.

Einer von Mareis Lieblingsvögeln war das Haselhuhn, und Oma hatte sogar mal ein Paar davon in ihrem kleinen Hühnerstall gehabt. Der Hahn war allerdings bald vom Habicht geholt worden, und für das Haselhuhn hatte Marei nie einen farblich passenden Partner gefunden. Höchstens den braunweiß-gescheckten Schweißhund von Oberförster Friedler, aber das Huhn und die alte Senta mochten sich nicht. Sehr zu Mareis Leidwesen. Wenn Friedler mit seiner Senta um die Ecke bog, war die scheue Henne immer schnell im Stall verschwunden. Die dicke Berta war da zutraulicher und ließ sich von dem Hund gar nicht beeindrucken. Berta war Mareis Lieblingshuhn. Sie konnte so schön zuhören und lief nicht weg, wenn Marei anfing, ihr eine von ihren selbsterfundenen Geschichten und Tierfabeln zu erzählen. Der dicken Berta hatte Marei auch die Geschichte von den Elstern und den Pinguinen erzählt, und die dicke Berta hatte nicht gelacht. Sie hatte am nächsten Tag ein Ei gelegt, und Berta legte nicht jeden Tag.

Doch, man könnte einen Buchladen in Eichenrade aufmachen.

Wurzeln

In den letzten Jahren ist diese Sehnsucht nach dem Forsthaus der Großeltern stärker und stärker geworden. Und die Sehnsucht nach den Wochenenden mit den Eltern im Wald. Der Wald war die Freiheit für Marei.

Sie brauchte keinen Rock anzuziehen, sondern durfte Hosen tragen. Und eine alte hellgelbe Windjacke, die sie von irgend jemandem geschenkt bekommen hatte. Der Wald war ihre Freiheit. Sie hoffte immer, ein bißchen so auszusehen wie der Fernsehjunge von Lassie. Aber die alte Windjacke durfte wochentags nur unten im Wäschepuff liegen. Unter der Schmutzwäsche. Sonnabends vormittags erwachte Marei zum eigentlichen Leben. Sie zog die gelbe Windjacke unter der Wäsche hervor, suchte ihre blauen Stoffturnschuhe und war Waldläuferin, Tierfreundin, Vagabundin der Landstraßen und der Waldwege …

Sommerfrösche

Die Seerosenblätter auf dem Waldsee glänzen in der Junisonne wie eine Handvoll hingeworfener Silbermünzen. Marei sitzt am Ufer, auf einem kleinen Erdwall, der von Steinen und Moos bedeckt ist. Seit Tagen hat es nicht geregnet, der Waldboden ist trocken und die Luft erst jetzt, am frühen Abend, erträglich. Kleine braune Frösche, manche nicht größer als ein Fünfzig-Pfennig-Stück, springen mit leisem Geknisper durch das trockene Laub vom Vorjahr. Vor ein paar Jahren war sie mit Robert hier …

Robert verstand nicht, warum er zwischen den Fröschen herumhüpfen mußte. Er kicherte zwar dabei, aber Marei spürte genau, daß er es eigentlich nicht nur lustig fand.

»Mensch, das konnte ich doch nicht wissen, daß hier heute Krötenwanderung ist«, entschuldigte sie sich für die kleinen dunkelbraunen Waldfrösche. Es war wirklich schwierig gewesen, die kleinen, tarnfarbenen Springer auf dem Waldweg zu entdecken. Der Weg lag voller Laub, und die Fröschchen waren nur wenig dunkler als das trockene Buchenlaub. Kaum zu sehen. Und viele. Man wußte nicht, wo man hintreten sollte. Marei verstand das Problem nicht. Auch sie kam nur im Stop-and-go-Verfahren weiter. Das war kein Grund, auf die Frösche wütend zu werden.

Aber dieses Jahr ist sie nun allein hier. Sie muß nicht mehr zwischen Robert und den Fröschen vermitteln, die sich gegenseitig zu stören schienen. Aus dem Wasser ragt ein kleines graues Stück Fischrükken. Am anderen Ufer springt etwas. Plötzlich sind es zwei, dann drei, die sich da durch das warme Juniwasser treiben lassen. Der See spiegelt die Kronen der Eichen und Buchen mit hellem Sommerbraun zwischen den Grüntönen wider. Weit entfernt hört man ein paar Kinderstimmen. Vor ihren Füßen knispert und springt es. Marei schneidet einem der Winzlinge mit der Hand den Weg ab, und mit dem nächsten Sprung hat sie ihn auf ihrer Handfläche sitzen. Da sitzt er nun mit flatternder Kehle. Das kleine Herz pumpt aufgeregt.

»Na, du kleine braune Waldunke, vorgestern noch Kaulquappe gewesen, was?«

Das Fröschchen starrt sie aus seinen kleinen schwarzen Augen an. Der dunkelbraune Körper mit den winzigen Gliedmaßen fühlt sich kühl an. Wie kann man bloß so kleine Finger haben?

Dem braunen Fröschchen wird es zu bunt mit der Warterei auf der Menschenhand, und es springt mutig geradeaus, Marei genau ins Gesicht. – »Huch, Kleiner, das war falsch.« Doch er berappelt sich, springt schnell weiter und ist im trockenen Laub nicht mehr zu sehen.

Solche Abenteuer hatte sie haufenweise, wenn sie früher mit den Eltern im Wald war.

Das Schönste waren die Streifzüge allein. Meistens hatte die Mutter Kirschpfanne gebacken. Die schmeckte immer, kalt genausogut wie warm. Nach dem Essen pusteten die Eltern die Luftmatratzen auf und legten sich hin, und Marei stromerte mit ihrem Taschenmesser allein durch den Wald. Schon die Tatsache, daß man keine Karbonade mit Erbsen essen mußte, sondern daß es Kirschpfanne gab, machte den Sonnabend zu einem Festtag. Marei wartete im Wald auf den Fuchs. Wölfe gab es leider nicht mehr. Marei fürchtete sich nicht. Sie hatte Fury und Lassie bei sich. Die Zeit war schwerelos, der Waldboden weich. Ein Gewölle zu finden, oder eine Losung, einen spitzen Mäuseschädel oder einen Unterkiefer von einem größeren Tier, all das waren besondere Funde. Opa wußte immer, was das alles bedeutete. Er konnte auch die Fährten lesen, wenn der Waldboden feucht genug war, um die Trittsiegel zu halten. Wenn Marei allein war, wußte sie oft nicht so genau, was sie nun wirklich vor sich hatte. Sie rätselte und entschied sich dann selbstsicher für eine Hirschlosung, wenn ihr ein Hase zu langweilig erschien, oder eine Dachsfährte, wenn sie einen Marder nicht abenteuerlich genug fand. Die Eulen taten ihr leid. Sie stellte sich vor, daß die an ihrem

Gewölle genauso würgten, wie Marei wintersonntags an ihrer Karbonade.

Warum man die Kirschen nicht entsteint in den Eierteig der Kirschpfanne einbacken konnte, verstand Marei nie. Die Mutter sagte, dann würde der Teig matschig, und so mußte man sonntags im Wald die Kirschkerne wieder ausspucken wie die Eulen ihr Gewölle. Aber die Kirschpfanne schmeckte gut, trotz der Kerne.

Bevor Marei in die Schule kam, wohnten sie alle in Eichenrade. Die Eltern hatten sich in Eichenrade kennengelernt. Opa war damals dort Förster. Als die Eltern dann mit Marei in die Stadt umgezogen waren, fuhr man sooft wie möglich zu Besuch nach Eichenrade. Später dann nach Neukaten, als die Großeltern in die Pensionswohnung umgezogen waren. Und manchmal fuhren sie auch in andere Wälder. Marei erinnert sich, daß sie damals jeden Sonnabend, jeden Sonntag, wenn das Wetter es nur irgend zuließ, den grünen VW-Käfer vollpackten und irgendwo Halt machten. Auspackten und da waren. Überall war Landschaft, mitten am Weg. Das Butterbrotpapier faltete man nach dem Essen zusammen, packte es wieder ein und benutzte es ein zweites Mal. Wenn irgendwo eine leere Flasche herumlag, schimpfte man über die Leute, die ihren Müll nicht wieder mit nach Hause nehmen können.

Auch der Abfall paßte wieder ins Auto, wenn man zurückfuhr. Schließlich hatte man ihn auch mitgebracht.

Man hatte pastellfarbene Campingtassen und -teller, Klapphocker, Luftmatratzen und den runden Klapptisch, der genau vor den Ersatzreifen unter der Kühlerhaube paßte. Irgendwann war das Aufpusten der Luftmatratzen zu mühselig und man kaufte einen Blasebalg. Später kam sogar eine Klappliege zum Repertoire dazu.

Aber das Wichtigste war das hellbraune Taschenmesser, das Marei zum Geburtstag bekommen hatte. Man konnte eine große und eine kleine Klinge daraus hervorziehen, und der Griff hatte ein geflammtes Emaille-Muster, das weiß und hellbraun ineinander verfloß. Wenn die Großen endlich auf ihren Luftmatratzen lagen und Ruhe gaben, ging Marei allein los. Sie stellte sich vor, was wäre, wenn sie andere Kinder zum Spielen dabei hätte, und sie hatte Lassie in ihrer Phantasie bei sich. Der erzählte sie, was sie von Opa über die Fichtenwälder wußte. Die Wurzeln reichten nicht tief genug.

Man hatte die Dummheit begangen, reine Fichtenwälder anzupflanzen und das nannte sich Waldbau, und der Opa schimpfte darüber. Aber er könne es auch nicht ändern, schließlich sei er nicht der Oberförster oder die Regierung, und überhaupt hätten wir leider keinen Kaiser mehr und früher wäre so manches besser gewesen. Und vor hundert Jahren, da hätte schon ein Förster einen Artikel in einer Zeitung geschrieben, in dem er vor Monokulturen warnte, also davor, eine Fichte neben die andere zu stellen, weil die eben keine Wurzeln haben. Doch den hat damals keiner ernst genommen; das war so um 1850, da hat der das schon vorausgesehen!

»Aber die haben doch Wurzeln«, widersprach Marei, die oft genug hingefallen war, wenn sie beim Herumlaufen im Wald nicht nach unten geguckt hatte. Opa holte ein großes Buch mit einer Zeichnung von zwei Bäumen, auf der auch ihre Wurzeln unter der Erde zu sehen waren. Das Wurzelgeflecht der Fichte war eindeutig zu flach, und Marei verstand, daß die Wurzeln der Fichte zwar ausreichen, um darüber zu stolpern, aber nicht, wenn ein Sturm über Lichtungen und Waldränder fegt.

»Das nächste Mal, wenn Sturm war, nehme ich dich mit in den Wald, bevor meine Leute aufgeräumt haben. Da wirst du ein paar umgerissene Fichten zu sehen bekommen«, schmunzelte Opa vielversprechend, und Marei freute sich auf den nächsten Sturm.

»Wann ist der?« fragte sie, aber Opa hoffte, daß der Sturm überhaupt nicht käme, und das fand sie nun wieder doof. Überhaupt mußte man immer auf so furchtbar vieles warten. Man konnte nicht einfach losgehen und einen Hirsch sehen wollen, einen Fuchs oder eine Eule. Alles war dem Zufall überlassen. Der Sturm genauso wie der Fuchs.

Das war dasselbe, ob sie nun allein die Mittagsruhe der Eltern im Sonntagswald zum Herumschnüren nutzte oder bei Oma und Opa in Eichenrade zu Besuch war. Die Tiere kamen nur dann, wenn sie selbst Lust dazu hatten.

Und jedes Wochenende konnte man Oma und Opa auch nicht auf die Nerven fallen. Hatte die Mutter gesagt.

Marei hatte nie richtig verstanden, warum man überhaupt aus dem Dorf in die Stadt ziehen mußte. Der Vater hatte eine neue Arbeit bekommen. Bei einer Behörde, die es auf dem Dorf gar nicht gab, und Marei konnte sich nichts darunter vorstellen. Man könne froh sein, daß er heutzutage noch so eine Stelle bekommen habe, sagte die Mutter, und alle waren froh. Bis auf Marei. Die mußte nun in der Stadt in die Schule, und lange Jahre hatte sie immer gedacht, sie müsse nur deshalb zur Schule gehen, weil der Vater die neue Arbeit in der Stadt hatte. Oder, man müsse umziehen, weil sie eingeschult werden sollte. Jedenfalls hing alles miteinander zusammen, die Schule, die neue Arbeit und das Wohnen in der Stadt, wo man nicht mehr einfach so auf die Straße laufen durfte. Es war eine gewaltige Umstellung, das alles auf einmal, und Marei wartete manchmal die ganze Woche lang sehnsüchtig auf das Wochenende, wenn man endlich die Stadt und die ganzen gebügelten Faltenröcke hinter sich lassen konnte. Es war ein bißchen wie die Vertreibung aus dem Paradies, dieser Umzug in die Stadt.

Marei weiß, daß sie nicht alles auf einmal kann. Heute kann sie noch nicht nach Eichenrade fahren. Heute ist sie froh, daß sie es bis zum Waldsee hier geschafft hat. Schon dafür hat sie zweieinhalb Monate gebraucht, mit hohen, unsichtbaren Hürden zu kämpfen gehabt. Das ganze Frühjahr über hatte sie es sich immer wieder vorgenommen, – und immer wieder verschoben. Gute Gründe für das Verschieben gefunden.

Der Überfall im Frühjahr hatte sie lethargisch und panisch zugleich gemacht. Die Unordnung im Buchladen wuchs, von ihrer Wohnung ganz zu schweigen. Sie nahm sich jede Woche vor, am Wochenende Wohnung und Buchladen aufzuräumen. Denn sie wollte alles geordnet haben und bald eine kluge, weitreichende Entscheidung treffen.

Doch wo kommen die her, die klugen, weitreichenden Entscheidungen?

Alles läuft so weiter wie bisher. Papiere stapeln sich in ihrer Wohnung, ungelesene Bücher, in die sie mal reingucken müßte, bevor sie sie im Laden einstellt oder ins Schaufenster legt. Eine Buchhändlerin, die keine Lust mehr hat zu lesen. Jedenfalls keine dieser langweiligen Neuerscheinungen, die in einer Welt von Plastik und Beton spielen. Marei möchte einen reinen Naturbuchladen aufmachen, wo durch jedes Buch die Frösche und die Karpfen springen, die Füchse schnüren und die Mühle am Bach klappert. Eine alte Drahtmühle soll's hier übrigens gegeben haben. Hat sie vorhin beim Durchfahren gelesen. Warum hat sie die als Kind nicht wahrgenommen?

Hier am See ist alles noch so wie früher. Nur die Bäume sind gewachsen. Und der See ist kleiner geworden. Aber das geht Erwachsenen wohl immer so, wenn sie an Kindheitsorte zurückkehren. Alles ist kleiner, als man es in Erinnerung hat. Als Kind hatte Marei ein Angelspiel mit Plastikfischen. Die hatten kleine Magnetplatten am Maul, und die Angeln hatten anstelle eines Hakens je einen kleinen Magneten. Die Fische zählten unterschiedlich viele Punkte, und Marei fand das Spiel immer spannend, weil man nie wußte, was man angeln würde. Man durfte nicht über den Rand der hohen blauen Pappe gucken, die den Teich darstellte. Alle Kinder saßen erwartungsvoll um den Tisch herum, auf dem der ausklappbare Pappteich aufgestellt war. Marei hoffte immer, den großen blauen Karpfen zu fangen. Der zählte zwanzig Punkte.

Warum gibt es keinen Teich, aus dem man kluge Entscheidungen herausfischen kann?

Auf der Spur der Wölfe

Ausgerechnet heute ist Robert nach langer Zeit wieder einmal vorbeigekommen. Er hatte sich vors Schaufenster gestellt und blöde gelacht. Das konnte nur Robert sein. Marei wußte es, noch bevor sie ihn ganz gesehen hatte. Dabei hat sie mit dieser Dekoration heute schon drei Kunden in den Laden gelockt, die noch nie da waren. Ein ganzes Fenster voll mit Wölfen. Und ein teurer Bildband ist gleich heute morgen weggegangen. Was gibt's denn da so blöd zu lachen?

Robert kam kichernd in den Laden und hatte nur rumgenervt. Wieder mußte sie ihre Schaufenstergestaltung gegen sein Gekicher an rechtfertigen, begründen. Wieso eigentlich? Unnötige Diskussionen mit Robert über unwesentliche Dinge hatten sie vier Jahre lang ausgefranst.

Ihr Fehler war gewesen, daß sie am Anfang zu unklar gelassen hatte, wie weit sie ihn eigentlich in ihren Buchladen einsteigen lassen will.

Der Buchladen gehörte ihr seit zehn Jahren. Sie hatte ihn vom »Zwei-Schritt-vor!«-Kollektiv übernommen, das sich damals auflöste. Die ersten Jahre waren hart gewesen, und sie hatte ganz allmählich von Lenin, Marx und Engels auf Belletristik, Kinderbuch und Ökologie-Schwerpunkt in der Sachbuch-Ecke umgestellt. Als sie mit dem NaBu zu kooperieren begann, hatten schon einige der alten Stammkunden diese Schwerpunkt-Verlagerung belächelt. Wieso denn der Naturschutzbund ein Schaufenster bei ihr hätte? Aber es war nicht nur der Naturschutzbund. Es waren Bücher von Greenpeace und Robin Wood mit dabei, und die aufrechten Linken beruhigten sich wieder. Bis Marei eines Tages zwei Ganghofer-Titel mit ins Fenster legte. Das Schweigen im Walde, Waldrausch.

Die Aufregung unter den ehemaligen Lenin-Lesern erhob sich von neuem. Marei freute sich. Ihr Buchladen war immer im Gespräch. Am Anfang hatte sie sogar den Namen beibehalten. »Zwei Schritt vor!«, das gefiel ihr. Immer Pionier sein, immer zwei Schritte vor den anderen. Wir sind die, vor denen unsere Eltern uns immer gewarnt haben. Wenn dich die bösen Mädchen locken, so folge ihnen nicht, sondern gehe voran, zwei Schritt vor.

Auch zu ihrem ökologischen Schwerpunkt paßte dieses Motto. Sie erinnerte sich allerdings an ein Kundengespräch mit so einem Alt-Achtundsechziger.

»Wieso hast du denn den Mantel da im Schaufenster liegen?«

»Welchen Mantel? – Ach, du meinst den Kurt Mantel, Wald- und Forstgeschichte. Weil er der einzige ist, der nicht nur regional arbeitet, sondern Waldgeschichte im Überblick bietet, von der letzten Eiszeit an.«

»Ja, aber wieso überhaupt?«

»Ja, wieso nicht? Hier stand mal alles voll mit Birken und Haselsträuchern, später mit Eichen, Ulmen und Eschen, bevor sie uns alles abgeholzt haben.«

Der Kunde blieb unzufrieden. Vielleicht hätte er eher »Staat und Revolution« von Lenin gesucht. – Jedenfalls schien sein Interesse für Umweltgeschichte von geringer Intensität.

Und heute nun verwirrte sie Robert durch ein ganzes Schaufenster voll mit Wolfsbüchern. Und warum sie den Werwolf von Stephen King dazwischen liegen hätte, fragte er empört.

»Die Jugendlichen lesen so was heutzutage«, antwortete Marei so ruhig wie möglich, »und in dieses Schaufenster paßt es als ironischer Kontrapunkt.«

Als Robert aus der Tür war, hatte sie aufgeatmet. Hatte sich erst mal einen Tee gekocht und war mit ihrem Teebecher nach draußen gegangen. Hatte sich ihr Schaufenster von außen angesehen. Da kamen ein paar Kids von der Schule gegenüber. Blieben genau an der Ecke mit den Werwolf-Büchern hängen. Und rappelten ein paar Buchtitel von Horror-Romanen runter, die sie in letzter Zeit gelesen hatten. Marei grüßte die drei und mußte in sich hineingrinsen. Das hätte Robert noch mithören sollen.

Bald ist Feierabend. In zwanzig Minuten kann sie den Laden schließen und sich für das Klassentreffen fertigmachen. Zwanzig Jahre Abitur, wenn das kein Grund zum Feiern ist. Und einige der Schulfreundinnen waren auch in der Grundschule schon in Mareis Klasse. Heute abend wird sie wieder alle nerven, ob sich nicht doch jemand an den Lehrer mit der Wolfsgeschichte erinnert. Er hieß Launer oder so ähnlich. Aber sie muß es unauffällig bewerkstelligen.

Schon während sie ihr Auto auf der Insel vor ihrer alten Schule parkt, überlegt sie sich, wer wohl diesmal zu neugierige Fragen über ihren Buchladen stellen wird. Soll sie gleich am Anfang sagen: »Ich melde diesen Monat Bankrott an?« Sie weiß genau, wer über so eine Antwort lachen würde. Ruth zumindest, die hat selbst einen Laden. Aber die macht in Jeans und Sportswear, solche Läden müssen nicht

Pleite anmelden. Marei steigt aus und fügt sich in das Unvermeidliche. Noch während sie die Wagentür abschließt, hört sie hinter sich die ersten Stimmen.

»Hallo, Marei!«

»Hallo, Monika! Hallo, Melanie! – Ach, da ist ja auch Katja, die hab ich mit den Locken gar nicht erkannt.«

»Na, wie geht's dir?« fragt Monika. »Was macht Jasper?«

»Der ist gerade vom Winde verweht«, antwortet Marei.

»Was?« fragt Melanie.

Steffi schaltet schneller: »Ach, ist er bei seinem Vater in Italien?«

»Nein«, sagt Marei und ist froh, daß die Frage von Steffi kommt. »Er ist ein Jahr zum Schüleraustausch in Atlanta. Da wollte er unbedingt hin.«

»Ach!« – Steffi lacht.

»Ja, ich bin jetzt ein Jahr ohne Sohn«, sagt Marei nachdenklich in Steffis Richtung, »ist mal was ganz anderes. Ich habe mich schon richtig daran gewöhnt, daß er jetzt alles ohne mich entscheidet. Er schreibt mir immer, was er alles erlebt hat. Wie der da rumkommt! Seinen Briefen zufolge initiiert er grade in Madison die zweite Studentenrevolte des Jahrhunderts. Die machen das besser als wir damals. Und in Indiana und Michigan war er auch schon.«

»Und wieso ausgerechnet Atlanta? Will er da Clark Gable Konkurrenz machen?« mischt sich wieder Monika ein.

Marei antwortet nicht mehr und nutzt das Stimmengewirr und das Gewusel der Neuankömmlinge vor der Schule, um sich aus dem Staube zu machen. Dabei zerrt sie Steffi elegant mit zur Seite.

»Warum fragen die eigentlich immer als erstes mich aus? Und warum ist Jasper so viel interessanter als andere Kinder? Ich hatte gedacht, es ginge wieder mit dem Buchladen los. Nun fangen sie plötzlich mit Jasper an. Jetzt bin ich wieder eine Rabenmutter, weil ich ihn so früh zum Schüleraustausch lasse. Wetten? Warum können die nicht über ihre Kinder rumquarken?«

»Ja, dein Jasper ist halt exotischer als andere Kinder. Weil er ein halber Italiener ist, weil er unehelich ist, weil er als Kind schon durch die Weltgeschichte reiste, immer vom Winde verweht, wie du selbst schon sagst«, sagt Steffi mit einer wegtänzelnden Handbewegung.

»Können wir uns ein bißchen an den Rand setzen?« fragt Marei, »bis denen ein anderes Thema eingefallen ist?«

Steffi nickt und lacht. Unvermittelt fährt Monika noch einmal von hinten dazwischen: »Bist du noch mit diesem Schauspieler zusammen?«

Ach, daher weht der Wind also auch, denkt Marei leise und sagt laut zu Monika: »Ja!«, um ihre Ruhe zu haben.

»Woher weiß die das nun wieder?« raunt sie Steffi leise zu. »Das war doch Stadtgespräch«, meint Steffi und kann sich nur noch bedingt am Riemen reißen, um nicht offen loszulachen.

»Ich leg' mir ab sofort nur noch ganz unprominente Liebhaber zu, keine Italiener mehr, keine Maler, keine Schauspieler. Das nervt mich, daß ich nicht mal in Ruhe auf ein Klassentreffen gehen kann.«

Weitere Fragen zu ihrer Romanze oder besser Mesalliance mit Günther bleiben sonderbarerweise aus. Aber warum eigentlich hat sie solche Angst vor den Fragen nach Jasper? Sie weiß doch selbst, daß sie ihn früh zur Selbständigkeit erzogen hat, ungewöhnlich früh ungewöhnlich selbständig sollte er sein. Und sie hatte ihre Gründe dafür.

Marei sitzt mit Steffi am Tisch und überlegt, wie sie jetzt geschickt auf die Fährte des Wolfslehrers kommt ... Aber erst muß sie Steffi noch von Eichenrade und ihrem neuen Buchladen erzählen, dem, den sie schon im Kopf hat. Hellgrau sollen alle Regale sein, damit die Bücher auch so richtig zur Geltung kommen. Weiß blendet, und Holz lenkt von den Büchern ab. Hellgrau soll es ein.

»Ich habe absolut keine Lust, in der Stadt zu bleiben, nur, ich kann das jetzt nicht entscheiden, solange Jasper weg ist. Weißt du, ich träume von einem richtigen Kultur- und Kommunikationszentrum, in dem der Buchladen nur einen Teil des Ganzen ausmacht, und das dann im Grünen, am liebsten mitten im Wald und mit Busanbindung und 'ner Öko-Gaststätte dabei. Daß auch Leute ohne Auto hinkommen und man da gesund und lecker essen kann.«

»Und warum machst du das nicht einfach?«

»Ja. Warum mache ich es nicht einfach? Weil ich die Leute dazu noch nicht gefunden habe. Weil Jasper ein Wörtchen mitzureden hat. Und weil ich so schon kurz vor der Pleite bin. So ein Projekt kostet in erster Linie Geld, und genau davon habe ich im Moment zu wenig.«

»Jaja, Geld hat man immer zu wenig«, blökt Monika von hinten in das Gespräch hinein. Marei rollt mit den Augen, aber so, daß nur Steffi es sieht.

»Ach, hier sind ja gar keine Salzstangen mehr. Komm, laß uns doch mal zu Katja und Melanie rüber, da gibt's auch noch Schokolade.«

Marei zieht Steffi mit an den Nebentisch. Katja und Melanie waren mit Steffi und Marei zusammen auch schon auf die gleiche Grundschule gegangen.

»Sag mal, wir hatten da doch so einen Lehrer in der Grundschule, der hieß Launer oder so ähnlich, und der hat bei uns mal eine Vertretungsstunde gegeben, und da hat er so eine Geschichte mit Wölfen vorgelesen, und er hatte so'n bißchen Ähnlichkeit mit Pierre Brice.«

Grinsen. Erstaunte Gesichter. Unbrauchbare Antworten.

»Daran erinnere ich mich nicht.«

»Ich war in der Grundschule neun Wochen lang krank. Vielleicht war es in der Zeit.«

»Woran du dich so alles erinnerst! Über dein Gedächtnis hab' ich mich schon immer gewundert.«

»Wolltest du nicht Schokolade haben? Hier!« unterbricht Steffi die unbefriedigende Flut der Antworten.

»Ich wollte nie Schokolade. Ich wollte nur von Monikas klugen Bemerkungen weg«, erwidert Marei leise und zieht sich für eine Weile auf die nachdenkliche Position der stillen Beobachterin zurück.

Irgendwann sagt sie zu Steffi: »Weißt du, ich komme mir in den letzten Monaten oft so vor wie der alte Mann und das Meer. Nur, daß ich erst neununddreißig bin. Aber auch ich habe das Gefühl, immer unter Aufwenden meiner letzten Kräfte, mit Zähigkeit und Ausdauer und all dem bißchen Verstand, das ich aufzubieten habe, in dem Element, das mir eigentlich vertraut ist, einen zermürbenden Kampf um die überlebenswichtige Beute zu fechten, die den anderen mit mittlerer Leichtigkeit und ein bißchen Glück zufällt. Alle fangen etwas. Nur ich fahre vierundachtzig Tage hintereinander hinaus und komme ohne Fische wieder. Pechsträhne.«

Steffi sagt tröstend und aufmunternd: »Dann sieh zu, daß dir dein Fisch, den du am fünfundachtzigsten Tag fängst, nicht noch von den Haien aufgefressen wird, wenn du ihn zum Strand bringen willst.«

Marei sitzt später eine Weile allein und denkt über Steffis Bemerkung nach. Vielleicht hat Steffi recht. Marei selbst hat den Hemingway ja ins Spiel gebracht. Vielleicht war das eine gute Intuition. Sie wird das Buch noch einmal lesen, jetzt, wo sie selbst alt ist, sich alt fühlt, müde und verbraucht. Ohne Ideen, und kurz vor einer näherrückenden Katastrophe. Aber dann setzen Silke und Waltraud sich zu ihr, und man ist plötzlich in Erinnerungen an die erste Klassenreise verheddert. Waltraud war während der Schulzeit immer ein bißchen zu bieder für Mareis Geschmack, aber zwanzig Jahre nach dem Abitur verliert so etwas plötzlich die Wichtigkeit, und die gemeinsam erlebte Jugendzeit rückt als das Verbindende in den Vordergrund. Als sie auf die Uhr sehen, ist es schon spät. Die ersten sind bereits dabei, sich zu verabschieden.

Marei bedauert ein bißchen, daß man dieses Mal überhaupt keine Lehrer eingeladen hat, und auch einige andere finden das salzlos, so ein Abiturtreffen unter altgewordenen Pubertierenden. Die Lehrer hätten schon dazugehört. Die letzten Male waren sie auch immer dabei. Aber Lisa und Carina, die diese Treffen immer organisieren, wollten es dieses Mal ohne Lehrer haben.

»Wir sind das Licht der Welt, aber die Lehrer wären das Salz in der Suppe gewesen«, sagt Marei zum Abschied.

Oft hat Marei bei Lehrern etwas gefunden, was die Eltern gar nicht geben konnten. Die konnten schließlich nicht alles haben. Die Mutter schon gar nicht. Die war gegen ihren Willen von der Schule genommen worden.

Notre classe a quatre murs, so weit war sie gerade noch gekommen in der zweiten Fremdsprache. Aber dann war sie in der achten oder neunten Klasse sitzengeblieben, und für ein Mädchen lohnte sich das

Wiederholen eines Schuljahres nicht. Die Großeltern nahmen sie vom Gymnasium und schulten sie auf eine Realschule ein. Nach ihrem Realschulabschluß schickte man sie auf eine Haushalts- und Kinderpflegeschule. Die Weichen waren gestellt. Gleich danach steckte man sie in einen Haushalt, als Kindermädchen. Marei ist sich ziemlich sicher, daß damit das Lebensdrama ihrer Mutter begonnen hatte. Sie wäre gerne länger zur Schule gegangen. Einen Jungen läßt man die Klasse wiederholen, wenn er sitzenbleibt.

Marei hat ein ganzes Regal voll mit Büchern, die die Mutter ihr geschenkt hatte. Ihre Mutter hatte sozusagen ein bißchen mit ihr mitstudiert. Als Marei im Studium anfing, Märchenbücher aus aller Welt zu sammeln, da schenkte die Mutter ihr zu jedem Geburtstag, zu Weihnachten und jeder Gelegenheit Märchenbücher. Märchen aus Portugal, Märchen aus Sibirien, Indianermärchen aus Nordamerika, Indianermärchen aus Kanada. Ein ganzes Regal voll.

Es gibt etwas, was sie Robert nie verzeihen kann. Er hat Kaffeeflekken auf die dreibändige Grimms Märchen-Ausgabe gemacht, die ihre Mutter ihr geschenkt hatte. Es gibt nichts Wertvolleres als Geschenke von Menschen, die inzwischen verstorben sind.

Ach, ich arme Jungfer zart, hätt' ich genommen den König Drosselbart. Wenn Marei heute noch im Geiste die Stimme ihrer Mutter hört, dann sind es die Grimmschen Zitate, die ihr als erstes einfallen.

Unverrichteter Dinge setzt sich Marei kurz vor Mitternacht in ihr Auto. Auch die anderen geparkten Fahrzeuge füllen sich nach und nach. Katja winkt noch beim Abfahren aus dem Fenster. Marei winkt zurück. Seit Jahren bemüht sie sich nun, dem Gedächtnis ihrer ehemaligen Mitschülerinnen nachzuhelfen, aber es kommt nichts dabei heraus. Alle fünf Jahre wieder, immer nach den Klassentreffen, schlägt sie in einem erneuten Anfall von Hoffnung das Hamburger Telefonbuch auf und blättert unter dem Namen Launer. Aber dort steht nie etwas, was ihr weitergeholfen hätte. Eine Brigitte Launer, das konnte er nicht sein, der Wolfslehrer, und dann noch ein Jochen Launer, dessen Namen sie mit tödlicher Sicherheit als einen Schulfreund ihrer älteren Schwester Hannelore erinnert. Das wiederum legt ihr die Vermutung nahe, daß sie wohl die Namen verwechselt. Dieser Jochen Launer war bei ihnen ein und aus gegangen, einmal mußte sie sogar ein Hochzeitsgeschenk hinbringen, und es war furchtbar peinlich, weil sie als kleine Schwester bei den Launers nicht bekannt war, niemand sie wahrnahm und sie unverrichteter Dinge wieder abziehen mußte. Keiner hatte begriffen, woher sie kam und wohin sie ging. Das war ihre Erinnerung, die mit dem Namen Jochen Launer verbunden war. Die Woche darauf wurde sich entschuldigt, und sie bekam von Launers ein Astrid Lindgren-Buch geschenkt. Der ganze Vorgang blieb ihr in unangenehmer Erinnerung. Das war Jochen Launer. Wie also hieß der Wolfslehrer wirklich?

Bei jedem Klassentreffen dasselbe. Marei fragte. Und fragte. Aber es blieb aussichtslos.

Sie konnte doch nicht in der Schule anrufen und sagen: »Wir hatten in den sechziger Jahren mal einen Lehrer, der sah aus wie Pierre Brice, und den Namen weiß ich aber nicht.«

Was macht denn das für einen Eindruck?

Wieder ein Klassentreffen vorbei und wieder keine heiße Spur gefunden. Der Lehrer mit der Wolfsgeschichte wird auf ewig ein Geheimnis des Schicksals bleiben. Aber einen Buchladen hat sie seinetwegen aufgemacht. Er ist mit ihrem Leben verbunden und weiß es nicht. Wie kommt sie ihm auf die Fährte?

Sie wendet und fährt am alten Park vorbei, wo sie als Kind in jeder Ecke ein anderes Geheimnis gehütet hat. Bis hin zu den ersten Zigaretten später mit Bettina. Die hatten sie in einer Holzschachtel im Boden vergraben und sich die Woche drauf gewundert, daß der Tabak völlig durchnäßt war.

Als Marei am Spielplatz mit der großen Wiese rechts abbiegt, zeigt die Uhr Mitternacht. Sie muß an Jasper denken. Der hat kurz vor seiner Abreise in die USA aufgehört, Stephen King zu verschlingen, und ist jetzt bei Dean Koontz gelandet. »Mitternacht« hieß der letzte Titel, den er ihr empfohlen hatte, und Marei hatte angefangen zu lesen. Sie weiß nicht, woran es liegt, ob Koontz wirklich erträglicher schreibt als King, oder ob es einfach daran liegt, daß Jasper nun dieses eine Jahr nach Amerika gegangen und einfach weg ist. Sie las das Buch, das er mit so leuchtenden Augen auf ihren Bücherstapel gelegt hatte, wirklich zu Ende. Sie nahm Abschied von ihrem Sohn und tauchte gleichzeitig in seine Welt ein, die ihn kurz vor seiner Abreise so in Bann geschlagen hatte. In dem Buch gab es einen Mondfalken. Einen Mondfalken, der nachts jagt und manchmal vor der hellen Kugel des Mondes zu sehen ist. Der Bösewicht in dem Roman, der die anderen Menschen beherrschen will, hatte dreimal in seinem Leben einen Mondfalken gesehen. Der Mondfalke hatte ihm die Offenbarung gebracht, daß er über andere herrschen soll. Auf dem Titel des Buches war ein Greifvogel als Silhouette vor dem gelb leuchtenden Vollmond abgebildet. Gefiederte Armschwingen, rechteckige Flügelform. Eindeutig ein Mäusebussard oder Habicht, wenn nicht gar ein Adler. Falken jedenfalls haben alle diese sichelförmige Flugsilhouette, zugespitzte Armschwingen. Wie kann man das zentrale Motiv auf dem Buchumschlag so verhunzen? Aber der Durchschnittsleser ist wahrscheinlich weder Zoologe noch Naturschutzanhänger, dem kann man jeden Hühnerhabicht als Falken verkaufen. Jasper hatte sich über diese Luschigkeit aufgeregt. Da müßte doch im Verlag jemand die Herstellung so eines Buchcovers betreuen und aufpassen, daß da nicht irgendwas hingepinselt wird, sondern der Vogel, der im Buch auch wirklich vorkommt, nämlich ein Falke. In seinem Zimmer hatte er mit dreizehn Jahren lauter Silhouetten von Greifvögeln an die hellblaue Zimmerdecke geklebt. Dem konnte man nichts vormachen. Der kannte die Viecher alle in- und auswendig. Jasper hatte ihr auch das Bilderbuch über Crüsch, die Schleiereule angeschleppt. »Das mußt du unbedingt ins Schaufenster legen, Mama. Am besten aufgeschlagen, damit man die Illustrationen innen drin sieht.«

»Dann muß ich aber gleich zwei Bücher fürs Schaufenster bestellen, eines zum Aufschlagen und eines, um das Titelbild zu zeigen. Ist das Buch denn wirklich so gut, daß wir davon zwei loswerden?«

»Ganz bestimmt. Da werden wir zehn von los.«

»Na, nun laß mich mal lieber die Bestellzahlen festlegen. Ich hab' da doch so meine Zweifel, gleich zehn Schleiereulen an den Kunden zu bringen ...«

Sie einigten sich auf drei Exemplare, und Jasper behielt recht. Die Bücher waren wirklich nach vier Wochen alle drei verkauft. Was Tiersachbücher für Kinder und Jugendliche anbelangte, da war Jasper wirklich ein ernstzunehmender Einkaufsberater. Treffsicherer als Robert jedenfalls.

Mitternacht. Mondfalke. Spurensuche. Marei nimmt den letzten Parkplatz unter der Linde. Der bleibt jetzt im Sommer immer bis zuletzt frei. Keiner will den klebrigen, gelben Staub auf seinem Wagen haben. Sie geht nicht durch den Laden in ihre Wohnung, sondern schließt die Haustür auf, weil sie auf dem Flur noch nach der Post sehen will. Das hat sie heute in der Aufregung mit Robert und allem ganz vergessen: den Briefkasten zu leeren, weil die Post in ihrer Mittagspause gekommen ist, als sie gar nicht im Laden war. Kontoauszüge, Telefonrechnung und ein Belegexemplar der »Spätzündung«. Für die schreibt Marei in letzter Zeit ab und zu Buchbesprechungen. In dieser Ausgabe ist ein Artikel von ihr über Sue Harrisons Steinzeitroman »Vater Himmel, Mutter Erde«. Überleben am Polarkreis. Kälte und Arbeit, Robben- und Fischfang, Wind und Meeresgeruch. Und das alles siebentausend Jahre vor Christi Geburt. Auf die Idee muß man erst mal kommen.

Als sie mit all der Post in der Hand etwas unbeholfen ihre Wohnungstür aufschließt, hört sie gerade noch den letzten Rest vom Anrufbeantworter:

»... melde mich dann morgen wieder. Ciao.«

Die Stimme! Claudio. Jaspers Vater. Klack, Surren, Spulen der Kassette im Apparat. Was will Claudio? Gleich abhören und zurückrufen. Sie zieht ihre Schuhe aus, stellt sie auf die Fußmatte im Flur, wirft Jacke und Handtasche auf den Sessel und setzt sich im Arbeitszimmer auf den Fußboden neben den Anrufbeantworter. Spult zurück. Schaltet auf Wiedergabe. Ein lautes Poltern über ihr läßt sie zusammenschrecken. Ein Sessel scheint umgefallen zu sein, oder etwas ähnlich Großes. Eine halbe Stunde nach Mitternacht. Es folgt: Möbelschurren auf blankem Holz. Marei versucht, sich auf das Band ihres Anrufbeantworters zu konzentrieren.

Zuerst eine lange Nachricht von Stefan, der ihr zwei Bücher antiquarisch besorgen konnte und sie nächste Woche vorbeibringen will. Danach eine kurze Bitte um Rückruf von der Redaktion des »Spätzünders«. Es ginge um eine zusätzliche Rezension. Ob sie die bis Freitag nächster Woche schreiben könnte. – Ja, welches Buch denn, ihr Witzbolde, hättet ihr das nicht mit aufs Band sagen können? Jetzt grübel ich die ganze Nacht, welches Buch ich wohl besprechen soll, daß das so eilig dazwischen geschoben werden muß ... – Dann, endlich, die Nachricht von Claudio. Seine lauschende Stimme, die selbst beim Reden manchmal eher zuzuhören scheint, kleine Pausen der Rückversicherung für die Reaktion des Gegenübers frei läßt. Eine Eigenart, die Jasper auch schon übernommen hat.

Claudio kommt übermorgen im Laufe des Tages nach Hamburg. Er sei nicht mehr zu erreichen, jetzt schon bei einem Freund in Nürnberg, von wo aus er gleich morgen früh wieder abfahre. Und jetzt stünde er in einer Telefonzelle. Es hätte sich alles kurzfristig so ergeben.

Was will Claudio in Hamburg? Claudio ohne Jasper? Seit ihrer Trennung ist er öfter zu Besuch gekommen, und sie haben ganz normal »Vater Mutter Kind« gespielt. Aber ohne Jasper haben sie sich seit sechzehn Jahren nicht mehr getroffen. Seit seiner Geburt nicht, wenn sie richtig überlegt.

Claudio ohne Jasper. Eigentlich keine schlechte Idee. Sie ist froh, wie gut es in den vergangenen Jahren immer geklappt hat, sich mit Claudio wegen Jasper abzusprechen. Wenn sie hört, wie sich andere Mütter mit den Vätern ihrer Kinder rumzanken müssen, dann ist sie heilfroh, dieses Kind mit Claudio in die Welt gesetzt zu haben. Jasper hat von seinem Vater in Mailand mehr als manche Kinder, deren Väter in der gleichen Stadt wohnen.

Claudio ohne Jasper. Marei dämmert im Halbschlaf vor sich hin und sieht sich mit Claudio in Pisa am Flughafen stehen, in Florenz auf der Via Senese Tintenfisch einkaufen, später dann mit Jasper und Claudio in Genua und in den kleinen ligurischen Küstenstädten die Fischerboote beobachten, und zuletzt in Mailand, wo dann leider nichts mehr klappte zwischen ihnen. Plötzlich fehlte dieses Zuhausegefühl. Sie wußte, daß sie auf Dauer nicht in Italien leben konnte. Trotzdem sollte Jasper so viel Vater haben wie möglich. Und das hatten sie geschafft. Jasper ist ein richtiger Europäer geworden. Und jetzt sitzt er in Atlanta und übt den Weltbürger.

Marei schläft mit Bildern von Jasper und Claudio im Kopf ein, aber dann kommen plötzlich die Gesichter von Katja und Melanie dazu und auf einmal auch das Klassenzimmer aus der Grundschule. Der Wolfslehrer mit dem weißen Taschentuch. Wie er das Wort »Krieg« von der Tafel wischt. Und wie plötzlich vor dem Fenster draußen die Wölfe heulen. Und bellen. Und dann klingelt der Wecker. Der Hund von den Gemüsenachbarn hat gejault und gebellt. Keine Wölfe. Und es ist ein ganz normaler Tag, und Marei muß im Buchladen stehen, muß den Spätzünder anrufen, will Jasper einen Brief schreiben, muß vor allem erst einmal aufstehen.

Wie hieß der Wolfslehrer?

Sie läßt Wasser in den alten, verkalkten Kessel einlaufen und sucht auf dem Kühlschrank nach Streichhölzern, aber da liegen nur rote und blaue leere Streichholzschachteln. Die hat Marei zu kleinen Mäuerchen gestapelt, ein rotes und eine blaues Mäuerchen. Irgendwo muß doch auch noch eine volle Schachtel sein. Ach da, hinter dem großen Joghurtbecher, den sie sich gestern abend schon aus dem Eisschrank genommen hat, damit er heute morgen nicht so ganz kalt ist. Sie reißt ein Hölzchen an und entzündet die Gasflamme unter dem Teekessel. Warum hebt sie eigentlich sechsundzwanzig leere Streichholzschachteln auf? Spieltrieb. Nur weil die Schächtelchen die Form von Quadern haben und man damit so schön Mäuerchen bauen kann. Machen andere Leute das auch? Ist ihre Wohnung deshalb immer so voll? Müßte man mit neununddreißig Jahren endlich mal erwachsen werden?

Mit ihrer letzten Tasse vom Frühstückstee setzt sich Marei ans Telefon und ruft Hannes von der Spätzünder-Redaktion an.

»Sag mal, was soll denn das auf meinem Anrufbeantworter? Wenn du mal einen Buchtitel genannt hättest, dann hätte ich schon mal darüber nachdenken können, ob ich das bis zum nächsten Freitag noch dazwischenschieben kann oder nicht.«

»Kannst du«, sagt Hannes, »kannst du.«

Marei lacht. »Woher weißt du das?«

»Weil du nichts Neues lesen mußt. Du kannst sozusagen aus deinem Fundus schöpfen.«

»Wie das? Führt ihr jetzt die Rubrik ›Wiedergelesen‹ ein, oder was?«

»Nein, nicht ganz. Wir wollen von dir eine Sammelrezension über empfehlenswerte Großdruckbücher, und die sind doch meistens alle schon mal gegessen und wieder aufgewärmt.«

»Da hast du allerdings recht. Und kann ich da aussuchen, was ich will?«

»Ja. Du solltest nur ein bißchen was über die Problematik von sehbehinderten Lesern allgemein schreiben. So, wie du mir das neulich erzählt hast, als du hier warst. Und für die übernächste Ausgabe kannst du dir schon mal ein paar ›Buchtips für die Enkel‹ ausdenken. Können auch ein paar Bücher mehr sein, so vier, fünf Titel.«

»Oh, da wüßte ich schon einen, oder besser zwei.«

»Na, dann laß dir noch drei dazu einfallen und schreib hundertfünfzig Zeilen. Über die Großdruckbücher achtzig Zeilen, die wollen wir in der Schrifttype aufblasen, so, wie du das vorgeschlagen hattest. Mal sehen, wie das wirkt, wenn plötzlich mitten in der Zeitung eine Seite mit 12-Punkt gedruckt ist. Jens macht grad mal 'n Probelayout.«

Als Marei aufgelegt hat, geht sie als erstes zum Kinderbuchregal und guckt die Buchrücken durch. »Mit Mammut nach Neandertal«, das war ihr gleich neulich angenehm aufgefallen. Ein Buch, nach dem Kinder Steinzeit basteln und spielen und auch komplizierte Werkzeuge herstellen können. Die »Wolfsaga« für die Neun- bis Elfjährigen, das ist auch klar. Jetzt fehlt noch ein Bilderbuch für die ganz Kleinen, und Marei weiß, daß sie neulich diese Fahrradgeschichte gelesen hat, wo so ein bunter Punker, mit dem die Kinder eigentlich nicht so viel reden sollen, einen kleinen, frustrierten Jungen bei einem Fahrradrennen gewinnen läßt, weil die größeren Kinder ihn gerade so geärgert haben. »Juli wird erster«, hieß das Buch und ist nicht da. Hat sie das schon verkauft? Ach, nein, sie hat es ins Schaufenster gelegt.

Und als letztes Highlight noch Crüsch, die Schleiereule, wegen der Nachtbilder, die Jasper so liebt, alles in Blau und die nächtliche Welt von oben mit dem Blick der Eulen gesehen. Sie weiß, daß sie noch ein Exemplar nachbestellt hatte, nur: Wo ist es jetzt? Bei dem Namen Crüsch muß sie immer an Chrischan denken, der immer Chrüsch genannt wurde, als sie noch zusammen studierten. Deshalb hatte sie sich eigentlich mit Jasper gekabbelt, ob die Eule nun Crüsch oder Crüüüüsch heißt, mit kurzem oder langem ü. Und eine Schleiereule paßt auch gar nicht zu Chrischan. Eine Eule schon.

Irgendwie hatten sie sich nach dem Studium fast aus den Augen verloren. Aber nur fast. Chrischan hatte zweimal in all den Jahren ein Buch bei ihr gekauft, und sie weiß noch wie heute, welche Bücher das waren. Das eine war der Blindensturz von Gert Hofmann, und das andere waren die Wildleute von Rachel Hutmacher gewesen. Beide Male war er in den Laden gekommen und hatte einfach nur gefragt, wie es ihr gehe. Und er bräuchte mal wieder ein Buch, so eins zum Abtauchen in eine andere Welt. Was sie ihm denn empfehlen würde? Marei hatte ihm die beiden Bücher verkauft und beide Male hatte er sich hinterher zufrieden geäußert. Marei wußte, was Chrischan gerne las. Da konnte er noch so viele Drehbücher für »Daily Daydreams« schreiben. Irgendwie kam ihr Chrischan nicht glücklich vor. Und sie mochte ihn nicht fragen, warum. Er hatte wie sie in Medienpädagogik abgeschlossen und dann Sigrid geheiratet, oder vielleicht auch eher den Schwiegervater, dem die Produktionsfirma »Daily Daydreams« gehörte. Von Stund an schrieb Chrischan Drehbücher und brauchte sein Leben lang kein einziges Vorstellungsgespräch zu führen. Er war im Geschäft. Wie er die Schere im Kopf meisterte? – Sein Bier. Sie fragte nicht nach.

Also »Crüsch, die Schleiereule«. Und dann fällt ihr Blick auf das Buch »Tee, bitte!« Und jetzt muß sie sich erst einmal einen schönen, milden Darjeeling kochen. Das Buch wird sie auch noch für die Enkel empfehlen. Es ist eine Kulturgeschichte des Tees, von den alten Chinesen über die Boston Tea Party bis heute. Eigentlich ein Bilderbuch für Erwachsene. Warum sollen die sich nicht auch mal ein Bilderbuch gönnen.

Doch so groß die Lust auf Kinderbücher jetzt auch sein mag: Der Artikel über die Großdruckbücher muß ja eher fertig sein. Bis zum nächsten Freitag schon. Sie sucht sich die Verlagsprospekte heraus, von denen sie weiß, daß sie Großdrucktitel enthalten. Drei Buchtitel sollten schon als besonders empfehlenswert erwähnt werden. Ihr geliebter Pagnol natürlich: Eine Kindheit in der Provence, und selbstverständlich auch der »Eulenruf« von Irina Korschunow. Und als sie nach einem dritten Titel sucht, da wird ihr wieder einmal bewußt, wie wenig von den wirklich lesenswerten Büchern überhaupt irgendwann von den Verlagen für ihre Großdruckreihen ausgewählt wird. Großdruckleser sind wirklich die Underdogs unter den Bücherwürmern. Naja, dann nehmen wir doch mal ... Ach nehmen wir doch mal ganz was Neues. Effi Briest ist gerade in der Reihe »Klassiker im Großdruck« erschienen. Das Neueste ist sowieso nicht immer das Beste. Marei nippt ohne aufzusehen an ihrer Teetasse, blättert noch ein bißchen in neuen Büchern, und liest sich dann doch noch in einem Roman fest.

»Na? Kriegen sie sich?« hört sie plötzlich eine Stimme, die sie kennt, und Stefan steht mit seinem Büchertütchen in der Hand da.

»Du, das weiß ich noch gar nicht, ob sie sich kriegen. Ist das eigentlich immer so wichtig? Und wolltest du nicht erst nächste Woche kommen? Wieso müssen sie sich eigentlich immer kriegen am Schluß? Dann bleibt doch gar nichts mehr für die eigene Phantasie.«

Zwei Tage später, kurz vor Mittag – Almbimmeln, Kuhglocken – steht Claudio in der Tür, mit seinem typischen »Madonna!« auf den Lippen und einem weißen Wal auf seinem hellblauen T-Shirt. Sein Auto hat er wie beim Banküberfall schräg vor dem Laden auf dem Bürgersteig geparkt, stöhnt über die lange Fahrt, die Hitze und hält Marei einen kleinen blauen Delphin hin, bevor er sie umarmt. Dann zieht er aus der Hosentasche noch einen silbrig glänzenden Wal, lacht, und sagt: »Die sind für dein Schaufenster.«

Der Wal ist weiß mit silbrig glänzenden Flitterkonfettis auf dem Rücken, der Delphin fast türkis. »Was soll das, Claudio?« fragt Marei und starrt die Meerestiere an. »Was bedeuten diese Tiere? Hast du Hunger? Willst du was trinken? Soll ich einen Tee kochen? Cappuccino kann ich nicht, das weißt du.«

»Delphine brauchen Wasser. Nur Wasser. Erst mal nur Mineralwasser«, sagt er und steht auch ganz zusammengesunken, verloren und durstig zwischen den Tischen mit den Büchern herum. Marei holt ein Glas und eine Flasche Wasser aus der Teeküche und schiebt Claudio auf die Lesebank vor dem hinteren Fenster: »Erzähl! Was machst du hier? Wieso dieser Überraschungsbesuch?«

Sie schenkt ihm ein und lauert auf die Antwort. Claudio trinkt das Wasser wie ein Verdurstender. Schenkt sich nach. Lächelt sie mit schrägem Kopf an und läßt sie noch einen Augenblick warten.

»Ich komme demnächst noch viel öfter«, sagt er, trinkt wieder einen Schluck und genießt die erwartungsvolle Spannung, die er mit solchen Halbinformationen aufbauen kann.

Marei runzelt fragend die Stirn.

»Ich habe einen Auftrag von Moby Dick, eine Werbekampagne hier in Schleswig-Holstein zu entwerfen und die Durchführung zu betreuen. Schwerpunktstädte sind Travemunde, Kiel und Binz auf Rugen.«

»Es heißt Travemünde und Rügen, aber das macht nichts«, korrigiert sie ihn. »Wer ist Moby Dick?«

»Eine Klamottenfirma, Sportswear. Wir arbeiten mit einer Umweltschutzorganisation zusammen, und das Hauptmotiv soll von der ›Save the whale!‹-Kampagne abgeleitet werden. Wir machen Sweatshirts, T-Shirts, Strandmode, alles mit Delphinen und Walen drauf. Ich kann dir die ersten Entwürfe nachher zeigen. Die Mappe liegt im Auto. Wenn wir im ersten Testjahr gut einschlagen, sollen Schwimmflossen, Luftmatratzen und andere Wassersportartikel folgen.«

»Und wie lange wird das dauern?«

»Mindestens drei Jahre.«

»Und wo wohnst du?«

»Am Anfang in Hotels, und dann sollen wir entscheiden, wo ich am günstigsten eine kleine Wohnung nehme, weil ich viel an der Küste reisen muß. Sie haben ein Büro bei Travemünde, – münde?«

»Ja, -münde.«

»Und da muß ich anrufen. Aber heute nicht mehr.« – Er streckt die Beine aus, stellt sein leeres Glas zurück auf den kleinen Kiefernholztisch und atmet zufrieden auf.

»Das heißt, du kannst dich drei Jahre lang prima von hier aus um deinen Sohn kümmern«, konstatiert Marei zufrieden.

»Ja!« sagt Claudio mit Nachdruck. »Aber richtig fangen wir erst nächstes Jahr an.«

»Und warum hast du mir das nicht vorher mal angekündigt?«

»Ich wollte dein Gesicht sehen, wenn du das erfährst.«

»Das siehst du ja jetzt. Übrigens, eine Frau, mit der ich zur Schule gegangen bin, hat zwei Jeansläden an der Ostseeküste. Die heißt Ruth«, sagt Marei und blickt hilfesuchend aus dem Fenster, »und seit sie geheiratet hat, vergesse ich immer ihren Nachnamen. Aber den finde ich raus, da könntet ihr auch mal anklingeln und eure Kollektion vorführen. Machst du auch selbst den Dressman dann?«

Claudio kneift ihr lachend ins Knie, so daß sie aufschreit.

»Hm, una carezza«, meint er entschuldigend.

Als Claudio zwei Stunden später wieder aus der Tür ist, betrachtet Marei den kleinen Wal und den Delphin. Claudio für drei Jahre hier im Norden. In all dem zähflüssigen Kram mal eine leichtfüßige Überraschung! In ein paar Tagen wird er aus Travemünde zurück sein, dann kann sie mit ihm auch über ihre unausgegorenen Umzugspläne reden. Wenn sie zurückdenkt, war Claudio der unkomplizierteste Mann, den sie je hatte. Aber irgendwann hatten sie keine gemeinsamen Themen mehr. Außer Jasper. Und das ist zu wenig.

Noch während sie sinnierend auf die geschwungene Schwanzflosse des weißen Wals starrt, klingelt das Telefon sie aus ihren Träumen. Es ist Katja.

»Du, mir ist heute morgen eingefallen, wie der Lehrer hieß. Der hieß Fauner.«

»Natürlich!« Marei rutscht fast ihre Teetasse aus der Hand. Sie starrt auf die grün und erdfarben gemusterte Lasur und hat ein Gefühl von Selbstverständlichkeit und Heimat unter den Füßen, von Zeitlosigkeit und einer Schultafel, die nie aufgehört hatte zu existieren, und plötzlich sind dreißig Jahre wie weggewischt. Der Vertretungslehrer heißt Fauner und sitzt mit seinen schwarzen Pierre-Brice-Haaren vorn am Pult und liest. Und er schreibt das Wort »Krieg« an die Tafel. Mit Kreide. Und wischt es weg. Mit dem Taschentuch.

»Bist du noch dran?« fragt Katja und reißt sie aus der Zeitlosigkeit zurück in ihren fast bankrotten Buchladen, und da rütteln auch schon schüchtern die ersten Kunden an der Tür. Sie hat ganz vergessen, daß die Mittagspause längst vorbei ist.

»Moment mal, Katja, ich muß mal eben aufschließen.«

Marei dreht den Schlüssel im Schloß herum, öffnet und entschuldigt sich bei den beiden Frauen, die eben ihren Laden betreten. Sie springt zurück zum Telefon.

»Warum hast du das nicht gleich gesagt?«

»Ich bin erst heute morgen drauf gekommen, weil du immer gesagt hast, der hätte gut ausgesehen. Viele attraktive Lehrer gab es ja nicht an unsrer Schule. Der einzige attraktive Mann unter den Lehrern, das war der Fauner, und der war Sportlehrer.«

»Du, Katja, ich danke dir bis an mein Lebensende. Aber ich muß jetzt auflegen, ich habe Kunden im Laden.«

Die ältere Dame möchte die Ährenleserinnen von Annelotte Pinscher kaufen, und Marei sucht ihr das Buch aus dem Regal, obwohl sie nie begriffen hat, was andere an dieser Lektüre so begeistert. Auf Seite 103 war sie endgültig vor Langeweile steckengeblieben, und das beim dritten Anlauf. Aber die Kundin ist Königin, und jedem das Seine, jeder das Ihre. Und dann wäre da noch ihr Enkel, und sie suche etwas für den Sechzehnjährigen zum Geburtstag.

»Was liest der denn sonst so?« fragt Marei.

»Eigentlich nur Sachbücher, manchmal auch Gruselbücher«, meint die Oma schmunzelnd.

»Meinen Sie mit Gruselbüchern jetzt Stephen King und Konsorten?«

»Ja, genau, aber ich kenne mich da nicht so aus und wollte mal 'ne Überraschung –«

Marei legt ihr eine kleine Auswahl von Jaspers Lieblingsbüchern vor, und die Oma ist sicher, daß der Enkel eines davon noch nicht hat. Die andere Kundin sucht Krimis.

Als Marei wieder allein im Laden ist, ruft sie bei der Schulbehörde an. Der Oberschulrat für den entsprechenden Bezirk rät ihr, sich erst an die Schule zu wenden. Wenn sie dort nicht weiterkomme, würde er gerne versuchen, ihr zu helfen. Sie ruft in der Schule an und rechnet damit, daß Herr Fauner längst dreimal die Schule gewechselt hat und mindestens pensioniert ist. Die Schulsekretärin, die sie dann am Apparat hat, heißt Frau Jankus und ist sehr hilfsbereit. Marei erzählt ihr etwas von einem geplanten Klassentreffen, weil sie nicht von Pierre Brice erzählen will. Sie muß ein bißchen schwindeln und so tun, als hätten sie Herrn Fauner länger im Unterricht gehabt. Nach dreißig Jahren ist das ja so nicht mehr nachprüfbar. Sie fragt erst nach Herrn Schmid, obwohl sie weiß, daß er tot ist. Dann fragt sie nach Herrn Schwarz, dem Musiklehrer. Der ist pensioniert. Und dann fragt sie beiläufig nach Herrn Fauner.

»Ja, Herr Fauner ist noch bei uns!« sagt Frau Jankus, und Marei weiß ihr Erstaunen gar nicht so recht unterzubringen.

»Ich darf Ihnen die Adresse nicht geben, aber sie können hierher schreiben, ich leite den Brief dann an ihn weiter.«

Marei versucht, ganz cool zu bleiben und ihrer Freude einen möglichst harmlosen Unterton zu verleihen. Daß sie sich freut, darf die Schulsekretärin schon wissen. Aber nichts von Pierre Brice.

»Können Sie mir dann bitte noch den richtigen Vornamen sagen, damit ich den Brief vollständig adressieren kann?«

»Mathis Falk«, sagt Frau Jankus.

»Mathis mit einem ›t‹ oder mit zweien?« fragt Marei, und Frau Jankus buchstabiert den Namen. Mit einem t.

Marei hat ihren Wolfserzähler wiedergefunden.

Sie schreibt Herrn Fauner nun endlich nach dreißig Jahren einen Brief und beschließt, Frau Jankus irgendwann einmal einen Blumenstrauß vorbeizubringen. Die Kunden, die an diesem Nachmittag im Laden sind, nimmt Marei nur noch verschwommen zur Kenntnis. Sie schreibt.

»Es war eine Geschichte mit Wölfen, mit einem Mann, der mit einem Pferdewagen vor den Wölfen in sein Heimatdorf floh, in Todesangst seine Pferde antrieb und kurz vor dem Dorf eine alte Frau sah, seinen Wagen wendete, die alte Frau aufsteigen ließ, selbst in einem großen Bottich vom Wagen sprang, um die Wölfe abzulenken, und unter dem umgedrehten Holzbottich darauf hoffte, daß die alte Frau schnell genug Hilfe aus dem Dorf holen würde. Es war eine Geschichte mit viel Schnee und Eis und Winter, und ich habe sie irgendwann einmal in einem Lesebuch wiedergefunden, meine zu erinnern, daß sie von Selma Lagerlöf war und finde sie aber in meinen Gesammelten Werken von Selma Lagerlöf nicht wieder. Täuscht mich meine Erinnerung? Wissen Sie noch, was Sie uns da vor dreißig Jahren vorgelesen haben?«

Sie legt ihm noch eine Einladung zu ihrer nächsten Gartenfete in den Umschlag. Gleich nach Ladenschluß bringt sie den Brief zur Post.

Kaum ist Marei von der Post zurückgekehrt, klingelt das Telefon erneut.

»Carrie speaking« – Wieso Carrie? Wieso nicht Jasper?

Aber da lüftet sie das Geheimnis schon, etwas drucksend, denn fürs Herumdrucksen ist bei so astronomisch teuren Ferngesprächen wenig Zeit. Und so läßt sie die Bombe gleich platzen. Jasper ist wieder an die Uni in Madison, weil er dort Freunde gefunden hat unter den Studenten und nun ist er aber leider etwas zu engagiert in einer kleinen studentischen Revolte gewesen, und dabei sei er, und sie solle sich jetzt nicht aufregen, sei er also leider festgenommen worden und säße jetzt bei der Polizei in Madison, und die hätten erst mal die Gasteltern in Atlanta informiert. Und deshalb rufe Carrie, die Gastmutter, nun Marei an. Marei bedankt sich, auch für Carries Versprechen, sie weiter auf dem Laufenden zu halten.

Oh, Gott! Warum habe ich so einen Revolutionär in die Welt gesetzt? Und jetzt ist Claudio nicht mehr da, kommt erst in drei Tagen von seiner Küstenpatrouille zurück.

Sie zwingt sich, abzuwarten und den Abend zu Hause neben dem Telefon zu verbringen. Dabei kann sie die Einladungen für ihre Gartenfete im August verschicken. Nur untätig herumsitzen macht noch viel nervöser als so eine stupide Eintütungsaktion. Briefmarken aufkleben, Adressen schreiben, und ein paar handschriftliche Bemerkungen auf die einzelnen Einladungen für die Leute, die sie länger nicht gesehen hat. Als sie die Arbeit beendet hat, liegen sechsundzwanzig fertige Briefe vor ihr.

Das Telefon. Endlich. Sie fällt fast über das Tablett mit der Teekanne, als sie den Hörer an sich reißt. Aber da ist es nicht Amerika, weder Atlanta noch Madison. Da ist es Claudio, der bereits am Ostseestrand neue Moby Dick-Boutiquen im Geiste auf die Promenaden stellt. Aber Marei fällt ihm ins Wort und erzählt sofort von Jasper. Claudio läßt sich die Nummer von Carrie geben. Will in Atlanta anrufen, verspricht, sich innerhalb der nächsten Stunde noch einmal bei Marei zu melden, mit allen neuen Informationen. Marei legt auf. Wartet. Wartet. Traut sich nicht unter die Dusche, weil es ja in der Zwischenzeit klingeln könnte.

Da, es klingelt, das muß Claudio sein. Sie nimmt noch im ersten Läuten den Hörer ab. Nein, es ist nicht Claudio. Es ist Jasper selbst, direkt aus Madison.

»Mutter, reg dich nicht auf! Ich bin schon wieder auf freiem Fuß. Da hatte sich neben mir jemand mit den Cops geprügelt, und mich haben sie gleich mit hopsgenommen. War nur 'ne kleine Demo.«

»Ehrlich?«

»Ehrlich!«

»Sag mal, mein Sohn, was hieltest du davon, wenn wir nächstes Jahr in ein hübsches, größeres Dorf umziehen würden.«

»Oh, ja! Wohin?«

»Ich weiß noch nicht genau, vielleicht irgendwo bei Eichenrade in der Nähe, wo ich aufgewachsen bin, wo dein Urgroßvater Förster war, aber du müßtest die Schule wechseln. Macht dir das nichts aus?«

»Nöö. Wenn Niklas und Tobi mich da immer besuchen können, dann nicht.«

»Ich könnte mich also mal nach einem idyllischen Forsthaus im Walde für uns beide umsehen? Oder jedenfalls so etwas Ähnlichem.«

»Na klar!«

»Am liebsten würde ich einen Buchladen mitten im Wald aufmachen.«

»Mach mal! Nächsten Sommer bin ich ja wieder da. Guck dich um und dann ziehen wir in die Wildnis. Aus Michigan wollte ich auch am liebsten gar nicht wieder weg. Da haben wir vierzehn Tage in so 'ner Holzfällerhütte gelebt. Aber mein Geld ist gleich alle, wir müssen auflegen. Ich schreib dir. Ciao! Du kriegst 'n Foto von den Bullen.«

Marei ist verblüfft und erleichtert. Doppelt erleichtert. Jasper wird nicht in die amerikanische Kriminalstatistik eingehen. Und er hat offensichtlich keine Probleme, sich den Umzug aufs Land vorzustellen. Als Claudio eine halbe Stunde später wieder anruft, weiß sie mehr als er. Und kann ihn beruhigen.

»Da haben wir was zu feiern, wenn du nächste Woche wieder in Hamburg bist.«

Marei findet mit ihren Gedanken peu à peu wieder in den Wald bei Eichenrade zurück. Irgend etwas muß sie heute schon tun. Irgend etwas, das mit Eichenrade zu tun hat. Sie packt einen Karton voll mit

Landkarten, biologischen Bestimmungsbüchern und ihrem angefangenen Artikel für die Spätzünder-Redaktion. Den kann man gerade gut im Wald zu Ende schreiben, denn genau darum geht's: Wohnen in der Natur, raus aus der Stadt nach vollbrachtem Berufsleben! Proviant stellt sie auch schon in einem Karton zurecht. Mineralwasser, Vollkornkräcker, Müsliriegel. Übermorgen ist Sonnabend. Gleich nach Ladenschluß will sie nach Eichenrade fahren. Richtig so wie früher ...

Am Freitag morgen liegt feuchte Sommerregenluft über dem Gras und den Büschen im Hof. Es hat in der Nacht endlich geregnet, und die ausgedursteten Pflanzen danken es mit einem überzeugenderen Grün als die Morgen davor. Es riecht nach Wald, als Marei das Schlafzimmerfenster öffnet. Sie geht in die Küche und setzt den Wasserkessel auf. Welchen Tee heute morgen? Blutorange? Ja, Blutorange. Das hat auch etwas Frisches, etwas Unaufdringliches. Der Regengeruch in der Küche ist so intensiv, dieser feuchte Waldmorgengeruch, das ist schon durch die geschlossene Balkontür gezogen. Da kann man nicht drinnen Tee trinken. Sie öffnet die Balkontür, während das Wasser auf dem Feuer steht. Sie stellt sich ihren Küchenstuhl auf den Balkon hinaus und begrüßt das Amselpaar, das auf der Wiese herumspringt. Das braune Weibchen, das schwarze Männchen. Beide halten mit schiefem Vogelkopf einen Moment inne. Das sind sie nicht gewohnt, morgens um sechs beim Frühstück schon menschliche Gesellschaft zu haben. Als Marei ein paar Minuten später mit ihrer Tasse und ihrem Buch neben dem fast leeren, etwas angerosteten Wäscheständer Platz nimmt, nur trinkt und liest, da hüpfen sie beruhigt weiter, picken ab und an ins Gras, und einmal, als Marei von ihren Buchseiten aufblickt, da ist das Männchen sogar dabei, einen leckeren Regenwurm aus der feuchten Erde zu ziehen. Dieser Tag fängt gut an.

Im Buchladen kommen heute neue Bücher an. Marei schmökert sich fest. Die erste Kundin reißt sie richtig unerwartet aus der Lektüre, und sie merkt, wie sich alles in ihr sperrt, noch länger so zu tun, als wäre dieser Buchladen ihre Lebensaufgabe. Irgend so ein amerikanischer Plastikbestseller wird verlangt, Marei verkauft, ohne Herzblut, ohne Überzeugung, aber froh darüber, daß sie auch solche

Bücher im Laden hat. So geht es ihr noch mehrmals an diesem Tag. Sie schließt um sechs, sie nimmt noch zwei Bücher mit nach drüben, in ihre Wohnung, und denkt daran, daß noch der ganze Herbst und der ganze Lesewinter vor ihr liegt, bis Jasper im Sommer aus Atlanta wiederkommt. Sie spürt, daß sie im Grunde völlig ruhig bleibt bei seinen gelegentlichen Eskapaden. Schon als Kind hat er oft allein wieder eingerenkt, was er vorher selbst verbockt hatte. Wenn er nachdenklich die glatte, kindliche Stirn unter seinen schwarzen Locken runzelte, dann plötzlich Erleichterung und Entspannung über seine Züge huschte und er voller Elan und Esprit zu ungewöhnlichen Lösungen alltäglicher und weniger alltäglicher Konflikte schritt. Sie fragt sich jetzt täglich, was für ein Gefühl das eigentlich ist, was sie dabei empfindet, ihn allein in der großen weiten Welt zu wissen, seine Selbständigkeit zu spüren, seine jugendlichen Lebensweisheiten in seinen Briefen zu lesen. Sie wundert sich manchmal, warum sie nicht ein kleines bißchen eifersüchtig ist, und fragt sich, ob das eigentlich so stimmt. Aber sie spürt nichts Gegenteiliges, nichts Einschränkendes. Nur die Trauer über die unumgängliche Abnabelung. Aber es muß sein. So, wie eine Eisbärenmutter ihr mehrjähriges Junges irgendwann verjagen muß, damit es erwachsen werden kann. Sie ist ruhig, wenn sie an Jasper denkt. Und sie freut sich, daß er im nächsten Jahr wiederkommen wird.

Spät am Abend, kurz vor zehn schon, klingelt das Telefon. Sie hebt ab. »Ja?«

Eine männliche Stimme, die sie nicht unterzubringen weiß, wünscht ihr guten Abend, fragt nach ihrem Namen bzw. weiß ihn und läßt sie raten, wer er nun wohl sei.

Sie weiß es nicht. Fragt ihn, aber er bleibt – hartnäckig flirtend – incognito. »Sie haben mir vor zwei Tagen so einen netten Brief geschrieben.«

Vor zwei Tagen? Da hat sie Dutzende von Einladungen verschickt und viele Briefe dazugelegt. »Ich schreibe viele nette Briefe«, will sie sagen, doch das wäre vielleicht zu unhöflich. »Ich erkenne die Stimme aber nicht«, gibt sie entschuldigend zu.

»Obwohl ja von meiner Stimme die Rede war in dem Brief«, sagt er da.

»Ich erkenne sie aber trotzdem nicht«, wiederholt sie entschuldigend und nun schon etwas kleinlaut. »Mal bitte weiterreden«, fügt sie noch hinzu, weil sie nicht weiß, ob sie den unbekannten Freund oder diesen bekannten Fremden früher mal geduzt oder gesiezt hat. Und er redet irgend etwas, freundlich, belanglos, jedoch heftig flirtend.

»Hat sich die Stimme denn vielleicht verändert?« fragt sie nun, einen Rettungsanker für sich selbst werfend.

»Das kann angehen«, räumt er ein, »in den dreißig Jahren.«

»Herr Fauner!« staunt sie überrascht in die Sprechmuschel, und er lacht bestätigend.

Der Wolfslehrer. Der Traum, der all die Jahre in ihr geblieben ist. Der Lehrer mit dem Buch und mit dem weißen Taschentuch an der Tafel. Jetzt, dreißig Jahre später, heute abend erhält sie seinen Anruf. Sie hat ihn aufgestöbert. Ihm geschrieben und ihn an die Geschichte mit den Wölfen erinnert. Und daran, daß sie sie nie vergessen hatte, die Geschichte nicht, die Unterrichtsstunde nicht. Den Brief schrieb sie vorgestern. Zwei Tage später schon ruft er an und läßt sie seine Stimme raten.

Zwei Tage sind eine lange Zeit. Sie dachte nicht mehr an die Wölfe, sie dachte nicht mehr an diesen Lehrer. Sie hörte nur auf die Stimme und versuchte, sie zu erkennen.

Marei ist erst einmal völlig überrumpelt, daß ihr Wolfserzähler von damals und die unergründbare Stimme im Telefon nun in diesem Moment zusammenzuwachsen beginnen.

»Woher überhaupt wußten Sie denn meinen Vornamen noch so genau?« fragt er noch. Er, mit seinen ungewöhnlichen beiden Namen.

»Von Frau Jankus«, sagt Marei.

Frau Jankus hatte wirklich gute Arbeit geleistet.

»Und was haben Sie all die Jahre gemacht?« fragt er plötzlich.

»Ich? Ja, also erst habe ich Sozialpädagogik studiert, dann war mir das zu wuselig und ich habe auf Diplompädagogik übergewechselt, mit Schwerpunkt Freizeitpädagogik, dann habe ich eine Abschlußarbeit in Medienpädagogik geschrieben, über Verfilmungen von Kinder- und Jugendbüchern, und dann habe ich erst mit Jugendlichen in so einem gräßlichen Neubauviertel gearbeitet, dann kurz bei so einer Beratungsstelle für alleinlebende ältere Menschen, dann habe ich mit Kind und Mann ein paar Jahre in Italien gelebt, dort habe ich ein kleines Büchlein über die Erfahrungen in der Jugendarbeit geschrieben und mich damit endgültig von der Pädagogik und Beratungstätigkeit verabschiedet, und dann bin ich 1985 wiedergekommen und habe hier einen Buchladen übernommen. Und da sitze ich noch heute.«

»Na, das ist ja eine ganze Menge«, meint er.

»Ja, Gott, man kann sein Leben ja nicht verschlafen«, antwortet sie.

Was er denn heute so lese, fragt sie ihn noch. Und überhaupt solle er noch ein bißchen von sich erzählen.

Prähistorische Romane sind offensichtlich sein Lieblingsgenre. Alle vier Bände von Jean M. Auel hat er gelesen, zweimal! Immer abends vor dem Einschlafen, ohne Buch könne er nicht einschlafen, erzählt er. Und maritime Romane, da wäre er auch ganz versessen drauf. Woher sein Vorname käme? Seine Altvorderen waren Friesen gewesen, und so hatte er die Vornamen der Ahnen auf sich vereinigt. Ein Ritter war auch dabei, in dieser Ahnenreihe, und so hatte man das Kind auf den schönen und ungewöhnlichen Namen Mathis Falk getauft.

Ob er Mathis oder Falk genannt werden wolle, fragt sie, aber er will beides. Er ist überhaupt recht unbescheiden in diesem ersten Gespräch. Frech wie Oskar, gemessen daran, daß sie nur nach einer Geschichte von Selma Lagerlöf gefragt hat ... Sein zwölfjähriger Sohn sei im Januar zu ihm gezogen, und das habe sich noch nicht eingespielt, sagt er: »Seitdem muß Papa hier immer kochen und waschen. Steak und Rühreier können wir jetzt auch schon.« – Alleinerziehender Vater mit Sohn.

Sie finden erst einmal keinen Termin für ein Treffen. Aber das macht nichts. Sie hat ihm geschrieben, und er ruft sie nach dreißig Jahren an, läßt sie seine Stimme raten, und er weiß die Geschichte noch. Er weiß sie noch.

»So einen Brief bekommt man nur einmal im Leben«, sagt er am Schluß noch. Und zwei Sätze später fügt er selbstironisch hinzu: »Ich bin ganz stolz.«

Nur einmal im Leben. Er hat recht. So einen Brief schreibt man auch nur einmal im Leben.

So einen Lehrer hat man auch nur einmal im Leben. Eine einzige Unterrichtsstunde lang. Eine Wolfsgeschichte lang. Eine Geschichte mit Eis und Schnee und Winter und Wölfen und Todesangst.

Sie schläft glücklich ein, an diesem Abend, an dem so Wichtiges passiert ist. Etwas, auf das sie dreißig Jahre lang gewartet hat. Morgen will sie trotzdem erst einmal nach Eichenrade fahren, nur mit noch viel besserer Laune als vorher, vor diesem Gespräch. Nur einmal, gegen halb zwei, wird sie von Geschurre auf den Holzdielen über ihr geweckt. Kurz darauf fällt etwas um. Ansonsten ist es eigentlich eine recht ruhige Nacht. Aber zum Aufwecken reicht auch ein kurzer Lärm, wenn er laut genug ist. Versuche, gar nicht erst richtig aufzuwachen und gleich wieder einzuschlafen, sind meist zwecklos. Nun ist sie erst einmal wach. Sie sieht Herrn Fauner vor einem großen, vollen Bücherregal sitzen und aus dem Fenster schauen, während er mit ihr telefoniert. Er hat seinen Schreibtisch im rechten Winkel zum Fenster stehen, so, daß das Tageslicht von links auf die Schulhefte fällt, die er korrigieren muß. Hinter ihm sein Bücherregal. Vor dem Fenster grüne Wiesen und Kühe. Bäume. Ein Ausblick, der Ruhe auftanken läßt, wenn man von der Arbeit aufsieht und über seine Schüler nachdenkt. Seit dreißig Jahren unterrichtet er an derselben Schule. Ein steter Charakter.

Ihr wird so kalt wie Alexander bei seinen Eisbären, wenn sie an die letzten Jahre denkt. Erst kam Günther. Tourneeschauspieler und Globetrotter mit Wohnwagen-Anhänger. Die Unruhe, die der Mann mit sich herumfuhr, reichte ihr nach zweieinhalb Monaten. Eine Woche davon verbrachten sie gemeinsam in Italien, ein Wochenende in Graz, wo er immer noch ein Zimmer bei seiner Mutter hatte. Günther war achtundvierzig.

Daß der keine Frau hatte, war klar. Marei war er auch nach einem knappen Vierteljahr los.

Dann kam eine ganze Weile nichts, und dann kam Alexander. Der war erholsam, wenn er den Mund aufmachte. Kein Schauspieler mit Textheft, sondern ein Mann, der selbst was zu sagen hatte. Und seit drei Jahren geschieden. Keine eifersüchtige Ex-Frau mehr auf den Fersen.

Aber Alexander war Biologe. Verhaltensforscher, und in den sieben Monaten, die sie sich zusammengehörig fühlten, zweimal volle zwei Monate in irgendwelchen Tundrabuggies und Nordpolarschiffen verschwunden, um nichtsahnenden Eisbären kleine Knöpfe in die Ohren zu schießen und dann mit Peilungssendern hinter ihnen herzulaufen, zu -fliegen und zu -schwimmen. Nach sieben Monaten mit Alexander sehnte sich Marei endgültig nach einem Mann, der Seßhaftigkeit zu seinen vornehmsten Charaktereigenschaften zählt. Als Alexander zweimal hintereinander mit seinen Polarbären im Fernsehen erschien, wurde Marei von allen ihren Freundinnen beneidet. Sie wußte nicht, worum und wofür eigentlich. Fünf Tage später war er schon wieder nach Anchorage unterwegs. Marei sehnt sich nach einem Mann, der Ruhe in ihr Leben bringt. Keinen ewigen Wanderer auf dem ewigen Eis.

Überhaupt merkt sie immer mehr, wie ihre Gelassenheit und ihre innere Ruhe wegschwimmen in der letzten Zeit. Seit die Monatsbilanzen immer schlechter werden, die Zahlen auf ihrem Konto nicht mehr stimmen, die Kunden immer öfter zaudern, ob es dieses Buch denn nun wirklich noch sein muß – seit die private Sparpolitik der Leute das Kulturbudget getroffen hat, mit Wucht getroffen hat, seitdem kommt ihr immer öfter diese Unruhe in die Quere. Diese Unruhe, die so tief von innen heraus nagt und wächst und aushöhlt. Wie ein schwarzes Loch in all dem stabilen Innenleben, das man sich über die Jahre hinweg aufgebaut hat. Und das schwarze Loch wächst. Und frißt den Rest an innerer Sicherheit, den man immer hatte und für unerschöpflich hielt. Immer öfter treibt sie diese Sehnsucht nach etwas, was noch so ist, wie es früher einmal war. Irgend etwas, an dem der Zahn der Zeit nicht so unerbittlich genagt hat.

Als sie wieder einschläft, träumt sie von Wölfen, die ein goldgelbes Fell haben. Es ist warm, und sie ist auf einem Schiff vor der Küste Afrikas. Die Großmutter ist mit ihr auf dem Schiff und hat es sich auf einer Bank an Deck gemütlich gemacht. »Hör schön zu«, hat sie zu Marei gesagt, »hör schön zu, wenn Herr Fauner vorliest.« Und Marei hat sich neben die Großmutter gestellt, wühlt sich mit Kopf und Armen in Großmutters Rock fest und wippt mit einem Bein immer gegen die Bootswand. Und Herr Fauner sitzt am Heck des Schiffes und liest eine Geschichte vor.

Eichenrade

Am nächsten Morgen macht sie sich auf den Weg. Sie zaudert, ob sie doch noch einmal anhalten und auf die Karte sehen soll. Halbwegs sind die Erinnerungen noch da. Viele Straßen und Abzweigungen sehen noch so aus wie in ihren Schlaf- und Traum- und Tagtraumbildern aus den letzten Wochen. Nur manchmal siedelt ein Neubaukomplex oder eine auffällig breite Straßenkreuzung alles kaputt und irritiert. Trotzdem packt Marei die Landkarte nicht aus. Die Straßenschilder mit den Hinweisen nach Nordkloster reichen. Nordkloster war die größte Gemeinde in der Gegend damals. Da fuhr man hin, wenn man Wichtigeres einkaufen wollte. Heute fallen ihr Baustellen und halbfertige Häuser auf. Große Bauten, gähnende Leere, noch ohne Menschen. Wie eine riesige, moderne Geisterstadt wirkt Nordkloster zum westlichen Ortsrand hin. Da möchte sie nicht wohnen. Das nächste Reetdachhaus kann man heute mit dem Fernrohr suchen. In Nordkloster möchte sie ohnehin nicht wohnen.

Am nordöstlichen Ortsrand wird es idyllischer. Die alte Allee mit den Schwarzerlen steht noch, führt zum alten Kloster hin und sorgt schon vorher, auf den letzten Metern, die man zurücklegen muß, dafür, daß man mit einer seltsamen inneren Ruhe dort ankommt. Links fließt ein kleiner Seitenarm des Flusses zum See hinunter. An der rechten Seite steht auf einem Schild etwas von »Schulparkplatz«, und sie stellt ihr Auto erst einmal dort ab, um zu Fuß das alte Gemäuer in Augenschein zu nehmen. Auch hier ist gebaut worden, ein, zwei Gebäude erkennt sie nicht wieder. Aber es lebt, die alte Anlage des Klostergeländes ist nicht kaputtgebaut worden.

»Wieso Schulparkplatz?« fragt sie einen Jungen in Jaspers Alter, der gerade mit einem gelben Seesack auf dem Rücken federnden Schrittes aus dem Klostergebäude kommt.

»Da parken die Lehrer. Das gehört zum Gymnasium hier«, bekommt sie zur Antwort.

»Gymnasium?« fragt sie wortkarg, aber nicht uncharmant. Der Junge grinst.

»Das Kloster hat ein Gymnasium.«

»Unterrichten da nur die Mönche?« fragt sie.

»Nee, jetzt nicht mehr«, sagt er, »das Kollegium ist gemischt. Aber echt katholisch geht es schon zu.«

»Ist das das einzige Gymnasium hier?« fragt sie, weil eine leise Ahnung sie beschleicht.

»Ja«, sagt er. »Oh, da kommt mein Bus, ich muß mich beeilen.« Und weg ist er. Besonders geknechtet und von bigotten Mönchen gequält sah der Junge eigentlich nicht aus.

Andere Jungen kommen aus dem Gebäude, mit auffällig viel Gepäck und Turnschuhen in der Hand. Marei bleibt neugierig.

»Entschuldigung, äh, wo kommt ihr denn jetzt alle her, wenn ich das mal fragen darf?«

»Vom Sport«, sagen zwei von ihnen im Chor. Der Dritte guckt Marei etwas spöttisch an, wobei er elegant auf den Zehenspitzen federt. (Was will die Alte von uns?)

»Wo gibt's da Sport?« bleibt sie hartnäckig.

»In der Schule.«

»Und wieso turnt ihr im Klostergebäude?« wird sie nun kiebiger.

»Pater Gregor spielt mit uns immer hinten auf dem Rasen Fußball.«

»Jeden Sonnabend nachmittag«, fügt ein anderer ergänzend hinzu.

Marei bedankt sich. Die Jungen kommen vom Sport mit den Mönchen. Damit hatte sie nicht gerechnet. Sie verabschiedet sich und sieht im Geiste Jasper auf einer katholischen Klosterschule Fußball spielen. Und seine nächsten drei Jahre bis zum Abitur hier verbringen. Ob das Ärger gibt?

»Aber, hört mal!« ruft sie den Jugendlichen noch hinterher. »Ich hab da noch 'ne Frage!«, aber die sind schon auf ihren Fahrrädern unter den Bäumen der Allee verschwunden. Sie setzt sich auf eine Bank zwischen den Blumenrabatten und läßt die Atmosphäre dieses alten Gebäudes, der angrenzenden Neubauten, Parkplätze und Fahrradständer auf sich wirken. Jasper hier auf einem katholischen Gymnasium. Das muß er selbst entscheiden. Aber wie sie ihn kennt, sagt der ohne Bange ja. Sie sieht sogar Obstbäume im Klostergarten hinter der kleinen Steinmauer stehen. Hübscher als in der Großstadt ist es hier auf jeden Fall. Und seine Freunde könnten ja übers Wochenende auch dableiben. Nachdem sie eine ganze Weile hin und her überlegt hat, setzt sie sich wieder in ihren Wagen und nimmt nun endlich Anlauf, ihre Angst vor dem Wiedersehen mit Eichenrade zu überwinden.

Sie fährt langsam, weil sie das Eintauchen in die Welt der Kindheitserinnerungen genießen will. Einmal fährt sie rechts in eine Parkbucht zum Ausweichen, weil sie keine eiligen Autofahrer hinter sich haben will in dieser Erinnerungsstunde.

Was ist das? Am Ortsende zum schönsten Waldgebiet hin entsteht ein riesiger Neubaukomplex. Na ja, denkt sie sich beim Näherfahren, wenn ich dort wohnen könnte, in diesem Neubaukasten drinsäße und nach draußen sehen könnte, dann würde ich mich wahrscheinlich über die Wohnlage freuen. Warum muß die heutige Architektur so häßlich sein? Der Wald dahinter ist schöner. Das Kloster in Nordkloster auch. Fast fertig sieht es hier nun schon aus, aber ein Bauschild steht noch davor. »Hier entsteht eine Seniorenwohnanlage«. Marei glaubt ihren Augen nicht zu trauen. Sie weiß nicht, was sie damit anfangen soll, daß hier, zwanzig Meter entfernt vom nächsten grünen Schild mit dem Mäusebussard ein halbes Dorf am Dorfrand aufgestellt worden ist. Und ein Hinweisschild mit dem dreibäuchigen B springt ihr ins Auge. Marei wird neugierig.

Zwei Frauen mit leichten Einkaufstaschen trödeln die Dorfstraße entlang, offensichtlich in eine Stop-and-go-Unterhaltung verwickelt, ab und zu lachen beide, einmal grüßen sie den Postboten, der auf dem Fahrrad vorbeifährt. Das sind die richtigen, entscheidet Marei.

»Ach, entschuldigen Sie bitte. Sie sehen so aus, als ob Sie von hier sind?«

»Ja, was suchen Sie denn?«

»Suchen ist eigentlich nicht das richtige Wort. Ich glaube, ich habe es schon gefunden. Ähm, ich wollte mal fragen, wissen Sie etwas über diesen Wohnkomplex hier?«

»Ja, der ist neu. Der ist noch nicht bezogen. Die bauen ja länger, als sie gedacht hatten.«

»Gestern stand wieder im Landboten, daß es Ende September bezogen werden soll«, meint die andere.

»Das stand da schon ein paarmal«, sagt die erste wieder und lacht.

»Wo kann man denn das erfahren?« fragt Marei und sieht wieder auf das dreibäuchige große B, das an der einen Front prangt, neben einer Leuchtreklame für ein Café. Wie man bei jeder Brezel weiß, daß man Brot dort bekommt, so ist das dreibäuchige B der sichere Indikator für Bücherwürmer geworden. Hier in der Nähe gibt es einen Buchladen, heißt das Schild. Man muß ihn nur noch finden.

Inzwischen sind sich die beiden Frauen einig geworden, daß Marei das genaue Bezugsdatum am ehesten bei der Gemeindeverwaltung von Nordkloster bekommen wird. Eichenrade gehört zu Nordkloster, die Verwaltung sitzt dort im Rathaus.

»Na, jetzt um halb fünf wird da wohl keiner mehr sein.«

»Nein, das sind Beamte, die haben abends frei«, sagt die Blonde da und Marei ahnt, warum ihr die Frau die ganze Zeit schon so sympathisch ist.

»Wissen Sie etwas über den Buchladen?« fragt sie deshalb, mutig geworden.

»Ja, der war mal ausgeschrieben von der Gemeindeverwaltung.«

»Wieso ausgeschrieben?«

»Ja, das ganze Wohnprojekt ist mal von so einer rebellischen Altenorganisation gefordert worden, die hier in Schleswig-Holstein Furore gemacht hat. Die heißen ›Gnadenbrot e.V‹, und dann hatten die bei Kiel eine solche Anlage initiiert, auch mit der Zielsetzung, es soll ein anspruchsvolles, breites kulturelles Angebot im Seniorenwohnbereich sein, das auch von den Bürgern drumherum genutzt wird. Damit die Alten nicht so abgeschottet sind und Leute von draußen in die Anlage gehen in ihrer Freizeit. Die Wohnanlage bei Kiel gibt es schon seit zwei Jahren jetzt. Da ist ein Programmkino integriert, ein Buchladen und sogar ein Kindergarten. Und das klappt prima dort. Und dann haben die Gnadenbrötler es geschafft, der Gemeinde hier auch Unterstützung abzuringen für so ein Projekt. Und nun soll's hier losgehen im Herbst.«

»Und was ist mit dem Buchladen und der Ausschreibung, von der Sie erzählten?«

»Ja, die stand vor einem halben Jahr in der Zeitung. Es wird ein Buchhändler gesucht, der den Laden übernehmen will. Die Ladenmiete wird teilsubventioniert, aber dafür muß der Buchladen sich ein bißchen auf die Bedürfnisse der älteren Herrschaften einstellen«, sagt die Blonde und grinst etwas.

»Barbara Cartland?« fragt Marei, und die Blonde nickt. Marei hatte von Anfang an die Ahnung, hier auf die Richtigen getroffen zu sein. Sie bedankt und verabschiedet sich, weil sie jetzt ihre sprudelnden Gedanken beisammen halten muß und nicht noch weitere Informationen aufnehmen kann. Ob man sich da immer noch einklinken kann? Doch das will sie lieber nicht hier auf der Straße fragen. Das macht sie Montag bei der Gemeindeverwaltung.

Heute braucht sie dringend noch einen Waldspaziergang. Deshalb ist sie hergekommen. Nur da drüben die Schafe, die muß sie sich erst noch näher ansehen. Sie überquert die Hauptstraße und geht in Richtung des großen Holzgatters, das ihr vorhin schon aufgefallen ist. Direkt daneben riesige Büschel von Schilfgras, die auf eine recht feuchte Weide hindeuten. Sie will gerade die Schilfhalme in Augenschein nehmen, da wird ihre Aufmerksamkeit plötzlich von der Schafherde angezogen. Wie eine Woge schwappt die wollige Flut über die grüne Wiese auf Marei zu, nachdem der erste Hammel sich in Bewegung gesetzt hat. Drei kleine Schafgrüppchen vereinigen sich zu einer Masse und das weiße Wollmeer flutet in großzügigen Wellen auf sie zu. Marei lacht.

»Ich habe nichts für euch«, sagt Marei zu den Schafen. Ein Humpelfuß kommt etwas langsamer als die anderen auf das Gatter zu, und Marei will auch ihm seine liebeshungrige, neugierig witternde Schnauze streicheln. Doch der Leithammel stößt den Humpelfuß immer wieder zur Seite. Er darf nicht. Der Patriarch hat es so beschlossen. Humpelfuß hebt das linke Vorderbein und vermeidet bei jedem Schritt, es aufzusetzen.

»Tja, Kleiner. Ich darf dich nicht streicheln, euer Leithammel hat es verboten. Tut mir leid.«

Sie steht bei den Schafen, streichelt die vorderen Nasen und sieht hinüber zum Waldrand. Die Wolken darüber türmen sich zu gleißenden, von der Sonne beschienenen Bergen. Der Himmel ist von einem strahlenden Blau. Die Üppigkeit der riesigen grünen Baumkronen mit den weiß strahlenden Wolkengebirgen darüber ist wie ein Argument, das alle anderen Gedanken und Überlegungen schlägt. »Schön habt ihr es hier heute«, sagt sie zu den Schafen und verabschiedet sich. Plötzlich fällt ihr auf der benachbarten Weide ein Baum auf. Einzeln stehend, dreistämmig mit einer riesigen dunkelgrünen Krone. Wenn sie doch die Bäume besser kennen würde. Sie braucht immer erst die Blattform, um zu erkennen, was für einen Baum sie vor sich hat. Und dieser hier steht viel zu weit weg. Auf einer schilfumrahmten, offensichtlich sehr feuchten Weide, was kann das sein? Eine Erle?

Nach den Schafen geht sie hinüber zum Waldrand, zu den Wolkenbergen. Sie taucht in ihren Wald ein, den sie jetzt immer mehr als altvertraute Heimat empfindet und wo sie sich immer mehr an ganz vergrabene Geschichten von den Großeltern erinnert. Was hatte Opa erzählt? Wie war er hier Förster geworden? Das war nach dem Krieg gewesen, als alles in Schutt und Asche lag. Opa war eigentlich Tischler gewesen. Er hatte schon als kleiner Junge immer vor den verschiedenen Holzmaserungen gesessen und Landschaften hineingeträumt. Große Flüsse, Flußarme, die sich teilten, wenn zwei Astlöcher dicht nebeneinander saßen. Die Astlöcher selbst waren dunkle Inseln im Strom des honigfarbenen Flusses. Dann hatte er Tiere hineingeträumt, Fische und kleine Uferfrösche, die auf die Insel hüpften, um sich dort auszuruhen. Der Froschkönig war bestimmt von so einer Insel gekommen, hatte er immer erzählt, und als er mit der Schule fertig gewesen war, schien es eine klare Sache, daß er bei einem Tischler in die Lehre ging. Dort war er schnell der Fachmann für verschiedene Hölzer geworden, konnte schneller als alle anderen Lehrlinge sagen, wo der Baum gelebt hatte und wie, ob trocken oder feucht, ob Buchen- oder Eschenholz, ob möbeltauglich oder Feuerholz. Dann war Opa bei einer großen Sägemühle angestellt gewesen, und weil er irgendwann nicht mehr mit toten Bäumen, sondern mit lebenden Bäumen zu tun haben wollte, hatte er sich als junger Mann mit dem Förster bei seinem Heimatdorf angefreundet. Aber vielleicht nicht nur deswegen, vielleicht auch, weil der Förster eine Tochter hatte und Opa auf die Vakanz als Schwiegersohn spekulierte. Die Rechnung ging denn auch auf, und so war also nicht nur die Tochter des Försters, die siebzehnjährige Clara, von dem holzkundigen Tischlergesellen angetan, sondern auch der dazugehörige Schwiegervater. Opa rutschte nach Feierabend immer mehr in den Forstbetrieb mit hinein, und als die Sägemühle bald danach ihren Betrieb einstellte, war Opa der erste, der als Forstgehilfe im Forsthaus mit einstieg. Und da nach dem Krieg sowieso alles anders war und man händeringend qualifizierte Forstleute für die geplenterten und geplünderten Nachkriegswälder suchte, bewarb er sich für die Stelle in Eichenrade und bekam sie, obwohl er eigentlich kein »richtiger« Förster war. Um so ehrgeiziger war er deshalb mit seiner Weiterbildung gewesen, und Marei erinnerte sich an keinen Abend im Hause der Großeltern, an dem der Opa nicht über irgendwelchen wichtigen großen Büchern gesessen hätte. Oft regte er sich darüber auf, daß der Oberförster Friedler es auch nicht besser wüßte und nur immer so täte, weil er ein richtiger gelernter Förster nach dem Papier war. Und wenn Opa den Friedler dann und wann mit seiner engagierten und neuzeitlichen Bildung ins Abseits diskutiert hatte, dann schenkten Oma und Opa sich manchmal ein Gläschen ein, wenn Friedler aus der Tür war. Aber darüber dürfe man nie reden, daß solche Abende gefeiert würden, schärften die beiden Marei ein. Und sie bewahrte das Geheimnis für sich und genoß die verschwörerische Atmosphäre.

Auch Oma, die als Försterstochter aufgewachsen war und dann den Tischlerförster, wie er vom Schwiegervater öfter geneckt wurde, geheiratet hatte, hatte ihr Leben im Forsthaus begonnen und war also in der gleichen Sphäre geblieben. Sie hatte Marei zum Bickbeerenpflücken und Pilzesammeln mit in den Wald genommen und oft die

Geschichte erzählt, wie Wibert, Mareis Vater, das erste Mal im Forsthaus zu Besuch gewesen war und Linda, Mareis Mutter, dort kennengelernt hatte. Linda hatte gerade die Hühner gefüttert und Wibert kam mit seinem Fahrrad in den Hof gefahren. Dabei hatte er ein Huhn übersehen, das dann in Panik vor ihm unter Lindas Fittiche geflohen war. Linda, temperamentvoll wie immer, hatte den Fremden erst einmal heruntergeputzt, was ihm einfiele, die Hühner so zu erschrecken. Die Hühner waren Lindas Lieblinge, und Linda war damals sechzehn. Wibert ließ die Strafpredigt der engagierten Hühnermutter über sich ergehen und wurde von Lindas Vater versöhnlich ins Haus geholt. Dort verliebte er sich kurze Zeit später in die ungestüme Tierfreundin, obwohl er doch eigentlich nur einen Brief vom Zimmermannsbetrieb Berkel beim Förster abgeben sollte. Aber als Wibert mit Lindas Vater ins Gespräch kam und sich herausstellte, daß der früher selbst Tischler gewesen war, da kamen die beiden Männer ins Plaudern, und Lindas Mutter ahnte gleich, daß da so etwas Ähnliches laufen würde wie bei ihr damals. Zwei Holzhanseln an einem Holztisch, die kriegst du heute abend nicht mehr voneinander los, hatte sie zu Linda gesagt, und Wibert zum Abendbrot eingeladen. Von da an kam Wibert öfter, auch ohne Brief und ohne Botenauftrag, und er verlobte sich mit der hühnerliebenden Linda, die ihn heiratete, obwohl die Auftragslage für Fachwerkbauten immer schlechter wurde. Wibert hatte nicht nur Bautischlerei gelernt, sondern sich mit Inbrunst der alten Kunst des Fachwerkbaus verschrieben, doch leider wollten die Leute immer weniger von den schönen alten Häusern in Auftrag geben, und als die beiden jung verheiratet waren, da kam sowieso erst einmal der Krieg, und man konnte sich seine Arbeit nicht mehr aussuchen. Wibert wurde an die Westfront geschickt, wo sie ihm bald den linken Fuß so angeschossen, daß er zumindest vorübergehend nicht mehr richtig laufen konnte. Damit war er kriegsuntauglich, und nachdem er humpelnd aus dem Lazarett zurückgekehrt war, fand er in einer riesigen Holzfabrik vorübergehend eine Schreibtischarbeit, die ihm nicht viel Spaß brachte. Nach dem Krieg dann interessierte sich endgültig keiner mehr für aufwendige Fachwerkbauweise, denn es mußten schnell und billig viele Wohnungen gebaut werden. Nach einigen Überbrückungsjobs hatte er dann die Stelle bei der Baubehörde bekommen, deretwegen sie aus Eichenrade in die Stadt ziehen mußten.

Marei war in späteren Jahren immer ein bißchen traurig gewesen, daß gerade in ihrer Kindheit mit der Familientradition des Forsthauswohnens gebrochen wurde. Ihre Schwester Hannelore war neun Jahre älter als Marei und hatte noch ihre ganze Kinder- und Jugendzeit am Waldrand von Eichenrade verbringen dürfen. Aber der kam es gar nicht darauf an. Die war froh, als sie endlich in ihre Hotelfachschule gehen konnte, weil sie rein in die Stadt und weg vom Dorf wollte. Warum kriegen immer alle das, was sie sich nicht wünschen? Marei steht von dem hellen, trockenen Weißmoos, auf dem sie gesessen hat, auf, zupft ein paar Fichtennadeln von ihren Strümpfen und macht sich auf den Rückweg zu ihrem Auto. Wenn sie noch einmal mit dem Vater über all das reden könnte. Wenn die Mutter noch leben würde. Wenn eine gute Fee käme und sagte: »Du hast drei Wünsche frei.«

Noch einmal einen Sommersonntag mit den Eltern im Wald verbringen. Mit der ledernen Wasserflasche aus Spanien und dem emaillegeflammten Taschenmesser aus Bozen. Oder war es Bruneck? Egal, das Taschenmesser war die Hälfte des Himmels. Obwohl Marei gar nicht richtig damit schnitzen konnte. Eine Weidenflöte schnitzten die Schafhirten in den Märchen sich immer. Aber Marei war auch ohne Weidenflöte froh über den trockenen Sommerwaldgeruch, braune Kiefernnadeln zwischen weit auseinanderstehenden Bäumen, harzig die Rindenschrunden, wenn man die Stämme anfaßte. Moos und Laub, trocken und weich unter den dünnen Sohlen der Turnschuhe. Noch heute mag Marei blau-weiße Stoffturnschuhe am liebsten. Die Mutter hatte eine grüne Wildlederjacke. Die war für kühlere Waldtage, wenn die Sonne nicht so schien.

Die Eltern waren im Wald zu Hause. Um so weniger versteht sie den Verrat, den sie später am Wald begangen haben. Warum mußte es erst diese dumme Behörde in der Stadt sein? Warum mußte es nach dem Tod der Mutter ausgerechnet dieses Loft am Willersweiler Markt sein? Martha wollte dort wohnen. Erst mit neununddreißig Jahren hat Marei die Frage ihres Vaters begriffen.

Der Vater hatte gefragt, ob sie etwas dagegen hätte, wenn er sich mit einer neuen Frau zusammentäte. Die Mutter wäre ja noch kein halbes Jahr tot.

Damals war Marei achtundzwanzig Jahre alt. Und gab ihr Okay zu Martha. Wahrscheinlich war das kein Fehler.

Nur die Folgen, die hatte Marei sich nicht so vorgestellt. Vorweggenommene Trauerarbeit, seit Jahren jetzt. Der Vater ist nicht mehr allein zu sprechen. In gewissem Sinne ist das ein vorweggenommener Tod. Ihr Elternhaus existiert nicht mehr.

Wenn eine gute Fee käme und sagte: »Du hast drei Wünsche frei.« – Dann würde Marei sich wünschen, daß die Mutter noch einmal lebendig wäre. Als zweites würde Marei sich wünschen, mit Vater und Mutter noch einmal im Wald zu sein, einen trockenen, harzig riechenden Sommersonntag lang. Und als drittes würde Marei sich eine alte Schulstunde mit Herrn Fauner zurückwünschen. Einmal noch ihn vorlesen hören: die Geschichte mit den Wölfen.

Der dritte Wunsch wäre Herr Fauner. Was wird Herr Fauner dazu sagen, daß ihr Buchladen kurz vor der Pleite steht?

Wiedersehen

Herr Fauner sagt gar nichts zu Mareis Buchladen, als er das nächste Mal anruft. Herr Fauner erzählt von seinem Freund, der ihm die Wasserhähne reparieren will, damit Herr Fauner keinen Klempner bestellen muß. Und zwar, daß dieser Freund am Dienstag käme und daß er sich deshalb am Dienstag nachmittag nicht mit Marei verabreden könne. Das hätte er nämlich sonst vorgehabt: sie zu fragen, ob sie am Dienstag Zeit hätte. Ob es denn aber bei ihr am Sonntag vormittag gehe? So gegen zehn Uhr, zum Frühstück?

Da Marei Herrn Fauner nun endlich sehen will, nachdem sie dreißig Jahre lang auf dieses Wiedersehen gewartet hat, sagt sie ja, obwohl sie seit Jahren nicht mehr frühstückt, jedenfalls nicht so, wie andere Leute, mit Brötchen und Butterschmiere und Zuckerpampe aus Marmeladengläsern. So ein Frühstück ist ihr verhaßt. Bei Marei ist der Vormittag für Tee und höchstens ein bißchen Obst reserviert. Die erste richtige Anti-Hunger-Mahlzeit findet bei ihr gegen elf, halb zwölf statt. Na, irgendwie wird sie das schon überstehen, wenn Herr Fauner sich Konfitüre und Butter auf ein Weißmehlbrötchen streicht. Man kann nicht auch noch verlangen, daß er sich gesund ernährt, wenn er schon so schön vorlesen kann.

Man kann nicht alles haben im Leben.

Marei findet es aufregend, nun mit dem Vorleser der spannenden Wolfsgeschichte verabredet zu sein. Es ist wie eine Tür in die wirkliche Kindheit. Sie spürt den Zauber der verschneiten Waldlandschaft, das Näherrücken der Wölfe, die Mystik des Klassenzimmers von damals und die Geborgenheit in der Stimme eines Erwachsenen, der vorliest. Kindheit ist die Zeit, in der man sich nicht um die Beschaffung seines Lebensunterhaltes ängstigen muß, ja, noch nicht einmal ahnt, daß dieses Thema eines Tages auf einen zukommen wird. Kindheit ist die Freiheit von dieser erdrückenden Verantwortung, die einem in Notzeiten die Luft zum Atmen nehmen kann. Wenn man spürt, daß nichts und niemand je wieder einem diese Verantwortung abnehmen wird.

Und dann hat man plötzlich noch jemanden am Rockzipfel hängen, für dessen Start ins Leben man auch noch verantwortlich ist. Und merkwürdigerweise gibt einem das eher die Kraft durchzuhalten, als daß es die eigene Verzweiflung nähren würde. Wenn Jasper nicht wäre, hätte Marei sich schon ganz andere Gedanken erlaubt. Wer zwingt einen denn weiterzumachen, wenn das eigene Leben völlig aus dem Ruder gelaufen ist? Selbst Schluß machen, davon träumt sie manchmal. Die unendliche Ruhe, die sie sich davon verspricht. Aber da ist Jasper, der sie braucht. Für den sie stark sein muß. Dabei wünscht sie sich selbst jemanden, der stärker ist als sie.

Einmal wieder klein sein dürfen, sich einmal wieder anlehnen dürfen. Das ist es, was Marei sich seit Jahren am meisten wünscht. Robert war dafür nicht geeignet. Er war eher wurschtig wie ein kleiner Junge. Robert hat Ausgefranstheit in ihr Leben gebracht. Da konnte man sich nicht anlehnen. Da konnte man nicht ein kleines Stück Verantwortung loslassen und vom anderen auffangen lassen. Da mußte Marei alles, was klappen sollte, selbst in die Hand nehmen. Claudio war da schon anders.

Nun also ist Marei mit Herrn Fauner verabredet. Der hatte damals diese Ruhe, die sie sich heute so sehnlichst wünscht. Diese Gelassenheit inmitten eines Rudels von Wölfen. Sie ist gespannt, wie er überhaupt aussieht heute. Ob sie ihn wohl wiedererkennen würde? Was hat er im vorletzten Telefonat gesagt? Daß er in der Nähe von Mühlenrade und Schwarze Kate wohnen würde, sozusagen an einer Verbindungsstraße zwischen beiden Dörfern. Das liegt doch auch alles in der Nähe von Nordkloster. Sie könnte doch abends, wo es jetzt so lange hell und warm ist, einfach mal einen Abstecher in die Gegend machen und sehen, ob sie sein Haus findet? Solange er sie noch nicht kennt, kann sie ja aus der Ferne beobachten und inkognito bleiben. Die Chance hat sie nur noch bis Sonntag. Und er kann nicht mit ihr rechnen, da sie seine Wohnadresse nicht hat. Nur seine Telefonnummer. Wie bekommt sie jetzt bei der Telekom seine Adresse heraus?

Marei geht in der Mittagspause erst einmal einkaufen. Im Telefonladen verwickelt sie eine junge Verkäuferin in ein Gespräch über Telefax-Anschlüsse und fragt beiläufig, wie sie jemandem, der nur Telefon hat und auf einem Dorf wohnt, von dem sie das Telefonbuch nicht hat, jetzt einen Brief schicken könne. Es sei dringend. Die junge, blonde Verkäuferin wirft ihr einen verschwörerischen Blick zu und fragt, ob sie mal bei der Auskunft anrufen solle. Marei nickt. Gibt ihr den Zettel mit Fauners Namen und Telefonnummer. Nach drei Minuten hat sie Mathis Fauners Adresse. Fauner wohnt in Mühlenau, Vossbargen Nummer 8. Marei weiß, wo sie heute nach Feierabend spazierenfahren wird …

Der Nachmittag im Buchladen verläuft ruhig. Zu ruhig, wie immer in der letzten Zeit. Wenn das Weihnachtsgeschäft nicht alles rausreißt, kann sie nächstes Frühjahr den Offenbarungseid leisten. Kurz nach fünf tauchen noch zwei Suchkunden auf, das heißt solche, die nicht wissen, was sie wollen und sich von der Auslage im Buchladen inspirieren lassen. Der erste ist Hannes, der etwas verträumte Sohn vom Nachbarn schräg gegenüber. Der Vater ist Finanzbeamter oder irgend etwas Ähnliches, und die Mutter arbeitet halbtags bei irgendeinem Konditor, Marei hat vergessen, bei welchem. Aber sie hat Marei schon einmal gefragt: »Was macht mein Sohn eigentlich immer so lange bei Ihnen im Buchladen?«

»Der liest immer erst drei, vier Bücher durch, bevor er eins kauft«, hatte Marei geantwortet.

Die ersten Male war er noch mit der Mutter zusammen dagewesen, aber seit ungefähr zwei Jahren kam er immer allein, und hatte sich auch manchmal fachmännisch mit Jasper über Karl May und Stephen King unterhalten. Marei war dann häufig nach hinten, in die Teeküche gegangen, weil sie bei diesen Fachsimpeleien immer lachen mußte und die beiden nicht auslachen wollte. Hannes liest alles durcheinander. Sachbücher, Comics, Abenteuerromane und Horrorgeschichten von Poe bis King. Zur Zeit steht er auf Oldies wie »Robinson Crusoe« oder »Die Pest in London«.

Die zweite Suchkundin ist eine Frau, die Marei noch nie gesehen hat, mit schwarzen kurzen Haaren, von oben bis unten in verschiedene Grüntöne gekleidet, und irgendwie gefällt sie ihr, so schilfgrün und moosgrün und wie Marei da alles an Wald, See und Natur erinnert, bis hin zu einer Kette mit einem schillernden Anhänger, auf dem kleine Gräser eingegossen zu sein scheinen. Da wird die Kundin Königin, und Marei fragt, ob sie eine Tasse Tee möchte und sagt, daß sie sich auch in Ruhe hinsetzen könne, hinten, auf dem Lesesofa. Während Marei ihr den Tee einschenkt und zum Tisch bringt, wirft sie einen Blick auf die Bücher, die die grüne Frau sich zurechtgelegt hat. Eine wilde Mischung ist das, aus Krimis und Taschenbüchern, einem teuren Fotoband und dem neuen vegetarischen Kochbuch mit den leckeren Gemüsefotos. Alte und neue Krimis, eine Agatha Christie dabei, und Marjorie Rawlings »Frühling des Lebens« dazwischen, der Junge mit seinem Rehkitz auf dem Buchcover. Marei fragt sich, wie sie da jetzt Kundenberatung machen soll und läßt die Frau erst einmal in Ruhe. »Eisige Welten« ist der Fotoband, in dem diese als erstes zu blättern beginnt, und das kann Marei verstehen. Das sind die besten Polar- und Gletscherfotos, die Marei in den letzten Monaten gesehen hat. Schelfeis mit türkis schimmernden Wasserrändern, von oben fotografiert, Tafeleisberge der Antarktis, zum Anbeißen weiß mit bläulich schimmernden Baiser-Ecken. Irgendwann geht Marei dann doch noch einmal in die Leseecke, als die Kundin gerade ein Buch zuschlägt.

»Haben Sie das noch nicht gelesen?« fragt Marei und zeigt auf den Jungen mit dem Rehkitz, »dann haben Sie noch ein paar spannende Ferientage vor sich. Das Buch hat damals den Pulitzer-Preis bekommen. Ich habe es schon mit zehn oder elf Jahren gelesen. Aber später, als Erwachsene, noch einmal. Es ist eins von den Büchern, die man auch dreimal lesen kann.«

Als die Kundin ausgetrunken, sich für Rawlings und Christie entschieden und bezahlt hat und aus der Tür geht, ist Marei sich sicher, daß die wiederkommt. Nur, damit ist die drohende Buchladenpleite auch nicht aufzuhalten. Marei wirft das Nötigste auf den Beifahrersitz, schließt den Laden ab und macht sich auf den Weg nach Mühlenau. Laut Karte liegt es an einer kleinen Verbindungsstraße zwischen Schwarze Kate und Mühlenrade.

Marei muß richtig suchen, bis sie den Weg von Nordkloster nach Mühlenrade und Schwarze Kate findet. Sie fährt durch die kleinen Dörfer rund um Nordkloster. Büchsenschinken. Wie kann man ein

Dorf bloß Büchsenschinken nennen? Marei weiß aber, daß die Eltern hier einmal wandern waren, als Marei noch gar nicht geboren war. Einige Anekdoten ranken sich um Büchsenschinken. Plötzlich sieht sie das gelbe Schild mit dem Ortsnamen Schwarze Kate. Sogar eine Busstation gibt es hier. Das Ortsschild für Mühlenau ist schon nur noch grün. Am Straßenschild Vossbargen biegt sie ab und findet sich zwischen lauter sehr deutschen »Achtung – Schäferhund!«-Schildern wieder. Gott sei Dank noch sehr hohe Hausnummern. Da kann sie Herrn Fauner noch nicht in die Arme laufen. Irgendwie wirken die neugebauten Häuser mit den gepflegten Geraniengärten wie eine zu groß geratene Schrebergartensiedlung. Hier war sie noch nie, oder jedenfalls erinnert sie sich nicht daran. Sie muß aufpassen, daß sie nicht gleich Vossbargen Nr. 8 vor der Tür steht. Aber noch kennt Herr Fauner ihr Auto nicht und weiß auch nicht, wie Marei aussieht. Sie verläßt sich auf ihre Sonnenbrille – daß er sie auch später nicht wiedererkennt. Er hat gesagt, daß er einen zwölfjährigen Sohn hat. Vielleicht sieht sie einen weißhaarigen Pierre Brice mit einem zwölfjährigen Jungen irgendwo vor der Tür im Garten sitzen oder gerade ins Haus hineingehen. Ob sie ihn wiedererkennen würde? Sie weiß, daß sie jahrelang dieses Gesicht nicht vergessen konnte. Noch auf dem Schulhof des Gymnasiums hatte sie sich mit Heidi und Silke über Herrn Fauner unterhalten. Und sie waren sich einig gewesen, daß er mindestens so gut aussah wie Pierre Brice. Marei fand Pierre Brice eigentlich nie wirklich schön. Lex Barker sah viel besser aus. Warum schwärmten eigentlich alle für Pierre Brice? Na ja, die kannten halt Herrn Fauner aus der Grundschule Hammer Steindamm nicht. In den letzten Jahren allerdings, das muß sie zugeben, hat auch Pierre Brice an Profil gewonnen. Seit er nicht mehr wie der spätpubertierende Winnetou aussieht, findet sie sein Gesicht wirklich interessant. Obwohl er nur noch für Käse Reklame macht.

Nach den Mammutschrebergärten folgt noch einmal ein bißchen eingezäuntes Weideland, drei große Flaschencontainer und danach ein paar etwas entzerrter stehende Backsteinhäuser die Straße entlang, hier und da mit etwas eingestreuter alter Bausubstanz dazwischen. Und dann findet sie Nummer acht. Schade, Herr Fauner hat kein Fachwerkhaus, kein Reetdach und auch keine Kühe vor der Tür. Irgendwie hatte sie gehofft, daß Herr Fauner Kühe hat. Wenn er jetzt nur nicht zufällig aus der Tür kommt. Doch das Schicksal ist ihr gnädig und Herr Fauner taucht nicht auf, um ihr Inkognito unglücklich zu entlarven. Dennoch, dies ist eine Straße, auf der alle halbe Stunde mal ein Auto daherkommt. Hier kann sie nicht zehn Minuten lang vor der Haustür stehenbleiben ohne aufzufallen. Es gibt Nachbarn. Und außerdem steht gar keine Hausnummer an dem Haus, das sie für Nummer 8 hält. Marei kann zählen, sicher. Nur, wenn nun Nummer 10 eine Nummer 10 a ist und es eine Nummer 10 b gibt? Dann ist nämlich plötzlich ihre vermeintliche Nummer 8 gar nicht Nummer 8, und Nummer 8 steht in Wahrheit hinter der Gardine und guckt aus dem Haus raus, daß sie für Nummer 6 hält. Bloß weg hier!

Sie fährt in ihren Lieblingswald und läßt die neuen Eindrücke erst einmal richtig bei sich ankommen. Herr Fauner wohnt in einer relativ neu bebauten Straße. Er hat Kuhweiden zum Spaziergehen fünfzig Meter vor seiner Haustür, aber keine eigenen Kühe im Garten. Er hat kein Reetdach-Fachwerkhaus und Schäferhundbesitzer als Nachbarn. Was ist Herr Fauner für ein Mensch?

Auf jeden Fall kann er gut vorlesen. Und er hat ihre Berufswahl auf dem Gewissen.

Die Tage vergehen in mystischer Spannung. Die Vorfreude sei die schönste Freude, hat Marei als Kind gelernt, doch jetzt empfindet sie es eher als Folter.

Als er zwei Tage vor dem vereinbarten Treffen noch einmal anruft und Dinge erzählt, die nicht hätten erzählt werden müssen, Stimmfühlungslaut sozusagen, »wir sind doch übermorgen verabredet, oder?«, da fragt er plötzlich mitten im Satz: »Duzen wir uns oder siezen wir uns?« was eigentlich schon die Aufforderung zum Du ist. Jetzt gibt es kein Zurück mehr.

»Also sehen wir uns Sonntag?« fragt er noch einmal.

»Ja, wie abgemacht.«

»Da kommt aber jetzt ein weißhaariger älterer Herr«, sagt er noch einmal. Das hatte er schon im ersten Telefonat betont. Als ob es der Abschreckung dienen sollte, oder um einer befürchteten Enttäuschung vorzubeugen.

Sie treffen sich am Bergedorfer Schloß. Er sitzt vor dem Fachwerkhaus auf dem eisernen Geländer, hundert Meter vom Schloß entfernt. Seine Haare leuchten in der Sonne. Weiß.

Als sie näher kommt, sich zu erkennen gibt, sagt er nicht »Guten Tag« oder »Hallo!«. Er sagt: »Da siehst du mal, was du dir angelacht hast.«

Sie lacht. Sie muß einfach lachen bei dieser Begrüßung, nach dreißig Jahren. Er sieht nicht mehr aus wie Pierre Brice und hat keine schwarzen Haare mehr. Wahrscheinlich hat er nie wie Pierre Brice ausgesehen. Aber er ist auf eine merkwürdige Weise jugendfrisch geblieben. Sportlehrerdynamik in seinen Bewegungen. Seine unverstellte, natürliche Art fällt ihr als erstes auf. Paßt gar nicht zu den weißen Haaren. Noch weniger paßt dieses kiebige Gesicht dazu, frech, stupsnasig und der weiße Schnauzbart mittendrin. Passen tut aber jetzt dieser freche Tonfall, den sie vom Telefon her in Erinnerung hat.

Sie gehen spazieren und suchen ein Frühstückscafé. Und finden keines. »Deswegen heißt es hier ja Bergedorf«, sagt sie, »weil es ein Dorf ist. Hier gibt's nicht mal eben ein paar leckere Frühstückscafés zur Auswahl.«

Sie schlendern inzwischen, ohne noch ernsthaft zu suchen, und Mathis fragt, ob sie großen Hunger hätte.

»Nein, ich wollte nur für dich jetzt was zu essen finden. Ehrlich gesagt«, und sie senkt ihre Stimme und flüstert ihm verschwörerisch hinter vorgehaltener Hand zu: »Ich frühstücke morgens nie.«

Sie gehen spazieren, um den Wassergraben im Schloßgarten herum, in die Einkaufspassage, und ganz am Ende finden sie eine offene Eisdiele. Wenigstens ein Mineralwasser könnte man ja trinken, um sich hinzusetzen. Bei Kaffee und Sprudel erzählt er ein bißchen mehr von seiner Lebensgeschichte. Er wollte schon als kleiner Junge Pilot werden. Aber dann kam der Krieg dazwischen, bzw. die Nachkriegsverhältnisse. Unter seinem hellbraunen Camelhemd hat er ein weißes, geripptes Unterhemd an. Sie sieht nur auf seine Haut. Sie hätte ihn nicht wiedererkannt. Seine Augen hatte sie anders in Erinnerung. Aber das ist dreißig Jahre her. Sie flirten.

Er redet von Lehrern, die vor dreißig Jahren auch an der Schule unterrichtet haben. Er redet von seiner eigenen Schulzeit. Von seinen Berufsplänen. Pilot wollte er werden. Aber die Lufthansa durfte erst nicht, gleich nach dem Krieg, dann wollte er nicht, weil er mitten im Lehrerexamen war, und schließlich wollte die Lufthansa nicht mehr, weil er zu alt war. Er hat ein kleines Flugzeug. Sein Lieblingsschriftsteller ist Antoine de St.-Exupéry. Marei denkt an Jasper, der das Glück hat, eine amerikanische Gastfamilie erwischt zu haben, in der der Familienvater auch mit einem kleinen Privatflugzeug reist. Sonst würde der auch nicht so viel herumkommen im Moment. Sie versteht Fauners Begeisterung fürs Fliegen. Doch er sieht nicht mehr aus wie ein Franzose und hat keine schwarzen Haare mehr. Als er mit seiner Lebensgeschichte fertig ist, erzählt sie ihm, daß sie sich für die Übernahme des Buchladens in Nordkloster beworben hat. Dabei wird ihr zum ersten Mal bewußt, wie groß ihre Hoffnung ist, daß ihre Bewerbung angenommen wird und das ihrem Leben eine neue Richtung gibt. Sie erzählt Mathis auch, daß sie den Wald bei ihm in der Nähe sehr gut kennt, dort als Kind immer gespielt hat. Ein mysteriöser Zufall, daß er sich ausgerechnet dort ein Haus gekauft hat. Ohne ihn wäre sie nicht so schnell nach Nordkloster gefahren, hätte den Buchladen nicht entdeckt. Als ob er sie auf eine neue berufliche Möglichkeit aufmerksam machen wollte.

Auf der Rückfahrt muß Marei erst einmal ihre Gefühle sortieren. Von diesem Moment an, als sie ihn das erste Mal seit dreißig Jahren wiedergesehen hat, von diesem Moment an ist nichts mehr so, wie es war. Die Träume haben plötzlich ein neues Gesicht.

Als sie vor ihrer Haustür einparkt, scheint ihr der Buchladen noch ein bißchen fremder als bisher. Sie stellt sich vor, wie er auf jemanden wirken würde, der ihn noch nie gesehen hat, der in den letzten zehn Jahren noch nie diese Straße entlanggegangen ist. Sie versucht, Abstand zu gewinnen und ihren eigenen Laden mit den Augen eines völlig Fremden zu betrachten. Das schafft sie nun doch wieder nicht. Dazu ist ihr alles zu nahe.

Das neue Gesicht, es arbeitet in Marei, und arbeitet. Warum flirtet Herr Fauner am Telefon immer so viel? Und warum duzt er sie plötzlich mit charmanter Aufdringlichkeit? Und warum schraubt er dann beim ersten Treffen so zurück? Der Gentleman im Camel-Hemd.

Und was hindert Marei daran, sich seine Nähe so ganz zu wünschen? – Sie weiß es plötzlich. Es sind die anderen. Er hat weiße Haare. Und er ist zwei Zentimeter kleiner als sie. Sie werden Marei fragen, wo sie den kleinen Weißhaarigen herhat. Sie weiß es ganz sicher. Es sind nur die anderen, die mit ihren süffisanten Fragen einen Keil zwischen sie und ihn treiben wollen. Sie selbst spürt keine Distanz zu ihm. Herr Fauner ist Herr Fauner in ihrem Leben, seit dreißig Jahren. Sie spürt, daß sie schon morgen in seine Arme sinken möchte. Und sie weiß auch, daß sie nur deshalb den Kontakt zu ihm gesucht hat. Sie wußte es immer.

Herr Fauner trägt ein Stück Kindheitszauber mit sich. Sie kennt ihn seit dreißig Jahren. Da lebte Mareis Großmutter noch, da lebte Mareis Mutter noch. Da war der Vater noch für sie da. Da war Geborgenheit, da war Wald. Da waren Wölfe. Und sie hatten keine Zähne.

Es war gemütlich, wenn die Eltern gruselige Geschichten vorlasen. Man konnte sich fürchten und war doch nicht selbst bedroht. Was war das für eine Zeit, in der Marei von Fauners Wolfsgeschichte verzaubert wurde? Alles war noch festgefügt und berechenbar. Der Vater kam abends von der Arbeit und brachte manchmal Schmierpapier aus der Behörde mit. Große Bögen mit veralteten Bauplänen, Straßenzügen, die es so gar nicht mehr gab. Da durfte Marei auf der Rückseite schreiben und malen. Sie malte manchmal abends zusammen mit ihrer Schwester Hannelore, die eigentlich schon fast verlobt war und nicht mehr so viel Zeit für ihre kleine Schwester hatte. Hannelore hatte Marei auch das Falten von kleinen Schiffchen und Fliegern und Papierhütchen beigebracht. Lore war schon auf der Hotelfachschule und legte großen Wert auf gebügelte Tischdecken und die richtige Plazierung der Besteckteile. Marei fand, daß das Essen immer ungemütlicher wurde, seit Lore ihr neuerrungenes Wissen aus der Hotelfachschule unbedingt zu Hause anwenden mußte. Marei hatte bald keine Lust mehr, überhaupt noch den Tisch zu decken. Immer machte sie irgend etwas falsch.

Und mitten in diese Spießigkeit hinein wehte plötzlich jemand, dem die Haare verwegen in die Stirn fielen. Dieses leicht verruchte Flair und eine gewisse Lässigkeit brachten diesem Junglehrer auch den Nimbus des »Franzosen« ein, obwohl er keiner war. Und dieses Flair – des Edlen Wilden sozusagen – war denn auch der Grund, weshalb er Jahre später noch als Pierre Brice-Dublette gehandelt wurde.

Je härter der Wind des Lebens ihr um die Ohren pfeift, desto größer ist ihr Bedürfnis, sich einmal wieder bei altvertrauten Menschen aus Kindheitstagen hinzusetzen und verstanden zu werden. Nur einfach verstanden zu werden. Nicht alles zweimal erklären müssen. Überhaupt nicht so viel erklären müssen. Die Mutter ist die einzige, die tagtäglich bei Marei war. Auch wenn sie viele Dinge nicht verstanden hat, so hat sie doch mehr verstanden als alle anderen, wo dieses Kind hinwollte.

Wo wollte es eigentlich hin?

In die Märchen von Grimm und Konsorten, in den Buchladen mitten im Wald, und in die Stunden, in denen jemand vorlas. Die Häschenschule hatte die Mutter Marei immer vorgelesen. Bis Marei den Text auswendig konnte.

»Eh' sie eine Antwort geben,
müssen sie die Pfötchen heben,
und der Lehrer fragt geschwind,
welche Kräuter eßbar sind.
Hasenhans, der weiß das wohl:
›Am allerbesten schmeckt der Kohl!‹«

Doch selbst die Häschen hatten noch andere Probleme, als die schmackhaftesten Kräuter zu finden. Auch sie mußten sich vor ihren Häschern in Acht nehmen.

»Von dem alten Fuchs, dem bösen,
wird erzählt und vorgelesen …
Und die kleine Gretel denkt:
›Wenn er mich nur nicht mal fängt!‹«

Diese naive Mischung aus Bedrohung und Zuversicht gibt einem das Gefühl, daß man geborgen ist, daß sich einer kümmert. Sie weiß, daß kein anderer sie verstehen wird, aber Herr Fauner war einer, dem man vertrauen konnte. Der einen nicht auffrißt, der einen nicht als Beutetier betrachtet. Jemand, an den man sich gerne angelehnt hätte, damals schon. Und heute erst recht. Sie spürt die Gemütlichkeit, die von seiner Art zu reden ausgeht.

Aber sie kann nicht immer nur ins Paradies der Kindheit zurückflüchten. Sie muß zusehen, daß sie jetzt den Anschluß ans Leben nicht verpaßt.

Am nächsten Tag kommt die Post erst nachmittags um halb vier. Das ist in letzter Zeit häufig so, seit sie die Zustellbezirke der einzelnen Postboten vergrößert haben. Wenn dann noch eine Aushilfe die Tour übernimmt, die nicht jeden Hauseingang kennt, ohne auch mal was suchen zu müssen, dann dauert das schon mal bis nachmittags, daß man seine Geschäftsbriefe auf den Schreibtisch bekommt. Ein Brief von Jasper ist dabei, und tatsächlich ein Auftrag von einer neuen Zeitschrift, der sie ihre Dienste angeboten hatte. Ansonsten Rechnungen, Kontoauszüge, und die Gaswerke wollen den Zähler abgelesen haben.

Als sie den Brief von Jasper öffnet, fällt ihr als erstes ein Foto entgegen. Tatsächlich steht er mit drei Polizisten und zwei anderen jungen Männern vor einer Polizeistation, und alle lächeln wie auf einem Familienfoto. Charme hat er ja, der Bengel.

Dem Brief zufolge ist Collin, Jaspers Gastvater, geschäftlich nach Milwaukee geflogen und hat Jasper als Reisebegleitung mitgenommen. Dort hat er einen gewissen Dino kennengelernt, von dem er offenbar schwer beeindruckt ist. Dino hat sein Auto aus Schrottplatzteilen selbst zusammengebastelt und sich sein Studium auf dem Flugplatz in der Reparaturwerkstatt und durch Flugzeugputzen nach Feierabend finanziert. Dino hat Eltern, die am Lake Michigan eine Hütte haben, und dort will er einen Teil seiner Arbeit schreiben, wenn er nicht mehr so oft in die Bibliothek muß. Was für eine Arbeit das ist und was für Studien Dino überhaupt betreibt, steht mit keiner

Silbe in Jaspers Brief, dafür aber um so detailliertere Beschreibungen von Dinos Reparaturkünsten. Scheint Ingenieur werden zu wollen, dieser Dino, oder so etwas Ähnliches.

Tierlieb ist er aber auch: Dino hat mit seinem Vater mal einen Urlaub gemacht, da haben sie einen richtigen Grizzlybären gesehen und hatten kein Gewehr dabei. Und Dino würde gerne mit nach Atlanta kommen, aber Collins kleines Flugzeug hat ja leider nur zwei Plätze, und deshalb will Dino sie später mal besuchen. Dino hat eine indianische Großmutter und ansonsten aber auch irgend etwas Italienisches in der Familie. Jedenfalls heißt irgendein Onkel Rinaldo und ist Anfang der zwanziger Jahre nach New York gekommen.

Alles etwas chaotisch, Jaspers Art zu erzählen, denkt Marei, aber offenbar ist er mit Dino nicht in schlechter Gesellschaft. Das ist etwas, was sie mit Claudio zusammen geschafft hat. Jasper hat ein gutes Gespür dafür, sich die richtigen Freunde zu suchen. Claudio ist ein Mensch, der mit seinen Sympathien und Antipathien schonungslos offen umgeht, Peinlichkeiten inbegriffen. Diesen Dino würde auch Claudio mögen, so, wie der aus Schrottautos neue Maschinen kreiert.

Erst das Klingeln des Telefons holt sie zurück von den Flug- und Schrottplätzen Wisconsins, und es ist die Stimme von Mathis Fauner, die ihr einen guten Abend wünscht. Und während ihr Blick über diesem absurden Polizeifoto und den Briefbogen in ihrer Hand wie ein unruhiger Habicht kreist, merkt sie plötzlich, daß sie die ganze Zeit unbewußt auf seinen Anruf gewartet hat. In dem hungrigen Habicht breitet sich eine Ruhe aus, und Marei spürt wieder einmal, daß es seine Art zu reden und zu fragen ist, die seine Gelassenheit auf sie überträgt, daß ihr Hunger nach Ruhe gestillt wird, und sie erzählt von Jaspers Brief.

Nach wenigen Minuten erzählt er von seinem Sohn. Daß nicht immer alles so läuft, wie er sich das vorstellt. Daß es dort bei ihm auf dem Dorf wenig Jugendliche gibt, und daß sein Sohn leider fast zwangsläufig immer wieder mit den gleichen Flegeln zusammenkommt. »Flegel vom Dienst« nennt er den einen, und Marei muß lachen. Sie weiß auch nicht so recht, wie sie ihm helfen soll. Hört sich nur geduldig alles an.

Und er erzählt, daß er wieder in seinen Steinzeitromanzen gelesen hat. Und daß er Marei gestern abend im Traum mit Ayla verwechselt hat. Ayla war im Tal der Pferde, aber auf einmal war es Marei, die ihre schwere, geflochtene Kiepe durch das Flußwasser tragen mußte, und es war Marei, die auf dem Pferderücken saß. Marei kennt das Buch, das er meint. Soll sie das jetzt als Kompliment auffassen?

Als sie den Hörer auflegt und auf die Uhr sieht, haben sie zwei Stunden miteinander telefoniert.

Und was er ihr alles erzählt hat: Nicht nur das mit Ayla, nein, auch seinen halben Lebenslauf, seine Scheidung, seine Frauen danach, – und dann eines Tages dieses uneingeplante Kind, das plötzlich in seinem Leben herumstrampelte und einen Vater forderte.

Marei ist müde, richtet sich heute abend ohne Buch unter ihrer Bettdecke ein, macht das Licht aus und schläft schon fast. Da geht plötzlich über ihr Leben in der Bude los. Etwas fällt um, etwas Schweres. Etwas Leichteres hinterher, das offensichtlich rund ist und weiterkullert auf dem Holz. Dann Schritte, aber so elefantenmäßig, daß die Wände davon wackeln. Dann Schurren, Quietschen. Marei macht das Licht wieder an, sucht auf dem Nachtschränkchen nach den gelben Lärmstopp-Stöpseln und stopft sich beide Ohren zu. Sie holt sich das Gespräch mit Mathis zurück. Sie sieht ihn vor sich, in seinem Bett, verschmolzen mit seiner Ayla-Lektüre, seinen wohlverdienten Feierabend suchend. Sie möchte auch einmal wieder so unbeschwert in ihrem Huckleberry Finn versinken, jeden Monat ein festes Gehalt auf dem Konto und keine Probleme mit der Altersversorgung. Sie findet es rührend, wie er von seiner sicheren Warte aus in den Abenteuern einer Steinzeitheldin untertaucht, und weiß nicht, ob sie schmunzeln darf über das, was er ihr von seiner letzten Nacht erzählt hat.

Mathis atmet auf, als er endlich im Tal der Pferde ankommt. Hinter einem schmalen Saum aus Bäumen bietet sich ein weiter Blick auf Steppenland, ein schmales Rinnsal freien Wassers fließt zwischen den vereisten Ufern eines Wasserlaufes, und die Morgensonne glitzert grell auf Streifen von Eis und Schnee am Ufer. Der Himmel ist strahlend und tiefblau, aber ein eisiger Windstoß fährt ihm ins Gesicht. Auch sind die Füße naß und kalt, und die Bärenfellstiefel wärmen nicht mehr. Die heiseren Schreie von Meerschwalben ziehen seinen Blick nach oben und verraten ihm, daß das Meer in der Nähe sein muß.

Die Sonne erreicht ihren Höchststand, aber der Winter hat die Landschaft noch fest in seinem frostigen Griff. Über die schrundigen Felsbrocken klettert er hinauf, zur Klippe, wo man den besten Überblick über Küste und Festland hat, setzt sich und lehnt sich wohlig zurück. Kalt ist es, hier im Tal der Pferde, und Mathis leidet mit seiner Heldin Eishöllenqualen, während er seine Zehen unter der Bettdecke räkelt und mit prickelnder Spannung die Buchseite umblättert. Er wandert mit ihr weiter, tiefer in die Festlandsteppe hinein, wo sich zu den Krüppelkiefern Weiden, Birken und Zitterpappeln gesellen.

Der Strom verzweigt sich, wird breiter, und als Ayla ihn überqueren muß, will sie ihre Kleider nicht naß werden lassen und zieht sich deshalb nackt aus, um die Kleidung in ihrer Kiepe über dem Kopf zu tragen, während sie durch die Furt watet. Mathis, der eben noch dabei gewesen ist, sanft in seinen wohlverdienten Nachtschlaf zu entgleiten und schon die Hand an der Nachttischlampe hatte, fühlt sich plötzlich wieder hellwach. Er sieht seine Heldin den eisigen Fluß durchwaten, den Weidenkorb über dem Kopf, und um die Kleidung vor dem eisigen Flußwasser zu schützen, ist sie nackt unter der Kiepe. Und in der Tat ist die Furt tief, sehr tief, sie steht schon bis zu den Hüften im Wasser, dann noch tiefer, und noch tiefer rutschen ihre Füße auf den schlüpfrigen Felsen im Flußbett.

Mathis bebt mit seiner Heldin mit, sieht das Flußwasser zentimeterweise an ihrem Körper hochsteigen, mit Mühe nur kann sie den Korb mit all ihrem Gepäck über Wasser halten, und als sie endlich am anderen Ufer angelangt ist, sieht er die kühlen Wassertropfen auf ihrer Haut abperlen und in der Sonne glitzern. Nun muß er aber mal aufhören zu lesen und das Licht ausmachen. Schließlich ist morgen ein ganz normaler Schultag, und er muß in der ersten Stunde gleich Mathe in der 9A unterrichten. Den Unterricht hat er gerade noch vorbereitet vorhin, Lust hat er keine, immer weniger mit den Jahren, besonders, wenn die Ferien gerade erst vorbei sind. Da zieht es ihn nicht in die Schule. Da würde er gerne die Nacht durchlesen. Doch das geht erst, wenn er nicht mehr arbeiten muß. Und so benutzt er seine Abendlektüre heute nur, um müde zu werden. Das Buch segelt auf den flauschigen Flokati neben dem Bett und Mathis in den Schlaf. Wohlig brummend tapst er noch auf den Schalter der Lampe, und dann schläft er auch schon und sieht seine Heldin allein im Tal der Pferde mit der winterlichen Natur kämpfen.

Mathis träumt von Ayla, wie sie die schwere Kiepe auf dem Kopf durch das eisige Wasser – aber halt, da könnte er ihr doch helfen! Er ruft sie zurück, nimmt ihr das schwere Gepäck ab und kämpft sich neben ihr durch die kühlen Fluten. Auch er hat seine Kleidung abgelegt, auf der Kiepe verstaut, schreitet nackt auf den rutschigen Steinen im Flußbett vorwärts, immer langsamer, je näher sie der Flußmitte kommen und je tiefer und kräftiger das Wasser wird, das sie umspült. Endlich geht es wieder bergauf unter seinen Füßen, und er sieht langsam Aylas Schultern vor sich aus dem Wasser auftauchen, ihre kräftigen Muskeln über den Schulterblättern, den Rippen, die schlanke Taille und die weichen runden Hüften. Aber da hat sie das Ufer schon erreicht und dreht sich zu ihm um, so daß er schnell auf das Wasser vor sich blickt, um sie nicht allzu offen anzustarren. Er gibt ihr den Weidenkorb zurück, und sie zieht schnell einen weichen, weißgelben Lederlappen hervor, bedeutet ihm, daß er sich damit abtrocknen solle, nimmt selbst ein zweites Stück Leder und beginnt, sich die Haut trocken zu reiben. Sie wringt das Tuch immer wieder zwischendurch aus, betrachtet ihre Gänsehaut, sieht Mathis an. Der bedeutet ihr, sich umzudrehen und trocknet sie zwischen den Schulterblättern ab, läßt sich danach von ihr trockenreiben, und als er sich wieder umdreht, da ist es nicht mehr Ayla und er blickt in das Gesicht von Marei. Warum ist sie eines Tages in seinem Leben wieder aufgetaucht?

Er hatte ihr vorgelesen, nun gut, aber das war dreißig Jahre her. Wölfe, einfach nur Wölfe, und plötzlich ist da ein Mensch in seinem Leben und behauptet, ihn seit dreißig Jahren zu kennen. Und er ahnt, daß davon etwas stimmt.

Mathis träumt süß, aber nur kurz, bis ihn das schrille Telefon aus den ruhigen Steinzeittälern in die Gegenwart reißt.

»Ja?« knurrt er verschlafen in die Sprechmuschel.

»Thienemann hier, entschuldigen Sie bitte Herr Fauner, daß ich so spät noch störe, aber unsere Söhne haben heute wieder zusammen Unfug gemacht.«

Mathis sitzt senkrecht im Bett.

Alles fällt ihm ein, ... daß Kilian so früh im Bett lag und schon das Licht ausgemacht hatte, als er heute abend nach Hause kam. Die vielen Handtücher oben im Badezimmer und die nasse Jeans, die Kilian vor ihm zu verstecken versucht hatte, indem er sie hinter dem Haus aufhängte, wo sie nicht gleich ins Auge fiel. Was es damit auf sich hatte, erfuhr er nun von Herrn Thienemann. Die Jungen hatten die Fischteiche bei den Weiden mit Steinen bombardiert und das Zuflußrohr demoliert, bzw. den Überlauf-Stop. Und dann war der gesamte Inhalt des oberen Fischteichs in den unteren hineingelaufen.

Warum hat der Junge dieses Talent, sich den falschen Freunden anzuschließen? Warum muß ausgerechnet dieser Thienemann schon wieder anrufen? Mathis hat Kilian den Umgang mit Rüdiger Thienemann verboten, nachdem sie zusammen den Zaun bei Hellers in die Büsche runtergetreten und eine Dorflaterne demoliert hatten.

Deshalb war Doris zu ihren südkanadischen Rohrdommeln geflüchtet. Oder waren es keine Rohrdommeln? Die Vogelsorten bekommt er immer durcheinander. Immer war irgend etwas mit Kilian dazwischen gekommen, wenn sie ins Konzert, ins Theater oder zu

Freunden auf eine Gartenparty wollten. Immer kam im letzten Moment Kilian mit einer Überraschung. Und meistens mit keiner guten.

»Na, Schlumpf? Was hast du jetzt wieder angestellt?« – Das war die Standardfrage, seit Kilian laufen konnte. Immer wenn er mit einer ganz bestimmten Mimik auf Mathis zugestapft kam, dann mußte Papa irgendwas wieder heile machen. Aber: kleine Kinder, kleine Sorgen – große Kinder, große Sorgen. Seit Mathis seinen Schlumpf nun vor einem Dreivierteljahr von Renate übernommen hatte, hatte es für Doris und ihn keine ruhige Minute mehr gegeben. Dann war Doris nach Kanada abgereist, eine dezent ausgesprochene Trennung im Gepäck.

Renate war der einzige wirkliche Fehlgriff in seinem Leben gewesen. Und gleichzeitig der einzige richtige Volltreffer: Nach vierzehn Tagen war sie schwanger gewesen.

Mathis war unwillig. Warum wurde die jetzt schwanger? Warum nicht Hilde? Oder warum nicht Lisa, mit der er neun Jahre lang verlobt gewesen war?

Mit Hilde war er immerhin verheiratet gewesen. Die hätte von ihm aus schwanger werden können. Dann hätte er wenigstens einmal im Leben geordnete Verhältnisse gehabt. Aber nein, Hilde mußte ihm ja durchbrennen. Hilde hatte was Besseres gefunden. Da waren sie beide Ende zwanzig gewesen. Seit der Scheidung von Hilde kann er keine Gerichtsflure mehr sehen.

Mit Lisa hatte er sich dann nur verlobt. Immerhin neun Jahre lang. Nie geheiratet. Nach neun Jahren Verlobungszeit hatte Lisa Mathis gefragt: »Sag mal, wollen wir nicht mal heiraten?«

Mathis hatte humorvoll geantwortet: »Glaubst du denn, daß uns noch jemand nimmt?«

Daraufhin war Lisa eingeschnappt, und Mathis war Lisa los. Ein für alle Mal. Frauen sind manchmal komisch. Immer gleich eingeschnappt.

Mathis hatte sich mit einem kurzen Abenteuer trösten wollen. Er wählte dafür Renate Hansen. Renate wurde die Mutter seines einzigen Kindes. Das Abenteuer dauert nun schon dreizehn Jahre.

Die ersten drei Jahre hatten Mathis und Renate versucht, zusammenzuleben, dem Kind eine Familie zu sein. Als Kilian drei Jahre alt war und Renate einen Kindergartenplatz für ihn hatte, zog sie mit dem Kind aus. Mathis kam nach Hause und wunderte sich. Er war Frau und Kind auf einmal los. Um das Kind war es schade.

Neun Jahre lang tobte Mathis als unehelicher Vater hinter seinem Besuchsrecht her. Konnte nichts ausrichten, wenn das Kind abends einfach vor den Fernseher gesetzt wurde. Mutter ging aus und Schlumpf hatte Angst, allein in seinem Kinderbettchen zu liegen, wenn keiner in der Wohnung war. Dann wurde die Fernbedienung angeschafft. Schlumpf hatte Pudding und Cola, Götterspeise und Schokoriegel, Kartoffelchips und die Fernbedienung. Wozu muß eine Mutter abends zu Hause sein? Mathis schimpfte aus der Ferne und änderte nichts. Schlumpf wurde älter, und einige seiner Freunde lächelten spöttelnd, wenn Mathis Kilian weiterhin mit »Schlumpf« ansprach. Schlumpf kam in die Vorpubertät und nervte seine Lehrer und Lehrerinnen. Eine von denen war klug, und couragiert. Sie rief den Vater an. Und riet ihm – nach einem langen Informationsaustausch – den Jungen zu sich zu nehmen, falls die Mutter dies zuließe. Die Lehrerin ließ keinen Zweifel daran, daß sie den Jungen beim Vater besser aufgehoben fand. Mit zwölf Jahren übersiedelte Schlumpf also im Einvernehmen beider Eltern von Mama zu Papa. Und Papa bildete sich ein, damit wären die Probleme gelöst.

Die Probleme begannen aber erst.

Ein Problem war, daß Doris ihre eigenen Kinder schon groß bekommen hatte und wenig Lust verspürte, noch einmal bei einem Zwölfjährigen von vorn anzufangen. Doris war fünf Jahre lang einiges von Mathis gewöhnt gewesen, aber keinen ständigen Jugendlichen am Rockzipfel, der bei weitem mehr Aufmerksamkeit verlangte, als es Doris bei ihren eigenen Kindern erlebt hatte. Es trieb sie immer öfter zu ihrer Freundin Gisela. Und als diese ihre Kanadareise nicht antreten konnte, weil ihre Mutter ganz plötzlich starb, da sprang Doris spontan ein. Gisela hatte drei Jahre Auslandsschuldienst bewilligt bekommen, wollte unbedingt nach Südkanada und hatte schon Briefkontakt mit William Lishmann. Der mit den Gänsen fliegt. Gänse waren es, genau! Keine südkanadischen Rohrdommeln. Wie kommt er bloß immer auf Rohrdommeln? Jedenfalls nahm Doris die Chance wahr und unterrichtet jetzt irgendwo am Lake Ontario

Deutsch und ein paar Wochenstunden Biologie, Verhaltensforschung. Schließlich war Gisela als Biologielehrerin eingeplant gewesen. Da Doris seit zehn Jahren im Vogelschutzbund Mitglied war, schien ihr das keine allzu große Überforderung. Über Gänse wußte sie ja schon Bescheid. Dieser William Lishmann hat ein Leichtfluggerät und fliegt mit seinen Gänsen Formation. Das hatte selbst Mathis fasziniert. Wie kommt er bloß immer auf Rohrdommeln?

Doris hatte Mathis sich immer schön auf Abstand gehalten. Hatte sein Bett oben unter die Dachschräge verlegt, eine einschläfrige Matratze auf dem Boden unter der Schräge, genau vor der Zimmertür. Da konnte man nicht lange gemütlich liegen. Da mußte jeden Abend das Doppelbett gebaut und morgens wieder abgebaut werden, eine zweite Matratze daneben improvisiert, das war das Doppelbett, wenn er einmal wirklich nicht vermeiden konnte, daß Doris über Nacht blieb.

Auch vermied er gerne, bei Doris zu übernachten. Er mußte zu seinen Katzen abends, frisches Futter rausstellen, Streicheleinheiten verteilen, Katzentoiletten saubermachen. Er war immer gerne Junggeselle mit Freundin, Freundin in greifbarer Nähe – Verfügungsposition, aber bloß keine Verbindlichkeit. Wenn sie zusammen ausgingen, fuhr er hinterher immer nach Hause, in sein eigenes Bett. Er liest abends gerne, allein. Auch heute abend, nun, wo er sich über Kilian schon wieder so aufgeregt hat. Er nimmt seine Ayla zur Hand und sucht sein Lesezeichen. Wo hatte er vorhin aufgehört? Ach ja, da war sie gerade im Tal der Pferde angekommen. Mathis schlägt die Seite auf, blättert noch einmal vor und zurück, eine dumme Angewohnheit von ihm. In seinen Büchern muß er immer ein bißchen die Zweige zum Nest niedertreten, richtig ankommen, noch einmal hin- und herrempeln, und dann hat er sich wieder auf die Stelle eingepegelt, wo er vorhin aufgehört hatte.

Morgen früh wird er Kilian wegen der nassen Jeans zur Rede stellen. Mal sehen, was der Bengel sich diesmal einfallen läßt. Die Geschichte mit dem Fischteich erinnert ihn daran, wie Ayla die Forelle mit der Hand gefangen hat. Das war im Kapitel danach, kommt also bald. Auf die Stelle freut er sich auch. Mathis liest das Buch zum dritten Mal. Er kennt alle vier Bände. Das sollen die Menschen früher viel häufiger gemacht haben, ihre Bücher zweimal lesen. Und öfter.

Die Forelle hatte Ayla beim Baden im Fluß entdeckt. Sie hatte sich gerade mit Seifenkraut eingeschäumt, erst ihre langen, blonden Haare, dann am ganzen Körper. Mathis sieht Ayla im Fluß den Schaum von ihren Brüsten spülen. Dabei hatte sie etwas Silbriges im Wasser glänzen sehen. Die Forelle. Sie schlich sich von hinten an das im Wasser stehende Tier an, faßte ihr blitzschnell mit der Hand unter den Bauch und warf sie mit einer eleganten Bewegung ans Ufer. Aber wie gesagt, das kommt erst im nächsten Kapitel, das weiß er nur schon, weil er das Buch schon einmal gelesen hat. Vorläufig ist seine Ayla noch bei den Pferden.

Das breite Tal ist üppig mit Gras bewachsen, das im Nordwind wogt. Etwa auf halber Höhe grast eine kleine Herde Steppenpferde mit zottigem Fell und kurzen, borstigen Mähnen. Marei beobachtet sie von der Anhöhe aus. Wieso Marei? Warum drängt diese fremde, bekannte Frau sich so sanft und zielstrebig in seine Gedanken? Mathis spürt den ruhigen Arbeitsgalopp des Pferdes unter sich, Walzertakt, der ihn hochwirft, weich in den Sattel fallen läßt und wieder nach vorne schiebt, bis er plötzlich ohne Sattel reitet, ein kleines, hellbraunes Steppenpferd unter sich, und vor sich sieht er Ayla reiten, die sich mitten im Galopp umdreht und wieder Mareis Gesicht hat.

Außer Atem kommen die beiden bei der kleinen Herde an. Die Neuankömmlinge mit der sonderbaren Last auf dem Rücken werden beschnuppert und begrüßt. Dann grast die Herde ruhig weiter. Mathis steigt nicht ab, sondern sieht sich von seiner sicheren Warte aus um. Von leuchtendem Strohgelb bis hin zu Beige und Braun sind bei diesen kurzmähnigen Pferden hier alle Schattierungen vorhanden. Fohlen springen zwischen ihnen herum und jagen sich gegenseitig, um dann wieder in die schützende Obhut ihrer Mütter zurückzukehren. Mathis stellt sich vor, wie die Pferdemütter fragen: »Na, mein Baby, hast du gerade jemanden geärgert? Vielleicht einen Fischteich auslaufen lassen?«

Ayla dreht sich zu Mathis um und sagt mit Mareis Stimme: »Laß ihn doch! In dem Alter haben wir auch Unfug gemacht.« Und sie tröstet ihn, später, als sie in der Mittagssonne auf einem weichen Flecken Moos und Flechten Rast machen, streicht ihm die leicht verschwitzten Haare aus der Stirn und fährt mit dem Handrücken und den Fingern weich seine Wange entlang, sieht ihm in die Augen.

So ist er lange nicht mehr gestreichelt worden. Er lehnt sich ins weiche Moos zurück, schließt die Augen, wird hungrig und träumt von mehr.

Der Unzivilisierte

wolfsjunge
zaubermann
heult wandelbares
durch die nacht
zeigt zähne
sanft und kräftig

Die Sommerabende verbringt Marei jetzt meistens zu Hause, neben dem Telefon. Allabendlich ruft Mathis an, der nun nicht mehr nur eine Stimme hat, sondern auch ein Gesicht. Sie erinnert sich, daß ihm beim Sprechen und Gestikulieren immer ein, zwei Pony-Strähnen in die Stirn fielen, als sie im Eiscafé seiner Lebensgeschichte lauschte. Sie erinnert sich an seinen Einverständnis heischenden Blick aus den Augenwinkeln. Er legte den Kopf leicht schräg und pendelte seine braunen Augen fragend in ihre Richtung ein, ohne ein Wort zu sagen. Marei hatte beide Male schnell begriffen, daß sie jetzt ja sagen mußte. Obwohl sie auch ja gesagt hätte, wenn er nicht so geguckt hätte.

Diesen Blick, diese braunen Augen, diese Pony-Strähnen über der Stirn, all das sah sie jetzt vor sich, wenn sie Mathis' weiche und freche Stimme am Telefon hatte. Ob er gerade ausgesucht höflich und aus der Distanz heraus vorsichtig an ein Thema heranschlich oder aber plötzlich angriffslustig und von einer Chuzpe beseelt war, die ihresgleichen suchte, das schwankte von einer Sekunde auf die andere. Marei ließ sich diesen Flirt gefallen. Sie begriff nur nicht, warum es nicht weiterging. Warum es so schwierig war, einen gemeinsamen Termin für ein nächstes Treffen zu finden. Daß beide sich näherkommen wollten, lag in der Luft.

Nun waren sie am Telefon schon dreimal in Gedanken den Ostseestrand vom Priwall bis nach Boltenhagen zusammen entlanggelaufen, als plötzlich herauskam, daß er keine Badehose besitzt und sich deshalb nicht mit ihr verabreden kann. Marei findet seine Logik faszinierend. Er geht seit zwanzig Jahren nur noch an den Nacktbadestrand, und da braucht er keine Badehose.

Nun war auch Mathis Fauner klar, daß man sich mit einer Frau, die man noch kaum kennt, nicht gleich ohne Hose trifft. Und deshalb eben konnte er sich nicht mit ihr am Strand verabreden.

Als Marei nach zweieinhalb Wochen bereits aufgegeben hatte und dachte, da passiert nichts mehr, erhält sie plötzlich am Sonnabend mittag einen Anruf. Mathis, gutgelaunt, mit frischer, einladender Stimme fragt ohne Entreé: »Bist du flexibel?«

Marei weiß nicht, was sie davon halten, was sie darauf antworten soll. So flexibel wie er allemal, der nicht bereit ist, sich eine billige Badehose zu kaufen, um einmal, ein einziges Mal an den Textilstrand zu gehen, wo man sich schließlich auch näherkommen kann. Aber sie ist erst einmal gespannt, was nun wohl kommt.

»Wofür soll ich denn flexibel sein?« fragt sie.

»Hast du in einer Stunde Zeit?«

»Wieso denn?«

»Ich will nach Hopfenbüttel in die Sauna. Da beginnen heute die Werbewochen und man zahlt nur acht Mark Eintritt.«

»Ich soll mit dir in die Sauna gehen?«

»Ja.«

»Gib mir eine halbe Stunde Zeit zum Nachdenken und ruf mich dann wieder an. Okay?«

»Okay«

Marei sitzt zusammengesunken auf dem Sofa und faßt sich an den Kopf. Warum muß es nun die Sauna sein? Kann der Mann nicht einmal etwas relativ Normales für ein zweites Treffen vorschlagen?

Sie ruft Steffi an. »Du, sag mal, jetzt will der unbedingt mit mir in die Sauna. Ich gehe nie in die Sauna. Was mache ich denn jetzt?«

»Dann schlag ihm doch was anderes vor, wenn du nicht in die Sauna willst.«

»Ja, es ist nur ... weißt du, ich habe das Gefühl, ich kriege diesen Mann nie ins Bett, wenn ich jetzt nicht mit ihm in die Sauna gehe. Der ist so. Der wird nur aus der Distanz heraus furchtbar mutig und macht mich am Telefon an, und wenn ich ihn frage, wann wir uns mal wiedersehen, dann kann er plötzlich nicht. Und sein einziger gemeinsamer Freizeitvorschlag seit drei Wochen ist jetzt und sofort ein Saunabesuch. Ich hab' mich in einen Verrückten verknallt. Der Mann könnte längst bei mir im Bett liegen, wenn er wollte, aber nein, er will in die Sauna. Was soll ich 'n da?«

Steffi lacht, etwas böse und etwas verzweifelt. »Dann geh halt mit, wenn du's aushältst.«

Marei steht mit ihrem Handtuch und ihrer Badetasche auf dem Parkplatz, den Mathis ihr beschrieben hat. Sie abzuholen kommt dem Kavalier auch nicht in den Sinn. »Hast du nicht 'n Stadtplan?« hatte er gefragt. Marei hatte einen.

Als sie in der Sauna an der Kasse stehen, wird plötzlich klar, was Marei alles nicht dabei hat. »Du brauchst nur 'n Handtuch«, hatte Mathis beim zweiten Telefonat zu ihr gesagt. Nun steht sie da, ohne Bademantel, ohne Badelatschen, ohne zu wissen, was noch alles auf sie zukommt.

Und es kommt. Zum Beispiel die Erkenntnis, daß es nur einen gemeinsamen Auskleideraum gibt, und daß sie sich nun auch mit fremden Männern zusammen vor den schmalen Metallschränken ausziehen muß. Es gibt kein Zurück mehr. No way out.

Mathis ist schnell fertig, weil er ein geübter Profi-Saunier ist. Er verschließt seinen Spind, bindet sich das bunte Plastikband mit dem Schlüssel ums Handgelenk und sagt: »Ich geh schon mal vor. Du findest mich bei den Duschen.«

Marei, noch ein Bein in der Strumpfhose, steht plötzlich mit drei nackten, fremden Männern in der Sauna-Umkleide von Hopfenbüttel. Sie weiß, daß sie jetzt nicht Mathis hinterherrufen kann: »Bleib doch bitte noch hier!«

Sie muß die Zähne zusammenbeißen und möglichst elegant dem zweiten Strumpfhosenbein entsteigen und souverän so tun, als wenn das alles völlig normal wäre. Wie gut, daß sie oben wenigstens schon mal den geliehenen Bademantel angezogen hat, bevor sie sich nun der letzten Kleidungsstücke entledigt. Was hatte Steffi gesagt? Wenn du's aushältst, dann mach's. Marei fragt sich, ob sie es noch aushält. Und wie lange noch. Sie fragt sich, warum sie hier in Hopfenbüttel mit einem Bein in der Strumpfhose zwischen fremden nackten Männern herumstehen muß, nur weil sie Mathis Fauner offensichtlich anders nicht zum Stelldichein bewegen konnte.

Sie sucht im unteren Stockwerk die Duschen auf. Kein Mathis, nirgends. Auch hier war er offenbar schneller als sie. Ihren Bademantel hängt sie in den Vorraum, sucht sich eine Duschecke, in der keine Menschentrauben versammelt sind. Im Grunde ist hier in der Sauna jeder mit sich selbst beschäftigt. Im Saunaraum selbst geht es eigentlich nur noch um das friedliche Verteilen der Plätze. Mathis rückt etwas zur Seite, um Marei mit auf seine Bank zu lassen. Eine absurde Stimmung von Nichtangriffspakt wabert immer im Nebel dieser gemischten Saunen durch den Raum. Für Mathis offenbar eine Art Vorspiel.

Weshalb sind sie eigentlich nicht an den FKK-Strand gegangen? Absurder wäre das auch nicht gewesen.

Irgendwie kommt er ihr allmählich so vor, als wenn ihm immer ein Stück Zivilisation fehlt. Vor vielen Jahren hat sie einmal den Wolfsjungen von Truffaut gesehen. Der Film war gewiß beeindruckend. Nur, sie weiß nicht, inwieweit Mathis noch nachzivilisiert werden kann. Schließlich ist er schon vierundfünfzig Jahre alt, hat er ihr letzte Woche verraten.

Der Vorteil des Saunabesuches ist, daß sie sich dann später im Warmwasserbecken doch noch nähergekommen sind. Soweit das in einer Sauna eben möglich ist, wenn noch zehn andere Leute im gleichen Becken Entspannung suchen. Man muß sich benehmen.

Diesen Saunaschock muß sie erst einmal verdauen. Das war nicht gerade die feinfühligste Art der Annäherung, die er sich da geleistet hat. Aber offenbar hat er das gebraucht, um sich selbst Mut zu machen. Jedenfalls ruft er jetzt fast täglich an und erzählt, was es zu erzählen gibt. Von seinem Sohn, von seinem Flugzeug, von seinen Katzen, von seinen Büchern, die er zum Einschlafen braucht. Und manchmal sprechen sie auch darüber, was wäre, wenn ... Doch er charakterisiert sich selbst als Angsthasen. Mit seiner ersten Freundin hätte er erst geschlafen, als sie schon fast verheiratet waren. Und das sei auch nach seiner Scheidung so geblieben. Bei jeder neuen Freundin war er zauderig.

»Und du glaubst, das macht dich unsympathisch?« fragt Marei ihn.

Mathis lacht.

»Ich ruf dich morgen wieder an«, sagt er ihr zum Abschied.

Marei wartet. Nicht auf seine Anrufe, nein, die kommen täglich. Marei wartet. Erst mal treffen sie sich wieder auf dem Flugplatz. Offenbar fühlt er sich da doch sicherer als mit ihr allein. Er kann sich an seinen Schraubenschlüsseln festhalten und bringt nebenbei noch seinen Sohn sinnvollen Freizeitbeschäftigungen näher. Mit seinen Fliegerfreunden vereinbart er, daß Kilian für sieben Mark Stundenlohn zum Flugzeugputzen eingestellt wird, so wie andere Väter ihre Söhne das Auto einwachsen lassen. Kilian poliert also die Flugzeuge auf Hochglanz und merkt nicht, daß sein Vater den Fliegerfreunden die Bezahlung erstattet. Alle sieben Stunden ist Vater einen Fünfzigmarkschein los. Hauptsache der Bengel ist von der Straße weg, ist beschäftigt und kommt nicht auf dumme Gedanken. Mathis genießt die Minuten, die er im Segelfliegerclubhaus am Thresen sitzen kann. Wenn sein Propeller wiederkäme, könnte er auch sein Flugzeug endlich startklar machen. Ein Kumpel war mit seiner Maschine im Hangar dagegen gestoßen und Mathis mußte den Propeller zur Überprüfung nach Süddeutschland schicken. Zur Zeit kann er immer nur mit den Maschinen anderer fliegen. Da er jedoch den theoretischen Flugunterricht auf diesem Flugplatz vollständig übernommen hat und auch die praktischen Flugstunden häufig selbst gibt, kommt es natürlich sehr oft vor, daß er mit Flugschülern in luftige Höhen aufsteigt, und so muß er nicht allzusehr darben. Wenn Mathis nicht fliegen darf, dann wird er krank.

Marei betrachtet die Fliegerclubatmosphäre und das sonntägliche

Clubfrühstück mit Interesse, Rollfeld, Start- und Landebahn, Hangar und die abgestellte alte russische Maschine davor mit gemischten Gefühlen. Flugunfähig, schwarz und massig steht der Russki auf einem zugewachsenen Wiesenstück. Die Hubschrauber mit den riesigen Rotorblättern, die sich im Hangar zwischen den kleinen Zweisitzermaschinen von ihren Flügen erholen, flößen Marei Respekt und Unbehagen ein. Besonders der mit den zwei Rotorblättern hat eine riesige Spannweite, sieht gigantisch aus. Sie mag nicht lange daneben stehen. Die Flieger und Tüftler im Hangar putzen und reparieren. Fachgespräche wie unter anderen Verrückten. Dennoch geht sie zwei-, dreimal auf diese Verabredungen ein, weil Mathis auf dem Flugplatz einfach ein anderer Mensch wird. Er blüht auf, verliert all seine Verkrampfungen und wirkt aller Sorgen enthoben, der Welt entbunden, verschmolzen mit dem Geist aller Flugmaschinen, die dort herumstehen, hält lange Vorträge über Charles Lindbergh, die Brüder Wright und Otto Lilienthal, und Marei sagt: »Ja, wir haben in der Schule leider nur den Schneider von Ulm gehabt.«

Warum er diese Inszenierung in der Sauna brauchte, wagt sie nicht zu fragen, um seine alten Schüchternheiten und Verklemmungen nicht neu zu provozieren. Wenn er endlich auftaut, soll er auch so bleiben. Und so begnügt sie sich damit, diesen Sauna-Fauxpas in Vergessenheit geraten zu lassen. Er bewegt sich auf diesem Flugplatz, als wäre dies das einzige Terrain, auf dem er sich sicher fühlt. Schüchterne Männer waren ihr schon immer lieber als Draufgänger. Aber, irgendwann könnte jetzt eigentlich mal was passieren. Nach einer Weile stehen dann plötzlich Prüfungen für seine Flugschüler an, und Mathis geht ein paar Tage ganz auf Sendepause.

Drei Tage vor ihrer Gartenfete am letzten Augustsonntag meldet er sich wieder und beklagt sich fernmündlich bitter darüber, daß er sie telefonisch nicht mehr erreichen würde. Es sei andauernd besetzt, wenn er ihre Nummer wähle.

»Nie kommt man durch! Es ist ein Wunder, daß ich jetzt überhaupt durchgekommen bin.«

»Ja«, sagt sie, »erinnerst du dich dunkel daran, daß ich dir im Frühjahr eine Feteneinladung geschickt habe?«

Zögernd bejaht er.

»Ja, siehst du, und die Fete ist übermorgen, so gegen elf, halb zwölf, zum Frühstück.«

»Ich denke, du frühstückst nie«, kontert er.

»Dann nenn es Brunch, oder wie du möchtest. Ich hoffe, ich darf mit deiner werten Anwesenheit rechnen?«

Er weiß noch nicht, zaudert, sucht nach einem Ausweichthema.

»Aber da stand doch was von Gemeindehaus«, sagt er schließlich.

»Ja, weil ich hier in meiner Wohnung keine sechzig Gäste unterbringen kann, und auch der Garten hier für ein Gartenfest zu klein ist, deshalb habe ich den Gemeindesaal von der Timotheus-Kirche hier um die Ecke gemietet. Da ist Jasper konfirmiert worden. Die machen 'ne sehr engagierte Jugendarbeit, mit Fahrten nach Taize jedes Jahr und so. Dadurch kenne ich die Pastorin ganz gut. Da feiere ich jeden Spätsommer, immer so eine Art vorgezogenes Erntedankfest, wenn's schon Äpfel gibt. Das ist so ein Gartensaal da im Gemeindehaus, mit 'ner kleinen Teeküche. Und auf der Wiese im Garten können die Kinder auch rumtoben. Oder eben auch nicht rumtoben, wenn sie keine Lust haben. Du kannst jedenfalls deinen Sohn mitbringen, ein paar Jugendliche kommen auch.«

Mathis zaudert, zögert. Er weiß noch nicht.

»Da stand doch was von Karnickelfutter auf der Einladung«, ist seine Antwort.

»Da stand nichts von Karnickelfutter«, korrigiert Marei in strengem, aber geduldigem Tonfall. Sie ahnt, was nun kommt. Auf die bloße Information, daß es Menschen gibt, die sich vegetarisch ernähren, reagieren manche Zeitgenossen mit einer Aggression, als hätte man ihnen selbst was vom Teller geklaut. Aber Mathis ist der andere Typ. Es folgen: die dummen Witze, die vegetarische Ernährung ins Lächerliche ziehen. Marei ist auch daran gewöhnt und übt sich in Nachsicht. Wie gut, daß Jasper so ein typischer Italiener geworden ist, der den Inhalt einer Salatschüssel alleine verschlingt, ohne anschließend nach Fleisch zu fragen.

»Auf meiner Einladung stand, daß es ein dreigeteiltes Buffet gibt, für Veganer, für Vegetarier und für Carnivoren.«

»Und wo darf ich da essen? Ich versteh' nur Bahnhof«

»Ich denke, du hast Latein gehabt? Carnivoren sind Fleischesser. Ich hör' doch dauernd, daß du mit deinem Sohn Steak ißt. Also gehörst du zu den Carnivoren. Wer Fleisch essen möchte, ißt Fleisch, und wer tierische Produkte ganz vermeiden möchte, hat die Möglichkeit, sich am Veganer-Buffet sein Tellerchen vollzuhäufeln, ohne Ei, ohne Milch, ohne Gelatine. Ohne irgendwas von der Hühnerfarm oder aus der Rinderzucht. Hast du was gegen Tierschutz? Tierschützer können auch kochen. Nur anders.«

»Und du? Was ißt du?«

»Ich werde mich in der goldenen Mitte, am lakto-vegetarischen Buffet-Tisch ansiedeln.«

»Was ist das nun wieder?«

»Das sind die Vegetarier, die Milchprodukte essen.«

»Aha«, sagt Mathis. Und dann folgt eine längere Pause. Oh Gott, wäre das ein Frühstück geworden, damals, am Bergedorfer Schloß!

Mathis und Marei: da hätten ja wohl zwei Leute gar nichts auf dem Tisch stehen, was als gemeinsames Lebensmittel gelten könnte. Bislang hat sie ihn nur von Steak, Weißbrot, Butter und Marmelade reden hören, lauter Sachen, die sie nicht ißt. Und er mokiert sich über alles, was ihr gut schmeckt.

Was wollen die alle hier? Und warum amüsieren die sich alle so gut? Marei steht mit zwei Radieschen in der Hand am Eingang zum Gemeindehaus und beobachtet, wer da gerade einparkt. Ein grüner Volvo, wer soll denn das wohl sein. Ah, die Türen öffnen sich, eine Fanfare ertönt und Ruth und Nicolaus entsteigen links und rechts den Wagentüren. Dann wird hinten ein Kind von der Rückbank gerissen und ans Herz gedrückt, und die Fanfare verstummt augenblicklich. Die Fahrt war offensichtlich zu lang.

»Mit euch hab' ich gar nicht mehr gerechnet«, entfährt es Marei zur Begrüßung.

»Wieso? Du hast uns doch eingeladen!«

»Ja, ich meine doch, ihr habt euch so lange nicht gemeldet. Und weil ich zwischendurch so gar nichts von euch gehört hatte, und du auch auf dem Klassentreffen nicht warst, hatte ich nicht mehr zu hoffen gewagt, daß ihr kommen könntet.«

Mit Tränenresten in den Wimpern und auf einer Wange runzelt Jannik noch skeptisch die Stirn und beobachtet die Lage auf dem unbekannten Terrain. »Was wollen die alle hier?« sagt sein Blick, »und was wollen meine Eltern mit mir hier?«

»Ihr könnt ja erst mal, ähm, hinten auf der Wiese«, sagt Marei zu Ruth, »da ist auch 'ne Sandkiste. Vielleicht, bis er sich akklimatisiert hat.«

Die anderen Gäste amüsieren sich offensichtlich besser als der kleine Jannik. Das Buffet ist ständig von einer Traube belagert, auch der vegane Teil. Erstaunt werden Informationen aufgesaugt, daß man auch ohne Eier Kuchen backen kann. Friedliche Koexistenz von Veganern, Vegetariern und Nahrungsopportunisten. Man ißt, was auf dem Tisch steht, und wenn leckere Sachen angeboten werden, fällt einem gar nicht auf, daß kein Fleisch dabei ist. Die in Algen gebratenen Tofustücke mit Zitronenscheiben darauf sind schon alle.

Marei begrüßt Gäste, spielt mit Jannik, macht Ruth und Nicolaus mit Claudio bekannt, damit er seine Delphine demnächst auch mal bei den beiden präsentieren kann, schenkt Kaffee nach und erfährt ganz nebenbei, daß Ruth und Nico bald ein drittes Geschäft aufmachen wollen. Sie unterhält sich längere Zeit mit Stefan, mit Hanna, mit anderen Gästen, – eigentlich ist alles wie immer. Trotz alledem ist sie nicht so ganz bei der Sache, sondern wartet eigentlich innerlich auf Mathis. Alle halbe Stunde ertappt sie sich dabei, wie sie nach draußen, vor die Tür läuft und guckt, ob er da nicht gerade einparkt.

Hauke und Esther parken ein und bringen ein großes Blech frische, dampfende Quiche Lorraine mit. Günther parkt ein, mit seiner neuen Flamme auf dem Beifahrersitz seines Cabriolets. Und sogar Maike parkt ein und bringt ihre beiden Töchter und gefüllte Teigtaschen mit: Schafskäse in Blätterteig. Und als Marei schon gar nicht mehr daran geglaubt hat, daß auch irgend jemand an frischen, grünen Salat gedacht haben könnte, da kommt Antje mit einer Riesensalatschüssel.

Wer nicht einparkt, ist Mathis, und Marei hat mehr und mehr das Gefühl, daß sie die ganze Fete nur seinetwegen arrangiert hat. Aber das stimmt nur halb. Sie hat das Fest ursprünglich für ihre Großeltern ausgerichtet. Die lebten im Grünen, und der Großvater hatte im August Geburtstag. Da wurde immer im Garten gefeiert. Die Vorbereitungen für die Gartenfete haben bei Marei all die alten Sommererinnerungen wieder aufkeimen lassen. Auch später, in der Pensionswohnung in Neukaten, hat die Großmutter ihren kleinen Garten mit Hingabe gepflegt. Marei wünscht sich schon lange einen eigenen Garten, und alles dort soll so sein wie in dem kleinen, bescheidenen Garten der Großeltern mit den Tulpenbeeten, dem Kirschbaum und der Kastanie. In den Tulpenblättern kann man im April schon die Ostereier verstecken. In der Mitte des Tulpenkarrees soll der Kirschbaum stehen, um den man sommers mit den Drosseln kämpfen muß. Sie sieht den Großvater noch, wie er in seiner weiten grauen Hose und seinem grauen Jackett im Garten spazierenging. Seinen Hut auf dem Kopf, wenn es im Garten noch nicht warm war, mit einer Hand auf seinen Stock gestützt, und mit der anderen Hand einen Kirschbaumzweig näher untersuchend. Und zum Haus hin sollen die kleineren Blumen stehen, gelbe Primeln vielleicht, und Vergißmeinnicht. Und ein Beet mit Salbei, Dill und Basilikum.

Mathis hat die Feier wohl vergessen. Er hat nicht ab- und er hat nicht zugesagt. Trotzdem hätte er heute kommen können, in der Badehose oder ohne, das wäre Marei egal gewesen.

Was wollen diese vielen Leute alle hier, und warum merken die nicht, daß Mathis fehlt? Marei setzt sich einen Augenblick zu Jannik, auf den Sandkistenrand, und Jannik backt ihr einen ganz veganen Kuchen, ohne Ei und ohne Milch.

»Na, Jannik? Sag du mir doch mal: Was wollen die alle hier?«

»Maja«, antwortet Jannik und setzt eine gelbe Plastikbiene zwischen all die Sandtörtchen zum Essen.

»Ja, Maja«, sagt Marei laut und dann ganz leise hinterher, so daß es nur der kleine Jannik hört: »Nun wollen wir mal nicht undankbar sein. Es ist ja schön, daß sie alle gekommen sind. Aber irgendwie war mir gerade nach was ganz anderem.«

Erntedank

Die endlose Warterei hat ein Ende, als Mathis, der Zauderer, endlich zum ersten Mal in ihrem Bett liegt. Er, der sich so lange gesträubt hat, mit Argumenten, er könne nicht so schnell, nicht mal eben, er habe immer so lange gebraucht, bis er sich mit einer Frau ins Bett gelegt habe.

»Ich brauche doch so viel Wärme«, hatte er gesagt.

»Was spricht dagegen, daß du die bei mir bekommst?«

Dieser sperrige, zaudernde Mathis, der sich wochenlang zierte wie eine Jungfrau, der liegt nun warm und weißhaarig, kleine, genante Bemerkungen verteilend und abwartend neben Marei im Bett.

So viel Angst vor dem ersten Mal hat Marei noch bei keinem Mann gespürt. Er wartet darauf, daß sie sich in seine Betthälfte vorwagt und schlägt nur mutig seine Bettdecke auf, um sie einzuladen.

Sie versinken fast vollständig mit ihren Köpfen unter der Bettdecke, Höhlenbaureflex. Sie denkt an die kleinen Kabbeleien am Telefon, wenn sie bettelte, zusammen ans Meer zu fahren. Nein, er hätte keine Badehose. Und er mag auch keine Badehosen. Und überhaupt sei es ihm zu gefährlich und zu sinnlich in der Sommersonne am Strand mit ihr, da müsse er sie ja eincremen.

Aber nun hat er sich der Gefahr vollends anvertraut. Er liegt bei ihr im Bett und überläßt ihr jede Initiative. Und Marei findet es fast zu anstrengend.

Sie will nur seine Wärme. Endlich seine Wärme. Kleinkindlicher Saugreflex, als ihre Lippen einander endlich finden. Sie fallen ineinander und lassen sich nicht mehr los.

Als er sich später an der Wohnungstür verabschiedet, sieht er auf ihre verschiedenfarbigen Neonsocken, gelb und grün leuchtend.

»Das ist falsch«, sagt er, »der gelbe gehört an den rechten Fuß.«

Sie umarmen sich zum Abschied.

Marei sieht ihm nach, wie er in seinen Wagen steigt. Es ist ein warmer Sommertag.

Erst, als er das zweite Mal bei ihr ist, denkt sie daran, daß sie diesen Moment ja dreißig Jahre lang herbeigesehnt hat. Daß sie nun ja endlich den Wolfserzähler aus der wichtigsten Schulstunde ihres Lebens in ihrer Nähe hat. Und Mathis ist schon nicht mehr so zauderig, nicht mehr so verhalten. Was dreißig Jahre währt, wird endlich gut, denkt Marei, und von da an sind ihre gemeinsamen Abende frei von dieser ängstlich aufschiebenden Wartespannung. Frei von dem Damoklesschwert, daß ja alles nur ein Strohfeuer sein könnte. An zwei Abenden die Woche schafft Mathis es, seinen Sohn derweil so zu beschäftigen, daß Vater mal für ein paar Stunden aus dem Haus kann. Sie lesen, sie reden, sie schlafen miteinander und lesen sich im Bett gegenseitig ihre Lieblingsbücher vor. Und immer wieder reden sie. Häufig über Kilian, der mit seinen zwölf Jahren doch viel mehr Unruhe in Vaters Leben bringt, als dieser gedacht hatte. Es ist gemütlich, wenn Mathis da ist. Die Stunden mit ihm sind wie eine Tankstelle für Ruhe und Wärme und Heilwerden inmitten der Beschädigungen, die der zermürbende Überlebenskampf mit sich bringt.

Ausruhen

mein schneewolf so
zart beißt rinde
für mich
knackt nüsse
sogar hat fleisch

nie verschmäht
wird zahm
neben mir holt
wolken ins gras
fängt sterne im moos

nachts.

Das Weihnachtsgeschäft schenkt Marei eine Gnadenfrist. Langjährige Stammkunden tauchen auf und bestellen offenbar das Sortiment für die ganze Familie, inklusive sämtlicher Schwiegermütter und Großtanten. So viel Pilcher, Steel und Plaidy verkauft Marei das ganze Jahr über nicht. Obwohl Mathis seinen Sohn öfter zur Englisch-Nachhilfe fahren muß, hat er jetzt im Winter etwas mehr Zeit für sie. Es findet kaum praktischer Flugunterricht statt, und die Theoriestunden sind besser vorausplanbar. Mathis unterrichtet seine Flugschüler mittwochs und freitags, und wenn er mit dem Stoff nicht durchkommt auch schon mal sonntags nach dem Club-Frühstück. Montags und sonnabends hat er meistens Zeit, und falls es da mal nicht klappt, schaufelt er noch einen anderen Nachmittag frei. Marei und Mathis verbringen einen richtigen Lesewinter miteinander. Sie beginnen die Bücher immer zusammen. Mathis liest die ersten Seiten vor und Marei schläft dabei fast in seiner Armbeuge ein, egal, wie spannend die Geschichte ist. Es ist dieser Hunger nach Ruhe, den er stillt mit seiner Art, bei ihr zu sein. Wenn Mathis dann weg ist, liest sie alleine weiter. Und hört seine Stimme dabei.

Wenn sie nicht auf die Entscheidung aus Nordkloster warten würde, könnte das Leben so schön sein. Die Nachbarn sind auch endlich ruhiger geworden. Mag sein, daß sie ihr Schlafzimmer nach vorn verlegt haben, nachdem Marei das zwanzigste Mal nach oben gegangen war. Irgendwie müssen manche Leute massiven Druck kriegen und in sehr unfreundlichem Ton so lange zur Raison gerufen werden, bis sie die Ermahnungen nerviger finden als die Anstrengung der Rücksichtnahme. Offenbar schlafen und poltern sie des Nachts jetzt über Mareis Wohnzimmer, und da bekommt sie es nicht so mit. Das war ja auch der Sinn der Sache.

Eigentlich könnte das Leben jetzt schön sein, wenn das Weihnachtsgeschäft im Januar so weiterginge.

Nur, daß Marei eigentlich vor Mathis gesagt hatte, sie suche jetzt nur noch einen Mann zum Zusammenleben, nichts Halbgares mehr, das irritiert. Vor allem sie selbst. Wieso ist sie plötzlich doch mit einer Beziehung auf Distanz zufrieden? Kilian? Liegt alles an Kilian? Zugegeben, so ein Rabauke ist Marei noch selten untergekommen. Selbst in Jaspers schlimmsten Macho-Zeiten, als er so dreizehn, knapp vierzehn war und eine Jungsclique mit Anti-Knigge-Manieren in Mareis Gartenecke geschleppt hatte. Diese Sprüche, und diese Kraftmeierei! Marei hatte immer nur gehofft, daß die Nachbarn im Nebengarten nicht allzu deutlich mithören können. »Jungs sind so in dem Alter«, hatten andere Mütter, auch Steffi, sie getröstet. Wär' trotzdem ganz schön gewesen, wenn ihrer nicht so gewesen wäre. Aber was sie nun von Kilian gemeldet kriegt, übersteigt alles bisher Dagewesene. Dennoch: Der ganze darwinistische Überlebenskampf relativiert sich und fällt von ihr ab in diesen Nachmittag- und Abendstunden, an denen Mathis mit seinen Büchern und diesem ganz speziellen Blick vor ihrer Tür steht. Vor allem an Wochenenden, wenn Kilian bei seiner Mutter ist, bleibt Zeit zum Lesen und Hören und Träumen. Sie gehen zusammen in den Geschichten unter, die für alle Zeiten ihre sind und bleiben werden. Ein Wort, das er ihr vorgelesen hat, wird sie nie vergessen, nicht in seiner Betonung, nicht, wie er es ausgesprochen hat. Sie streichelt seine weißen, glatten Haare, die am Scheitel wie Buchseiten auseinanderfallen, wenn er ruhig auf dem Kopfkissen liegt und in die lichtdurchflutete Krone des winternackten Ahornbaumes blickt.

Die Abende werden länger und dunkler, die Pullover, in denen Mathis vor der Tür steht, immer wolliger und dicker. Sie lesen zusammen.

»Du hast mir vielleicht was angetan«, sagt Mathis eines Tages am Telefon.

»Wieso? Was denn?«

»Ja, du sagst einen Buchtitel, ich kauf' mir das und kann nicht mehr aufhören zu lesen.«

Marei lacht. Von da an lesen sie »Die Säulen der Erde« zusammen weiter. Immer ein Stückchen zusammen und immer ein Stückchen jeder allein für sich zu Hause, wenn sie sich ein paar Tage nicht sehen. Abends am Telefon berichten sie sich gegenseitig, wie weit sie gekommen sind. Als Mathis wieder da ist, lesen sie bei der Stelle weiter, wo Ellen und Tom sich kennenlernen. Besser gesagt, näher kennenlernen.

Die kärglich üppig eingerichtete Waldhöhle, in der Ellen mit ihrem Sohn Jack lebt. Die Kiste mit Wildäpfeln, die brodelnde Suppe im Kessel über dem Feuer. So eine Art Robin-Hood-Romantik würde Marei mit Mathis auch gerne leben. Mit ihm könnte man Höhlen bauen und Pfeile schnitzen, Wildäpfel und Beeren sammeln, Pilze und Früchte für den Winter trocknen, und wenn die Vorräte knapp werden, zusammen hungern. Von Luft und Liebe leben. Sie versinken zusammen im mittelalterlichen Künstlerleben des Steinmetzen Tom und streiten sich dabei zum ersten Mal. Mathis ist immer ein Stück weiter von Tom entfernt als Marei. Marei merkt, daß Mathis das Lebensrisiko Toms als literarischen Reiz konsumiert, während sie, seit sie denken kann, Risiko gelebt hat.

»Verbeamtete Lehrer gab es damals noch nicht«, fährt sie ihn einmal an. Sie ärgert sich über seine Erfahrungslosigkeit und das daraus erwachsende Unverständnis für die kleinen Detailteufelchen, was das unabgesicherte Künstlerleben von Bildhauern und Steinmetzen angeht. Mathis ist verbeamtet. Marei spürt eine feine, deutliche Trennungslinie zwischen ihnen beiden. Die Teufel stecken in den Details. Da nützt es nichts, wenn er wieder und wieder feststellt, er könne es sich aber doch vorstellen, was materielle Unsicherheit bedeutet.

Viel näher scheint ihm aber das ambivalente Verhältnis von Tom zu seinem vierzehnjährigen Sohn Alfred zu sein, den Tom gerne ein bißchen weniger rüpelhaft hätte. Als es in späteren Kapiteln um das Gekabbel zwischen den beiden Söhnen von Ellen und Tom geht, die nun ohne Chance zum Einspruch Stiefbrüder geworden sind und weniger als gar nicht zueinander passen, springt Mathis oft mit Empathie und Verzweiflung auf Toms Erziehungsprobleme mit seinem Sohn an.

Alfred ist groß und stark und ein bißchen schlicht von Gemüt. Ellens Sohn Jack ist klein, plietsch und ein bißchen linkisch, dem Großen häufig ausgeliefert. Daß der kleine Jack lesen kann, macht ihn für Alfred um so sperriger, unberechenbarer, unverständlicher. Als die von Alfred inszenierten Streitigkeiten für den kleinen Jack zum ersten Mal lebensgefährlich werden und Alfred ihn von einer hohen Mauer aus unsanft auf Steinboden hinunterbefördert, wartet Ellen auf eine unmißverständliche Reaktion von Tom. Der sieht den schwer verletzten Jack – und redet sich heraus: Kinder streiten eben ...

Der pubertierende Alfred ist für Mathis offensichtlich eine Herausforderung. Ständig unterbricht er Marei beim Vorlesen und fordert Tom auf, Alfred mit einer kräftigen Ohrfeige zur Raison zu bringen. Das würde helfen. Marei liest ihm weiter vor und weiß noch nicht genau, warum ihr plötzlich unbehaglich wird. Offenbar hat Alfred etwas von Kilian.

Jasper ist zwei Jahre älter als Kilian. Wovor hat sie Angst, wenn die beiden Söhne aufeinandertreffen? Sie weiß es nicht.

Die ersten Zusammenkünfte mit Kilian sahen eigentlich vielversprechend aus. Marei weiß selbst nicht mehr, wann das umkippte. Sicher hatte es auch mit diesen abgebrochenen Telefonaten zu tun.

»Ich muß jetzt Schluß machen. Ich hör' meinen Sohn oben rumwandern.«

Bei Mathis im Haus konnte man sich unbemerkt vom oberen Telefonapparat aus in die laufenden Gespräche einklinken. Großer Lauschangriff.

Vorher hatte Mathis immer rapportiert, daß er ein sehr gutes Verhältnis zu seinem Sohn habe. Marei wagte nicht, ihn darauf hinzuweisen, daß es aber alles andere als ein gutes Verhältnis sei, wenn man dauernd Angst haben müsse, daß der Sohn sich unbemerkt als Lauscher in der Leitung betätigt. Mathis hatte ein »sehr gutes Verhältnis« zu Kilian.

Marei hatte Kilian ein paar Mal an der Strippe, als sie Mathis erreichen wollte. Kilian plapperte vertrauensselig wie ein kleines Kind, obwohl er damals schon zwölf Jahre alt war. Keine Distanz spürbar, wie angehende Jugendliche sie in dem Alter eigentlich Fremden gegenüber schon herstellen.

Sie hatte nachmittags angerufen und damit gerechnet, daß Mathis eigentlich zu Hause sein könnte. Der Junge meldete sich mit »Ja?«

Marei fragte nach Mathis. Der sei auf einer Beerdigung, gab der Junge Auskunft.

»Sind Sie eine Kollegin von ihm?« fragte er noch.

»Nein«, antwortete Marei, »ich bin eine ehemalige Schülerin.«

»Ach, sind Sie das, die ihm diesen tollen Brief geschrieben hat?«

»Ja.«

»Mein Vater hat fast geweint, als er den Brief gelesen hat.«

Marei schluckt.

»Ehrlich?«

»Ja, der hatte richtig Tränen in den Augen.«

Nach diesem Telefonat war Kilian Marei mehr als nur sympathisch. Der Junge hatte seinen Vater verpetzt.

Mathis identifiziert sich im Laufe des Buches immer mehr mit dem Vater in Tom, der nun einmal einen etwas anderen Sohn bekommen hat, als ein Vater ihn sich wünscht. Marei hat einen ganz anderen roten Faden im Visier, der sie im Moment viel mehr umtreibt. Das Buch beginnt mit einem Justizirrtum und läuft am Schluß auf die Aufklärung dieses Justizirrtums hinaus. Unbeirrbar. Irgendwie ist am Anfang der Falsche gehängt worden. Das passierte im Mittelalter häufiger. Heute ist es eher umgekehrt. In dubio pro reo. Die Menschenwürde des Täters wird diskutiert.

Marei ist gespannt, was wirklich passierte, bevor der junge Mann zu Unrecht am Galgen landete. Aber das Buch hat 1151 Seiten.

Was Marei an dem Buch verrückt macht, ist, daß es ewig gebratenen Fisch gibt. Dagegen kann man sich nicht lange zur Wehr setzen. Der Duft des Bratfisches schwappt über die mittelalterlichen Klostermauern bis hinein in Mareis Wohnung. Sie hat die Waffen gestreckt, ist in ein Fischgeschäft gelaufen und hat sich ein Stück Heilbuttfilet gekauft. Zum ersten Mal seit fünfundzwanzig Jahren, wenn sie es recht bedenkt. Mit ihrer Mutter ging sie immer auf dem Hammer Markt einkaufen, als sie schon in der Stadt wohnten damals. »Bei der Vogelstange« hieß die kleine Marktgasse, in der dienstags und freitags die Stände aufgebaut waren. Nachmittags nach der Schule ging sie gerne mit der Mutter auf den Markt. Mutti spendierte vier kleine Bratwürstchen mit Senf, und manchmal auch rosa und gelbe Waffeln mit Erdbeer- oder mit Zitronengeschmack, zehn

Pfennig das Stück und die Waffelfüllung außen herum gezuckert. Eigentlich ein furchtbar ungesunder Schweinkram, aber lecker, besonders mit einem Becher Milch dazu. Dort auf dem Markt kaufte Mutti auch Fisch, den Marei auf dem Speisezettel eigentlich eher tolerierte, wenn es nicht gerade paniertes Fischfilet war. Kochfisch mochte sie nie so umwerfend gerne. Da hielt sie sich an die Salzkartoffeln mit der ausgelassenen Butter und nahm das weiße Fleisch des Fisches als Beilage. Heute nun läuft sie zum ersten Mal selber Kochfisch kaufen, oder – man könnte ihn auch in der Alufolie in den Backofen schieben. Am leckersten sieht das Heilbuttfilet aus. Weiß und zart und feingemasert. Nicht so grob wie Kabeljau oder Barsch.

Seit Jasper weg ist, hat sie kaum noch Lust gehabt, in der Küche herumzupütschern. Deshalb findet sie jetzt zu Hause in der Speisekammer gerade noch vier Packungen Hartweizen-Spaghetti. Und das war's auch schon. Beim Blick in den Kühlschrank offenbart sich Klein-Grönland: alles vereist und gähnende Leere, bis auf Milch und eine Zitrone. Das ist doch schon mal was, auch noch eine unbehandelte, von der man die Schale mitverwenden kann. In der Apfelkiste neben dem Küchentisch findet sie auch noch vier zu kleine Kartoffeln, eine Tomate und eine etwas verschrumpelte Wurzel. Jetzt ist Phantasie gefragt. Marei denkt an den Bratfisch in der Klosterküche und rückt sich einen Stuhl zurecht, um an ihr oberstes Küchenregal heranzukommen, und beginnt dann, in den verstaubten Gewürz- und Kräutertüten nach fischgeeigneten Inspirationen zu suchen. Thymian, Oregano, Rosmarin und gemischte Salatkräuter. Die Muskatdose ist leider fast leer. Jodsalz in Mengen. Und bestes toskanisches Olivenöl.

Sie reißt ein großes Stück Alufolie ab und verteilt einen Tropfen Öl mit einer Tomatenhälfte in der Mitte der Folie, überall da, wo nichts anbrennen darf. Den Fisch in die Mitte, salzen, mit Thymian bestreuen und satt mit Zitronenscheiben belegen. So wie Chili con Carne gibt's bei Marei seit jeher Zitrone mit Fisch, und nicht umgekehrt. Diese Kämpfe in den Hamburger Fischküchen in ihrer Kindheit. Immer, wenn sie Fischfilet mit viel Zitrone bestellte, kamen zwei oder drei gelbe Schnipsel auf dem großen Fischteller mit. Dann sagte Marei: »Das ist aber so wenig!«

»Ach, nun iß doch erst mal. Vielleicht reicht es ja. Sonst bestellen wir nach«, sagten die Eltern.

Es reichte nie. Wenn man dann endlich das zweite Mal die Bedienung an den Tisch gewunken hatte, war der Fisch schon lauwarm. Wenn die nachbestellte Zitrone endlich kam, hatte der Fisch bereits Zimmertemperatur und wurde durch den verspäteten Zitronenguß endgültig zum kalten Bufett.

Marei genießt den Duft der unbehandelten Zitronenschale, als sie die Scheiben auf das Heilbuttfilet legt. Die dünnen Kartoffelscheiben und die Wurzeltaler legt sie um den Fisch herum und bestreut sie mit Salz und Rosmarinnadeln. Die beiden Tomatenhälften bekommen außer Salz noch eine Ladung der getrockneten Salatkräuter. Morgen muß sie unbedingt Dill kaufen. Und Estragon soll auch gut für Fisch sein. Sie klappt die Folie um, schließt sie an den drei offenen Seiten und schiebt das Ganze in den heißen Backofen. Nach zwanzig Minuten zieht ein erstes zartes Bratenwölkchen aus dem Ofen, und Marei muß sich zusammennehmen, ihren Fang nicht zu früh aus der Röhre zu ziehen. Morgen wird sie sich eine Forelle kaufen.

Einmal hatte sie selbst eine Forelle geangelt. Es war im Antholztal gewesen. Antholz war damals in den sechziger Jahren noch ein verschlafenes Nest. Eine alte Sägemühle hatten Mareis Tanten dort gemietet. Eigentlich waren es keine richtigen Tanten, und es war auch nicht die Sägemühle selbst, in der man schlief. Sozusagen waren es Tanten um drei Ecken herum, und sie wohnten im alten Wirtschaftsgebäude der Sägemühle am Wildbach. Ollie und Elke hießen sie. Marei konnte zu Hause nie einschlafen, wenn der Urlaub bei Antholz gerade beendet war. Ihr fehlte das ständige, gleichmäßige Rauschen der Antholzer Ache, die vom Staller Sattel herunterkam, durch den Antholzer See hindurchfloß und dann in Richtung Bruneck weiterrauschte, oder jedenfalls fast. Nach den ersten Urlauben in Oberstdorf und Österreich war Antholz eine willkommene Abwechslung gewesen. Wasser gab es aus einem kleinen Seitenarm des Gebirgsbaches, und oben im ersten Stock des Holzhauses gab es ein Plumpsklo. Oben waren auch die beiden Schlafzimmer, und unten war die Küche mit den aufgestellten Mausefallen, und von der Küche kam man ins Wohnzimmer mit dem großen Ofen.

Die Zähne putzte man sich am Bach, zum Waschen trug man sich eine Emailleschüssel voll Wasser nach oben ins Schlafzimmer. Weiter unten im Tal gab es eine Badeanstalt für größere Aktionen.

Auch das Wasser zum Kochen kam aus dem Bach. Mit einem Holzbrett war ein Stausee genau vor der Küchentür hergerichtet worden, zwischen den beiden Gebäuden. Das Holzbrettchen hatte oben in der Mitte eine Kerbe, die so zum Dauerwasserhahn wurde. Die eigentliche Holzmühle war nach drei Seiten hin offen und diente nur zum Spielen oder als Vorratsschuppen und nachts als Naturkühlschrank. Einmal hatte Tante Ollie ihr Restgulasch draußen kaltgestellt. Das gefiel auch dem Fuchs, der nächtens aus dem Wald kam, um der alten Wassermühle einen Besuch abzustatten, zu sehen, was die Menschen ihm Leckeres zurechtgestellt hatten.

Den Deckel vom Topf hatte er abgehoben, das Gulasch jedoch nur aus der Mitte des Topfes gefressen. Den Rest kochte Tante Ollie noch einmal zum Mittagessen auf. Marei fand es abenteuerlich, sich das Gulasch mit einem richtigen Fuchs zu teilen.

Doch das Beste war die Angel. Marei hatte noch nie im Leben eine Angel gehabt. Der Vater hatte Angelschnur und Haken gekauft, schnitt einen langen Zweig zurecht und bastelte eine Naturangel. Marei grub im feuchten Wiesengrund nach Regenwürmern.

»Wo soll ich denn angeln?« fragte sie ihren Vater. Der schickte sie zur Brücke und hatte damit einen guten Riecher. Eine knappe halbe Stunde später kam Marei aufgeregt mit einer zappelnden Forelle in der einen, ihre Angelrute in der anderen Hand zum Haus gerannt. Töten mußte der Vater den Fisch. Dieses blutige Geschäft war Männersache.

Genau wie das Aufbrechen und Ausweiden des Wildbrets damals, wenn der Opa im Wald seine Abschußquote erfüllte. Marei betrachtete die hängenden Hasen mit sehr gemischten Gefühlen, wenn diese sie von Opas Schulter herab aus toten Augen anblinzelten. Ganz schlimm wurde es für Marei bei den Rehen. Sie konnte nicht nachvollziehen, wieso diese grazilen, beim Gehen so mühelos wippenden Gelenkwunder plötzlich leblos und starr, ungelenk und sperrig auf dem Boden lagen. Auf einmal schienen die schlanken, braunen Läufe viel zu lang, die noch eben mit geschmeidiger Kraft im Viersatz miteinander harmoniert hatten. Alles ist überflüssig, was die Kreatur zum Leben so elementar gebraucht hat. Ob das bei uns später auch so ist? Marei denkt an ihre zu volle Wohnung und an ihren Buchladen. Gruscht nannten andere Leute das, was bei ihr herumlag. Wer interessiert sich für ihre unsortierten Kostbarkeiten? Als die

Mutter starb, war das Schlimmste ihre Handtasche. Marei fühlte sich wie ein Einbrecher, als sie nicht mehr fragen konnte, ob sie jedes darin liegende Bonbonpapier betrachten darf. Die Mutter hatte keine Chance mehr, nein zu sagen.

Eltern haben eigentlich überhaupt keine Chance. Schon zu Lebzeiten nicht, oder? Jasper hat in seinem letzten Brief wieder so von diesem Dino geschwärmt, der leider immer noch nicht nach Atlanta kommen kann, um ihn zu besuchen, weil er in den Bibliotheken von Massachusetts versackt ist. Was dieser Dino, der offensichtlich immer mehr zum leuchtenden Vorbild für ihren Sohn avanciert, nun studiert, weiß Marei immer noch nicht. Was kann man denn in den Bibliotheken von Massachusetts so Wichtiges finden, daß man das nicht auch in Wisconsin oder Michigan aus den Regalen ziehen könnte? Aber wenigstens scheint dieser Dino ein fleißiger Studiosus zu sein.

Das kann Mathis von seinem Sohn nicht behaupten. Die letzten väterlichen Erziehungsversuche hatte er Marei bei seinem Besuch am Sonnabend erzählt. Dabei hatte er beschlossen, daß er in Zukunft lieber nachmittags zu ihr kommen könne. Abends müsse er wohl doch eher mit väterlicher Präsenz dafür sorgen, daß Kilian nicht mit der schlimmsten Rabaukengang des Landkreises die Gegend unsicher macht. Marei erinnert sich an seine Schilderung des letzten Elternabends.

Elternabend

Mathis versteht nicht, was mit seinem Sohn los ist. Er hatte gedacht, daß alle Probleme sich einrenken, wenn er nur dreimal die Woche Spaghetti kocht und Kilian zweimal die Woche zur Englisch-Nachhilfe fährt. Ihm so gut er es kann ein Zuhause bietet. Alles begann so hoffnungsvoll. Dann folgten die ersten Rückschläge. Schlumpf hatte Laternen und Gartenzäune im Dorf demoliert, den Fischteich auslaufen lassen und mehrfach die Schule geschwänzt. Der Junge hat doch alles. Warum macht er so viel Randale? Und nun noch dieser blaue Brief, daß die Versetzung gefährdet sei. Eigentlich hätte er den Kopf fürs Gymnasium. Nun ist er schon auf die Realschule umgetopft worden, und trotzdem drohen wieder Vieren und Fünfen. Was ist bloß los mit dem Jungen? Mathis spuckt noch einmal leicht auf die schwarzen Schuhspitzen und poliert mit der Schuhbürste über. Ein letzter Blick in den Spiegel, und dann verabschiedet er sich von seinem mißratenen Sproß, um sich auf dem Elternabend die neuesten Horrornachrichten abzuholen.

Sohnemann liegt mit einem Fünf-Freunde-Buch bäuchlings auf seinem Bett. »Na? Was liest du denn da?«

»Fünf Freunde im Nebel.«

»Machst du denn auch noch ein bißchen Schularbeiten heute abend?«

»Bin schon fertig. Wir hatten nur in Englisch was auf, und das hab' ich schon mit Frau Kolbe in der Nachhilfestunde gemacht.«

Mathis setzt sich in sein Auto und legt sich eine Kassette von Pavarotti auf. Die Tage werden allmählich länger, dennoch ist es jetzt, kurz vor acht Uhr abends, schon zappenduster. Als er bei der Schule ankommt, wird ihm sein Rollenwechsel wieder einmal schmerzlich bewußt. Er ist bei Elterngesprächen plötzlich auf der anderen Seite. Er ist heute Elternteil auf einem ganz alltäglichen Elternabend. So viel Angst wie jetzt hat Mathis in den letzten dreißig Jahren noch vor keinem Elternabend gehabt. Er wäre jetzt lieber ein Klassenlehrer, der dreißig unzufriedene Elternpaare empfangen und bei Laune halten muß. Das fiele ihm leichter. Statt dessen ist er heute abend alleinerziehender Vater und verantwortlich für die neuesten Eskapaden seines Sprößlings, von denen er vielleicht noch gar nichts weiß.

Mit erwartungsvoller Spannung und einem etwas unbekanntem Kribbeln in der Bauchgegend setzt er sich im Klassenraum unauffällig und bescheiden in die zweite Reihe. Als die beiden Stuhlkreise sich füllen, wird ihm allmählich wohler, denn das ein oder andere Gesicht, das er schon einmal gesehen hat, ist darunter. Kaum hat er sich etwas akklimatisiert und ein wenig eingesessen, bringt ihn aber schon das erste Thema wieder aus der Ruhe. Es geht um die Menge der Schularbeiten. Die Eltern beschweren sich, daß ihre Kinder einfach unter der Last der Hausaufgaben zusammenbrechen.

»Wieso viel Schularbeiten?« fragt Mathis. »Ich hör' immer nur: Wir haben nichts auf.«

Die anderen Eltern lachen. Allmählich wird Mathis klar, warum er schon zweimal diese blauen Liebesbriefe von der Schule bekommen hat. Einmal war es die Meldung, daß Kilian zehnmal hintereinander in Mathematik die Hausaufgaben nicht gemacht hat. Das zweite Mal war es jetzt diese generelle Versetzungsgefährdung, der Warnschuß sozusagen.

Mathis ist hin und her gerissen. Zum einen ist es ihm unangenehm, daß er so zur Erheiterung beiträgt, weil hier für jeden offensichtlich ein Sohn dem ahnungslosen Vater die Hausarbeiten verschweigt. Zum anderen spürt er, daß das Gelächter der anderen nicht ganz frei von Sympathie und solidarischem Mitgefühl ist. Das wiederum kann er gut gebrauchen. Das tröstet.

Wieder einmal hat er seinen unfreiwilligen Auftritt als Vater gehabt. Wohin Mathis auch kommt: Seit Kilian hier im Dorf und im Schulzentrum zu Hause ist, steht Mathis immer öfter im Mittelpunkt der allgemeinen Aufmerksamkeit, ohne selbst etwas dafür getan zu haben.

Auch sein Vater war Lehrer gewesen. Eines Abends war das ganze Dorf auf den Beinen und half seiner Mutter suchen. Sein Vater war nicht nach Hause gekommen. Man fand ihn erst am nächsten Tag, im Wald, abseits vom Weg. Es waren Pfeile in den Waldboden geritzt worden. Pfeile, die zum Fundort führten. Nie hatte man geklärt, ob es ein Herztod oder ein Selbstmord gewesen war. Nie. Oder die Mutter wollte es nicht klären. Der Tod seines Vaters blieb im Dunkeln. Mathis ging damals gerade eben zur Schule. Er erinnert nur noch die Aufregung in der Nacht, und daß er von da an keinen Vater mehr hatte. Das ganze Dorf war auf den Beinen, und er wurde durch den Aufruhr im Hause geweckt. Warum hatte man nie herausbekommen, was die Pfeile bedeuteten? Wollte ein Selbstmörder mit den Pfeilen auf sich aufmerksam machen? Oder hatte er nach einer Herzattacke nach einer ruhigen Stelle gesucht und gehofft, daß er noch gefunden würde? Hatte also ein Kranker auf seinen Fundort aufmerksam machen wollen? Oder wollte der Vater gerettet werden? War der Suizid ein Hilferuf? Hatte er vielleicht Tabletten genommen? Oder wußte die Mutter vielleicht mehr, als sie ihrem siebenjährigen Sohn sagen wollte? War der Vater unglücklich, verzweifelt gewesen?

Mathis hatte mit sieben Jahren keinen Vater mehr. Mit neun Jahren vertrat er zum ersten Mal die Familie im schwarzen Anzug auf Beerdigungen.

Marei war oft verzweifelt gewesen in den letzten Jahren, als alles immer schlechter ging und sie nicht mehr wußte, wovon sie sich und Jasper ernähren sollte in Zukunft. Auch Claudio war nicht Krösus und konnte selten mehr als den vereinbarten Unterhalt für Jasper zahlen. Es reichte vorne und hinten nicht. Jasper hätte mit Halbwaisenrente sicher nicht schlechter dagestanden.

Aber Marei hatte immer gewußt, daß man das nicht tut. Man bringt sich nicht um, wenn man Kinder hat.

Man läßt seine Kinder nicht im Stich. Man ist ihnen kein schlechtes Vorbild, das ihnen vorlebt, es nicht geschafft zu haben. Man gibt nicht auf vor ihren Augen. Man läßt sie nicht allein auf dieser Welt. Es ist schlimm genug, daß Eltern irgendwann von allein sterben.

Mathis hatte schon als kleiner Junge davon geträumt, Pilot zu werden. Die Wolken am Himmel hatten ein Loch freigelassen, durch das die Sonne goldene Nebelflammen warf. Der Wolkenkranz brannte an den Rändern lichterloh. Dort hinein wollte er mit dem Düsenjäger sprinten, hoch hinauf und in den Sonnenstrahl hinein. Dort oben saßen Tante Marie, und seine Großmutter, und auch sein Vater, alle die, die gut zu ihm gewesen waren und nun nicht mehr lebten.

Sein Vater hatte jeden Abend sein Hasenbrot wieder mit nach Hause gebracht, weil Mathis diese leicht angetrockneten, etwas durchgepappten Brotschnitten besonders gerne mochte. Die Mutter hatte seinem Vater jeden Tag Brote zurecht gemacht, wenn er nach dem Unterricht in der Schule am Nachmittag Nachhilfeschüler in den umliegenden Dörfern besuchte. Er hungerte den Nachmittag über, um seinem Sohn am Abend die Brotschnitten mitzubringen. Diese Hasenbrote waren Mathis' Erinnerung an seinen Vater. Und daß er oben im Himmel über diesem Wolkenloch saß.

Mathis wollte Pilot werden und las Antoine de St.-Exupéry. Er las den kleinen Prinzen, und Nachtflug, Flug nach Arras und Südkurier, und wieder den kleinen Prinzen, Wind, Sand und Sterne und wieder den kleinen Prinzen. Und er las nichtsahnend den Kindern in der Schule eine Geschichte über Wölfe vor, und nun, dreißig Jahre später, liest er mit Marei die Bücher, auf die er ohne sie gar nicht verfallen wäre.

Seine Erzählungen sind oft eine schönschaurige Mischung aus vielerlei verschiedenen Tragödien, teilweise mit Situationskomik aufgemischt, wie zum Beispiel der Elternabend, den er sich gerne erspart hätte. Dann die weniger erbaulichen, wie die mit seinem Vater. Marei hört sie gerne, diese Geschichten aus seinem früheren Leben, und sie versucht zu begreifen, immer ein Stückchen mehr. Und ihm tut es offenbar gut, sie loszuwerden, diese Geschichten. Und am Schluß kommt wie immer einer seiner letzten Träume, den er ihr erzählt, als hätte er ihn vor fünf Minuten geträumt.

Die Weggabelung kurz vor der Lichtung ist bereits sonnendurchflutet, als Mathis am späten Nachmittag zu dem vereinbarten Treffpunkt gelangt. Er weiß, daß sein Pferd nur deshalb schneller wird, weil es die Wasserfälle und die kleinen Tümpel bereits kennt. Es wittert das Wasser, läßt sich von seinem Durst treiben. Die Blumen am Wegrand hier noch kärglich und überwiegend weiß. Waldblumen, die um jeden Strahl des Sonnenlichts buhlen. Kurz vor der Lichtung zügelt Mathis den schnellen Schritt des Tieres, pariert durch und sitzt ab. Als er aus dem Waldsaum heraus ins Licht tritt, das frühsommerliche Grün um sich herum und die Mischung aus bunten Wiesenblumen, Wärme, dem Gesumm wilder Bienen und dem Rauschen des kleinen Bergbaches mit seinen zwei mannshohen Wasserfällen, da sieht er Mareis Zelter bereits am unteren Wasserloch stehen. Mathis streift seine Stiefel von den Füßen, steigt mit seinem durstigen Pferd zusammen in das kleine Bassin, um seine Füße zu kühlen. Er sieht, wie sich die Pferde beschnuppern, begrüßen, weiß, daß Marei ihn jetzt schon längst gehört hat. Er bindet die Zügel am Sattelknauf noch einmal fester, damit sie nicht ins Wasser rutschen können, und überläßt die Tiere sich selbst, während er zum unteren der beiden kleinen Wasserfälle geht, seine Hände in den Strahl hält und schließlich selbst einen Schluck von dem klaren Wasser nimmt.

Die beiden großen hellgrauen Findlinge in der Mitte der Lichtung strahlen um diese Tageszeit fast weiß und haben sich schon den ganzen Tag lang mit der Sonnenwärme aufgeladen, der hohe Felsbrokken, der ihren Treffpunkt vor den Blicken allzu neugieriger Besucher zum Durchgangsweg hin abschirmt, und die flache, liegende Felsplatte, auf der seine Minnedame ihn jetzt schon erwartet. Marei sitzt auf der warmen Steinplatte und hält eine geglättete, mit Ruß beschriebene Birkenrinde in der Hand, die sie jetzt beiseite legt. Als er sie zur Begrüßung küßt und seine Hand einen Augenblick auf einem Felsvorsprung ruht, spürt er die Wärme des rauhen Felsens unter seiner Handfläche.

Ihre Lippen sind weich und einladend. Er würde sich jetzt gerne erinnern, was er ihr zur Begrüßung sagen wollte, irgendwelche Worte hatte er sich zurechtgelegt, aber er fühlt nur den warmen Felsen, ihre

Haare, ihre Wangen, ihre vollen, weichen Lippen und hat schon im zweiten Kuß vergessen, daß er überhaupt irgend etwas sagen wollte. Er umfaßt die schlanken Knöchel ihrer nackten Füße, die unter ihrem Rocksaum hervorragen, streichelt ihre Fesseln, ihre Waden und sieht, wie sie genießerisch die Augen schließt, als er seine Hände langsam höher schiebt.

Flugstunde

»Kannst du mir mal sagen, warum ich in letzter Zeit so oft von uns beiden träume?« fragt Mathis wieder am Telefon.

»Weil's so schön ist«, kontert Marei, »was hast du denn wieder geträumt? War der Film denn gut?«

»Ja, schon wieder, äh – Mittelalter. Immer treffe ich dich im Wald.«

»Und dann?«

»Na ja, – oh, ich muß jetzt Schluß machen: Mein Sohn kommt grad ins Haus.«

Marei hört gerade noch den Hörer auf die Gabel fallen. Sie geht in die Küche und setzt sich Teewasser auf. Kurz bevor sie das sprudelnde Wasser über ihren Darjeeling gießen will, klingelt das Telefon erneut. Marei stellt die Herdflamme ab und geht ans Telefon. Und noch einmal ist Mathis am Apparat.

»Ich hab' ihn zum Nachbarn rübergeschickt, ich kann nur ganz kurz.« – Und dann erzählt er Marei, wie er sich mit ihr wieder im warmen Sommerwald an dem Felsen getroffen hat. – »Er kommt wieder, ich muß auflegen. Bis morgen.«

Marei stellt den Herd wieder an, schüttet das Wasser aus dem Kessel zum Abwaschen über das Mittagsgeschirr. Teewasser soll immer nur einmal kochen. Hoffentlich ruft Mathis nicht noch einmal an, wenn das neu aufgesetzte Teewasser dann sprudelt. Diese ewigen Coitus-interruptus-Telefonate fallen ihr allmählich auf die Nerven.

Marei weiß nicht, ob sie schon Grund genug hat, beleidigt sein zu dürfen, oder lieber noch nicht. Aber ständig ist irgend etwas mit Kilian, wenn sie mit Mathis verabredet ist. Ständig müssen Vereinbarungen umgeworfen werden, muß neu geplant werden. Sie kann sich nicht entsinnen, daß sie Robert so häufig abgesagt hätte, bloß weil

Jasper irgend etwas Unvorhergesehenes mit nach Hause brachte. Jasper brachte auch nicht so viele Notfälle mit nach Hause wie dieser Kilian. Marei findet es ungerecht dem Kind gegenüber, doch irgendwie kann sie allmählich keine klare Position mehr zu Kilian finden. Sie schwankt zwischen überbordendem Mitgefühl mit seiner kleinen, geschundenen Kinderseele und einer allmählich Fuß fassenden Abwehr seinem jugendlichen Gedankengut gegenüber. Kilian will zur Bundeswehr, Gefechtseinsätze fliegen.

Das war am Anfang nicht so gewesen. Als Marei die ersten Male mit ihm telefonierte, da war Kilian mit seinen zwölf Jahren noch ein richtiges Kind. Als sie ihn dann auf dem Flugplatz traf, war sie über seine Größe erstaunt. Kilian war groß, breitschultrig, hatte eine Kinderstimme und umarmte seinen Vater ungeniert in der Öffentlichkeit. Diese Szene wird Marei nie vergessen. Wie der zwölfjährige Kilian im Clublokal des Sportfliegerclubs seinem Vater am Hals hing und sich seine Schmuseeinheiten abholte. Sie fand das ungewöhnlich für einen Zwölfjährigen. Vater und Sohn standen wie ein Liebespaar umarmt und Kilian war rockzipfelanhänglich wie ein Vierjähriger. Auch daß der Vater diese Zärtlichkeiten in der Öffentlichkeit zuließ, nahm Marei für die beiden ein. Ein ungewöhnliches Gespann.

Draußen am Tisch, in der Nachmittagssonne, redeten sie dann über die Oma, Mathis' Mutter. Es zeigte sich, daß der Junge noch überhaupt kein Zeitgefühl hatte. Er glaubte, seine Oma wäre vor drei Jahren gestorben.

»Nein«, sagte Mathis, »das war letztes Jahr.«

Kilian war zutraulich und neugierig. Er wollte wissen, was Marei aus dem Auto holte, er wollte wissen, warum sie Augentropfen benutzt, warum sie Heuschnupfen hat, was sie da in der Tasche hätte.

Den Apfel, den Marei ihm gab, aß er nur zur Hälfte. Marei merkte, daß es sie enorm störte. Er ließ zwei bis drei Zentimeter Fruchtfleisch rund um das Kerngehäuse stehen und warf den Apfelknust so weg. Diese Verschwendung tat ihr weh. Jasper hätte seinen Apfel fast gänzlich abgenagt und dabei noch erzählt, daß der Jodgehalt rund ums Kerngehäuse am höchsten ist.

Marei hatte Kilian am Telefon einmal nach seinen Lieblingsbüchern gefragt. »Fünf Freunde« von Enid Blyton, gab er begeistert

Auskunft, aber er hätte erst Band Nummer Fünfzehn durch und es gäbe einundzwanzig Bände.

Marei hatte in der Bücherei die Fünf-Freunde-Bücher angelesen und festgestellt, daß es da eigentlich um Kinderdetektivgeschichten ging. Und ihm daraufhin an einem Sonntag auf dem Flugplatz einen Meisterdetektiv Kalle Blomquist geschenkt. Den fand er kindisch. Die Clubmutter sagte an diesem Sonntag zu Mathis: »Laß ihn mir nicht wieder allein hier! Der hat so viel Mist gemacht letztes Mal, als ihr weg wart. Den ganzen Senf und – ja, guck, er weiß genau, was ich meine.«

Marei nahm all das mit gemischten Gefühlen zur Kenntnis. Es war Mathis peinlich, daß man seinen Sohn nicht ohne Aufsicht lassen konnte. Und Marei wollte ihn nicht in Verlegenheit bringen. Sie versuchte einfach, bald das Thema zu wechseln. Sprach über den geplanten Flug, das nur mäßig geeignete Wetter, das ausgebaute Armaturenbrett. Sie durfte auf die Tragfläche seines kleinen Flugzeugs steigen. Sie sah, daß alles auseinandergenommen war. Kabel hingen in alle Richtungen. Damit konnte man nicht fliegen. Oder nur in eine Richtung.

Als sie wieder vor dem Clubhaus standen, sagte Mathis plötzlich: »So, jetzt darfst du uns mal da hinten zu den Segelfliegern fahren«, und Marei verstand nicht, wieso sie die beiden zu den Segelfliegern fahren sollte. Dann offenbarte sich das Mißverständnis. Mathis hatte Kilian gemeint und drückte dem Zwölfjährigen den Autoschlüssel in die Hand. Sie weiß selbst nicht mehr, was dann genau geschah. Sie weiß noch, daß sie eine Überraschungssekunde lang überlegte, ob sie aus dem Spiel aussteigen sollte. Sie wußte, daß sie in einer fruchtlosen Debatte Vater und Sohn gegen sich haben würde.

Und sie hatte keine Zeit, weitere Strategie und Taktik zu durchdenken. Irgendeinen Grund für dieses Ritual werden die beiden haben, und das wirst du nicht in drei Minuten aushebeln können, Marei. Halt den Mund und bring diese fünf Minuten hinter dich. Marei saß im Fond des Wagens. Mathis saß auf dem Beifahrersitz. Schlumpf saß auf dem Fahrersitz. Noch immer überlegte Marei, wie sie hätte reagieren können, wie sie der Situation ohne Eklat hätte entkommen können. Gar nicht, weiß sie heute. Interessen standen diametral gegeneinander. Kilian startete und fuhr.

»Nicht so schnell«, mahnte Mathis, »du mußt nicht denken, nur weil wir 'ne Frau im Auto haben, mußt du zu schnell fahren. Erster Gang hier vor der Kurve.«

Kilian schaltete runter.

»Fahr ganz rechts«, wies Mathis ihn an, als sie plötzlich bei Tempo zwanzig Gegenverkehr bekamen.

Marei hatte keine Angst um ihr Leben. Sie schämte sich, daß im entgegenkommenden Auto Menschen saßen. Und daß diese Menschen sahen, daß sie auf der Rückbank saß und am Steuer ein Milchgesicht. Sie schämte sich, daß sie das mitgemacht hatte und zu feige gewesen war, nein zu sagen. Und sie schämte sich für Mathis, der auf nichts anderes stolz sein konnte, als daß sein Sohn eine Maschine mit Otto-Motor bedienen kann. Später kam sie zweimal hinzu, als Mathis und Kilian draußen vor dem Hangar schwarz verschmiert im Gesicht und überall unter dem Flugzeug lagen. Irgendwann werden diese Reparaturen ja doch wohl mal fertig sein, dachte sie. Was kann man da eigentlich so viel dran rumbasteln?

Ständig ist irgend etwas mit Kilian. So schön, wie das Zusammensein mit Mathis auch ist, die Wermutstropfen sind unübersehbar. Kilian macht mehr kaputt als andere Jungs in seinem Alter. Kilian blockiert Telefongespräche, indem er ständig mitzuhören versucht. Kilian bildet sich ein, Auto fahren zu können. Bei Marei auf dem Beifahrersitz mitfahrend belehrt er sie eines Tages darüber, wann sie kuppeln, wann sie schalten muß. Marei ist arg in Versuchung, rechts ranzufahren und den Jungen mitten im Wald aussteigen zu lassen. Und diese Sache mit dem Autofahren hat Mathis verbockt. Mehrfach hat sie versucht, mit ihm darüber zu reden. Mathis läßt keinerlei Überlegungen und Vorschläge zu seinen Erziehungsmethoden an sich heran. Pfarrers Kinder, Müllers Vieh, geraten selten.

Oder nie.

Steter Wermutstropfen höhlt jeden Stein. Jede dritte Verabredung wird von Mathis wieder abgesagt, oder umdisponiert. Ständig ist irgend etwas mit Kilian.

Marei wäre gerne konsequenter. Sie würde sich jetzt gerne von Mathis trennen können, um später einmal sagen zu können: Das habe ich nicht mit mir machen lassen. Mit heroischer Geste die emanzipierte Frau spielen. Das wäre mal eine Rolle!

Statt dessen liegt sie hier mit Mathis im Bett und vergräbt ihre kalte Winternase in seinem warmen Schnauzbart. Mit Mathis ist es immer warm, wenn er endlich einmal da ist.

Aber er ist selten da. Marei möchte, daß er nachts da ist. Doch er kommt immer öfter nur nachmittags. Abends, da fährt er nach Hause und bringt seinen Sohn ins Bett. Wenn Marei das Freunden erzählt, schütteln die lachend den Kopf. Bißchen retardiert, der Kleine, was?

Antholzer Forelle

Wenn jetzt eine gute Fee käme und sagte: »Du hast drei Wünsche frei«, dann würde Marei sich wünschen, daß sie ganz schnell eine neue Wohnung findet, oder daß Mathis öfter hier übernachtet, oder daß sie jetzt und sofort noch einmal mit den Eltern Urlaub im Antholztal machen kann. Daß die Mutter wieder lebt natürlich. Das an erster Stelle. Und daß ihr Buchladen sich in Luft auflöst und sich an anderer Stelle ohne rote Zahlen wieder rematerialisiert. Oder daß endlich eine Zusage aus Nordkloster kommt. Irgendwie haben die auf der grünen Wiese zu feucht gebaut. Erlengrund. Deshalb mußte schon zweimal der geplante Eröffnungs- und Einzugstermin verschoben werden, weil sie sich mit der Trockenlegung des Geländes verkalkuliert hatten und alles viel länger dauert.

Wenn man schon mal denkt, daß man gerettet wird, dann schlägt garantiert alles zum Negativen aus. Unglückliche Koinzidenzen verketten sich nahtlos miteinander. Einmal, ein einziges Mal im Leben möchte auch Marei gerettet werden. Aber es kommt keiner, um sie zu retten. Es kommt keiner.

Ihre Bewerbung für den Buchladen im Gnadenbrot-Wohnzentrum liegt mit vier anderen Bewerbungen zusammen jetzt seit dem Herbst bei der Gemeindeverwaltung in Nordkloster herum. Marei hat in der Zwischenzeit zweimal dort angerufen. Man entschuldigte sich wortgewaltig dafür, daß man sie über die Verzögerung noch nicht schriftlich informiert habe. Aber da die Trockenlegung und damit der Bau sich verzögert habe, sei auch die Entscheidung, welcher Buchhändler den Laden übernehmen solle, nicht mehr so eilig zu treffen. Und außerdem verschiebe sich damit ja auch die Eröffnung des Buchladens. Man würde sich wieder bei ihr melden, wenn es etwas zu vermelden gebe. Sie möge sich bitte etwas gedulden.

Man läßt Marei warten.

Von der Seite kommt also keine Rettung. Sie spürt immer mehr, daß Mathis ihr keine Stütze ist und nie eine sein wird. Er will seine Ayla, eine starke Frau, die alles selbst managt und sich ab und zu seine Sorgen mit seinem Sohn anhört. Aber um Gottes willen nichts von ihm erwartet. Und sie hat selbst Sorgen, braucht Hilfe.

Worauf Marei nämlich nicht zu warten braucht, das ist der Lärm aus dem ersten Stock. Der kommt garantiert. Nachts um drei und ungebeten. Nicht immer, aber immer öfter. In der letzten Zeit ist Nicole manchmal mit einem dunkelhaarigen, etwas älteren Freund weggefahren. Ob Nicole und Günni sich getrennt haben? Das ließe auch die getrennten Schlafzimmer erklären, denn Marei merkt seit einiger Zeit, daß wieder regelmäßig jemand im hinteren Zimmer schläft und nachts rumrumort. Seit Marei hier eingezogen ist, hat sich bei Günni schon dreimal die Wohnbelegschaft geändert. Schade ist, daß Sven nicht mehr da wohnt. Sven war der einzige erwachsene, sozial verträgliche Mensch aus dieser Jugendtruppe, die nun auch allmählich auf die dreißig zugeht. Es ist in den letzten Wochen immer schlimmer geworden mit dem Nachtlärm über ihrem Schlafzimmer. Es ist wieder einmal an der Zeit, hochzugehen und grundsätzlich auf den Geräuschpegel einzuwirken. Zwei Nächte hintereinander ist sie jetzt wieder morgens zwischen vier und fünf Uhr geweckt worden. Aber wie soll sie das diesmal anpacken? Es ist ja nicht die Stunde Null. Marei läßt noch einmal die Jahre mit der Trampelwohngemeinschaft vor sich Revue passieren.

Erst wohnten nur Sven und Günni dort über ihr, und Sven mochte Marei eigentlich sehr gerne. Mit Sven blieb sie öfter zum Klönschnack auf der Treppe stehen. Sven konnte sie auch bitten, doch manchmal etwas leiser zu sein. Und Sven hörte ihr zu, und es ward leiser.

Als sie die Geräusche beschrieb, die ihr nächtens den Schlaf aus dem vegetativen Nervensystem vertrieben, sagte Sven nur: »Die Gürtelschnalle.«

»Was? Wieso Gürtelschnalle?« fragte Marei.

»Ja, Günni zieht seine Jeans aus und läßt sie auf den Fußboden fallen. Was du hörst, ist das Aufprallen der Gürtelschnalle.«

Was hat sie damit zu tun, daß der dünne Günni seine Jeans auszieht, fragte sich Marei. Warum mußte sie das jede Nacht hören?

Solange Sven da war, hatte Marei einen privaten Sozialarbeiter, der einen guten erzieherischen Einfluß auf den Hänfling mit der schweren Gürtelschnalle hatte. Die Gürtelschnalle flog in Zukunft seltener.

Marei war es immer peinlich, Günni Günni zu nennen, aber er wollte nicht anders genannt werden. So dünn und hager, wie er war, paßte das im Grunde auch: Günni-Dünni. Marei hatte sich mit Günni nicht viel zu sagen. Sven mochte sie lieber.

»Wenn du allein bist, ist es nicht so laut«, sagte sie einmal zu ihm.

»Nee, ich trampel auch nicht so wie der Kleine!« grinste er. »Ach, das merkst du selbst, daß dein Freund Günni wahnsinnig trampelt? Wie kann das angehen, wo du doch doppelt so groß bist wie er?«

Ein Jahr später war ein ständiger Kollege von Günni plötzlich Dauergast über Mareis Schlafzimmer. Vorerst nur besuchsweise. Der Rest kam später und hieß Nicole. Wenn dann noch alle drei Männer ihre Freundinnen da hatten, hatte Marei drei Paare über ihrem Kopf herumwirbeln. Damals war es fast so laut wie heute.

Warum hat sie ihr Leben nicht besser in den Griff bekommen? Warum schafft sie es nicht, sich gegen aggressive, expansionshungrige Zeitgenossen zur Wehr zu setzen? Warum hat Sven es nicht geschafft, sich gegen seinen eigenen Freund Günni wirksam zur Wehr zu setzen? Warum wohnt Sven nicht mehr über ihr und hat das Terrain krieglos verlassen, nachdem er ein bißchen um sein Bleiberecht als Hauptmieter gekämpft hatte? Günni ist gut ausgebildet in passiv-aggressiver Methodik, selbst seinen Freunden gegenüber. Warum trampelt Günni ihr mit drei neuen Besatzern jetzt nachts über dem Kopf herum? Sie weiß noch, wie sie Sven mit einer Tafel Schokolade hinterhergerannt ist, als er in der Kehre sein Auto wendete. Sie wollte ihn trösten, weil er sich bei ihr mehrfach ausgesprochen hatte. Günni hatte ihn rausgeekelt, weil er seine neue Freundin in die Wohnung haben wollte. Sven war drittes Rad am Wagen, Nicole plötzlich Dauerwohngast. Marei reichte Sven eine Tafel Schokolade, die sie für ihn gekauft hatte, durchs Wagenfenster. Er hielt sie fest und küßte ihr im offenen Wagenfenster die Hand.

Vielleicht ist das so, weil immer die Aggressiven gewinnen in dieser Welt. Vielleicht soll das so sein. Sven jedenfalls ist der weniger aggressive. Eine Zeitlang waren Sven und Günni dann so verkracht, daß Sven gar nicht mehr kam. Als Sven später wieder sporadisch bei Günni und Nicole zu Besuch auftauchte, warf er Marei, wenn er sie am Schreibtisch sitzen sah, von der Straße aus durch ihr Fenster hindurch Kußhände zu.

Flüchten, verändern oder standhalten

Marei ist mürbe. Zermürbt vom Leben und anderen Unwägbarkeiten. Im Grunde wünscht sie sich, daß der Buchladen in der Wohnanlage Nordkloster endlich bezugsfertig sein wird, daß man sich endlich für sie entscheidet und sie auch bald in der Nähe des Waldes wohnen kann. Dieses Januarwetter macht einen sowieso schon von allein unglücklich. Da braucht man nicht auch noch laute Nachbarn, die jede Nacht etwas umfallen lassen über dem einzigen Schlafzimmer, das einem zur Verfügung steht und in dem man schlafen möchte nachts. Nun muß sie sich wirklich bald überwinden und hochgehen. Nur schätzt sie es so ein, daß es nichts mehr nützt, wenn die beiden sich wirklich getrennt haben. Dann bewohnen sie getrennte Schlafzimmer, und leise war es nur in der Zeit, als sie zusammen und im vorderen Zimmer geschlafen hatten. Die können gar nicht leise sein nachts. Da muß immer mindestens eine Kiste Cola hin und her geschoben und gepoltert werden, wenn es man nicht ein Faß Rum ist, was den Verlust der Körperbeherrschung eher erklären würde. Mindestens ein Gegenstand muß umfallen oder runterfallen, jede zweite Nacht, vorher sind die nicht zufrieden, und alles auf Parkett, ohne jegliche Lärmisolierung. Sie hat es ihnen gesagt, damals, als sie ihre Teppichböden rausrissen und stolz ihre Fußböden abschliffen. Sie hatte sie mehrfach darauf hingewiesen, daß dieses Haus zu hellhörig ist für nächtliches Leben auf Holz, hatte auf die Tatsache hingewiesen, daß Holz als der Resonanzkörper schlechthin benutzt wird, daß Musikinstrumente aus Holz gebaut werden, weil Holz den Klang am schönsten und am lautesten verstärkt. Sie hatte es ihnen dreimal erklärt, aber: Ignoranz ist ihre Stärke. Sie finden Holzfußboden hübsch, sie leben gerne nachtaktiv, sie haben gerne viel Besuch nachts. Und sie leben überhaupt gerne zu dritt oder zu viert, und sie finden auch zu viert, daß sie eigentlich ganz leise sind. Und daß solche Spießer wie Marei sich nicht so anstellen sollen mit ihrer Nachtruhe. Wenn vier Leute finden, daß sie leise sind, kann doch eine einzelne, die dagegen hält, nicht recht haben. Wer allein ist, ist im Unrecht.

Der Postbote reißt Marei aus ihren Träumen. Wieso kommt der denn heute so früh? »Nachmittagspost« hat Marei den Zustelldienst hier schon scherzhaft getauft, so wie früher, als noch zweimal am Tag ausgetragen wurde. Zwei Büchersendungen, ein Großbrief und drei kleine Umschläge, einer davon mit Behördenstempel. Marei geht zum Kassentisch und nimmt den Brieföffner aus der Schublade. Der Brieföffner ist noch von ihrer Mutter. Scharf und akkurat durchtrennt er das graue Umweltschutzpapier.

Sie hat nie gewußt, wie sie sich in diesem Moment fühlen würde. Sie hält den Briefbogen noch in der Hand, das geöffnete Kuvert liegt auf dem Ladentisch, ohne Briefmarke, schnöde und profan mit dem Behördenstempel der Frankiermaschine verziert. Zwei Kunden sprechen mit ihr, aber Marei hört nichts. Wie durch einen Nebel dringt eine der Stimmen im zweiten Anlauf zu ihr durch, fragt irgend etwas, das nichts mit Büchern zu tun hat, fragt, ob ihr nicht gut sei. Marei blickt verwirrt von dem Briefbogen auf.

»Doch, – danke«, stammelt sie und merkt im selben Moment, daß ihr wirklich nicht gut ist. Auf grauem Umweltschutzpapier teilt die Gemeindeverwaltung Nordkloster ihr mit, daß man sich für einen anderen Buchhändler entschieden habe, nicht für sie.

Marei sieht von einer Sekunde auf die andere ihre Lebensplanung dahinschmelzen, der Buchladen mit den hellgrauen Regalen, von dem sie geträumt hatte, ist plötzlich ein ad acta gelegtes Kapitel. Ganz schnell, ganz lautlos schwindet diese Perspektive dahin, ins Nichts. Macht einer eiskalten Klarheit Platz.

Sie muß ihren Buchladen aufgeben.

Sie wird nicht mehr Buchhändlerin sein.

Nur, wenn sie jetzt schnell handelt, wird sie mit relativ geringem Schaden aus dieser Sache herauskommen. Noch haben die Weihnachtseinnahmen sie gerade eben aus den roten Zahlen herausgehievt. Bevor die Waage wieder zur anderen Seite ausschlägt, muß sie die Regale hier geräumt, die Räume gekündigt haben. Gott sei Dank hat sie zwei Mietverträge abgeschlossen damals, einen für die Wohnung und einen für die Ladenräume. So kann sie in ihrer Wohnung bleiben, bis sie auch das Problem gelöst hat. Schritt für Schritt. Nicht alles auf einmal.

Fast hat es etwas Befreiendes. Sie weiß, daß eine Ära in ihrem Leben beendet werden muß. Der Absagebrief bringt auch eine Erleichterung wie eine frische Brise mit sich. Sie braucht sich keine falschen Hoffnungen mehr zu machen. Sie darf die Hoffnung fahren lassen.

Sie wird nicht gerettet. Noch nie in ihrem Leben ist Marei gerettet worden. Gerettet werden immer nur andere Frauen. Marei muß sich jedesmal selbst helfen.

Womit anfangen? Zuerst mal eine Kiste mit herabgesetzten Exemplaren vor die Eingangstür. Das ganz besondere Sonderangebot. Marei durchforstet die Regale nach Büchern, um die es ihr nicht leid tut. Ladenhüter, uralte Taschenbücher und revolutionäre Novitäten aus den späten achtziger Jahren, deren Seiten an den Rändern vergilbt und deren Farben auf den Buchrücken ausgeblichen sind. O Gott, was kommt da für ein Schrott zum Vorschein?

Und dann die Fotobände mit Aktaufnahmen von Männern. Das war mal was ganz Neues in den achtziger Jahren. Das kauft heute keiner mehr. Seit an allen Ecken und Enden nackte Männer hängen, ist auch das langweilig geworden. Das kann jedenfalls schon mal raus, bevor der offizielle Räumungsverkauf beginnt.

Drei Tage später steht eine erste Kiste mit modernem Antiquariat in der Wintersonne vor der Ladentür. Ein klarer, recht milder Februartag, der schon einen Vorgeschmack auf die kommende Jahreszeit gibt. Noch sind keine Blätter an den Bäumen, eine fahle, gelbe Morgensonne dringt ungehindert durch die kahlen Baumkronen, und selbst der Buchladen, der in den letzten Wochen immer so dunkel und drückend wirkte, ist heute zum ersten Mal bis in den letzten Winkel hinein von Sonnenbahnen erhellt. Staubwischen müßte man mal.

Marei sitzt versunken über einer hoffnungsvollen Neuerscheinung und will eigentlich nur kurz anlesen, was sie den Kunden später über dieses Buch erzählen soll.

»Na? Kriegen sie sich am Schluß?« fragt eine vertraute Stimme, die in letzter Zeit rar geworden ist.

»Chrischan?! Was machst du denn hier?«

»Ich wollte mal gucken, wie's dir so geht.«

»Wie's mir geht? Ich beginne mit dem vorgezogenen Räumungsverkauf, den man noch nicht so nennen darf.«

Sie ist aufgestanden, hat das Buch zusammengeklappt und beiseite gelegt und läßt sich jetzt zur Begrüßung umarmen. Chrischan mit seinen ewigen weichen Sweatshirts, an die man sich immer so schön anlehnen kann. Ein paar Minuten lang ist plötzlich alle Schwere und Düsternis wie fortgeflogen, und sie merkt, wie bitter nötig sie jemanden wie Chrüsch gehabt hat. Sie spürt seinen Atem in ihrem Haar und hört seinen Unglauben in der Stimme. »Du machst deinen Buchladen zu?«

»Ja«, sagt sie und weiß, daß sie Chrüsch nichts weiter erklären muß. Sein Vater hatte einen Buchladen gehabt, den er mehr schlecht als recht bis zu seinem Lebensende durchgeschleppt hatte. Als er starb, hatte Chrüsch seiner Mutter bei der Auflösung geholfen.

»Erst in der Niederlage zeigt man seine wahre innere Größe«, sagt Chrischan, und Marei kann zum ersten Mal seit Tagen wieder richtig lachen.

»Ich koche uns mal einen frischen Tee. Mach es dir auf dem Lesesofa gemütlich. Ich muß nur bedienen, wenn Kunden kommen. Keep the customer satisfied, you know? Schließlich lebe ich von denen, wenn auch nicht mehr lange.«

Chrischan muß über ihren Galgenhumor lachen. Er setzt sich und plaudert, und fragt belanglose Dinge und meint dreimal, er könne doch in nächster Zeit öfter mal vorbeikommen. Und immer wieder sagt er ihr, daß es schon weitergehen wird, auch nach der Schließung des Buchladens. Und dann kommen tatsächlich Kunden und wollen auch bezahlen. Marei steht auf und geht an die Kasse.

Irgendwie wirkt auch Chrischan geknickt, wie er da so sitzt und seinen Tee trinkt. Immer wenn sie Kunden bedienen muß und er sich ein paar Minuten lang unbeobachtet fühlt, setzt sich sein kummervolles Gesicht durch. Irgend etwas ist los mit ihm. Jedesmal, wenn Marei danach fragen will, kommt wieder Kundschaft, und so verabschiedet sich Chrischan, ohne daß sie Gelegenheit gehabt hätte, den Grund seiner Sorgenmiene taktvoll zu eruieren.

Was ist mit ihm los? Er wird wiederkommen, bestimmt. Das dauert nicht lange, das hat sie im Gefühl. Irgendwie mochte sie Chrischan immer. Obwohl er ein kleiner Leisetreter und Opportunist war. Schon immer.

Sie beginnt weiter aufzuräumen und zu sortieren. In ihrem Kopf ihr Leben. Und in ihren Regalen ihre allernächste Zukunft. Heute fängt sie in den Kinderbuchregalen an. Natürlich nicht bei den Büchern, die ins Sonderangebot kommen. Sondern bei denen, die sie liebt. Die sie immer im Laden stehen hatte, weil sie zum Bücherregal ihrer Kindheit gehörten. Die Häschenschule fällt ihr als erstes in die Hände. Sie will gerade anfangen, ein bißchen hin und her zu räumen, um erst einmal einen Überblick über den aktuellen Bestand zu bekommen, da wird sie plötzlich durch schallendes Gelächter vor der Ladentür aus ihren Gedanken geschreckt.

Vor der Sonderangebotskiste steht die Pastorin Fellenberg, die Jasper konfirmiert hat, und hält gleich mehrere von den Fotobänden mit den Herren ohne Feigenblatt in der Hand. Sie blättert in einem Buch, das sie auf die beiden Buchreihen in der Kiste gelegt und aufgeschlagen hat, und das jetzt gefährlich auf den obersten Buchkanten balanciert.

O Gott, denkt Marei, jetzt kann ich mich in der Gemeinde auch nicht mehr sehen lassen, Taizé hin oder her, denn das war bislang das Thema, über das sie sich mit der jungen Pastorin am häufigsten unterhalten hatte: die jährlichen Fahrten nach Taizé, an denen Jasper auch zweimal teilgenommen hatte. Marei schluckt und harrt der Dinge, die da noch kommen. Die Kundin hatte eine neu erschienene Kinderbibel bestellt, fällt Marei da wieder ein, und sie geht zu dem Regal mit den bestellten Büchern und sucht das Taschenbuch schon einmal heraus. Als die Almglocke bimmelt und die Frau den Laden betritt, wappnet sich Marei schon innerlich für eine kleine Verteidigungsrede, aber die Pastorin ist bester Laune und fragt nur: »Kann ich hier drinnen bei Ihnen noch mal in Ruhe in die Bücher reinsehen?«

»Ja, selbstverständlich. Dazu ist das Lesesofa ja da. Möchten Sie einen Tee? Ich habe extra einen Darjeeling aufgegossen, zur Feier meines Exodus.«

»Exodus? Tee gerne. Aber wieso Exodus?«

Marei bringt eine Tasse Tee an den Tisch und erzählt von ihrer bevorstehenden Buchladenaufgabe. Frau Fellenberg schweigt und trinkt. Sie läßt ihren Blick über die Bücherregale schweifen und sagt nur unwillig und verständnisvoll »Hm.« Ganz kurz, einfach nur »Hm.« Und an der Art, wie sie »Hm« sagt und die Stirn runzelt, wird ganz deutlich, daß es ihr nicht paßt, daß Marei mit ihrem Buchladen einpacken muß. Marei läßt sie in Ruhe in den Büchern blättern.

»Mein Gott, die ist ja noch frömmlicher als die alte Anne-de-Vries-Kinderbibel«, ruft sie nach einigen Minuten zu Marei an ihrem Kinderbuchregal hinüber, »als ob man nicht inzwischen Isaaks Opferung als besonders extremes Beispiel religiösen Wahns aufgedeckt hätte. Da verkaufen die kleinen Kindern in der Kinderbibel wieder diese Schwarze Messe Abrahams als gelungenes Beispiel für die Liebe Gottes. Was soll ich denn dafür zahlen? Sechzehn Mark achtzig?!, na ja, bestellt hab' ich's ja nun. Also, diese Herren im Adamskostüm gefallen mir weitaus besser.«

Marei stutzt und lacht: »Lassen Sie das nicht ihren Probst hören! Der wird versucht sein, das Rad der Geschichte zurückzudrehen. Das Weib schweige in der Gemeinde.«

Eigentlich hat die Pastorin recht. Marei hat noch nie darüber nachgedacht, aber wie kann einer sagen: Jetzt bringe ich hier auf der Erde meinen Sohn um, um einem Gott im Himmel meine Loyalität zu beweisen –? Eine Stimme hat das von mir als Opfer verlangt und mir diesen ganzen Unfug eingeflüstert.

»Und das soll nun eine besonders gelungene Kinderbibel sein«, schimpft die Kundin wieder, »haben die mal überlegt, wie das auf ein Kind wirken soll, wenn es als eine der ersten Berührungen mit dem Alten Testament diese Geschichte hört?«

»Sie brauchen die nicht zu kaufen, ich lege sie ins Schaufenster, und dann werde ich die vielleicht anderweitig los. Wenn sie Ihnen so wenig zusagt ...«

»Nein, nein. Ich nehme sie, aber ich darf mich doch erst mal ärgern. – Weshalb haben Sie denn die ganzen nackten Männer in die Kälte draußen vor die Tür gestellt?«

»Irgendwomit muß ich ja anfangen. Da habe ich gedacht, ich stelle erst mal so thematische Sonderangebotstische zusammen.«

»Könnten Sie nicht bei uns auf dem Gemeindebasar einen Büchertisch machen?«

»Ja, gerne! Wann ist denn der? Seit mein Sohn weg ist, bin ich hier mit Informationen so schlecht bestückt.«

»Nächstes Wochenende. Freitag nachmittag müßten Sie aufbauen, weil wir Freitag abend mit einer kleinen Filmvorführung beginnen, und da wollen wir schon was präsentieren und Leben im Foyer und in den Fluren haben, so ab siebzehn Uhr.«

»Was gibt's denn für'n Film?«

»Herbstmilch.«

»Oh! – Und ich darf nicht gucken, sondern muß dann meinen Büchertisch draußen betreuen. Freitag nachmittag – da müßte ich einem Freund meines Sohnes Bescheid sagen, dem Niklas, der hat mir schon öfter mal hier im Buchladen geholfen. Ich kann ja nicht den Laden Freitag mittag dichtmachen deswegen. Ich schicke den Niklas dann mit der Bücherkiste rüber, wenn er zusagt. Reicht es, wenn er halb vier da ist?«

»Ja, das reicht. Der Film beginnt dann um sechs.«

Nun also eine Kiste für den Gemeindebasar. Was die wohl lesen wollen? Marei stellt ein buntes Potpourri für Jung und Alt zusammen. Der Rest des Nachmittags vergeht wie im Fluge. Viertel nach fünf steht plötzlich Mathis in der Tür.

»Was willst du denn schon hier? Ich dachte, du kommst um sieben.«

»Wollte ich ja auch, aber ich kann heute nicht so lange, und da dachte ich, ich komme eher. Schlumpf schreibt morgen eine Mathearbeit, und da muß ich kurz nach acht zu Hause sein, sonst geht er wieder nicht rechtzeitig ins Bett.«

»Vor achtzehn Uhr kann ich aber den Laden nicht schließen.«

»Ist schon klar. Bedien du mal deine Kunden. Ich wollte sowieso noch duschen, und ich kann dann ja schon mal einen Tee kochen. Ich hab' so'n Brot hier mitgebracht«, sagt Mathis und öffnet eine Tüte, »ist das richtig?«

»Mensch Mathis, das ist ja ein Weizenvollkornbrot. Du lernst ja allmählich einkaufen. Wo hast du denn das her? Warst du im Bioladen?«

»Nee, im Reformhaus.«

»Auch gut. Jetzt mußt du nur noch in meinem Kühlschrank etwas finden, was du auch essen möchtest. Käse ist da, Camenbert und Frischkäse. Und Gemüse, Tomaten, Gurken, Radieschen. Mach mal! Und laß mir mal die Badewanne vollaufen, schön heiß, wie immer, und so, daß ich gleich nach Ladenschluß einsteigen kann«, sagt sie und schiebt ihn mit beiden Händen und mit einem Nasenstüber in Richtung Hintertür. Er stubst ebenfalls mit der Nase zurück und deutet dann warnend in Richtung Fenster, wo zwei Kunden ihr Tête-à-tête interessiert beobachten. Als sie Punkt achtzehn Uhr den Laden abschließt und drei Minuten später ihre Wohnung betritt, duften ihr der Tee und das frisch aufgeschnittene Brot schon entgegen, milde drängeln sich die Radieschen dazwischen. Alles riecht so, daß man noch mehr Hunger bekommt.

»Ich brauche fünf Minuten«, ruft sie ihm aus dem Badezimmer zu und taucht bis zu den verspannten Nackenmuskeln im heißen Wasser unter. Ab jetzt kann alles nur noch besser werden, denkt sie. Eigentlich ist der heutige Tag ja ganz gut gelaufen. Schließlich hat sie Freitag den Gemeindebasar zusätzlich. Trotzdem gehen diese Existenzsorgen in die Rückenmuskeln. Der Nacken ist abends verspannt und das Kreuz tut weh. Die heiße Badewanne ist dann wie ein Jungbrunnen. Hitze löst die Verspannungen und macht für kurze Zeit einen neuen Menschen aus ihr. Meistens leider nur, bis sie die nächste unangenehme Nachricht im Briefkasten findet. Aber den Briefkasten hat heute Mathis geleert. Muß mal wieder in der Mittagspause gekommen sein, der Briefträger, als sie nicht da war.

Neben dem Gemüse auf dem Küchentisch liegt die Post. Ein Brief vom Vermieter, was will denn der? Mit einem kleinen spitzen Messer schlitzt Marei den Umschlag auf: Eine Klingelanlage. Sie wollen eine Klingelanlage einbauen. Was soll denn das nun wieder? Das heißt, daß in der Parterrewohnung demnächst dauernd gebimmelt wird, wenn einer ins Haus will. Unter den anderen Briefen liegt ein offenes Blatt ohne Couvert von der Bezirksverwaltung. Man informiert die Anwohner über die neuen Baustellen.

»Ach du lieber Himmel, jetzt machen sie den Straßenzug hier völlig dicht, weil der Bahnübergang zwei Jahre lang zur Dauerbaustelle wird. Na grüezi! Mathis, du mußt demnächst von oben rum hier reinfahren. Die machen die Straße zu da vorn.«

»Nicht ärgern! Komm, laß uns essen!« sagt Mathis und legt ihr eine besonders gut gelungene Brotscheibe auf den Teller. Im Brotkorb sieht es etwas bröselig aus.

»Das Brot ist gar nicht so einfach zu schneiden«, beklagt er sich.

»Ich weiß, aber dafür schmeckt es besser. Und ist gesund.« Zur Antwort kaut Mathis ein bißchen demonstrativ auf den Radieschen herum.

»Darf ich nächstes Mal Wurst mitbringen, wenn ich hier Abendbrot esse?«

»Ja«, lacht Marei, »du darfst Wurst mitbringen. Damit du mir nicht vom Fleisch fällst. Wo du doch hier immer so schwer arbeiten mußt.«

Mit Mathis geht es inzwischen richtig gut, ihre auseinanderdriftenden Eßgewohnheiten miteinander in Einklang zu bringen. Sie leben friedliche Koexistenz am Abendbrotstisch und Mathis weiß inzwischen, was ein Weizenvollkornbrot ist. Nur wenn sie hört, was Kilian bei ihm zu Hause auf seinem Teller sehen will, oder wenn sie, was in letzter Zeit immer seltener vorkommt, bei den beiden Abendbrot mitißt oder am Wochenende mal zu Mittag, dann weiß sie, daß das nicht gut ginge unter einem Dach. Ganz, ganz früher, am Anfang, als sie sich gerade gefunden hatten, da hatte sie sich vorgestellt, wie es wäre, mit Mathis zusammenzuleben, mit ihren beiden Söhnen. Aber die Zeit, in der diese Gedanken Wärme in ihr ausgelöst haben, scheinen in einem anderen Erdzeitalter zu liegen, Trias oder Perm vielleicht, jedenfalls vor der Erschaffung des Menschen mit seinen unterschiedlichen Lebensgewohnheiten. Vielleicht wäre sie damals froh gewesen über einen Stiefsohn mit derart kriegerischen Qualitäten. Der hätte sie gegen jeden Bären und jeden Löwen verteidigt. Doch für die heutige Zeit sieht sie da eigentlich eher Probleme. Kilian will sein Stück Fleisch auf dem Teller und seine Spiegeleier, sooft es geht, und Jasper läuft zwei Stunden zu

Fuß zu einem Öko-Farmer, der seine Hühner ganz besonders gut behandelt, und ißt dafür gerne ein paar Eier weniger die Woche, weil diese Eier dann natürlich teurer sind. Gerade im letzten Brief hat er geschrieben, daß er die Einkäufe bei einem Öko-Farmer übernommen hat und Carrie und Collin davon überzeugt hat, daß auch ihnen die Eier von glücklichen Hühnern besser schmecken würden. Und die beiden lassen ihn machen, weil der Öko-Freak ein Bekannter von ihren Freunden ist. Ob Kilian jemals mitgehen würde? Sich für Eier von glücklichen Hühnern die Hacken ablaufen? Jasper und Kilian, das wären keine Brüder. Da braucht sie sich nichts vorzumachen.

Weißwolf

mein schneewolf mit der
zauberschnalle, hat
lippen wie moos, weich und
kühl, schmeckt nach
wald, treibt mich
ins dickicht, will grün mich
betten, weiß mich
streicheln, mich hüten und
schützen, im unterholz.

Diese Momente, sich an Mathis festhalten zu können, Ruhe und Ausgeglichenheit zu empfinden, mit jedem Atemzug seine Gelassenheit in sich aufzusaugen, in seinen Armen liegend tief einzuatmen und dabei die Nase in seine weißen Haare zu stecken, das sind die eigentlichen Momente, in denen sie lebt. Nur fragt sie sich in letzter Zeit manchmal, wo Mathis diese Ruhe eigentlich hernimmt. Sein Sohn hat gerade eine neue Clique aufgetan, die ist mindestens so interessant wie die alte um Rüdiger Thienemann und seine glorreichen Einfälle herum.

Sie liegen im Bett, und beim Blick auf die Uhr stöhnt Mathis unwillig auf: »Wenn ich jetzt losfahre, dann bin ich ja erst zu Hause, wenn schon wieder alles zu spät ist.«

»Wenn du jetzt losfährst, dann bist du kurz vor neun zu Hause und kannst ihn immer noch rechtzeitig für seine Mathearbeit ins Bett schicken. Komm doch Sonnabend nachmittag ein bißchen eher, damit wir mal wieder Zeit zum Lesen haben.«

Als Mathis abgefahren ist, ruft sie Jaspers Freund Niklas an. Er hilft gerne beim Büchertisch. Er kann die Bücherkisten auch schon früher ins Gemeindehaus rüberbringen, mit der Sackkarre wäre das bei trockenem Wetter auch kein Problem.

Als das geklärt ist und sie aufgelegt hat, zieht es sie noch einmal in ihren Buchladen. Warum soll sie die Kisten für den Gemeindebasar nicht heute abend schon fertig packen? Morgen ist Donnerstag. Niklas kann die Kisten dann irgendwann rüberbringen, wenn es ihm paßt. Sie packt alles an Jugend- und Abenteuerliteratur zusammen, was sie noch in den Regalen hat. Aber auch ein paar Romane, »Jugend ohne Gott«, »Kaiserhofstraße« und natürlich »Herbstmilch«. In Gedanken versunken sitzt sie über einer ihrer Kisten. Sie weiß, daß die Entscheidung, den Buchladen aufzugeben, vernünftig ist. Dennoch fällt es verdammt schwer, tut weh.

Da trommelt es sanft an der Scheibe. Sie blickt hoch und sieht Chrischan durch die Glasscheibe der Ladentür. Jetzt sagt er mir, was los ist, denkt sie, noch während sie aufsteht und zur Tür geht, um zu öffnen.

»Hallo. Störe ich?« fragt er und hält ihr eine Flasche Sekt etwas linkisch entgegen. »Wenn ich störe, gehe ich gleich wieder.«

»Neinein, du störst nicht. Komm rein.«

Und dann kommt er herein, beginnt mit kraftzehrenden Bewegungen an der Sektflasche herumzuhantieren, und Marei fragt: »Was ist eigentlich los mit dir? Irgend etwas ist doch mit dir, du warst schon neulich so, als wenn du noch einen in der Hinterhand hast.«

»Ich lasse mich scheiden«, sagt er gerade noch, und da knallt es auch schon. Marei weiß nicht, was sie damit zu tun hat und warum er eine Flasche Sekt entkorken muß, wenn er sich scheiden läßt, aber offensichtlich ist das als Befreiungsschlag gedacht, und so läßt sie sich von ihm einschenken und stößt mit ihm auf irgend etwas an. Sie weiß nicht, ob auf seine Scheidung, oder worauf sonst. Den Rest des Abends erzählt Chrüsch Dinge, mit denen Marei nicht gerechnet hätte.

Freitag in der Mittagspause schließt sie den Laden und geht hinüber ins Gemeindehaus, wo Niklas ihre Bücherkisten schon abgegeben hat. Im Foyer trifft sie Stefan.

»Hallo, was machst du denn hier? Willst du mir mit antiquarischen Büchern Konkurrenz machen?«

»Nein, keine Angst. Wir wollen ein paar alte Drucke ausstellen und hoffentlich was verkaufen.«

Marei, die Pastorin und Stefan gehen die beiden Räume, Foyer und Seitenflure noch einmal ab, und Marei entscheidet sich für einen Platz im Foyer, mit einer leeren Wand dahinter. Stefan verspricht ihr, zwei besonders schöne Bilder hinter ihrem Büchertisch aufzuhängen.

»Am besten solche, die man schon von weitem gut erkennen kann. Nicht, daß nachher alle Leute dauernd hinter meinem Büchertisch rumkriechen, weil sie was sehen wollen. Außerdem will ich vorne meinen Franz Marc vor den Büchertisch hängen, die Poster, die ich immer im Schaufenster hatte.«

»Ja, wird gemacht.«

»Ich sage Niklas Bescheid, daß du mir da keine Vignetten und Miniaturen an die Wand hängst. Der reißt die wieder runter, bevor ein Unglück passiert.«

»Keine Bange, ich suche was Passendes aus.«

»Frau Fellenberg! Da ist Telefon für Sie!« ruft die Gemeindesekretärin dazwischen, und die Pastorin verschwindet für einen Augenblick.

Stefan beschreibt ihr noch ein paar alte Holzschnitte, die aus zwei, drei Metern Entfernung gut zu erkennen sind.

»Niklas kann dir auch helfen, wenn er schon mal hier ist. Er darf sich nachher sowieso was von den Büchern aussuchen, dem macht das nichts aus, auch noch ein paar Bilder aufzuhängen. – Schlechte Nachrichten?« fragt Marei, als sie das Gesicht der Pastorin sieht, die von ihrem Telefonat zurückkehrt.

»Ja, wie man's nimmt. Jedenfalls Arbeit. Unsere junge Diakonin, die die Schülerhilfe und das Jugendcafé betreut, ist länger krank, als wir dachten, und wir müssen uns um Ersatz kümmern. Die Schülerhilfe können wir vielleicht mit Elternarbeit aus der Gemeinde überbrücken, aber das Jugendcafé nicht. Da geht kein Jugendlicher hin, wenn er weiß, daß seine eigene Mutter da Cola ausschenkt.«

Stefan guckt Marei an, als wollte er sagen: »Na, nun aber los!«

Marei guckt Frau Fellenberg an und hört sich selbst sagen: »Ich könnte das machen, ich bin doch Diplompädagogin, und habe schon in der Gemeindepädagogik gearbeitet, Jugendarbeit, draußen in St. Christophorus, in dieser schrecklichen Trabantensiedlung. Und Schülerhilfe für Grundschüler haben wir da auch gemacht, sozialer Brennpunkt ... Also, ich bin einiges gewohnt. Schlimmer kann es hier auch nicht sein.«

»Viel können wir Ihnen aber nicht zahlen, und nur auf Honorarbasis, kranken- und rentenversichern müssen Sie sich selbst.«

Marei hatte nicht erwartet, gleich nach der Schließung ihres Buchladens einen Traumjob zu finden.

»Wie oft ist denn das?«

»Jugendcafé ein- oder zweimal die Woche, je nachdem, wie es von den Jugendlichen angenommen wird. Und die Schülerhilfe sollte eigentlich täglich angeboten werden, da müssen wir sehen, wie wir möglichst mit Elternzuarbeit über die Runden kommen. Wenn Sie davon auch einen oder zwei Termine übernehmen würden, solange, bis wir eine andere Regelung finden, dann müßten wir das mit vereinten Kräften schaffen. Die Grundschüler kommen ab dreizehn Uhr und essen dann erst mal im Kindergarten mit.« Marei nimmt dieses unerwartete Arbeitsangebot an, trotz der stundenweisen und sehr dürftigen Bezahlung. So eine Mischung aus ihrer alten Arbeit in der Gemeindepädagogik und ein paar Artikeln in Zeitungen wird vielleicht vorübergehend das drohende Finanzloch abmildern, wenn auch nicht stopfen. Und dann kann man weitersehen. Im März muß der Laden geräumt sein.

Häschenschule

Nun kann sie auch den Räumungsverkauf mit ein bißchen mehr Schwung und etwas weniger Trübsinn in Angriff nehmen. Nicht so sehr wegen der drei Groschen, die sie nun wieder verdient, sondern eher, weil sie es als gutes Omen nehmen kann. Sie ist wieder ein bißchen zuversichtlicher, daß ihr schon irgendein Zufall einen richtigen Broterwerb ins Leben spülen wird. Aber erst mal muß sie ihre Bücher loswerden. Vor allem das Schaufenster muß jetzt Kundenströme in den Laden locken. Märchen, Kinderbücher und Bilderbücher sucht sie aus den Regalen für die nächste Auslage zusammen. Während sie im Schneidersitz auf dem Boden hin und her stapelt, Grimms Märchen vor sich und Stöße von Bilderbüchern links und rechts neben sich liegen hat, holt die Erinnerung an ihre Mutter sie wieder ein.

Oft hatte die Mutter Marei Märchen vorgelesen. Und die Häschenschule. Später gab es noch ein Buch mit Katzen, das Katzenkränzchen. Das war so ähnlich wie die Häschenschule, aber nicht ganz so gut. Und vom Hühnchen Sabinchen handelte ein Bilderbuch. Landmaus und Stadtmaus. Wie die Landmaus Tilly kommt Marei sich mit neununddreißig Jahren allmählich vor. Zu alt, um in der Hektik der Großstadt noch mitzuhalten.

Die Großeltern brachten Marei auch einmal ein riesiges, dickes Bilderbuch mit mehr als zweihundert Märchen von ihrer Österreichreise mit. Da war Marei drei Jahre alt. Jedes Märchen war auf zwei Seiten gedruckt und rings um den Text herum bebildert.

In der Adventszeit ging die Mutter immer mit Marei in ein Weihnachtsmärchen. Einmal sahen sie Peterchens Mondfahrt, und Marei hat nie vergessen, wie die Kinder auf der Bühne plötzlich fliegen konnten. Das war Mareis größtes Theatererlebnis für alle Zeiten. Mit offenem Mund saß sie in ihrem viel zu großen Theatersessel und verfolgte das Aufschweben von Peterchen und seiner Schwester in ihren langen weißen Nachthemden. Daß der Maikäfer Sumsemann auf der Bühne fliegen konnte, fand Marei nicht außergewöhnlich.

Einmal, als Marei dann schon größer war, kaufte die Mutter mit ihr im Kaufhaus den Goldesel aus der Bücherabteilung, der ließ Goldstücke aus allen Körperöffnungen fallen und war auf dem Buch mit Grimms Märchen abgebildet. Der Bärenhäuter war für Marei relativ neu. Die zertanzten Schuhe kannte sie schon. Gerne bezog sich die Mutter mit ihrer Alltagsironie auf den Grimmschen Zitatenschatz. »Ach, ich arme Jungfer zart, hätt' ich genommen den König Drosselbart.« – Das sagte die Mutter oft, wenn eine Sache im Nachhinein nicht mehr zu ändern war. Ihr Konjunktiv, mit dem sie sich mit den Fallen- und Weichenstellungen des Lebens wieder versöhnen wollte. Vergangene Fehlentscheidungen als Realitäten hinnehmen, annehmen. Ach, hätt' ich genommen den König Drosselbart.

Auch Marei hätte den König Drosselbart nehmen sollen. Immer trifft man irgendwelche Fehlentscheidungen. Was war ihre vertane Chance im Leben? Gabi hatte mal behauptet, Robert sei das gewesen. Einen kleinen Ziegenbart hatte der gehabt, ja. Aber das kann nicht die übersehene Glückstür gewesen sein. Mit Robert wäre sie ständig in das Genörgel nicht abgenabelter Achtundsechziger involviert gewesen. All seine Freunde Exhibitionisten, die sich in der Rolle der Unterprivilegierten suhlen möchten. Ohne allerdings jemals ernsthafte Anstrengungen unternommen zu haben, aus den entsprechenden Situationen herauszukommen.

War Claudio ihre vertane Chance, ihr König Drosselbart? Mit ihm hatte sie immerhin diesen sekundären Nestflüchter Jasper in die Welt gesetzt, den man mit vierzehn Jahren allein nach Italien und mit sechzehn allein nach Atlanta fliegen lassen konnte, ohne daß allzu große Katastrophen passierten. Sie hatten es ja versucht, Marei und Claudio, und es war das unkomplizierteste Zusammenleben, das sie jemals mit einem Mann erlebt hatte. Es gab keine Streitereien um des Kaisers Bart, es gab keine Zickigkeiten jenseits der zu lösenden Sachprobleme.

Lange nach der Trennung war ihr klargeworden, daß sie damals nicht nur Claudio geliebt hatte, sondern auch eine bestimmte Lebensform, die sie nur mit ihm realisieren konnte. Schwerelosigkeit an jedem Morgen und das Gefühl: Alles ist möglich, jeden Tag. Keine beschwerliche Bodenhaftung wegen vorangegangener Probleme. »Bei euch war immer so eine inspirierende Atmosphäre«, hatte Henner, ein gemeinsamer Freund, zu ihr gesagt, als sie lange nach der Trennung von Claudio einmal mit ihm zusammensaß.

Marei hatte Claudio noch mitten im Studium kennengelernt. 1980 war Jasper geboren worden, und Claudio war der perfekte Hausmann gewesen, als Marei relativ bald nach dem Diplom ihre erste Stelle in der Jugendhilfe bekam. Typisch italienischer Vater, völlig vernarrt in seinen Sprößling, kochte, putzte und windelte er völlig untypisch zu Hause, während Marei ins feindliche Leben zog. Er bereitete vom heimischen Telefon seine Geschäftskontakte vor und nahm den brabbelnden Jasper mit zu Präsentationsterminen, wenn er Werbeagenturen besuchte. Was jedem deutschen Bewerber zum Handikap gereicht hätte, wußte Claudio souverän als »la moda italiana« zu verkaufen. »Dieser verrückte Italiener, der immer seinen brabbelnden Säugling mitbringt« wurde er bei »oaks & turtels« bald genannt. Aber seine Arbeitsmappen sprachen für sich. Man stellte ihn ein. (»Wir kriechen langsam, aber ausdauernd.«)

Und eines Tages lockte der gute Arbeitsvertrag nach Italien. Marei hatte sowieso gerade die Stelle in der Jugendarbeit aufgegeben, bei »Brückenschlag« einen Werkvertrag unterschrieben, der alle halbe Jahr erneuert werden könnte. Aber eben nur könnte. Also ging sie mit nach Italien. Claudio sollte ein Privatmuseum in Pistoia ausstatten. Marei war mit Jasper oft in den Zoo von Pistoia gegangen, und Jasper war jedesmal vor Freude völlig ausgeflippt, wenn der Löwe brüllte. Unter der Woche waren wenige Besucher im Zoo, und so war es oft etwas unheimlich, wenn man mutterseelenallein im Garten Eden von Pistoia den Löwen brüllen hörte. Doch Jasper freute sich und klatschte in die Hände. »Dummes Gör! Der ist gefährlich! Solche Zähne hat der, und solche Krallen.«

Jasper hatte keine Angst vor nichts. Ein erschreckend furchtloses Kind. Claudio im Museum des Florentiners, das nach und nach Gestalt annahm, Jasper ausgeglichen und mit Zoobesuchen leicht zu erheitern, und Marei hatte Zeit, sich an die Schreibmaschine zu setzen, und goß ihre ersten Berufserfahrungen in Buchform.

Es gab keinen Streit zwischen Claudio und ihr. Nur seine streng katholische Mutter hatte Marei gegenüber lästige Schwiegermutterallüren, doch ihre Einmischung hielt sich in Grenzen. Claudio war der unkomplizierteste Mann in ihrem Leben. Er warf ihr öfter vor, die Deutschen würden alles so kompliziert machen. Claudio hatte an der Kunstakademie in Mailand einen Lehrauftrag erhalten und war seinen Studentinnen gegenüber freundlich und zugewandt, besonders wenn Marei ab und zu mal für eine Woche mit Jasper nach Deutschland fuhr. Es war 1985, und Marei wagte es, ihn zu fragen, wie er es denn mit dem Thema Aids hielte. Claudio warf ihr Eifersucht vor und daß sie immer alles so kompliziert machen würde. Zum Thema Aids hatte er nur dumme, abwehrende Witze und kicherige Kommentare zu bieten. Da wurde Marei ganz unkompliziert. Sie nahm ihren Sohn unter den Arm und fuhr nach Deutschland, da sie sowieso einige Dinge zu erledigen hatte. Als sie ihren alten Freund Stefan besuchte, erfuhr sie durch ihn von einem Buchladen, der eine neue Inhaberin suchte. Konnte sie jemals in Italien einen Buchladen aufmachen? Ihre Muttersprache zog sie mit Macht zurück. Sie merkte, daß sie sich mit Claudio auseinandergelebt hatte, wurde sich dessen bewußt, daß er, wenn er erst einmal angefangen hatte, etwas ins Lächerliche zu ziehen, davon auch nicht wieder abzubringen war. Dann sprachen sie wirklich zwei Sprachen. Und ein Buchladen harrte ihrer. Marei entschied sich. Sie blieb in Deutschland.

Auch nachträglich und bei Lichte betrachtet war diese Entscheidung richtig. Und Claudio war nach anfänglichem Entsetzen, das bei ihm immer absolute Energieleere nach sich zog, häufig zu Besuch gekommen. Er hing an Jasper, er hing auch an ihr, sie waren nicht richtig getrennt, und sie waren nicht richtig zusammen. Und alle mußten sie loslassen lernen. Claudio und Marei ihren gemeinsamen Alltag, der so angenehm eingespielt war. Claudio mußte Jasper loslassen, was er mit erstaunlich wenig Bitterkeit tat, und letztendlich mußte auch Marei Jasper loslassen, als Claudio ihn zum ersten Mal für drei Wochen nach Genua holte, wo er einen neuen Auftrag bekommen hatte. Damals war Marei sich nicht darüber im Klaren gewesen, daß hier so etwas wie »Familiengründung« oder nicht entschieden wurde. Bald darauf lernte sie Robert kennen. Das Leben schien unkompliziert weiterzugehen. Aber wie singt Hildegard Knef? »Von nun an ging's bergab.« Mit ihrem Buchladen ging nach einigen guten Jahren diese Subsistenzwirtschaft los. Und dann, nach der Trennung von Robert auch noch der Überfall. Vielleicht sollte sie mal bei Aktenzeichen XY ungelöst anfragen, ob Eduard Zimmermann nicht mal eine bundesweite Fahndung nach den Räubern ihrer Tageskasse ausstrahlen kann.

Ebenfalls völlig ungelöst bleibt die Frage, wovon sie in den nächsten Monaten leben, womit sie ihr Geld verdienen soll. Das bißchen, das sie noch auf der hohen Kante hat, reicht genau, um Jaspers Auslandsjahr zu finanzieren. Sie kann froh sein, wenn sie auf Plus-Minus-Null kommt. Sie muß Claudio fragen, ob er die Atlanta-Kosten ganz übernehmen kann, damit sie eine Gnadenfrist bekommt.

Und sie muß sich in ihrem alten Beruf umsehen. Die paar Stunden in der Gemeinde laufen auf Stundenhonorarbasis und reichen nur fürs Zubrot. Davon kann sie noch nicht einmal Strom, Gas und Telefon bezahlen. Wo soll sie die Wohnungsmiete herbekommen? Was hat sie gestern in der Zeitung gelesen? Die Stadt will eine Untersuchung in Auftrag geben zur sozialen Situation altgewordener Immigranten, Gastrentner sozusagen. »Vom Gastarbeiter zum Gastrentner« hieß der Artikel. Meist sind es Italiener, Portugiesen, Türken und Jugoslawen, die damals noch Jugoslawen hießen. Menschen, die nie vorhatten, ihr ganzes Leben hierzubleiben, doch über die Jahrzehnte in ihrer Heimat Fremde geworden sind. Und die jetzt dem Vorurteil zum Opfer fallen, jeder von ihnen wäre in einen funktionierenden Familienverband eingebettet im Alter. Was nicht stimmt. Viele haben ihre Familien nicht nachholen können. Sind entwurzelt. Mindestens so entwurzelt wie Marei. Sind ihr nahe, wie auch immer.

Einzelschicksale eruieren, Migrantenlebensläufe. Marei spürt in sich, daß das eine Perspektive sein könnte. Mal gucken, was sonst noch kommt. Sie ist nicht mehr die gescheiterte Buchhändlerin ohne Beruf. Sie ist wieder Bewerberin, Diplompädagogin mit Abschlußarbeit in Medienpädagogik, Klinkenputzerin. Sie kramt ihre alten Zeugnisse hervor und macht sich auf den Weg.

Traditionsunternehmen

Die zuversichtliche Stimmung hält genau vier Wochen lang vor. So lange, bis auf ihre ersten Bewerbungen die ersten Absagen folgen. Man braucht keine Diplompädagogen. Daß sie sich fast überall schon mit der Einstufung als Sozialpädagogin abgefunden hätte, nicht einmal das erleichtert die Sache. Man braucht keine Diplompädagogen, man braucht keine Sozialpädagogen, man braucht keine Buchhändlerinnen. Auf jeden Fall braucht man Marei nicht. Überall liegen schon zehn bis zwanzig Bewerbungen, wenn ihre dazukommt. Der Arbeitsmarkt ist dicht. Allmählich begreift sie, was die Zahlen bedeuten, die allabendlich im Fernsehen durchgegeben werden. Und mit ihrer exotischen Abschlußarbeit über Kinder- und Jugendfilme, die vor mittelalterlichen Kulissen spielen, kann sie weder bei den Gastrentnerinterviews der Sozialbehörde noch bei den Vorschulprojekten der Randgemeinden überzeugen. Als Gemeindepädagogin will man sie auch nicht haben, dafür hatte sie sich in mehreren Kirchengemeinden beworben.

Wenn sie mit Mathis versucht, über ihre berufliche Situation zu sprechen, muß sie ihm immer erst einmal lange erklären, was den jeweiligen Arbeitsplatz auszeichnen würde. Er kann sich unter Sozialpädagogik wenig vorstellen, und wozu man Diplompädagogen oder Medienpädagogen braucht, weiß er schon gar nicht. Er schlägt ihr vor, in irgendeinem Büro tippen zu gehen. Ihre Artikel für die Zeitung würde sie doch auch immer selbst schreiben.

»Mathis, hast du mal meine Manuskripte gesehen, wenn ich die abgebe?«

Nein, das hat er noch nicht.

»Mathis, ich habe noch nie im Leben die Texte anderer abtippen können. Wenn ich abtippe, dann fange ich an, umzuformulieren. Und wenn ich dann fertig bin, kann es passieren, daß ich noch handschriftliche Korrekturen für den Redakteur nachträglich einfüge.«

Mathis denkt sich, daß sie einfach nur bockig ist und schon könnte, wenn sie nur wollte. Er sagt es nicht, aber man merkt es ihm an. Er versteht nicht, daß es ein grundlegender Unterschied ist, ob man seine eigenen Gedanken und Formulierungen ins Reine tippt, oder ob man in einem Büro tippen geht. Mathis ist kein Gesprächspartner für ihre Arbeitssuche. Er hört nur mit halbem Ohr hin und hilft nicht weiter. Es ist schwer, mit dem Wolf zu pflügen.

Eigentlich reicht es, wenn man ein schwerwiegendes Problem hat, aber Marei hat gleich zwei. Sie verdient nicht genug Geld, und sie hat allmählich ein dickes Problem mit Mathis und Kilian. Neulich hat sie einen Spaziergang mit Kilian allein gemacht. Sie hat ihm gezeigt, wo sie als Kind immer gespielt hatte. Er erzählte auf diesem Spaziergang von einem Freund, der ein Kaninchen erschossen hat und brachte seine Begeisterung über den großen Blutfleck zum Ausdruck. Und er erzählte, daß er sein Berufspraktikum, das Schüler während der Schulzeit machen müssen, bei der Bundeswehr absolvieren will. Marei versuchte, seine Flugbegeisterung in zivilere Bahnen zu lenken.

»Beim ADAC, da brauchen sie doch dauernd Leute, die den ganzen Tag oben im Hubschrauber sitzen und gucken, wo die Blechlawinen sich stauen. Willst du nicht so was machen?«

Nein, das wollte er nicht, Kilian wollte zur Bundeswehr.

»Und die Notärzte, die müssen doch auch andauernd mit Hubschraubern irgendwohin geflogen werden. Da werden doch auch Piloten gebraucht. Oder gibt es nicht auch Organisationen, die mit kleinen Sportflugzeugen für Wetterdienste oder sonst wen tätig sind? Ich kenn' mich da nicht so aus, aber man könnte sich doch mal erkundigen.«

Nein, Kilian wollte sein Praktikum bei der Bundeswehr machen, und sowieso auch später zum Bund. Bei der Luftwaffe haben sie die interessanteren Maschinen.

Marei hat Probleme.

Wie soll dieser kleine Militarist Jasper ein attraktiver Stiefbruder werden?

Sie ärgert sich über die Oberflächlichkeit von Mathis jedweden Problemen gegenüber, die er für uninteressant hält. Interessant sind eigentlich nur Flugzeuge. Letzte Woche hat er ihr wieder eine Verabredung abgesagt, weil ein Flugschüler wichtiger war. Sie könne aber gerne zum Flugplatz kommen, hinterher hätte er etwas Zeit. Marei hat sich bedankt und ist nicht zum Flugplatz gefahren. Sie hat allmählich die Nase voll davon, zwischen ölverschmierten Tüftlertypen vor dem Hangar rumzusitzen und Schrauben zu zählen. Mathis' blöde Sprüche anzuhören, wenn sie wieder eine Absage verdauen muß. Ihre wirtschaftliche Situation drängt. Und er begreift es nicht. Er läßt sie allein. Mathis ist Beamter. Er ist in seinem Leben nicht angetreten, um sich jemals die Gedanken eines Freiberuflers zu machen. Mathis muß seinen Kopf für Radlager, Höhenmesser und Autopiloten frei haben. Daraus besteht das wirkliche Leben. Er schlägt ihr vor, tippen zu gehen, und dann meint er, er hätte mit ihr ein sinnvolles Gespräch über ihre berufliche Zukunft geführt. Als sie am Anfang fünfzehn Mal ihre ganzen Bewerbungsunterlagen kopierte und sie nach und nach mit den entsprechenden Begleitbriefen zusammen verschickte, da hatte er sich gewundert, daß sie sich sowohl bei Vorschulprojekten als auch bei Pastoren für die Gemeindearbeit als auch bei drei Altersheimen beworben hatte. Er hat bis heute nicht begriffen, was ein Diplompädagoge eigentlich ist. Für ihn ist ein Lehrer jemand, der vor einer Klasse steht und Kindern was beibringt, Mathematik oder Englisch und Deutsch oder so.

Marei versucht, sich noch einmal die Hoffnungen zu vergegenwärtigen, mit denen sie letztes Jahr in diese Nachmittagsliebe mit Mathis hineingeschliddert ist. Mathis war dreißig Jahre lang ihr Traumlehrer. Mathis hatte das Wort Krieg mit seinem Taschentuch von der Tafel gewischt. Von seiner Wolfsgeschichte hat sie dreißig Jahre lang gezehrt. Und nun hat er einen Sohn, der Karriere bei der Bundeswehr machen will, Gefechtseinsätze fliegen. Mit allem hatte Marei gerechnet. Nur damit nicht. Sie sucht eine Lösung und weiß keine. Als das Telefon klingelt, ist sie fast froh, aus ihren trübsinnigen Gedanken gerissen zu werden. Es ist Chrüsch. Er sagt am Telefon nur einen Satz: »Kann ich vorbeikommen?«

»Jetzt?«

»Ja, jetzt. Bitte!«

»Ja gut, dann komm.«

Marei weiß nicht, womit sie zu rechnen hat und ahnt nur, daß es etwas mit Chrischans Scheidung zu tun haben wird, daß er plötzlich so redselig und anhänglich wird. Als er mit der Sektflasche in ihrem Laden erschienen war, hatte er sich vor allem über die Querelen mit seinem Schwiegervater bei ihr ausgelassen. Marei hatte fast das Gefühl, daß er sich von seinem Schwiegervater scheiden läßt und nicht von seiner Frau. Die beiden Töchter waren offensichtlich noch die Unkompliziertesten bei der ganzen Angelegenheit. Sie wollten mit dem Stunk der Erwachsenen wenig zu tun haben. Wohnten wochenlang bei Freundinnen, die genügend Platz dafür zu haben schienen. Die Töchter von Chrischan und Sigrid waren gut versorgt und aus dem Schußfeld der Erwachsenen heraus. Aber offenbar schien es nun neue Probleme zu geben. Als Chrischan in die Tür kam, wirkte er wie aufgedreht.

»Was ist los?«

»Ja, also erst haben wir uns heftig gestritten, Sigrid, ihr Vater und ich. Dann kam ihre Mutter noch dazu, und am Schluß haben wir uns auf etwas geeinigt, was ich den Alten nie im Leben zugetraut hätte. Sie wollen mich weiterhin als Teilhaber in der Firma haben und, paß auf, jetzt kommt's, damit wir uns nicht in laufenden Projekten gegenseitig auf den Füßen stehen, soll ich eine neue Serie als Chefdramaturg entwerfen. Wenn ich das will, sagte er, und ich will natürlich, wenn man so in Frieden voneinander scheiden kann. Denn jetzt noch an denselben Produktionen zusammenzuarbeiten, würde keiner aushalten. So, und nun soll ich nur noch ein überzeugendes Konzept für eine neue Serie entwerfen, dann machen sie mir den Vertrag perfekt. Ich dachte, du hilfst mir.«

»Ich?«

»Du kannst dir zumindest mal meine Ideen anhören.«

»Schieß los!«

Chrischan faltet seine 1,93 Meter elegant zusammen und nimmt auf dem einzigen freien Eckchen zwischen zwei Bücherstapeln Platz. Seine grauen Haare fallen schwungvoll nach vorn, als er sich zurechtrückt, und er streicht sie energisch mit beiden Händen wieder aus den Schläfen zurück. Sie weiß nicht, ob sie ihn jemals in einem anderen Kleidungsstück als in einem dunkelblauen Sweatshirt gesehen hat. Doch, bei Hanna damals, wo sie sich immer mit der Arbeitsgruppe trafen, da hatte er einmal ein flaschengrünes Sweatshirt an, das erinnert sie noch. Aber das war auch der einzige Ausrutscher.

»Also, ich habe drei Schauplätze zur Auswahl. Und nun lach nicht: eine Zivi-Einsatzzentrale, ein Polizeikommissariat und ein Bestattungsunternehmen.«

»Oh! Das ist ja eine illustre Mischung. Was haben die drei denn gemeinsam?«

»Das sind alles drei Schauplätze mit Handlungsträgern, die in ganz persönliche, zum Teil sehr intime Problemsituationen anderer Menschen Einblick bekommen. Und das ihren ganzen Arbeitstag lang.«

»Hm. So habe ich das noch gar nicht gesehen. Aber du hast recht. Die müßten eigentlich alle wie ein guter Zimmerkellner auch das Weggucken gelernt haben. Ich bezweifle allerdings, ob die Bestattungsinstitute das ihren Leuten beibringen. Wenn ich an den Trampel denke, der damals nach dem Tod meiner Mutter bei uns im Hause aufkreuzte … Wie wird man eigentlich Bestattungsunternehmer. Gibt's da 'ne Berufsschule für?«

»Siehst du, jeder hat Erfahrung mit Bestattungsinstituten. Meist welche, die man sein Leben lang nie vergißt.«

»Nur, Chrüsch, bitte sag mir, was soll ich jetzt dabei machen?«

»Du sollst mir helfen, meine Ideen in meinem Kopf zu sortieren. Für welches Projekt soll ich mich entscheiden? Alle haben Vor- und Nachteile.«

»Also, der Vorteil an der Zivi-Einsatzstelle ist, daß da Leute vorkommen, die schon reichlich lange leben und jahrzehntelange Lebensgeschichten und damit auch Konfliktmaterial mitbringen, das nicht so oberflächlich bleibt wie in den meisten Serien.«

»Ja, und der Nachteil ist, daß ich einen reinen Männerhaufen in den Hauptrollen habe.«

»Ach ja, guck: typisch Nicht-Profi. Daran hab ich nun gar nicht gedacht. Siehst du, ich kann dir nicht helfen.«

»Doch, du bist mein Testzuschauer. Das mit den Lebensgeschichten ist gut. Denk mal weiter.«

»Ja, man kann den jeweiligen Plot in kleine Rückblenden hineinführen, die knappe hundert Jahre zurückliegen, wilde Verflechtungen von Lebensgeschichten über Generationen hinweg, uneheliche Kinder tauchen nach Jahrzehnten wieder auf und so was. Das geht ans Herz.«

»Du bist genial. Weiter.«

»Was weiter?«

»Nummer zwei: Polizeikommissariat.«

»Och nö, da gibt's schon so viel.«

»Ich meine die, wo jetzt Udel an der Ecke und Kripo zusammenarbeiten. Der Udel an der Ecke ist wieder gefragt.« »Ja, aber Serien, wo's den Udel an der Ecke wieder gibt, laufen wirklich schon einige. Außerdem zweifel' ich an, daß der Zuschauer in Dresden oder Freiburg weiß, was der Udel an der Ecke ist.«

»Da gibt's die auch, da heißen sie nur anders.«

»Dann mach doch lieber 'ne Krimiserie, die im LKA spielt, wo die richtig interessanten Sachen stattfinden und nicht nur so kleine Fische. Aber damit hast du dann erst recht nichts Neues ... Der Udel an der Ecke kümmert sich doch nur um das Vorfeld der interessanten Ermittlungen. Also, als ich meinen Überfall gemeldet hatte damals, da kam 'ne Streife und sagte, sie sollen jetzt den Tatort einfrieren. Da hab' ich ihnen gesagt, so schlau, daß ich nicht die Fingerabdrücke verwische, bin ich schon selbst. Und als die Kripo dann kam, sind die Udels wieder weggefahren.«

»Ich meine doch eins von diesen neuen Polizeikommissariaten, wo jetzt wieder Udels und Kripo zusammen im Stadtteil arbeiten. Da wird doch ein Teil von dem, was bislang im LKA gelandet ist, wieder im Stadtteil vor Ort bearbeitet.«

»Was soll daran so spannend sein? Ich sehe die Idee nicht.«

»Na gut, Nummer drei: Bestattungsinstitut.«

»Das ist doch witzig. Soll das 'n Familienunternehmen sein?«

»Kann man machen. Wär' wohl das Beste. Gute Firma mit Tradition und langjährig erworbenem guten Ruf.«

»O ja, und die Leute freuen sich schon immer drauf, wenn jemand in der Familie stirbt, damit sie wieder zu diesem netten Beerdigungsunternehmer gehen dürfen. Der Friedhofsgärtner, mit dem die Firma zusammenarbeitet, ist nach Feierabend im Umweltschutz aktiv, und sein Steinmetz gewinnt plötzlich ein Bildhauer-Stipendium in der Toskana für ein Jahr, und sie müssen sich nach einem Ersatz für die nächsten zwölf Monate umsehen, und merken nicht, daß die Aushilfe einer organisierten Einbrecherbande angehört. Und dann wird diese seriöse Bestattungsfirma in Tresorknackereien involviert, weil man das Werkzeug bei ihnen findet ...«

»Ich stell dich als Story-Liner ein. Du solltest Krimis schreiben. Was hast du eigentlich gegen meine Polizeikommissariate?«

»Also, ich finde die Ideen alle zu steril, zu weit ab von den wirklich unappetitlichen Konflikten der Gegenwart. Laß deine Serie doch auf einem großen Landwirtschaftsbetrieb spielen, der von Viehmast und Milchwirtschaft lebt und nun ständig mit BSE zu tun hat. Und dann kommen da dauernd Laster und holen die armen Viecher ab, die in den Libanon oder sonstwohin verladen werden, jedenfalls dahin, wo die Leute so scharf auf Rindfleisch sind und selbst keins züchten können, und dann kommen die Rinder da mit gebrochenen Beinen und halbverendet an, Zeit zum Tränken ist auch nicht, und dann –«

»Sag mal, glaubst du, daß du das bei irgendeinem Fernsehzuschauer loswirst, was du da gerade erzählst?«

»Nee, aber das wär' doch mal 'ne sinnvolle Aufgabe, so eine Serie zu schreiben. Laß uns doch Bauer Mikus aus Höxter bei Brakel zur Hauptfigur machen, so'n junger Bauer, der mit viel Idealismus alles anders machen will, sich beim ersten Anzeichen einer komischen Krankheit in seinem Stall völlig korrekt verhält und dann plötzlich von allen eins aufs Dach kriegt. Da würde ich sogar noch dran mitschreiben, an so einer Serie.«

»Ich glaube kaum, daß ich meinen Schwiegervater von Ackerbau und Viehzucht überzeugen kann.«

»Chrüsch, ich kann dir auch nicht weiterhelfen, ich habe über Robin Hood gearbeitet, über historische Stoffe in Kinder- und Jugendbuchverfilmungen, über Outlaws in den mittelalterlichen Wäldern, über Mönche, Ritter und mittelalterliche Kulissen. Ich würde dir höchstens 'ne Serie schreiben, die im Zisterzienserkloster spielt. Frag doch schon mal deinen Schwiegervater, ob ihr 'ne Drehgenehmigung in Maulbronn oder Himmerod kriegt, dann schreib ich euch die Storys. Und zwar mit Vergnügen.«

»Und wenn man nun ›Essen auf Rädern‹ nimmt anstelle der Zivi-Einsatzzentrale? Da sind doch auch Frauen dabei. Da hätte man Leute, die dauernd in die Wohnungen von anderen kommen und braucht die Hauptrollen nicht für so einen reinen Männerhaufen zurechtzuschreiben.«

»Chrüsch! Die kommen doch nicht in die Wohnungen! Die Alufolien, die liefere ich dir zwischen Tür und Angel im Vorbeifliegen an der Haustür ab, wenn ich mittags dreißig Rentner zu versorgen hab' und der letzte sein Essen auch noch lauwarm bekommen soll. Das war keine gute Idee. Teste doch einfach mal vor, für welche Ideen sich Sigrids Vater am ehesten erwärmen kann, was er von den Vor- und Nachteilen am wichtigsten findet, und dann überlegst du weiter. Offenbar wollen doch nun alle bei euch eine einvernehmliche Scheidung. Da wirst du ja wohl noch mal ein Gespräch auf halber Strecke mit ihm führen können, ohne daß deine Ideen schon ausgereift vorliegen müssen. Ich hätte auch gerne einen Schwiegervater, der mich in seiner Firma halten will. Sieh dir doch mal mein Problem an. Ich weiß noch gar nicht, wie es weitergehen soll. Schreib doch mal 'ne Serie über 'ne verkrachte Existenz von Buchhändlerin. Aber das will dann wahrscheinlich wieder keiner hören und sehen. Das finden die Leute nicht unterhaltsam.«

»Doch! Wer weiß? Warum eigentlich nicht«, fällt Chrischan ihr ins Wort.

»Wieso? Wie meinst du das?«

»Vielleicht wollen sie auch was über Bücher hören. Bei ›Daydreams‹ wird gerade diskutiert, wie sie von ihrem Image, ausschließlich seichte Unterhaltung zu produzieren, wegkommen, und jetzt ist gerade ein Projekt in der Debatte, das soll Kulturtips für junge Leute bringen, Musik, Theater, Musicals und so was. Da könnte man ja auch ab und zu eine Bücherecke machen ...«

»Haben die das gesagt?«

»Ich habe es vorgeschlagen.«

»Und?«

»Sie wollen drüber nachdenken.«

»Das ist ja sehr konkret und vielversprechend. Und wenn sie's dann machen, haben sie auch sicherlich schon jemanden dafür.«

»Nein. Ich habe dich vorgeschlagen.«

»Und? Hab' ich 'ne Chance?«

»Wenn die Sendung Chancen hat, hast du Chancen.«

»Wann entscheidet sich das?«

»Ja, das ist der Haken. In einem halben Jahr frühestens.«

Warten also. Auch darauf.

Als Chrischan gegangen ist, stellt sie fest, daß sie eigentlich mit ihm auch gerne mal über ihr Problem mit Mathis gesprochen hätte. Gerade ihm würde sie das anvertrauen. Er ist nicht so neugierig wie andere, deshalb könnte man es ihm erzählen. Er würde auch vergessen und nie an falscher Stelle den Mund aufmachen. Andererseits, könnte er zu mißratenen Söhnen überhaupt etwas sagen? Er hat zwei wohlgeratene Töchter, die sich nur in bester Gesellschaft bewegen. Von denen würde auch keine mit einem Jagdbomberpiloten nach Hause kommen. Die eine will Kunstgeschichte studieren und die andere hat schon als Schülerin zwei kleine Stücke für einen Theaterverlag übersetzt. Kindertheater zwar, aber ohne jegliche Mithilfe, wie Chrischan stolz verkündete. Das sind also beides kleine Schöngeister, die bestimmt keinen Bomberharry mit nach Hause bringen. Trotzdem: Irgendwie hätte Chrüsch bestimmt was gesagt, was die Sache mal von einer anderen Warte aus beleuchtet hätte.

Zum Einschlafen braucht sie jetzt noch irgendeine süffige Fernsehsendung. Aktenzeichen XY läuft gerade. O ja, denkt Marei, jetzt möchte ich mich noch gruseln, und dann kann ich gut schlafen, wenn ich wieder weiß, welchen Verbrechen ich Gott sei Dank noch nicht zum Opfer gefallen bin. Polizeikommissariate hin, Polizeikommissariate her. Ede Zimmermann ist zeitlos unmodern und immer aktuell. Gesucht werden diesmal Tankstellenräuber, Wirtschaftskriminelle, Scheckkartenfälscher und Gauner, die alte Frauen in ihren Wohnungen um ihr Erspartes bringen. Bei den Scheckkartenfälschern und Wirtschaftskriminellen schaltet Marei ab. Nun wird sie wirklich müde, und da wird es ihr zu langweilig. Sie würde bessere Krimis schreiben, da hat Chrischan schon recht.

Vier Wochen später

Greyhound

Sie erwacht aus einem Traum und fühlt sich schwer und warm bis hinunter in die Zehenspitzen. Sie will nicht richtig wach werden, sehnt sich zurück in diesen Traum mit den Überlandbussen. Sie spürt ihre Handgelenke, beide geschmeidig angewinkelt unter den Kopf geschoben, Hasenpfötchen als Kissen gleichsam, die Finger genauso wohlig warm wie die Zehenspitzen. Nicht strecken, unterdrückt sie den ersten Reflex, noch lange nicht strecken. Strecken macht wach und wach will sie nicht werden. Sie will in den Traum zurück. Schlafen ist das, was zählt. Schlafen und ausruhen. So ein Traumgefühl hatte sie lange nicht mehr. Zurück, mit aller Macht zurück in diesen Traum. Sie hat Kastanien und Eicheln gesammelt, für ein Kind. Sie weiß nicht, ob es Jasper war. Sie kannte niemanden in dem Traum. Auch die alte Frau nicht.

Irgend jemand hatte zu ihr gesagt: »Geh doch da mal hin, und sieh es dir an. Da fahren doch überall diese Greyhound-Busse über Land.« Und Marei machte sich auf den Weg.

Der Weg begann noch in der Stadt, mit dieser alten Frau am Stock. Und Marei mußte ganz langsam gehen. Sie nahmen die linke Straßenseite, gingen so schnell wie möglich und versteckten sich hinter Bauschutt-Containern, wenn es ging. Marei sagte zu der alten Frau: »Ich will mal sehen, ob es möglich ist, daß man Sie nicht sieht, wenn Sie von hier fortgehen. Will sehen, ob es möglich ist, daß man jemanden auf dieser Straße wirklich nicht sieht. Ich zweifle das an, bei dem Tempo.« Und langsam, die alte Frau am Stock und Marei wie eine Schnecke, die es eilig hat, machen die beiden sich auf der linken Straßenseite davon. Eine alte Frau war verschwunden, und die letzten Nachbarn, die sie gesehen haben, können eigentlich gar nicht die letzten gewesen sein, denkt Marei. So langsam, wie ein alter Mensch am Stock geht, muß noch jemand sie später gesehen haben. Marei will ein Verbrechen aufklären. Dazu muß sie alles rekonstruieren, was sie über den Fall weiß, die Abfolge der letzten Stunden im Leben dieser Frau rekonstruieren. Man geht davon aus, daß sie tot ist, wissen tut man es nicht. Marei will einen Indizienbeweis führen, und als sie später aufwacht, fällt ihr gleich ein, daß sie gestern abend wieder Eduard Zimmermann gesehen hat. Aktenzeichen XY ungelöst, aber da sind gestern abend nur Kinder verschwunden. Wo kommt die alte Frau in ihrem Traum her?

Irgendwann ist Marei plötzlich in Schleswig-Holstein, Stormarn, da, wo sie hinwollte, läuft auf Landstraßen, durch Dörfer, an grünen Wiesen und Weideland vorbei. Wenn sie durch Dörfer kommt, findet sie Eicheln am Boden, unter großen Bäumen neben alten Fachwerkbauten, und stachelige, grüne Kastanienkapseln, aber manchmal auch braune, glänzende Früchte neben aufgeplatzten Fruchtkapseln.

Sie weiß nicht mehr, seit wann die alte Frau nicht mehr bei ihr ist.
Sie ist allein.

Findet sich zurecht in all den grünen Wiesen, und plötzlich fallen ihr die Greyhound-Busse wieder ein. Sie steigt in einen Bus und fährt über die Dörfer, die Landstraßen, eine leicht gewellte Landschaft, nicht ganz eben, aber auch nicht richtig hügelig, und sie ist frei, schwerelos.

Wieso fahren Greyhound-Busse durch Schleswig-Holstein? Wo kommen jetzt im Frühling Kastanien und Eicheln her? Hat sie die Früchte für Jasper gesammelt?
Warum hat die alte Frau sie so früh allein gelassen?

Sie schläft noch zweimal wieder ein und wünscht sich in den Traum zurück. Doch er bleibt ein fernes Paradies. Sie weiß um diese himmlische innere Ruhe, die sie in dem Traum gehabt hat. So ruhig möchte sie jetzt inmitten all der Unbilden auch wieder sein können.
Die Ereignisse der letzten Monate sind nicht ungeschehen zu machen. Aber irgendwie leben muß sie damit lernen. Vorübergehend, bis sie eine Änderung in Angriff nehmen kann. Ihre Ladenräume hat

ein Jungunternehmer übernommen, der Comic-Hefte und Pauschalreisen anbietet. Damit kann man heute Geld verdienen. Wenigstens hat der ihr einen Teil ihrer Regale abgekauft, sie pinkfarben und neongelb gestrichen und bietet nun neben Batman und Superman Comic-Helden feil, von denen Marei ihr Lebtag noch nichts gehört hat.

Ihr Türschild »Inhaberin: Marei Asbrook« liegt seit Wochen auf dem Kühlschrank und verstaubt. Mareis Wohnung ist zu klein und gerade eben noch funktional zu managen, gemütlich ist es jetzt überhaupt nicht mehr, sieht alles aus wie eine bessere Studentenbude. Alles voll mit Papieren, Büchern, jegliche Bodenfläche vollgestellt. Hier kann man nicht staubsaugen, da hat man nur Papiere am Saugrohr hängen, und meist solche, die man noch sauber und unzerknickt braucht. Es gibt nur eine Methode in dieser Wohnung: einfach keinen Schmutz produzieren! Und darin ist Marei Meisterin. Unordnung und Sauberkeit gehören für sie seit eh und je zusammen. Kein Spießer versteht das.

Auch in der nächsten Nacht kehrt der Traum nicht zurück. Marei möchte die alte Frau wiedertreffen und Kastanien im Frühling sammeln. Aus den gefingerten Kastanienblättern die mit fünf Blattspreiten heraussuchen und kleine Männchen daraus machen. Die kleinste Blattspreite wird der Kopf, indem man sie am Blattstiel feststeckt. Die anderen vier Blätter zu Armen und Beinen zusammenbinden und dann die Blattpuppe nach Belieben anziehen. Sobald Jasper dem Alter entwachsen war, wo er alles in den Mund steckte, hat sie in jedem Herbst solche Puppen gebastelt. Wenn die im Winter verdorrten und zerbröselten, gab es oft Tränenausbrüche, weil er jeden Herbst Lieblingspuppen dabeihatte. Am besten gefielen ihm immer die Püppchen mit Hagebuttenschuhen, aber so oft fand Marei keine Hagebutten, also gab es jeden Herbst nur ein oder zwei hagebuttengestiefelte Kastanienblattmännchen, und die wurden monatelang gehütet. Um mit seinen Puppen im Partnerlook zu bleiben, mußten auch jedes Jahr im Herbst rote Schuhe für Jasper vorhanden sein. Marei erinnert endlose Odysseen durch die Kinderschuhabteilungen sämtlicher Schuhgeschäfte in Mailand, Hamburg, Genua, Lüneburg, Florenz und München, je nachdem, wo gerade Herbst und Winter über sie herbrachen: Jasper brauchte rote Schuhe. Kastanienblättermännchen waren irgendwann out, aber Jaspers Vorliebe für rote Schuhe ist geblieben. Seit er sich seine Turnschuhe alleine kauft, hat er ein Talent entwickelt, das einzige Schuhgeschäft der Stadt ausfindig zu machen, das gerade rote Turnschuhe in seiner Größe anbietet.

Wenn Jasper schon wieder da wäre, wäre sie nicht in diese Situation geraten, in der sie sich befindet. Oder wenn Mathis öfter hier wäre, dann auch nicht.

»Ein Mann wäre gar nicht erst in so eine Situation gekommen wie du«, hatte Barbara erst gestern wieder zu ihr gesagt, als sie ihr die unerfreuliche Korrespondenz der letzten Wochen gezeigt hatte. »Einen Mann hätte man gleich ernst genommen. Der hätte gar nicht erst so auf den Putz hauen müssen wie du.«

»Was habe ich falsch gemacht?« hatte Marei immer wieder gefragt.

»Du hast gar nichts falsch gemacht. Du bist eine Frau. Das machst du falsch.«

Der Mensch ist des Menschen Wolf

Statt mit einem Greyhound-Bus durch Schleswig-Holstein zu fahren und sich über den Verbleib einer alten Frau am Stock Gedanken zu machen, hat sie heute nacht von einem Klassentreffen geträumt. Dani war da und hatte Lakritzen dabei, ihre Lieblingslakritzen, diese flachen, rechteckigen, länglichen, auf denen kleine Aufschriften stehen wie Dreamer oder Looser, oder auch einfach nur Clown oder Softie. Auf dem einen steht auch Lazy Bones, aber damit kann sich Marei gar nicht anfreunden. Faul war sie nicht, solange sie zurückdenken kann. Alle Bewerbungen der letzten Wochen hatten Absagen gebracht. Auf jede freie Stelle bewerben sich ca. zwanzig arbeitslose Pädagogen.

Inhaberin: Marei Asbrook, seit fast zwei Monaten nun verstaubt dieses Messingschild aus besseren Tagen schon auf ihrem Kühlschrank. Seit sie dieses Schild von ihrer Ladentür abgeschraubt hat, hat Marei jede Woche ungefähr ein- oder zweimal gedacht: Schlimmer kann es nicht mehr kommen. Und dann bekam sie erneut eine Keule über den Kopf, eine Ladung kaltes Wasser ins Gesicht. Das

Leben ist eine harte Schule. Der beste Tag war noch der gewesen, an dem Stefan anrief und fragte: »Suchst du immer noch 'n Job?«

»Ja, natürlich! Was hast du denn für mich?«

»Ruf mal sofort bei Küster & Velter an, die suchen 'ne Korrekturleserin. Auf Honorarbasis zwar, aber immerhin. Die alte Korrekturleserin hat gerade gekündigt. Wenn du in den nächsten fünf Minuten anrufst, dann suchen sie noch dich. Wenn du später kommst, haben sie vielleicht schon jemanden anderen. War sowieso nur 'n Halbtagsjob, den die hatte.«

»O Gott, Stefan! Die neue Rechtschreibung!«

»Ja, was glaubst du, weshalb ihnen die alte Korrekturleserin abgehauen ist?« – Stefan lacht bösartig über seinen makaberen Scherz.

»Na gut. Ich mach's. Danke!« war ihre spontane Reaktion gewesen, und sie hatte stante pede im Verlag Küster & Velter angerufen. Man war interessiert, und Marei fragte, was sie denn Korrekturlesen müsse. Was sie zum Korrigieren bekäme, könne man thematisch nicht eingrenzen. Sie müsse sich schon auf einiges gefaßt machen, sagte der Mann am Telefon und lachte. Immer können die anderen jetzt die guten Witze machen. Marei war am selben Tag noch hingefahren, hatte einen Vertrag über freie Mitarbeit unterschrieben und die ersten drei Korrekturfahnen gleich mitbekommen. Zusammen mit den beiden Terminen in der Timotheus-Gemeinde, Jugendcafé und Schularbeitenhilfe für die Kleinen, reichte das erst mal für die Miete, trocken Brot und Wasser. Claudio hatte ihr inzwischen zugesichert, daß er vorläufig alle Kosten für Jasper übernehmen würde, vom Bleistiftanspitzer bis zum Schnürsenkel hatte er geschrieben.

Die Basis für ein Survival-Management war also gegeben, aber mehr erst einmal auch nicht. Es durfte nichts schiefgehen, keine unerwartete Ausgabe durfte dazukommen, keine Mark unnütz ausgegeben werden. Andere Menschen sind aus Trümmern wieder auferstanden, hatte sie sich gesagt, aus Schutt und Asche. Sie will Phönix sein jetzt und fest daran glauben, das hat sie beschlossen: Eines Tages wird sie wieder fliegen.

Vorläufig aber rührte Phönix die Asche mit Flügelgeklapper und -geflatter offenbar nur um und um und staubte sich selbst gehörig dabei ein.

Bald schon stellte sich nämlich heraus, daß die Zeit, die sie für die Korrekturfahnen benötigte, weit über dem lag, was sie dafür veranschlagt hatte. Phönix klebte am Boden fest. Auch wenn Angst machen nun plötzlich groß geschrieben wird: In der Formulierung »mir wird angst und bange« bleibt es weiterhin klein, weil es mit sein verbunden ist, genauso wie schuld sein klein geschrieben wird, Schuld haben aber genauso groß wie inzwischen Recht haben. Der Duden wurde Mareis ständiger Begleiter. Sie kam erst einmal kaum noch dazu, in einem anderen Buch zu lesen. Immer nach drei Stunden Korrekturlesens rauchte ihr der Kopf derartig, daß sie eine richtige, eine lange Pause brauchte. Die Pausen wurden über den Tag verteilt immer noch länger. Die Konzentration, die das Ganze abforderte, war enorm. Marei entwickelte ein mitfühlendes Verständnis dafür, daß die alte Korrekturleserin gekündigt hatte.

Küster & Velter gab auch Schulbücher heraus. Fehler durften da nicht passieren. Marei wünschte sich, für irgendeinen Groschenheft-Verlag Korrektur zu lesen. Da wäre es wenigstens nicht so drauf angekommen.

Es war Knochenarbeit.

Das Jugendcafé im Gemeindehaus betreute sie weiter. Die Schülerhilfe wurde irgendwann von Eltern übernommen, die das umschichtig regelten. Die Zeitung »Spätzünder« hatte mittlerweile Pleite gemacht und die beiden letzten Honorare nicht gezahlt. Das wäre schon wieder eine Telefonrechnung gewesen, Marei wußte nicht, wie es weitergehen sollte. Beide Jobs, die sie jetzt hatte, liefen auf Honorarbasis. Es ging gerade eben so auf, aber so kann man nur ohne Kind leben. Was tun, wenn Jasper wiederkommt? Wie ihm erklären, daß seine Mutter vor der Tür vom Armenhaus Posten bezogen hat. Sie war immer noch das, was man selbständig nennt, sicher, aber eben Kleinstunternehmerin am Existenzminimum. Immer gerade so auf der Grenze, daß es sich nicht lohnte, irgendwo irgendwas an Unterstützung zu beantragen, weil man ihr das, was sie selbst verdiente, ja sofort wieder abgezogen hätte, und dann vielleicht siebzig Mark Wohngeld übriggeblieben wären, und dafür hätte sie mehrere Stunden auf einem Amtsflur sitzen müssen, um anschließend irgendwelchen pensionsberechtigten Beamten gegenüber ihre Lebensverhältnisse zu rechtfertigen. Einen besseren Job als Korrekturlesen hätte ihr zur Zeit keine Sozialbehörde und kein Arbeitsamt beschafft. Sie war immer gerade noch zu lebenstüchtig, um in diese Bedürftigenraster hineinzupassen. Aber es war zum Sterben nur ein Weniges zu viel und zum Leben viel zu wenig, was sie verdiente.

Sie hat sich nun aber darin eingerichtet. Sie nimmt diese Situation inzwischen an, wie sie nun einmal ist, hat zur Zeit auch keine Kraft, noch neue Bewerbungen abzuschicken. In ihrem alten Beruf ist sie überall abgelehnt worden. Die nehmen lieber frische Uni-Absolventen und nicht jemanden, der zehn Jahre lang einen eigenen Buchladen hatte. Auch die Interviews mit den Migranten, die sie sehr gerne gemacht hätte, Lebensgeschichten pur, auch diesen Job haben andere bekommen.

Sie arbeitet, ohne zu murren, so weiter, wie es sich mittlerweile eingespielt hat. Sie liest Korrektur, sie macht Jugendcafé und betreibt »weiche Bewerbungen«, wie sie es nennt, kleine zusätzliche Aufträge an Land ziehen. »Harte Bewerbungen« sind in ihrem Jargon die, wo man mit Lebenslauf, Zeugnissen und Verbrecherfoto alles hinschicken muß, was man zu bieten hat, und dann fünf bis acht Wochen später genauso schriftlich und formvollendet die Absage bekommt. »Weiche Bewerbungen« sind die, wo man anruft und auf telefonisches Geplänkel hin einen Probeauftrag annimmt, bei dem beide Seiten testen können, ob die Zusammenarbeit ihren Vorstellungen entspricht. Weiche Bewerbungen sind weniger entwürdigend, aber von der Input-Output-Relation her auch ziemlich anstrengend. Die Ernte ist mager, aber nicht gleich Null. Deshalb darf sie nichts unversucht lassen. Zum Beispiel hat sie auf diese Weise den Kontakt zur neugegründeten Zeitschrift »Käseblatt« aufgetan: »Käseblatt – Die ultimative Zeitschrift für Laktovegetarier und solche, die es werden könnten«, da ist sie mit ihrem manchmal etwas schrägen Humor, der ihr von anderen Redaktionen oft aus ihren Artikeln rausgekürzt wurde, gerade richtig am Platze. Sie hat sich auf vegetarische Kochbücher spezialisiert und auf Naturführer, Natursachbücher. Jedenfalls kommt manchmal etwas Unvorhergesehenes per Telefon dazu, was auch ein paar Taler einbringt. Deshalb muß sie aufgewacht, ausgeschlafen und frisch um neun Uhr am Schreibtisch und somit neben ihrem Telefon sitzen, möglichst schon früher.

Irgendwann am Vormittag zwischen zehn Uhr und zwölf Uhr kommt die Paketpost und bringt häufig Druckfahnen zum Korrekturlesen und Besprechungsexemplare, die oft auch in größeren Paketen kommen. Wenn sie dann nicht zu Hause ist, muß sie die später von der Post abholen. Erstens ist das ein Zeitverlust, am Wochenende manchmal von drei Tagen, und zweitens steht auf den orangeroten Benachrichtigungskärtchen von der Post nie, wie schwer das jeweilige Paket ist. Sie muß also mit dem Auto zum Postamt. Dann kommt hinzu, daß der Paketpostbote keinen Haustürschlüssel hat für diese glorreiche Schließanlage, die die Hausverwaltung hat einbauen lassen. Das bedeutet, daß der Paketzusteller gar nicht ins Haus kommt, wenn man nicht da ist und zufällig auch kein Nachbar aufmacht. Das hat zur Folge, daß der Paketzusteller nicht einmal die Benachrichtigungskarte in den Briefkasten einwerfen kann, sondern sie erst am Abend auf dem Postamt der Briefzustellung übergibt. Das wiederum bedeutet, daß man am nächsten Tag mit der Briefpost überhaupt erst erfährt, daß am Vortag ein Paketzusteller versucht hat, ein Paket zuzustellen. Diese Briefpost mit der Benachrichtigungskarte kommt aber, wie gesagt, mittlerweile häufig erst am Nachmittag, auf jeden Fall aber nicht vor Mittag des folgenden Tages. Wenn also am Freitag vormittag ein Paket gekommen wäre, erfährt der Postkunde am Sonnabend mittag gegen zwölf Uhr dreißig, daß ein Paket für ihn auf dem Postamt liegt. Um zwölf Uhr schließt das Postamt sonnabends.

Für die Haustürschließanlage muß Marei seit drei Monaten 7,95 DM mehr Miete zahlen im Monat. Wertverbesserung.

Marei hat durch beharrliche Kleinarbeit inzwischen einen Kundenkreis von immerhin zwölf verschiedenen Auftraggebern zusammenbekommen, die häufig zwar nur Kleckerbeträge zahlen, aber Kleinvieh in artgerechter Bodenhaltung macht auch Mist. Zwischen zwölf Uhr dreißig und vierzehn Uhr sind fast alle Redaktionen und Büropersonalstäbe irgendwann mittagspäuslich absent, zu Tisch, wie es immer so schön heißt, wenn sie dann die Falschen am Telefon hat. Um ihren eigenen Arbeitstag optimal auszunutzen, erledigt sie

Einkäufe also in dieser Mittagszeit, in der sie sowieso häufig niemanden erreicht und auch bei ihr weniger Anrufe eintreffen. Dieses System funktioniert so lange hervorragend, bis einer der Briefzusteller den Schlüssel für die wertverbessernde Schließanlage dieser Haustür verliert und nun auch der ganz normale Briefzusteller nicht mehr an die Briefkästen kommt, wenn keiner im Haus ist, der ihm aufmacht. Von den sechs überwiegend berufstätigen Mietern sind fast alle in der Mittagszeit zur Arbeit oder »zu Tisch«, die Oma im zweiten Stock hört nichts, auch nicht das Klingeln des Postboten, und Marei ist mittags aus dem Haus. Die Post wird tageweise einfach gar nicht zugestellt.

»Bei uns ist das jetzt wie in Alaska«, sagt Marei zu einer Freundin, »hier wird jetzt zweimal die Woche Post abgeworfen! Wenn du Glück hast, kommt deine Geschäftspost immer nur drei Tage zu spät.«

»Und was sagt der Vermieter dazu?«

»Ja, der Vermieter, der hat doch schon am Anfang gesagt, es wäre doch schöner, wenn einer im Haus wäre und dem Postboten jeden Tag öffnen würde. Sie würden der Post ungerne einen Schlüssel geben.«

»Wie viele Mietparteien seid ihr?«

»Nur sechs. Davon fünf voll berufstätige Paare und Singles und eine schwerhörige Oma, die den Postboten nur manchmal hört.«

»Und wie denkt dieser Vermieter sich das?«

»Ich glaube nicht, daß der überhaupt besonders weit gedacht hat.«

»Und was machst du jetzt?«

»Mich zum zweiten Mal unbeliebt. Ich war ja schon beim ersten Mal die einzige, die auf dieses Postproblem hingewiesen hat. Die anderen stört das nicht so, wenn ihre Ansichtskarten 'ne halbe Woche später kommen. Die haben ihren Arbeitsplatz nicht zu Hause.«

Marei hatte keine andere Wahl: Um täglich an ihre Geschäftspost zu kommen, mußte sie aktiv werden, und zwar an zwei Stellen. Erstens bei der Hausverwaltung, die ein zweites Mal einen Sicherheitsschlüssel kopieren lassen mußte und darauf beim Schlüsseldienst vier Wochen wartete und eigentlich am liebsten ganz ohne Schlüssel für die Post ausgekommen wäre, und zweitens bei der Post selbst, da Marei ja in den vier schlüssellosen Wochen auch täglich an ihre Briefe kommen mußte. Das ging, weil so schnell ja kein Postfach frei ist, nur durch tägliche Abholung bei der Sortierungsstelle. Nach dem Einbau der Schließanlage an der Haustür und dem Verlieren des dazugehörigen Schlüssels durch eine Postaushilfe war Marei also bei ihrem Vermieter und beim zuständigen Postamt gleichermaßen unbeliebt. Die anderen Mieter hatten Gelegenheit, beliebt zu bleiben. Die brauchten ihre Post nicht täglich.

Wenn nur eine von sechs Mietern auf ein Problem hinweist, dann kann das Problem ja nicht existieren, dann muß die sich das ja wohl ausdenken. Die anderen geben doch auch Ruhe. Was ist denn das für 'ne hysterische Ziege? Die wartet wohl auf 'n Liebesbrief und kriegt keinen, oder wie?

All diese Unbilden hatte sie kurz nach der Schließung ihres Buchladens durchkämpfen müssen, und damit war die Grundlage gegeben für die Katastrophe, die dann folgte. Inzwischen sucht Marei um so heftiger eine Wohnung. Der Mensch ist des Menschen Wolf.

Petersilie

Allmählich arbeitet der Wecker schon wieder mit der Sonne synchron, und es ist hell draußen, wenn die Uhr sagt, jetzt sollte sie aufstehen und ihr Tagewerk beginnen. An diesigen Tagen schummert es vor den Gardinen morgens halb sieben noch so dahin, aber an Tagen wie heute spielen Sonnenkringel auf dem Bettlaken, auf dem Kopfkissen, und die Amseln vor den Fenstern verkünden, daß ihnen dieses Wetter bei weitem besser behagt als die Trübsal der vergangenen Wintermonate. Eine Elster kreischt dazwischen und fliegt auf, als Marei die Fensterklappe öffnet. Hamburger Patent. Sie will gar nicht, daß hier hinten solche Riesenkippfenster eingebaut werden. Die Hamburger Fensterklappe begleitet sie seit ihrer Kindheit. Irgendwie gefällt ihr auch das. Nostalgie. Die Elster bleibt nicht lange schüchtern, als sie vom Eichenbaum aus die Lage sondiert und Marei als ungefährliche Mitkreatur eingeschätzt hat. Sie kehrt mit Gesellschaft zurück, und nun kreischen drei dieser Minipinguine auf dem Rasen herum. »Na, ihr Singvögel. Könnt ihr nichts Besseres?« kommentiert sie das Herumgekrähe am frühen Morgen. Auf der Fensterbank steht ihr Miniaturgewächshaus, die grüne Plastikschale mit dem Klarsichtdeckel, braune, feuchte Erde, die seit Wochen nichts sagt. Aber da, nun entdeckt sie es: Aus der dunklen Erde sprießt einsam und vorwitzig das erste Petersilienblättchen der Frühlingssonne entgegen. Und Marei hatte schon gedacht, dieses Frühjahr ohne Jasper wird das nichts mehr, die vorgezüchteten Blättchen zu pikieren und bei steigenden Temperaturen auf den Balkon zu stellen. Den grünen Daumen hatte Marei noch nie. Den hat eher Jasper, und der hat ihn von Claudio. Und der kommt heute nachmittag von Rügen zurück. Bei Marei sind die Kräuter immer eher etwas bockig, wenn sie sie allein anpflanzt. Wahrscheinlich hält sie die Erde zu kalt oder zu feucht oder zu trocken. Pflanze zu sein bei Marei auf der Fensterbank ist auch ein Überlebenstraining. Gestern hat Marei die rote Karte bekommen. Sie stellt den Karton mit den leeren Saftflaschen vor die Wohnungstür und sucht noch ihren Einkaufszettel, den sie extra geschrieben hat. Meistens schreibt sie Zettel und läßt diese dann zu Hause liegen. Claudio hat gesagt, daß er nicht genau weiß, wann er eintreffen werde, es könne Mittag sein, es könne aber auch Nachmittag werden, je nachdem, wie er durchkomme. Sie will ihre Besorgungen heute schnell erledigen, damit er nicht vor verschlossener Tür steht. Sie muß Milch einkaufen und Obst, und sie muß zwei Pakete von der Post abholen, deshalb muß sie mit dem Auto los. Wer weiß, was in diesem Fall wieder Paket heißt. Neulich hat ein Taschenbuchverlag zehn dicke Wälzer auf einmal geschickt, im Schnitt vierhundert Seiten je Buch. Die kann sie nicht im Handtäschchen nach Hause tragen. Sie nimmt die rote Karte des Paketpostboten vom Schreibtisch und steckt sie in ihre Handtasche, hievt den Flaschenkarton unter den linken Arm, schließt mit der rechten Hand die Wohnungstür ab und macht sich auf den Weg.

Das Auto könnte nun wirklich mal wieder gewaschen werden. Aber heute hat sie dafür keine Zeit. Wie immer, wenn es schnell gehen soll, ist die Schranke am Bahnübergang runtergelassen. Sie hält an, stellt den Motor ab und greift sich ihren Schrankenkrimi aus dem Handschuhfach. Der Schrankenkrimi bietet inzwischen zwei Tote, doch noch immer kein Motiv, so viel sie auch hin und her rätseln mag. Sie kommt immer nur häppchenweise mit dieser Lektüre weiter, weil der Schrankenkrimi immer im Auto liegt. Für den Fall, daß man beim Linksabbiegen oder an einer geschlossenen Bahnschranke verhungert. Manchmal ist die Schranke hier zwanzig Minuten lang unten. Da muß der Krimi möglichst simpel und nicht allzu spannend sein, damit man immer schnell wieder reinkommt und trotzdem nicht der Versuchung erliegt, das Buch aus dem Auto mit in die Wohnung zu nehmen. Diesmal hat sie jedoch Glück mit den Zügen. Es sind nur zwei, und die Schranke ist nach fünf Minuten wieder offen. Sie startet durch und dreht das Autoradio an. Leadgitarre, satt in der Luft, treibender Viervierteltakt. Das Lied kennt sie, wird in letzter Zeit öfter gespielt, eine etwas demütig rauhheisere Stimme mischt sich in den Rhythmus der Gitarre: »I need you at midnight«, Leadgitarre, Vierviertelrhythmus.

Bei der Post sieht sie ihre schlimmsten Befürchtungen noch übertroffen. Zwei riesige Pakete liegen für sie zum Abholen bereit. Die Schalterbeamtin beugt sich aus ihrem Kabuff, deutet um die Ecke und sagt: »Nehmen Sie doch die Sackkarre da hinten, und bringen Sie sie mir gleich wieder.«

Marei bedankt sich und wuchtet beide Pakete zu ihrem Auto. Irgendwie ja ganz schön, nur eigentlich hatte sie mit Paketen von ganz anderen Absendern gerechnet. Sie erwartet dringend ein Buch, über das sie eine Rezension schon zugesagt hat, und zwar mit Redaktionsschluß in acht Tagen. Und bevor sie es rezensiert, würde sie das Buch gerne noch lesen. Immer auf die Bücher, die einen am meisten interessieren, muß man am längsten warten.

»Ich hab' ihr nie gesagt, daß ich sie liebe«. Gleich, als sie den Titel in der Verlagsvorschau las, wußte sie, worum's ging. Da brauchte sie den erklärenden Text zu dem Buch gar nicht mehr. Frauen schreiben darüber, wie sie den Tod ihrer Mutter erlebt haben. Darauf wartet sie.

Sie hievt die beiden schweren Pakete ins Heck, schließt die Heckklappe, setzt sich in ihr Auto und fährt los. Milch, Joghurt, ein bißchen Obst und Roggenvollkornbrot kauft sie ein. Wenn Claudio in Deutschland ist, stürzt er sich mit Heißhunger auf trockenes Schwarzbrot und Pumpernickel, weil es beides in Italien nicht gibt, oder vielleicht in drei Feinkostgeschäften, quer über den Stiefel verteilt. Immer, wenn sie früher mit Jasper allein ein paar Tage nach Deutschland fuhr, brachte sie drei, vier Pakete frisches Schwarzbrot und Pumpernickel im Gepäck mit nach Hause. Wenn sie mit der Bahn fuhr, war eines von den Paketen schon im Handgepäck, zwischen Jaspers Windeln und Fläschchen verstaut. Wenn Claudio sie dann am Bahnhof abholte, riß er noch auf dem Bahnsteig die Verpackung auf und begann, seinen Pumpernickel zu kauen. »Papa Pumpernickel«, war einer der ersten Sätze, die Jasper fehlerfrei sprechen konnte.

Als sie den Hausflur betritt, blinkt es ihr rot-orange aus dem Briefkasten entgegen. Diesmal hat der Paketpostbote offenbar Einlaß gefunden. Er hat ihr die rote Karte zugestellt, daß er heute morgen, als sie auf der Post war, ein weiteres Paket zustellen wollte. Wahrscheinlich ist das nun genau das Buch, auf das sie so sehnsüchtig wartet. Aber jetzt kann sie es erst morgen früh am Schalter abholen. Sie kocht sich erst einmal eine Kanne Tee und setzt sich an den Schreibtisch, um wenigstens die Stunden vor Claudios Ankunft noch ein bißchen Arbeit wegzuschaffen. Von der Korrekturfahne über die antiken Staatsformen hat sie nur noch ein paar Seiten. Das müßte heute noch fertig werden. Danach kann sie sich an die Benediktinerregel machen. Da hat sie endlich wieder mal ein Buch erwischt, das sie wirklich interessiert. Sie setzt sich mit ihrem Teebecher vor die Papiere und versucht, sich zu konzentrieren. Aber immer wieder schweifen ihre Gedanken ab. Sie weiß nicht, was sie dagegen tun kann. Ihre Mutter sitzt ihr in allen Knochen.

Sie hätte gern eine jüngere Mutter gehabt, eine, die dann auch noch nicht so früh gestorben wäre. Sie hat nicht begriffen damals, was es bedeutet, wenn eine Mutter stirbt. Diese dringende Notwendigkeit, um die Lebensmitte herum noch einmal die eigene Lebensgeschichte zu klären, zu vergegenwärtigen: Wie war das damals? Sie hat nur einen unbescheidenen Wunsch: Sie möchte, daß ihre Mutter wieder lebt. Sie sieht die Buchstaben auf den Korrekturfahnen nicht mehr, die Zeilen verschwimmen ineinander. Der Tee in ihrem Becher ist kalt geworden. Sie kämpft gegen die Tränen in ihren Augen an und kann nicht mehr schlucken. Was soll sie mit dem Tee? Als das Telefon klingelt, weiß sie gar nicht, ob sie überhaupt abnehmen kann. Es steht direkt neben ihr, auf dem Schreibtisch. Sie läßt es dreimal klingeln, versucht, sich zu fangen, hebt ab.

Es ist Mathis.

»Oh, schön, daß du das bist.«

»Wieso? Du hörst dich so erleichtert an. Was ist denn?«

»Ach, ich war wieder mit meiner Mutter zugange.«

»Denk es dir doch einfach wie ich. Deine Mutter sitzt neben meiner Tante Mariechen und meinem Vater oben über dem Wolkenloch, mitten in den Sonnenstrahlen, und sie hat es warm und es geht ihr gut, und sie sieht auf dich herunter und freut sich, wenn es dir gutgeht.«

»Mir geht es aber nicht gut.«

»Aber deine Mutter möchte, daß es dir gutgeht.«

–

»Aber da sitzen doch schon so viele, da oben, da sitzen doch schon meine Großeltern. Da ist doch schon gar kein Platz mehr.«

Als am Nachmittag Claudio vor der Tür steht, hat sie die paar Seiten spätrömische und neupersische Staatskunde doch noch geschafft. In gewisser Weise ist es sogar einfacher, Texte Korrektur zu lesen, die einen nicht interessieren. Dann liest man sich wenigstens nicht im Inhalt fest, sondern achtet wirklich nur auf Orthographie und Interpunktion. Ein paar Vokabeln und Eigennamen mußte sie noch im Historikerlexikon und im Kleinen Pauly nachschlagen, aber das war's dann auch schon. Mit den antiken Staatsformen ist sie jetzt fertig, ein für allemal. Sie hofft, daß sie keine Fehler überlesen hat. Morgen kommt der heilige Benedikt an die Reihe.

Nachdem sie sich mit einem Tee und Claudio mit ein paar Scheiben trockenen Schwarzbrots glücklich gemacht hat, beäugt er skeptisch ihre Petersilienschale.

»Da kommt erst ein einsames Blättchen«, entschuldigt sie ihre defizitären Gärtnerqualitäten.

»Nein, drei«, sagt er und deutet auf zwei winzige, sich aus der Erde rollende Hälmchen, die offenbar seit heute morgen dazu gekommen sind.

»Oh, du hast recht!« sagt sie und beugt sich neugierig über ihre kleine Petersilienzucht, »da hat mein Teamwork mit dem lieben Gott ja diesmal geklappt. Und guck mal, hier unten kommen sogar noch zwei, aber die sind noch kaum zu sehen. Wollen wir heute abend, oh, Moment«, bricht sie ab, als das Telefon klingelt.

Sie geht ins andere Zimmer, denkt noch ärgerlich: »Wer ist das jetzt?«

Es ist Chrischan. Er möchte am Wochenende ihren Rat haben, und er will, daß sie sich heute abend unbedingt eine ganz bestimmte Fernsehsendung ansieht.

»Was soll ich? Diese komische Serie angucken? Chrüsch, das ist echt eine Zumutung. – Heute abend auch noch? Weißt du, daß ich Besuch habe? Jaspers Vater ist da. – Moment mal, ich muß ihn mal fragen.«

Sie geht zurück in die Küche.

»Claudio? Macht es dir was aus, nachher 'ne Dreiviertelstunde mit mir eine Fernsehserie anzusehen? Ich muß die angucken, ich krieg' hier grad' den Auftrag.«

»Nein. Macht mir nichts aus. Ich bin faul heute abend. Was ist denn das für eine Sendung?«

»Das ist eine Serie, die heißt: ›Wir sind auch noch da!‹ – Claudio, ich kann nichts dafür. Ich bin eben gebeten worden, mir das anzusehen.«

Claudio antwortet mit einem typischen Gesichtsausdruck, den sie seit siebzehn Jahren zu beschreiben versucht, aber noch nie Worte dafür gefunden hat. Marei hat Mühe, nicht laut loszulachen, solange Chrischan noch im Nebenzimmer am Telefonhörer hängt und mithört. Sie hält sich den Bauch, alle beide prusten sie nun verhalten vor sich hin, Marei macht noch »Pscht« zu Claudio und hält sich den Zeigefinger vor die Lippen und deutet mit einem Kopfnicken nach nebenan. Sie geht ins Nebenzimmer, nachdem sie sich etwas wieder eingekriegt hat und sagt Chrischan den von ihm erbetenen Fernsehabend zu.

Der Nachmittag mit Claudio ist gemütlich. Sie gehen noch ein Stück um die Ententeiche herum spazieren, und er erzählt von seinen Walen und seinen Sweatshirts, seinen Delphinen und den geplanten Schwimmflossen, für die er in den nächsten Monaten Entwürfe vorlegen soll, und Marei macht sich darüber lustig, daß Gummiflossen auch unter die Rubrik »Textildesign« fallen. Claudio erzählt von Ruth und Nicolaus, bei denen er auch war auf seiner Reise und die von seinen Flippern zwar total begeistert waren, aber ständig nach der Stoffqualität fragten.

»Ja, da hast du dir ein paar sehr kritische Kunden zugelegt, das sind Textiler. Die wollen edlen Zwirn in ihren Boutiquen hängen haben. Haben sie denn was bestellt?«

»Ja. Aber nur das Teuerste.«

Marei lacht. Claudio beginnt, kleine flache Steine über das Wasser der beiden Ententeiche springen zu lassen.

Als sie abends fernsehen und über Chrischans Fernsehtip reichlich verwundert schon mehrfach die Köpfe geschüttelt haben, entwirft Claudio nach anfänglichen hämischen Scherzen immer neue Serien-Ideen. Unter anderem entwirft er eine italienische Postserie, in der immer Briefe zugestellt werden, die aus Versehen zwei bis fünf Jahre unterwegs waren und dann auf irgendeinem Postamt plötzlich wieder aufgetaucht sind. Und anschließend kommt es aufgrund dieser verspätet zugestellten Briefe zur unerwarteten Aufklärung vergangener Verwicklungen. Feindschaften fürs Leben waren inzwischen gewachsen, weil jemand glaubte, der andere wollte seine Briefe nicht beantworten.

Nachdem die Seifenopernzeit durch ist, sehen sie noch zusammen »Hitlers Helfer«, heute über Albert Speer, der Architekt und später Reichsminister für Rüstungs- und Kriegsproduktion war. Der »Observer« schrieb später über ihn: »Er symbolisiert den Typus, der in allen kriegführenden Staaten wichtig ist: den reinen Techniker«, und Marei weiß gar nicht, warum sie sich plötzlich so furchtbar aufregt. So hat sie sich bei den Sendungen über Himmler und Göring nicht aufgeregt. Was ist plötzlich los mit ihr? Claudio fängt wieder an, von Mussolini zu erzählen. Sein Lieblingsthema: Das Erbe der italienischen Faschisten. Und nun beginnt Claudio sich aufzuregen, und davon wird Marei auch nicht gerade ruhiger. Sie kann es nicht ändern, daß nun auch noch eine Enkelin Mussolinis mit ungebrochenem Selbstbewußtsein das Erbe ihres Großvaters in der italienischen Politik auffrischen will.

»Ich muß morgen früh arbeiten, und du mußt früh abreisen. Laß uns mal ins Bett gehen. Und du regst dich heute abend nicht mehr über Mussolinis Enkelin auf und ich mich nicht mehr über Albert Speer. Der reine Techniker, das ist immer der, der gar nichts dafür kann, was aus seiner Technikbegeisterung für andere Menschen für Folgen erwachsen. Ich glaube, ich kenne auch so einen. Der will zur Luftwaffe, weil die Technik da so geil ist, und was auf der Erde passiert, wenn er oben seine Luftangriffe fliegt, das findet er nicht so interessant.«

I need you at midnight

Der Traum war eine Mischung aus Posträuberkrimi und mittelalterlichem Klosterkrimi. Ein Ganove rannte mit einer Handfeuerwaffe durchs neunte Jahrhundert, und die Regel des Benedikt von Nursia begann sich allmählich in vielen Klöstern durchzusetzen, und der Ganove hielt vor einem Klostergemäuer, das reichlich an Himmerod erinnerte, ließ seinen Trommelrevolver einmal durch die Hand schnurren, alle sechs Kammern geladen. Vor der Klostereinfahrt hält ein gelber LKW mit Posthorn drauf und will Pakete mit Büchern für Marei hier abgeben, als der Ganove mit dem Revolver aus dem Hinterhalt in die Reifen schießt. Beim zweiten Schuß ist Marei hellwach, und hört noch, wie über ihr etwas Hartes knallend auf den Parkettfußboden fällt. Schlurfend erscheint Claudio neben ihrem Bett und fragt: »Was ist denn da oben los?«

»Ach? Hatte ich dir das nicht erzählt? Das ist hier jede Nacht so.«

»Madonna! Was machen die denn da?«

»Nichts! Wenn du jetzt hochgehst und fragst, sagen sie dir, sie machen nichts. Ich war schon zwanzig Mal oben, es nützt nichts mehr, wenn ich hochgehe. Sie haben beschlossen, mich nicht ernst zu nehmen. Du kannst gern hoch gehen. Wenn ihnen mal ein Mann sagt, daß er auch davon aufgewacht ist, dann nehmen sie das vielleicht ernster.«

»Ich gehe da nicht hoch. Ich kenne die doch gar nicht.«

»Die lernst du kennen.«

»Ich spreche immer falsch deutsch, wenn ich mich aufrege oder wenn ich müde bin. Ich gehe nicht hoch.«

Claudio geht in die Küche und kommt mit einem Glas Mineralwasser wieder. »Du mußt es dem Vermieter sagen«, kommt nun sein gutgemeinter Ratschlag.

»Habe ich gerade getan, geschrieben, Anfang des Monats. Ich warte sozusagen auf die Antwort – und auf den Erfolg.« Als Claudio am nächsten Morgen abgereist ist, rückt sie sich die »Wirtschafts- und Sozialgeschichte frühmittelalterlichen Mönchtums« auf ihrem Schreibtisch zurecht und schlägt die ersten Blätter um. Schon im Impressum entdeckt sie den ersten Satzfehler. Der Name des Autors ist falsch geschrieben. Auch auf der ersten Seite wird sie fündig: eine Wortdoppelung, »mit mit« steht dort, ein »mit« zuviel. Meistens überliest man die Satzfehler auf der ersten Seite, weil man, im rein statistischen Mittel gesehen, hier noch nicht mit einem Satzfehler rechnet. Gleich im zweiten Abschnitt des ersten Kapitels sind die wichtigsten Passagen der Benediktinerregel noch einmal zusammengefaßt. Am besten gefällt ihr die Bestimmung über den Wochendienst des Vorlesers: »Bei der Mahlzeit der Brüder darf die Lesung nie fehlen ... Die Brüder sollen aber nicht der Reihe nach vorlesen oder singen, sondern nur die, welche die Zuhörer zu erbauen vermögen.«

Mathis wäre bestimmt oft zum Wochenvorleser erkoren worden.

Als sie mit der Ordensregel durch ist, klingelt es an der Haustür. Es ist bereits Mittag, und der Postbote kommt mit mehreren großen dicken Umschlägen, zwei Korrekturfahnen und einer Büchersendung, bis an ihre Wohnungstür, reicht ihr den ganzen Stapel. Obendrauf liegt ein Brief des Vermieters.

Marei schneidet in erwartungsvoller Stimmung das Couvert auf. Der Vermieter bedankt sich für ihren Brief und schreibt, er habe die Nachbarn um Einhaltung der Ruhezeiten gebeten. Mit freundlichen Grüßen A. C. Müller.

Marei dachte immer, A. C. Müller wäre schon lange tot und die Firma in den Händen der darauffolgenden Generation. Aber dann muß er es wohl doch selbst gewesen sein. Irgendwann vorletztes Jahr, da stand mal ein weißhaariges Ehepaar vor der Haustür, als Marei vom Einkaufen zurückkam. Beide standen suchenden Blickes im Hauseingang und Marei fragte höflich: »Kann ich Ihnen helfen?«

»Danke«, sagte der weißhaarige Herr, und als Marei ihn wohl noch etwas fragend ansah, setzte er nach: »Mir gehört dieses Haus hier.«

»Ach, so«, Marei lachte über diese absurde, aber nicht unsympathische Begegnung und verabschiedete sich.

Sie hatte immer gedacht, daß dies wohl schon der Sohn von A. C. Müller sein mußte, aber wahrscheinlich war es doch immer noch A. C. Müller persönlich. Irgendwoher hatte sie auch gehört, A. C. Müller lebte im Ruhrgebiet. Oder hatte jemand sogar gesagt, er wohne in Düsseldorf? Sie erinnert sich nicht mehr so genau.

Die Katastrophe begann damit, daß Marei wenige Nächte später von einem völlig neuen Geräusch geweckt wurde. Es handelte sich um quiekende, schrille Schrei-Seufzer, rhythmisch und in Permanenz ausgestoßen, dazu das ebenso eindeutige Aufschlagen eines Bettkastens auf Holzfußboden. Man brauchte nicht lange zu rätseln, was man da hörte. Viel interessanter war die Frage, warum man es plötzlich erst jetzt und vor allem in dieser Phonstärke zu hören bekam.

Günni und Nicole versöhnen sich wieder, war Mareis spontaner Gedanke, als sie das Licht anschaltete und einen Blick auf den Wekker warf. Zehn Minuten nach drei.

Wenn die endlich wieder miteinander schlafen, dann besteht vielleicht eine Chance, daß sie wieder ein gemeinsames Schlafzimmer beziehen, und dieses gemeinsame Schlafzimmer dann wieder nach vorn verlegen, so wie früher, und dann müßte keiner von den beiden mehr nachts über Mareis Kopf Stühle umfallen lassen oder anderes Mobiliar. Insofern war Marei über diese neue Geräuschqualität nicht unglücklich, nur hatte sie Nicole diese akustische Zügellosigkeit gar nicht zugetraut. Aber warum die nicht mal einen Teppich unter ihren Bettkasten legen können, verstehe, wer will. Marei beobachtet spaßeshalber einmal den Sekundenzeiger auf der Uhr und zählt mit: Das Bett oben schlägt zwei- bis dreimal pro Sekunde auf. Stakkatotakt.

Wer Günni von seiner Statur her kennt, der hätte ihm gar nicht zugetraut, daß dieses kleine dünne Männchen über derartige Preßlufthammerqualitäten verfügt. Aber genauso, wie man sich wundert, daß der kleine Günni beim Gehen in seiner Wohnung lauter stampft als sein großer Freund Sven, genauso waren Günnis Kopulationsbewegungen dazu geeignet, das gesamte Haus in seinen Grundfesten erzittern zu lassen.

Günnis Vater besitzt ein Sportbekleidungsgeschäft, das weiß sie von Sven. Günni selbst hat eine verhinderte Sportlerkarriere zu beklagen. Nach der Schule war er eine Weile Boxer im Fliegengewicht, aber Sven sagte, sie hätten immer seine Beinarbeit verbessern wollen, und da habe Günni sich mit dem Trainer angelegt. Deshalb sei es dann mit dem Profi-Boxen nicht weitergegangen. Das mit der Beinarbeit und dem Trainer kann Marei sich problemlos vorstellen.

»Endlich mal ein Geräusch, das eigentlich auch nach oben hin zu hören sein müßte«, ist dann ihr zweiter Gedanke, »im Gegensatz zu dem Gepolter auf dem Holzfußboden, das immer nur nach unten schallt. Aber leider sind die Nachbarn, die genau darüber wohnen, Micha und Rita, gerade im Moment im Urlaub«, fällt ihr gleich darauf ein.

Marei betrachtet ihre gestörte Nachtruhe für dieses Mal mit gemischten Gefühlen. Alles, was langfristig wieder mehr Ruhe in den Laden da oben bringt, kann ihr nur recht sein. Sie hatte sich schon vor Monaten gewundert, daß man das sonst für Nicole und Günni so typische Bettknarren inklusive abschließender Orgasmuslaute am Sonntagmorgen nicht mehr hörte. Aber bislang war es bei den beiden nie so laut gewesen, daß man davon aufwachte. Nur Günnis Trampeln und Poltern nächtens über ihr, das war allerdings immer lauter geworden in den letzten Wochen, seit Nicole diesen neuen Freund hatte, der sie immer abholte. Marei war sich nicht ganz sicher, ob das nun ein Freund oder ein Bruder oder ein Vetter aus Dingsda war. Aber Marei spürte förmlich, wie Günnis Aggressionspegel seitdem stieg und sein damit ebenfalls steigender Lärmpegel eindeutig auf Frusttrampeln und Frustpoltern zurückzuführen war. Zweimal hatte sie auch heftige Streitigkeiten zwischen Günni und Nicole gehört, bei denen Nicole mit hoher, zum Teil ins Weinen kippender Stimme Günni offenbar Vorhaltungen machte. Wenn die beiden sich also heute nacht über Mareis Schlafzimmer wieder versöhnen, besteht die Chance, daß in Zukunft ihr gemeinsames Bett wieder nach vorneraus, über Mareis Arbeitszimmer liegt. Und dann wäre nachts wieder Ruhe gewesen, und Günni hätte auch das Frustpoltern nicht mehr nötig gehabt.

Allein, Günnis Kopulationstalente erschütterten die Welt länger als zehn Tage. Als Marei einige Nächte später erneut von lauten Lustschreien und den dazu rhythmisch aufschlagenden Bettpfosten geweckt wurde, da kam ihr eine böse Ahnung. Als es dämmerte und sie Schritte im Treppenhaus hörte, ging sie rasch ans vordere Fenster, von dem aus sie gut die Straße überblicken kann, und sah eine blonde Frau das Haus verlassen und einen letzten, schmachtenden Abschiedsblick in den ersten Stock zu Günnis Wohnung hinaufwerfen.

Nicole hat schwarze Haare. Nicole war das nicht.

Jetzt war auch Mareis Restzweifel verflogen, daß es sich bei Nicoles Besucher um einen Bruder oder so was Ähnliches handeln könne. Nicole hatte sich zwar immer von ihm abholen lassen, aber mit demonstrativen Gesten hielten die beiden sich stilvoll zurück. Einmal hatte er versucht, ihr auf dem Weg zum Auto den Arm um die Schulter zu legen oder ihr nur sanft über den Rücken zu streichen, aber sie war schnell weitergegangen. Nicole wollte das offensichtlich nicht, Zärtlichkeiten vor der Haustür.

Und nun, vier Wochen später, muß Günni-Dünni laut und vernehmlich vorführen, daß auch er Schlag bei Frauen hat und, zack-zack, die Nächste ins Bett kriegt, wenn er nur will. Und damit es auch jeder hört, muß die natürlich möglichst laut schreien, wenn er zustößt.

Der Unterhaltungswert dieser Geschichte für Außenstehende war enorm, wie Marei bald feststellte, als sie gute Freunde um Rat zu fragen begann. Sie bekam weniger hilfreiche Ratschläge, als vielmehr detaillierte Nachfragen darüber, was genau sie denn alles hören würde. Der Unterhaltungswert für denjenigen aber, der genau darunter wohnt, hält sich in Grenzen. Man findet das nur ein- oder zweimal witzig, und dann nervt es, jede Nacht um eins, um drei und um vier geweckt zu werden.

Einerseits war Marei froh, daß sie schon drei Wochen zuvor der Hausverwaltung einen Beschwerdebrief über die nächtlichen Ruhestörungen geschrieben hatte. Da ging es ja nur um Günnis Getrampel, Gepolter, Gerumpel und Gepumpel, Möbelgeschurre und das Umfallen und Herunterfallen von Gegenständen sämtlicher Gewichtsklassen mitten in der Nacht. Die Hausverwaltung hatte ja auch geantwortet, man habe Herrn Prollmann gebeten, die Ruhezeiten einzuhalten.

Der Erfolg ist aber offensichtlich durchschlagend.

Und nun verspürt sie wenig Motivation, der Hausverwaltung die kleinen spitzen Schreie zu beschreiben, die jetzt nächtens hinzugekommen sind. Was tun?

Die Frage drängt, da die von Günni beglückte Juchzerin eben sehr bald allnächtlich und mehrfach zwischen Mitternacht und vier Uhr morgens ihre illustren Schreie in die Nacht absondert. Mittlerweile hat auch Nicole keine Hemmungen mehr und läßt nun ebenfalls ihren neuen Freund bei sich übernachten. Eine Art Rosenkrieg zwischen Günni und Nicole entfaltet sich, in dem beide sich gegenseitig ihre Toleranz und Modernität vorführen. Marei hört abwechselnd rhythmisch knarrende Bettfedern über ihrem vorderen Zimmer und laut aufschlagende Bettpfosten plus Schreie über ihrem hinteren Zimmer. Ob man auf St. Pauli auch eine nach »guter Wohnqualität« bemessene Miete zahlen muß, wenn man unter einem Eros-Center wohnt?

Marei hätte nie gedacht, wie störend es sein kann, wenn man wildfremden Leuten bei ihren intimsten Verrichtungen zuhören muß.

Ihre Wohnung ist vom Grundriß her so kompakt gebaut, daß es kein Zimmer gibt, in dem sie nichts davon hört. Selbst in Jaspers Zimmer kommen die Geräusche nur leicht gedämpft an, deshalb war Claudio ja auch aufgewacht.

Jaspers Bett liegt nun auch schon wieder voll mit Stapeln von Büchern. Sein ganzes Zimmer steht voll mit Kartons von Büchern, die aus der Ladenauflösung übriggeblieben sind. Irgendwo mußten die ja hin. Sie kann dem Lärm nicht ausweichen. Sie hat keinen Raum.

Aber ist sie überhaupt verpflichtet, ihre Wohnung umzuräumen, weil andere die Nacht zum Tage machen? Sie schläft schon jede Nacht mit Lärmschutz in beiden Ohren. Stärkeren Lärmschutz gibt es nicht. Sie war in der Apotheke und im Arbeitsbedarfsgeschäft, da, wo die Männer vom Straßenbau einkaufen gehen. Einen stärkeren Lärmschutz, als Marei nun jede Nacht in beiden Ohren hat, gibt es nicht.

Mittlerweile hat sich der Rosenkrieg über ihrem Kopf weiterentwikkelt. Beide Paare zeigen offenbar mit Absicht möglichst viel Präsenz. Am Wochenende laden sie auch noch gerne weitere Freunde dazu ein. Wer Hammelhorden hinter sich vereinigt, der demonstriert

Stärke. (»Mich kriegst du hier nicht weg.«) Und all das vor dem Hintergrund, daß Günni schon einmal mit Dauerpräsenz jemanden aus der Wohnung geekelt hat: nämlich Sven. Einmal übernachten sogar überzählige Schlafgäste auf dem Balkon, erfährt Marei von der schwerhörigen Oma im zweiten Stock, die aber ganz gut gucken kann. Marei versucht es mit einem zweiten Brief an die Hausverwaltung. Als die Antwort kommt, traut sie ihren Augen nicht. Aus dem Schreiben geht hervor, daß man ihre beiden Briefe in vollem Umfang kopiert und an die nachbarliche Wohngemeinschaft geschickt hat!

In den vergangenen Jahren hatte Marei ein überdurchschnittlich gutes Verhältnis zur Vermieterfirma gehabt und hatte deshalb ihre Briefe in einem eindeutig vertrauensvollen Tonfall gehalten. Die alteingesessene Firma A. C. Müller-Immobilien, gegründet 1923 und seit langem als seriöses, stilvoll arbeitendes Unternehmen in aller Munde, verschickt die Klagen ihrer Mieter in Kopie ohne zu fragen an die Kontrahenten weiter!

Dies war der Tag, an dem Marci einen Makler aufsuchte. Als sie diesem nach einem längeren Sondierungsgespräch von dem Vorgehen ihres Vermieters erzählte, schüttelte der den Kopf: »Da schreibt man, es hätten sich mehrere Nachbarn beschwert, und zwar ohne Namensnennung. Ich habe zwölf Jahre in einer Hausverwaltung gearbeitet, da haben wir das immer dezent und mit Fingerspitzengefühl geregelt. Das eskaliert doch nur, so wie Ihr Vermieter das gemacht hat. Das ist doch absehbar. So etwas kann nur eine sehr dumme Vermieterfirma machen. Also, Frau Asbrook, Sie suchen drei Zimmer, mindestens siebzig Quadratmeter, möglichst mehr, im Grünen mit Kräuterbeet, wenn ich Sie richtig verstanden habe, und eine Busanbindung zum nächsten Gymnasium für Ihren Sohn muß in der Nähe sein. Ich werde sehen, was sich machen läßt.«

Als Marei sich danach wieder in ihr Auto setzt, lehnt sie sich für einen Augenblick hinter dem Steuer zurück und läßt sich die Frage des Maklers noch einmal durch den Kopf gehen: »Was genau suchen Sie denn, Frau Asbrook?«

Ja, was genau sucht sie eigentlich? Wenn sie ehrlich ist, kann sie das niemandem sagen, die lachen sie aus. Das hat sie damals schon gedacht, und sie denkt es noch heute. Sie weiß noch, wie sie bei dem Makler vor der Haustür in ihrem Wagen saß, den Zündschlüssel schon eingesteckt hatte, starten wollte und plötzlich nicht abfahren konnte. Irgendwie hatte sie das Gefühl, dem Makler unvollständige, ja regelrecht falsche Angaben gemacht zu haben. Sie schloß die Augen und sah mit aller Deutlichkeit ihr eigentliches Zuhause vor sich, wie eine machtvolle Vision lief es vor ihr ab.

Lichtes Grün dringt durch alle Fenster, wenn die Sonne in Büschen, Bäumen und im Rasengrün spielt. Alle Räume hell und zu ebener Erde, oder wenn schon oben, dann eine große Balkonterrasse vor ihrem Arbeitszimmer. Ein Kräutergarten vor der Tür, Dill, Schnittlauch und Salbei. Blaue Gänseblümchen auf dem Rasen, die hat sie gerade im Blumensaatregal entdeckt. Aber sie will auch Tomaten und Salat pflanzen, Erdbeeren und Zucchini, falls sie es schafft, daß die bei ihr gedeihen. Sie will einen Kirschbaum, wie ihre Großmutter früher, und einen kleinen Apfelbaum mit süßen Äpfeln. Und Weideland will sie vor dem Fenster sehen, mit grasenden Kühen und Pferden, ein paar Gänse dürfen ruhig auch schnattern dabei. Über den Waldrändern kreist am Himmel ein Falke, und abends treten Rehe aus dem Waldsaum und äsen. Sie will nicht in einem langweiligen Neubau wohnen, nein, ein schönes altes Gemäuer könnte es sein, mindestens Jugendstil, aber vielleicht auch früh aus dem neunzehnten Jahrhundert. Und von ihren Fenstern aus sieht sie auf eine alte Burgruine oder Klostermauer, die muß nicht einmal heil sein. Ihr reicht es, wenn ein paar alte Mauerreste Atmosphäre schaffen. Ja, genauso möchte sie wohnen mit Jasper. Komischerweise stellt sie sich all seine Freunde, die sie bislang kennengelernt hat, völlig unproblematisch in dieser Kulisse vor. Marei sieht zwischen den Kühen und Pferden auch Schafe weiden, und sogar ein paar Esel. Am Bach sieht sie mehrere Wassermühlen, und plötzlich kommt Leben in all die Felder und Weiden, die sie vor sich sieht. Zwischen den grasenden Tieren steht das alte Klostergemäuer wieder, völlig intakt, und Zisterziensermönche und Konversen arbeiten auf Feldern und Äckern, am Bach und in den Gärten. Sie schneiden Getreide, pflanzen Gemüse und sammeln im Klostergarten Äpfel in große Körbe, und zwischen den Obstgärten und dem Waldrand betreut einer die Bienenkörbe der Zeidelweide. Die Wassermühlen klappern emsig, und Marei versucht herauszufinden, was für Mühlen da mit den Wasserrädern betrieben werden. Das eine scheint eine Getreidemühle zu sein, zwei Esel mit hellgrauen Säcken auf dem Rücken stehen davor.

Es ist eine Doppelabtei, aus friedvollen Zeiten, als die Mönche die Nonnen noch nicht wieder abzuhängen versuchten. An der einen Mühle arbeiten Nonnen und schaffen irgendwelche Stoffbahnen hinein und hinaus. Junge Novizinnen tragen zu zweit große Körbe und sammeln herabgefallenes Obst in den Gärten. Zwei Nonnen im Klosterhof bereiten aus Galläpfeln, Ruß und anderen geheimnisvollen Zutaten neue Tinte für das Skriptorium.

Ob der Makler so eine Wohnung für sie findet? Das ist ungefähr so wie ihr Traum von einem Buchladen mitten im Wald. Aber träumen darf man doch mal, denkt sie, und weiß nun wenigstens, was sie eigentlich gerne mieten würde, wenn sie die Frage »Was suchen Sie denn?« ehrlich beantworten dürfte. Und sie merkt, daß Mathis mit seinem Sohn schon lange nicht mehr in ihren Zukunftsvisionen auftaucht. Was soll sie mit Kilian in dieser Klosteridylle?

Vorige Woche hat sie von Küster & Velter ein Geschichtsbuch Korrektur gelesen. Kommen ihre Visionen daher? Oder von dieser Fernsehsendung neulich? In Wettin haben sich welche zur Neugründung des Templerordens zusammengeschlossen. So abwegig ist ihr Gedanke also gar nicht. Man müßte nur Menschen finden, die ausgerechnet einen Zisterzienser-Fanclub gründen möchten, Menschen, die den Ingenieursorden des Hochmittelalters verehren. Aber diese Wettiner Templer haben sogar noch alte Bausubstanz erstanden und fußen somit voll auf geschichtsträchtigem Boden. Warum ist die heutige Architektur so häßlich? Marei möchte in einem gotischen Bau Unterschlupf finden und den Zisterzienserorden neu aufleben lassen, zeitgemäß natürlich, ohne Keuschheitsgelübde, und ökumenisch, so wie die Bruderschaft in Taizé, nur nicht ganz so frömmlich. In ihren neu zu gründenden Orden passen Christen, Juden, Atheisten und alle undogmatischen Menschen mit Herzensbildung, Toleranz und dem Willen, noch etwas dazuzulernen. Der ökumenische Gedanke schließt Fanatiker aus allen Religionen sowieso von vornherein aus. Auch selbstdefinierte Atheisten sind eine geistige Bereicherung, wenn sie religiös tolerant sind. Oft sind sie die religiösesten Seelchen überhaupt, ohne es selbst zu merken.

Das Kloster soll ein Ort von Gewaltfreiheit sein, und Tiere abzumurksen, nur um Pergament zu erhalten, fällt nicht gerade unter

Pazifismus. Vielleicht sollte man mit einem der Wasserräder eine Papiermühle betreiben.

Aber wo bekommt man die Leute für so eine Idee her, ohne von allen Seiten für verrückt erklärt zu werden? Wahrscheinlich kann der Makler das alles wirklich nicht besorgen.

Was der Makler besorgte, war in der Tat zwei Wochen später eine Wohnung bei Lütjensee, Kronshorst-Brunsbek, Erstbezug in einer umgebauten Scheune. Hörte sich gut an am Telefon. Marei vereinbarte einen Termin.

Die Wohnung, die sie zu sehen bekam, hatte riesige Fenster und einen traumhaften Blick über ein Wiesen- und Waldgebiet. Über allem thronte kreisend ein Greifvogel.

Die Zimmeraufteilung war nicht ganz so, wie sie sich das vorgestellt hatte. Die Küchenzeile war ausgerechnet in das größte Zimmer integriert. Das größte Zimmer ist bei ihr ab jetzt immer das Arbeitszimmer, und was soll sie mit der Küche im Arbeitszimmer? Sie krabbelte mit dem Makler zusammen über offenliegende Schläuche einer Fußbodenheizung. Das ganze Haus war noch eine einzige Baustelle. Die Wohnungen daneben und darüber sah sie sich auch an. Eigentlich waren alle Wohnungen ganz gut. Nur zu teuer.

Und sie sucht ja nicht nur eine Wohnung. Sie will vor allem Nachbarn mieten. Zivilisierte Nachbarn sind das Wichtigste. Und bei einem Erstbezug kann man sich die Nachbarn nicht vorher angukken. Das war das wesentliche Argument, das neben der zu hohen Miete ins Gewicht fiel. Sie fand die Fahrt nach Brunsbek dennoch nicht unnütz. Je mehr Wohnungen man sich ansieht, desto klarer fühlt man, wo man nicht hinziehen möchte. Irgendwie ist es bei Eichenrade und Hamfelde, bei Nordkloster und Mühlenrade doch gemütlicher. Sie denkt an ihre kleinen Waldseen nordöstlich von Trittau, in der Hahnheide, wo die braunen Frösche sommers über den Weg springen und wo sie als Kind so gerne gespielt hat. Die Hahnheide ist der Wald ihrer Kindheit, und da fühlt sich die Luft und die Sonne, der Regen und der Geruch der feuchten Erde einfach anders an. Irgendwie muß es da in der Nähe sein.

Am Anfang hatte sie sich diesen Gedanken verboten, weil Mathis dort wohnt. Zufall oder nicht Zufall, daß ihre Erinnerungen an

Kindheitstage auf den sonnenbeschienenen Mooskissen in der Hahnheide schlummern und sein heutiger Wohnort einen Katzensprung davon entfernt liegt, sie wollte am Anfang nicht ihre zarten und frischen Bande durch allzu große räumliche Nähe überstrapazieren. Denn ein bißchen unausgegoren war es ja schon, was da zwischen ihnen lief. Das sollte von innen heraus weiter wachsen können und nicht durch äußere Umstände unter Druck geraten. Außerdem sollte erst einmal Jasper wiederkommen. Sein Urteil über Mareis neuen Lover und den etwas Alfred-liken Kilian ist nicht das Unwichtigste, worauf Marei wartet. Aber obwohl sie wartet, weiß sie eigentlich ganz genau, daß Jasper nicht darauf erpicht sein wird, sich einen Stiefbruder wie Kilian ans Bein zu binden.

Ja, ans Bein binden, dieser Ausdruck fällt ihr unversehens ein. Kilian bekommt man ans Bein gebunden, ein Sozialfall. Man kann ihn lieb haben, ihn hegen und pflegen, aber so richtig Spaß bringen würde er nie. Er würde immer ein Betreuungsobjekt bleiben, nie eine geistige Bereicherung.

Mathis ist kein Mann zum Zusammenleben. Mathis ist der Mann für gemütliche Schäferstündchen am Nachmittag, zum gemeinsamen Lesen, gelegentlich zum Abendbrot Essen und für nostalgische Gesprächsthemen. Für zu früh gestorbene Elternteile zum Beispiel, für solche Gesprächsthemen war er auch genial. Man brauchte nicht viel zu erklären, man schwamm auf einer Wellenlänge. Für alles das war Mathis der ideale Partner. Mit Mathis allein war es gemütlich. Kam Kilian dazu, geriet alles ins Stocken. Nichts floß mehr. Man hatte das Gefühl, so viel nachholen zu müssen bei ihm.

Marei hatte lange gebraucht, um den Gedanken, daß allein wohnliche Nähe das zarte Flechtwerk ihrer Beziehung überfordern könnte, beiseite zu schieben. Sie würde sich ja nicht im Haus neben ihm einmieten oder auch nur in Sichtnähe. Sie würde in einem der zwanzig Käffer rund um Nordkloster Stellung beziehen. Damit müßten sie beide leben können. Nach Kilians letzten Zeugnissen zu urteilen, würden sich ihre Söhne auch nie auf derselben Schule begegnen. Obwohl Mathis immer betonte, Kilian hätte eigentlich den Kopf fürs Gymnasium, nur, daß er halt so faul wäre. Marei hatte versucht, Mathis auszureden, Kilian immer wieder mit Vieren und

Fünfen im Zeugnis versetzen zu lassen. Da Mathis selbst Lehrer war, hatte der Schulleiter stets ein Erbarmen mit ihm, wenn Mathis nachfragte, ob sein Sprößling denn im Unterricht mitarbeite. Nach mehreren intensiven Elterngesprächen zwischen Mathis und Kilians Lehren war es dann am Schuljahresende immer gerade eine Fünf zu wenig zum Sitzenbleiben.

»Laß ihn doch lieber einmal sitzenbleiben«, hatte Marei mehrfach geraten, »der ist doch schon frustriert, sowie er ein Schulbuch nur aufschlägt, weil er in jedem Fach mehr Lücken hat als Wissen. Gib ihm doch die Zeit, einmal ein Jahr zu wiederholen und zu verstehen, was in den Schulbüchern steht, die er aufklappt! Wieso wunderst du dich, daß der sich jeden Abend vor den Schularbeiten drückt? Der versteht immer die Hälfte nicht, weil er schon seit Jahren überall auf Vier und schlechter steht.«

Als Kilian Französisch als neues Fach dazubekam und prompt in der ersten Klassenarbeit eine Eins schrieb, fühlte Marei sich in ihrer Einschätzung bestätigt.

»In den Fächern, wo er nur auf Lücken aufbauen muß, da wird der nicht besser als vier. Kaum hat er ein neues Fach, bekommt er 'ne Eins. Laß ihn doch einmal sitzenbleiben!«

»Eigentlich hätte er den Kopf fürs Gymnasium«, antwortete Mathis dann in gleichbleibender Monotonie und änderte nichts, »er ist nur stinkend faul.«

Marei hätte gerne mit dem Jungen ein halbes Jahr lang Schularbeiten gemacht, einfach nur jeden Tag Schularbeiten. Sie war sich sicher, daß sie ihn damit so weit gebracht hätte, daß er dem Unterricht wieder hätte folgen können. Dann hätte Schule ihm auch wieder mehr Spaß gemacht. Und wenn Schule wieder Spaß bringt, dann schlägt man auch zu Hause die Schulbücher öfter auf. Mathis schimpfte gerne auf Kilians Mutter, Renate Hansen. Die hätte ihm in der Grundschulzeit das Arbeiten nicht beigebracht. Womit er sicherlich recht hatte. Nur, warum setzt Mathis sich nicht jeden Tag eine halbe Stunde mit Kilian hin und guckt mit ihm gemeinsam in die Schulbücher? Das würde man von jeder Frau erwarten, deren Sohn auf der Realschule vom Sitzenbleiben bedroht ist. Mit Jasper hatte sie schließlich auch mal tagelang Hauptstädte und Flüsse und Gebirge auswendig lernen müssen, als er in Erdkunde partout auf keinen grünen Zweig kam. Aber ansonsten hatte Jasper eigentlich eher den schulischen Überflieger gemacht. Nach einigen gedanklichen Ausflügen in Kilians Schultasche war Marei am Ende ganz zufrieden, daß sie nicht mit Mathis unter einem Dach lebte. Der Makler soll ihr eine Wohnung mindestens drei Dörfer weiter suchen.

Nachdem sie eines Tages bei einer neuerlichen Besichtigung dem Makler ihre preislichen Vorstellungen konkretisiert hatte, so nach dem Motto: »Ich wollte diese Wohnung nicht kaufen, ich wollte sie mieten«, wurden seine Wohnungsangebote sowieso spärlicher. Marei hatte bald gemerkt, daß der Traum von einem schnellen Auszug sich nicht realisieren ließ. Schnell könnte sie umziehen, wenn sie das Dreifache an Miete zahlen könnte. Aber das kann sie nicht. Sie mußte es schon noch eine Weile mit Günther Prollmann und seinem sozialen Umfeld unter einem Dach aushalten.

Dieses Aushalten gestaltete sich in den Monaten nach der Ladenschließung wie folgt:

Marei versuchte noch zweimal, mit Günni zu reden. Der Lärm blieb unverändert, Günni Prollmann wurde nur frecher.

Marei hatte sich noch ein zweites Mal an den Vermieter gewandt, und nach diesem zweiten Brief schaltete der Vermieter auf Ignoranz. Herr Prollmann habe ja nun geschrieben, er sei nicht laut. Damit war das Thema für die Vermieterfirma erledigt.

Marei vereinbarte einen Termin bei einem Anwalt und ließ den erst einmal einen geharnischten Brief an den Vermieter schreiben. Ferner riet der Anwalt ihr, sich Zeugen zu besorgen.

Bis zu diesem Zeitpunkt waren bereits mehrere Wochen ins Land gegangen, in denen Marei keine Nacht mehr annähernd ausreichend schlafen konnte. Sie wurde in jeder Nacht zwei- bis viermal aufgeweckt und wachgehalten, durch Poltern, durch Trampeln, durch herabfallende Gegenstände und die allnächtlich zwei- bis viermal stattfindenden sportlichen Sexveranstaltungen mit den Anfeuerungsrufen Günnis neuer Freundin, die offensichtlich »Gigi« heißt, wie man zwei kleinen Notizzetteln an der Haustür entnehmen konnte, als »Günni« und »Gigi« sich eines Tages bei Einkäufen und Besorgungen verfehlt hatten.

Zwei Probleme hätten eigentlich gereicht. Marei hat nun drei: Sie verdient zu wenig Geld. Sie hat einen Part-Time-Lover für nachmittags und hätte gerne einen richtigen. Und sie hat Günni Prollmann, den sie sich nicht ausgesucht hat und mit dem sie nun ihre Zeit zu verplempern gezwungen ist, da sie den Anwalt mit Informationen bestücken muß und mit Beweismaterial, damit er gute Arbeit leisten kann. Wenn Mathis schon nicht dazu zu bewegen ist, sich nachts bei ihr in die Lärmhölle zu legen, dann muß sie sich andere Zeugen besorgen. Eigentlich will sie nachts ihre Ruhe haben. Wenn schon nicht Mathis, dann gar keiner. Sie ist gar kein Typ für diese ständig wechselnden Gesichter morgens am Frühstückstisch. Trotzdem wäre sie jeder Freundin dankbar, die sich eine Nacht bei ihr um die Ohren schlüge. Sie beginnt herumzufragen. Wer würde sich für eine Nacht neben sie in dieses laute Bett legen?

Irgendwo hatte Marei mal im Jahresbericht von Amnesty International gelesen, daß mit Schlafentzug deshalb so perfide und perfekt gefoltert werden kann, weil man an den Körpern der Gequälten keinerlei Spuren findet. Andauernder Schlafentzug führt nach einer Weile zum Tode des Häftlings. Warum? Weil der Körper sich ohne Schlaf absolut nicht regenerieren kann. Folter durch Schlafentzug ist nicht beweisbar. Nur, wenn man das zur Verdeutlichung hinzuzieht, kommt bestimmt irgendwann die Retourkutsche: »Die stellt das auf die gleiche Ebene wie Folter in Gefängnissen.« Es hat alles keinen Sinn. Sie muß weg hier, und zwar schnell. Aber sie kann nicht wochenlang ohne Schlaf auskommen. Sie ist schon jetzt manchmal tagelang arbeitsunfähig vor Übermüdung, kann sich nicht mehr konzentrieren.

Die Makler waren nicht so schnell, daß man das Problem durch Auszug hätte lösen können. Marei hatte sich noch mit zwei weiteren Maklerfirmen in Verbindung gesetzt. Jetzt suchten drei Makler in der Umgebung von Nordkloster eine Wohnung für sie.

Marei investierte in Anzeigen.

»Suche ruhige Wohnung im Grünen, 70 bis 90 qm, gerne in Waldnähe.«

Marei bekam merkwürdige Antworten. Penthouse-ähnliche Wohnanlagen mit Überwachungskameras an elektrisch zu öffnenden eisernen Eingangstoren, eine hübsch gelegene Einliegerwohnung in einem Fachwerkhaus mit zweitausend Quadratmeter großem Rasengrundstück (beim Besichtigungsgespräch stellte sich heraus, daß Marei diesen Rasen einmal die Woche mähen sollte), und zu guter Letzt das schärfste Angebot: Marei hätte das Obergeschoß eines Hauses nahe den Oher Tannen bekommen können, mit vier schönen Zimmern und Grün vor jedem Fenster. Im kleinsten der vier Zimmer dieser Einliegerwohnung wollte das Vermieterpaar aber zweimal im Jahr Verwandtenbesuch unterbringen, das sei immer nur ganz kurz, für eine Woche höchstens.

Nachdem durch diese Anzeigen nur Geld und Zeit verlorengegangen war, aber nichts Brauchbares hereinkam, war Handlungsbedarf dringender denn je gegeben. Seit mittlerweile sechs Wochen wurde Marei ununterbrochen nachts durch jede Art von Ohropax und Lärmschutz-Ohrversiegelungen hindurch ca. viermal aufgeweckt. Sie hatte in manchen Nächten versucht, sich auf dem zu kurzen Wohnzimmersofa und in Jaspers Bett zwischenzulagern, war einige Nächte mehrfach mit ihrem Bettzeug umgezogen, je nachdem, wo gerade der größte Radau war. Sie hatte in einer Nacht noch einmal versucht, durch Klingeln an Günnis Tür und den Hinweis auf die mitternächtliche Stunde dem Gepolter ein Ende zu setzen und nur frechste Antworten von Günni geerntet. Das Gegiekel und Gekicher seiner neuen Freundin wurde nach solchen Gesprächen nur penetranter. Marei hörte das Gegiekel dann stundenlang durch die Zimmerdecke, weil seine neue Flamme es offenbar furchtbar witzig fand, daß sich jemand gegen Mitternacht das Poltern verbittet. Danach war bei Marei Schluß mit lustig. Sie legte beim Anwalt eine schärfere Gangart vor. Sie bat Loni, eine Nacht bei ihr zu schlafen. Die kam auch, und Marei dankte dem Himmel dafür, daß es in dieser Nacht so laut wie immer war, brachte am nächsten Tag die eidesstattliche Versicherung von Loni zum Anwalt und sagte: »Machen Sie mal! Einstweilige Verfügung. Ich kann nicht mehr.«

Marei lud nun mehrfach Freundinnen zum Zeugenschlafen in ihre Wohnung ein. Ein aufwendiges Zugeständnis an die vertrackte Situation, daß Mathis zu keiner Übernachtung in ihrer Wohnung bereit war.

Marei hatte diesen Rechtsstreit eigentlich vermeiden wollen, vor allem, weil die Günni-Prollmann-WG auf so vielen Ebenen über die Stränge schlug und sich daneben benahm, daß Marei nach den ersten Jahren des Zusammenlebens in diesem Mietshaus bereits kapituliert hatte und intuitiv wußte: »Die können nur noch schlimmer werden.«

Sie machten Lärm, sie machten mehr Dreck als andere und putzten dafür aber zum Ausgleich weniger, und sie okkupierten von sechzehn Wäscheleinen, die der Trockenboden zu bieten hatte, immer vierzehn bis fünfzehn für ihre Wäsche, die dann auch noch knochentrocken drei bis vier Wochen weiter auf den Leinen dieses gemeinsamen Wäschebodens hing. Und zwar ohne Wäscheklammern, so daß man mit turnerischem Geschick darum herumtänzeln mußte, um die Wäsche nicht aus Versehen herunterzuwerfen.

Da Marei keine Lust hatte, in ihrer kleinen Wohnung mit vielen Aktenordnern, viel Papier und vielen Büchern nasse Wäsche zu trocknen und damit eine hohe Luftfeuchtigkeit in die Wohnung zu bringen, war sie auf den Trockenboden angewiesen. Sollte sie nun diejenigen, denen sie alle paar Monate schon unangenehmerweise hinterherlaufen mußte, damit sie nachts bitte etwas leiser sind, auch noch um etwas mehr Rücksicht wegen ihrer Wäsche bitten? Ganz bestimmt nicht, der Erfolg wäre absehbar. Die eine Nachbarin oben, Rita, hat einen Wäschetrockner auf dem Balkon, der Junggeselle im ersten Stock bringt seine Wäsche in die Wäscherei, und die Oma oben trocknet ihre nasse Wäsche in ihrer Wohnung, hat aber auch nicht so viele Bücher und Aktenordner, die unter Luftfeuchtigkeit leiden. Marei war mit dem Wäscheproblem so alleine wie mit dem Postproblem.

Ausweichen oder in die Konfrontation gehen? Wegen so einem Tinnef? Marei wich aus und kaufte sich einen Wäscheständer für den Boden, den sie vor ihrer eigenen Bodentür aufstellte.

Trotz der Besuchermassen, die bei Günni Prollmann & Co. ein und aus gingen und sich zumindest vor der Haustür nicht ihre Füße abtraten, waren sich die jungen Herrschaften meist zum Putzen zu schade. Streusalzgranulat und Salzpfützen blieben oft vier Wochen lang unangefochten von Besen und Putzlappen auf den Treppenstufen zum ersten Stock hin liegen, und Staub, Sand, Steinchen und Salz rieselten nach den Newtonschen Fallgesetzen in Richtung Parterre und sammelten sich ausgerechnet vor Mareis Haustür, weil das

Treppenhaus nun einmal so geschnitten war, daß alles bei ihr ankam. Als Marei deswegen einmal lange, lange vor dem Krach mit dem vielen Lärm, beim Vermieter angerufen hatte, bekam sie zur Antwort: »Da wohnen Sie doch gar nicht, im ersten Stock.«

Daß man bei jedem Gang zu den Dachbodenräumen auch als Parterre-Mieter durch die Staubwirbel im ersten Stock waten muß, kommt dem Vermieter gar nicht in den Sinn. Eine Parterre-Mieterin hat offensichtlich im Parterre zu bleiben. »Da wohnen Sie doch gar nicht! Was wollen Sie denn in dem Haus, in dem Sie Miete zahlen, überhaupt im zweiten Stock? Bleiben Sie doch unten!«

Der Vermieter bockt also und versteht gar nicht, was die Parterre-Bewohner damit zu tun haben, wenn im ersten Stock die Treppe nicht gemacht wird. Und der Rest des Hauses ist bei den drei Affen in die Lehre gegangen: nichts sehen, nichts hören, nichts sagen. Sie spüren das Aggressionspotential, das aus der Prollmann-WG ausstrahlt und wollen sich keinen Ärger einhandeln. Die Oma im zweiten Stock ist sogar so ehrlich, das zu sagen. Als Marei einmal Brot für sie mitbringt, rückt sie damit rüber, sie hätte sich in diesem Haus schon zu oft den Mund verbrannt. »Warum immer ich?« fragt die Oma und läßt bei Marei noch gehörig Dampf ab, worüber sie sich in den vergangenen Jahrzehnten schon geärgert habe hier. Aber sagen wolle sie nichts mehr. Sie schimpft sozusagen nur noch aus psychohygienischen Gründen. Mäuseaufstand am Rande.

Marei lernt: Man muß sich nur auf mehreren Ebenen gleichzeitig asozial benehmen, dann wird es den Mitmenschen zu mühselig, überhaupt etwas zu sagen!

Diese Prollmann-Seilschaft zu einem rücksichtsvollen, kultivierten Zusammenleben zu erziehen wäre ein Fulltime-Job für zwei Sozialarbeiter. Marei Asbrook, schon immer Real-Politikerin gewesen, hatte das schon vor Jahren gemerkt und gleich sondiert: Was ist hier das Wichtigste?

Ihre eigene Antwort: Der Lärm.

Also reduziert man sich darauf, daß wenigstens der Nachtlärm mal aus dieser antiautoritären Sphäre herausgehoben wird und die jungen Leute merken, daß es auch noch andere Menschen auf der Welt gibt.

»Laß ihnen das Terrain Trockenboden«, dachte Marei, »laß ihnen ihren Dreck im Treppenhaus, aber stutz ihnen ihre akustische Reviermarkierung bis in deine Wohnung hinein etwas zurecht. Das muß als Erziehungsziel zu schaffen sein.«

Was eigentlich ist »Wohnqualität«?

Hätte sie damals, als sie kaum eingezogen war, schon etwas zu all diesen Grenzüberschreitungen gesagt, hätte es geheißen: Mein Gott, kaum eingezogen und schon meckert sie!

Wartet man erst mal ab, ob es sich regeln läßt, heißt es später: Ja, die hat sich über irgend etwas an denen geärgert, und jetzt sammelt sie Punkte gegen die. Die will wohl das Haar in der Suppe finden.

Man hat im Grunde gar keine Chance, sich über solche Leute zu beschweren, ohne daß einer fragt: Könnte es sein, daß diese Frau Asbrook unter Meckersucht leidet?

Solange sie nun ihre Traumwohnung mit der Zisterzienser-Abtei vor ihren Fenstern, der Schafzucht und den drei Wassermühlen am Bach noch nicht bezogen hat, möchte sie hier in relativem Frieden unter diesem Dach wohnen. Also möglichst nur über das Beschwerde führen, was unumgänglich ist: Nachtruhe. Marei hat die letzte Korrekturfahne vom Verlag zurückbekommen. Sie hatte so unausgeschlafen arbeiten müssen, daß sie viele Satzfehler übersehen hatte. Das darf kein zweites Mal passieren oder sie ist ihren Job los. Ob Günni Prollmann eine neue Freundin hat, mit der er nachts zu laut Sport treibt, interessiert die vom Verlag nicht. Man macht sie nachdrücklich darauf aufmerksam, daß sie so viele Fehler in der nächsten Fahne aber nicht wieder übersehen darf.

Zum zehnten Mal bittet sie Mathis, ob er nicht doch einmal eine Nacht bei ihr schlafen könne. Es sei wichtig für sie, nachts Zeugen zu haben.

Mathis hat plötzlich ganz wenig Zeit.

Und dann ist Marei erst einmal verstimmt und hat auch ganz wenig Zeit, und will ihn gar nicht mehr sehen.

»Sag mal, müßte Jasper nicht allmählich mal wiederkommen? Der ist doch jetzt schon über ein Jahr lang weg, oder? Habe ich das falsch in Erinnerung?«

»Nee, Steffi, das hast du schon richtig in Erinnerung. Aber wir haben das damals so gedeichselt, daß er ein paar Monate vor Schuljahresschluß schon rüber durfte, weil er sowieso eine Klasse hätte überspringen können. Und das mit dem Überspringen, das wollte er nicht, weil er dann ja auch in eine andere Klasse gekommen wäre. Deshalb hat er sich gesagt, dann geht er lieber ein Jahr in die USA und kommt dann in seine alte Klasse zurück. Wenn die in der zehnten Klasse ein Auslandsjahr machen, müssen sie ja sonst normalerweise die Klasse wiederholen. Die machen dann die zehnte Klasse zweimal, einmal hier und einmal drüben. Ihre ehemaligen Mitschüler sind dann ein Jahr im Unterrichtsstoff weiter, wenn die Auslandsschüler wieder zurückkommen. Die amerikanischen High-Schools haben ja nicht unseren Lehrplan. Die Kids gehen sozusagen nur zum Englischlernen rüber. Und als wir das mit dem Auslandsjahr schon geregelt hatten, da hat Jasper dann seinem Direktor hier versprochen, sich von allen seinen Fachlehrern hier den Stoff bis zu den Sommerferien im voraus sagen zu lassen und sich hüben wie drüben auf den Hosenboden zu setzen. Dadurch hat er quasi drei Monate mehr als ein Jahr, weil er ja auch noch die Sommerferien doppelt hat. Und er möchte jetzt auch gerne noch bis August drüben bleiben, weil sein Freund Dino ihn eingeladen hat, ein paar Wochen mit ihm bei Dinos Eltern zu verbringen.«

»Ist es da nicht ziemlich heiß dann, gerade in Atlanta?«

»In Atlanta ist es ziemlich heiß, ja, aber da ist er ja gar nicht im Sommer. Die Eltern von Dino wohnen im Norden, am Michigan-See, oder jedenfalls haben sie da eine Holzhütte. Das hat er ganz schlau gemacht, daß er im Sommer noch mal in arktischere Regionen kommt. Obwohl, so kalt ist es in Wisconsin nun auch wieder nicht. Aber das war doch sein letzter Spleen, den er uns hier rübergereicht hatte: Er wollte nun auch noch unbedingt nach Kanada zu irgendwelchen Bekannten von Bekannten, die aber keiner kannte, jedenfalls seine Gasteltern nicht, und das haben wir ihm ausgeredet. Beziehungsweise Claudio hat es ihm ausgeredet, weil sich das wirklich wie eine etwas sehr dilettantisch geplante Expedition von jugendlichen Chaoten anhörte. Da hätte er nachher auf irgendeiner Eisscholle gesessen und wäre nie wieder nach Hause gekommen, wenn das Wetter mal zufällig umschlägt. Das habe ich mit Alexander durchgemacht, das muß ich nicht noch mal haben. Bei dem wußte ich auch nie, ob die Eisbären ihn wieder nach Hause lassen, diese possierlichen Tierchen.«

»Fehlt er dir nicht?«

»Wer? Alexander?«

»Du weißt schon, wen ich meine«, sagt Steffi.

»Na ja. Natürlich fehlt er mir. Aber ich will ihn jetzt nicht drängeln. Dino ist sein großer Schwarm. Dinos Onkel Rinaldo hat wohl in den zwanziger Jahren engen Kontakt zu anarchistischen Gruppen gehabt, und Dino hat Jura studiert und sitzt mitten in einer Doktorarbeit über die Rehabilitation Saccos und Vanzettis. Deshalb ist der auch immer so oft in Massachusetts gewesen. Und Jasper hat offensichtlich Feuer gefangen. Er fängt an, sich da drüben alle möglichen Bücher über italienische Einwanderer zu kaufen, die es hier auch gar nicht gibt, und fragt, ob er mir nicht ein Bücherpaket vorweg schikken könne, weil er so viel Gepäck im Flugzeug gar nicht mitbekommt. Und Claudio hat mir ja gesagt, er bezahlt unseren Sohn jetzt alleine, solange ich kein Geld habe, und deshalb habe ich die Bücherfrachtfrage gleich an ihn weitergeleitet, und bei Büchern kann er natürlich nicht nein sagen. Jetzt bekommt der die Quittung. Hauptsache, das Jahr USA war zu was nütze. Und das war es, glaube ich. Aber du hast recht. Allmählich könnte er mal wiederkommen. Er fehlt mir. Nur, das will ich ihm jetzt nicht am Telefon sagen oder schreiben, das würde ihn unter Druck setzen. Wir haben vorläufig wirklich keine Gelegenheit mehr, ihm so etwas wie ein Jahr USA zu gönnen, und das soll er jetzt noch genießen. Was würde es an meiner Situation hier ändern, wenn er vier Wochen eher zurückkäme?«

»Nichts wahrscheinlich, da hast du recht. Aber was ist eigentlich mit Mathis inzwischen?«

»Ach, Steffi.«

Seufzen, Kunstpause.

»Komm, erzähl! Was ist los?«

»Weißt du, am Anfang habe ich ja mal gedacht, das könnte ganz viel werden mit uns, dann habe ich eine Weile so einen Frust gehabt, daß ich dachte, das wird gar nichts mehr, und mittlerweile frage ich mich, was ich selbst eigentlich unter ›was werden‹ verstehe.«

»Was verstehst du denn unter ›was werden‹?«

»Hm. – Also, ich möchte nicht mit ihm und seinem Sohn zusammenleben.«

»Und das verstehst du unter ›was werden‹?«

»Findest du das gar nicht schlimm?«

»Was heißt schlimm? Wolltest du denn jemals mit ihm zusammenleben?«

»Am Anfang schon. Ich hatte so eine Idealvorstellung, daß das mit Kilian genauso klappt wie mit Jaspers Freunden. Zu denen habe ich ja auch immer einen guten Draht gehabt.«

»Ja, besonders zu Michael Schlüwald.«

»Ach nun komm, hör mir auf mit Michael Schlüwald. Das war nun wirklich der einzige Ausrutscher. Solche Freunde hat Jasper davor und danach nie wieder ins Haus gebracht. Von Michael Schlüwald habe ich hier immer noch den zerbrochenen Spiegel hinter der Tür hängen, aber so, daß es keiner sieht, und die Mutter von ihm grüßt mich auch nie, wenn wir uns auf dem Markt begegnen. Nicht, daß ich da Wert drauf legen würde, aber – also der Michael war nun wirklich 'ne Ausnahme. Sonst fand ich die Kids, die mein Sohn mit nach Hause gebracht hat, immer ganz süß. Bis auf die Macho-Sprüche, als sie in das entsprechende Alter kamen, aber die gehören wohl dazu, die hat deiner doch auch drauf gehabt.«

Steffi lacht durch die Nase, kurz und zustimmend, um Marei nicht in ihrem Redefluß zu bremsen.

»Also, ich wollte ja nur sagen, daß ich ein schlechtes Gewissen habe und am Anfang mal dachte, ich könnte jedem Kind eine gute Stiefmutter sein. Aber dieser Kilian, der bringt mich wirklich an den Rand meiner Möglichkeiten. It's a challenge, würde der Amerikaner sagen, um zu bemänteln, daß es sich um ein unlösbares Problem handelt.«

»Und nun?«

»Ja, ich weiß auch nicht. Irgendwie weiß ich, daß Kilian ein Teil von Mathis ist. Und daß Mathis auch irgend etwas von Kilians Verhalten provoziert. Er ist nicht gerade der feinfühligste Pädagoge, was die Probleme seines eigenen Sohnes anbelangt. Zum Beispiel, daß er ihn regelrecht durch die achte Klasse prügelt, obwohl er schon nach Halbjahresfrist versetzungsgefährdet war, jetzt in allen Fächern zwischen Vier und Fünf steht und in keinem Fach eine Chance hat, auf einen grünen Zweig zu kommen. So viel kann man gar nicht auf einmal nachholen, wenn man überall zu den letzten Mohikanern gehört. Ich hab' Mathis mehrfach gesagt, daß der Junge doch schon beim Aufschlagen des Schulbuches einen Frust haben muß, und zwar beim Aufschlagen jedes Schulbuches, wenn er in allen Fächern zwischen Vier und Fünf steht, weil er doch nirgendwo ein Fundament hat. Und daß es doch besser wäre, ihn mal eine Klasse wiederholen zu lassen, anstatt jedesmal am Schuljahresende beim Direktor anzurufen und so lange auf ihn einzusülzen, bis sie wieder einen Grund finden, ihn zu versetzen. Letztes Mal war es der Trick, die Rechtschreibung aus der Deutschnote rauszunehmen. Da haben sie ihm oben in den Zeugniskopf geschrieben, die Rechtschreibung entspräche nicht seiner Altersstufe, und ihm dann unten in Deutsch eine Vier Minus gegeben. Damit hatte er eine Fünf zu wenig zum Sitzenbleiben, und wieder muß das Kind sich nun in einer Klasse mitquälen, wo es sechzig Prozent des Unterrichts nicht versteht – und bekommt natürlich weiter Vieren und Fünfen. Und nun droht Mathis ihm immer mit einem Internat und sagt, daß er da anständig arbeiten lernen würde. Und der Junge sagt schon immer ganz maulig, wenn bei den beiden mal wieder der Haussegen schief hängt: ›Kannst mich ja aufs Internat abschieben!‹ – Dann hat Mathis neulich mal mit seiner Verflossenen telefoniert, die im Moment in Kanada ist, und die hat nun auch wieder gesagt, der Junge müßte ständig unter Aufsicht. Was immer das heißt.«

»Ja was heißt es denn?«

»Das heißt, daß er den nicht wie einen normalen Dreizehnjährigen mal für absehbare Zeit unbeaufsichtigt lassen kann. Der kommt nur auf ungute Ideen. Das kenne ich von Jasper nicht. Und von seinen Freunden auch nicht. Kilian ist 'ne Nummer zu groß für mich. Ich will mit dem Vater ins Bett und interessiere mich nicht mehr für das Kind. Das ist unchristlich.«

»Das meinst du nicht ernst.«

»Doch. Ich habe ein schlechtes Gewissen. Ich will nur mein Vergnügen.«

»Aber der doch auch!«

»Da hast du recht.«

»Er stellt sich doch auch nicht wirklich auf sein Kind ein.«

»Ja, nur trotzdem hätte ich für mich gerne höhere Maßstäbe angelegt und auch erfüllt.«

»Ist es das, womit du Probleme hast?«

»Ehrlich gesagt: ja. – Darf man mit jemandem ins Bett gehen, dessen Kind man allmählich so gar nicht mehr als Bereicherung des eigenen sozialen Umfelds betrachtet?«

»Warum suchst du dir nicht jemand anders?«

»Das kann nur eine Frau fragen, die entweder verheiratet ist oder Ende Zwanzig. Zeig sie mir, die vielen tollen unverheirateten Männer von vierzig an aufwärts, die zur Auswahl stehen. Zeig sie mir! Ich weiß inzwischen, was kommt, wenn ich diese relativ sichere, berechenbare, wenn auch eingeschränkte Nachmittagsliebe aufgebe. Wahrscheinlich erst einmal gar nichts. Du weißt, wie viele Frauen in unserem Alter seit Jahren solo sind, weil nichts von Niveau und Belang mehr ungebunden herumläuft.«

»Nach großer Liebe hört sich das aber nicht mehr an.«

»Nee, das vielleicht nicht. Aber es ist angenehm. Es ist angenehm, mit ihm ins Bett zu gehen, es ist angenehm, mit ihm zu lesen, und manchmal ist es auch angenehm, mit ihm zu reden.«

»Das ist aber unromantisch.«

»Ja. Das ist unromantisch. Wer hat denn gesagt, daß immer alles romantisch sein muß. Geht in deiner Ehe immer alles romantisch zu?«

»Nee.«

Steffi lacht sogar, während sie dieses »Nee« ausstößt.

»Ja siehst du, und du bist noch so ehrlich, daß du das zugibst. Was glaubst du, wie viele das nicht zugeben und dumm rumsülzen, wenn sie danach gefragt werden?«

»War dein Mathis eigentlich mit der Mutter von Kilian verheiratet?«

»Nee, mit der nicht, aber davor mal kurz.«

»Und danach nie wieder, oder was?«

»Ja, genau. Er sagt, seit seiner Scheidung kann er keine Gerichtsflure mehr sehen.«

»Aber das allein kann ja nicht der Grund sein, weshalb er sich seit Wochen weigert, bei dir zu übernachten und als Zeuge vor Gericht zu erscheinen. Hattest du doch letztes Mal erzählt, oder? Hat er inzwischen mal bei dir übernachtet?«

»Natürlich nicht.«

»Und hatte er sich nicht auch schon in der Sauna damals ziemlich trampelig angestellt? Da hattest du mich doch noch angerufen damals.«

»Nicht nur in der Sauna. Trampeligkeit ist manchmal seine Stärke.«

»Neulich hast du noch gesagt: Ignoranz ist seine Stärke.«

»Ja. Das auch.«

»Hat er dazu eigentlich jemals was gesagt?«

»Zu dieser Sauna-Geschichte, meinst du?«

»Ja.«

»Er wollte sich auf einem Terrain entblößen, wo er sich sicher fühlt, hat er gesagt. Er sei schüchtern. Ihm sei es leichter gefallen, sich erst einmal in der Sauna auszuziehen als gleich bei mir im Bett.«

»Und deshalb mußte er *dich* nackt in die Öffentlichkeit stellen, weil *er* schüchtern ist?«

»Ja, das fällt wieder unter Trampeligkeit.«

»Hättest du dir nicht was Leichteres aussuchen können?«

»Wo die Liebe hinschlägt, da wächst kein Gras mehr.«

»Ich glaube, ich kann dir nichts mehr raten.«

»Nee, kannst du auch nicht. Irgendwie mag ich ihn. Irgendwie immer noch. So trampelig und ignorant, wie er ist. Manchmal ist er auch ganz süß. Ich kann es dir nicht erklären. Muß ich es überhaupt erklären? Vielleicht ist es doch noch so etwas wie Liebe, Nachmittagsliebe. Muß man Liebe erklären? Muß ich mich rechtfertigen, warum ich immer noch gerne mit ihm im Bett liege?«

»Mußt du nicht.«

»Weißt du was? Mir raucht der Kopf. Ich kann nicht mehr denken für heute. Ich möchte einmal wieder dahin, wo ich nichts mehr denken muß. Ich finde sowieso keine Lösung mehr heute. It's a challenge.«

»Und wo ist das?«

»Was?«
»Der Ort, an dem du nichts mehr denken mußt.«
»In Eichenrade.«
»Dann fahr hin.«
»Heute?«
»Jetzt!«
»Aber es ist mitten am Tag! Ich habe erst zwei Stunden Korrektur gelesen, und dann hast du angerufen. Ich muß bis übermorgen die Fahnen durchkorrigiert haben.«
»Das schaffst du. Aber jetzt brauchst du eine Pause. Setz dich ins Auto und fahr los. Hast du dir jemals angesehen, was aus dem Buchladen geworden ist, den sie dir nicht geben wollten?«
»Nee!«
»Warum nicht?«
»Weiß nicht. Hätte weh getan am Anfang. Aber du hast recht. Jetzt wohl nicht mehr. Du meinst, ich soll heute nach Eichenrade fahren und mir den Wohnkomplex von diesem rebellischen Altersheim ansehen?«
»Ja.«
»Aber warum?«
»Weil du der Typ bist, der da sowieso irgendwann hinfahren würde. Und weil du es dann ebensogut gleich heute tun kannst. Du kommst meistens auf Lösungen, oder zumindest auf gute Ideen, wenn du dich in eine emotionsgeladene Situation begibst. Und dieser Buchladen war ja von dir mal als eine Art Wunschzukunft geplant. Sieh ihn dir an, ob es eigentlich wirklich so toll gewesen wäre, da Buchhändlerin zu sein. Du hast doch heute nur noch Gewusel, Gewimmel und Probleme im Kopf. Die kannst du auch nicht mehr mit Nachdenken am grünen Tisch lösen. Gönn dir mal was Schönes, fahr nach Eichenrade, in deinen Wald.«
»Ich glaube fast, du hast recht.«

Mönchsteich

Die Ruhe, die diese Fahrten nach Eichenrade und Nordkloster immer mit sich bringen, erstaunen Marei selbst jedesmal aufs neue. Sie vergißt alles Bedrängende und ist für die Zeit, die sie dort, in der

Nähe ihres Waldes verbringt, ein Mensch, den sie kennt, aber der sie heute irgendwie nicht mehr ist. Doch wieder sein möchte. Jemand anderes. Jemand Ruhigeres. Jemand Gelasseneres. Jemand, an dem all die Streitigkeiten dieser Welt für wenige Stunden wirklich abprallen können. Das geht schon los, wenn sie sich nur den angrenzenden Orten nähert, Büchsenschinken, Schwarze Kate, Grüne Kate, Mühlenrade und Rauchbach. In Rauchbach soll früher einmal eine große Räucherei gewesen sein, als Nordkloster noch von dichten Wäldern umzingelt war und die Zisterzienser überhaupt erst angefangen hatten, hier zu roden. Die Schafzucht und die Weberei kamen erst später dazu. In den Teichen hier und in den Bächen gab es überall Fische. Davon kann man eine Weile ganz gut leben. Hühner werden sie auch gehabt haben. Seit wann heißt dieser Wald eigentlich Hahnheide? Irgendwann soll hier mal ein Mönch einen recht unschönen Tod gehabt haben. Marei war als Kind oft in die Gemeindebücherei von Nordkloster gegangen und hatte dort Bücher entliehen. Sicher haben die auch etwas zur Regionalgeschichte, sie müßte wieder einmal hingehen. Die Geschichte von dem ermordeten Mönch war jedes Jahr ab November in aller Munde. Marei hatte lange Jahre gedacht, der Mönchsteich hieße Mönchsteich, weil der arme Mönch dort umgekommen wäre. Später stellte sich heraus, daß dieser Mord, von dem so viel Diffuses im Umlauf war, gar nicht in der Nähe dieses Weihers stattgefunden hatte. Mit ihren Eltern war sie oft auf dem Mönchsteich Schlittschuh laufen gewesen. Es war der kleinste von den größeren Seen und damit immer am schnellsten zugefroren. Warum mußte der Mönch sterben?

Sie kurvt ein bißchen um die drei Seen herum und nimmt absichtlich die längere Strecke heute. Sie kurbelt die Seitenscheibe herunter und hält ein paarmal an einladenden Stellen am Straßenrand an, um auszusteigen und einfach nur in die Landschaft zu starren, zu beobachten, wie sich die Wolkenformationen nach ein paar Minuten verändern, wenn der Wind in verschiedenen Höhen mit unterschiedlichen Geschwindigkeiten arbeitet. Die frische Luft tut ihr gut. Die Nebelschwaden im Kopf werden ein bißchen vertrieben. Sie atmet tief ein und wieder aus, immer wieder, und mit jedem Atemzug kommt eine Brise Klarheit in das taube, unausgeschlafene Gefühl von Waschküche in ihrem Gehirn. Wenn sie einmal wieder durchschlafen könnte, ausschlafen könnte! Das ist wichtiger als Essen und Trinken. Sich abends hinlegen können und wissen, daß man einmal wieder genügend Schlaf bekommt. Was braucht der Mensch zum Leben? Schlaf, Wasser und die Luft zum Atmen, auf alles andere kann man vorübergehend verzichten. Atmen ist sogar das erste, was wir tun, wenn wir auf die Welt kommen.

Manchmal braucht der Mensch auch jemanden, der ihm hilft. Marei bräuchte jetzt Mathis. Sie weiß, daß es für ihn im Moment schwierig ist, nachts von zu Hause wegzubleiben. Sie wird ihn trotzdem noch einmal fragen. Vielleicht kann sie ihn umstimmen. Zwei Zeugen sind besser als einer. Marei müßte noch jemand anderen dazu kriegen, sich nachts den Radau über ihrer Wohnung anzuhören. Wenn bloß die Nachbarn aus dem zweiten Stock bald wieder aus dem Urlaub kämen! Sonst grenzt niemand mit seinem Schlafzimmer an den nächtlichen Radau der Prollmann-Seilschaft. Sie wird noch einmal bei ein paar Freundinnen rumfragen, ob die sich nicht mal eine Nacht in ihr Bett legen können. Niemand ist besonders erpicht darauf, eine voraussichtlich schlaflose Nacht bei ihr zu verbringen, schon gar nicht die Berufstätigen. Sie wird Mathis noch einmal fragen. Er muß doch begreifen, daß sie ihn jetzt braucht.

Sie hat die Wolken eingeatmet, die Wiesen und den blauen Himmel zur Stärkung in sich aufgenommen, getrunken, geschmeckt, wie eine Süchtige, eine Art visueller Natur-Junkie. Sie ist jetzt in einer völlig anderen Stimmung als vorher, kann jetzt wieder einsteigen in ihr Auto und die Besichtigung des verlorenen Buchladens in Angriff nehmen. Komme, was da wolle. Sie ist jetzt gegen jede Überraschung gewappnet. Sie hat tief Luft geholt.

Der Neubau steht orgelpfeifenmäßig und optisch aufgelockert vor dem Hintergrund der grünen Waldkulisse. Die Gebäude sind unterschiedlich hoch, und irgendein Architekt hat sich etwas Menschenfreundliches dabei gedacht, keinen Backsteinklotz hier hinzustellen. So weit, so gut. Dennoch sieht man schon von außen, wer hier seinen Lebensabend verbringen wird. Dies ist keine Seniorenresidenz, dies ist ein ganz normales Altersheim. Irgendwie ist es dieses Bienenwabenmäßige, das diesen Eindruck vermittelt. Hier leben Menschen, die ihr Leben lang fleißig für ihr bißchen Rente arbeiten mußten und jetzt Milch und Honig im Alter verdient haben. Aber dennoch wohnt hier ein besonderes Völkchen, das schon von weitem ein wenig an Graue Panther erinnert. Der Kiosk zum Beispiel hat eine erstaunliche Palette an Vollkornkuchen und fertig gewaschenem Obst zu bieten. Außerdem werden frisch gepreßte Säfte auf einem handgemalten, gelben Pappschild feilgeboten. Und einige der umherlaufenden Omas sehen aus wie exotische Mutationen der Studenten- und Ökobewegung der siebziger und achtziger Jahre. Es ist eine merkwürdige Mischung.

Marei überlegt, was diese Menschen außer ihrem Alter eigentlich miteinander gemeinsam haben, und wie sie selbst sie wohl definieren würden, ihre Gemeinsamkeiten. Und während sie noch darüber nachsinnt und langsam einen Fuß vor den anderen setzt, kommt ohne Voranmeldung diese unsichtbare Mauer auf sie zu, die sie erst einmal zurückprallen läßt. Sie entdeckt den Buchladen mit den Leuchtbuchstaben »Taschenbuchzentrum« und hat plötzlich das Gefühl, beobachtet zu werden.

So ein Blödsinn, schilt sie sich selbst, niemand kennt dich hier, niemand würde dich von einem Paßfoto auf den Bewerbungsunterlagen her wiedererkennen. Sie versucht, möglichst unauffällig einen Blick in die Auslage zu werfen. Alles, was sie jetzt zu langsam macht, zieht Aufmerksamkeit auf sich, macht sie verdächtig. (»Was will denn die hier? Für 'ne Rentnerin ist die zu jung.«) Sie könnte versuchen, sich ein paar Minuten auf die Auslage in dem kleinen Schaufenster zu konzentrieren. Tatsächlich liegen ganz vornan drei Barbara Cartland-Titel, »Ein Mädchen am Abgrund«, »Bedrohte Tugend« und »Zur Ehe verdammt«, und gleich daneben »Wechselspiel der Liebe«, »Stürmische Begegnung« und »Blumen im Regen«, aber die sind von Rosamunde. Marei muß sich zusammennehmen, um nicht allzu offensichtlich zu reagieren. Sie versucht, eine interessierte, aber nicht belustigte Miene aufzusetzen, was ihr verdammt schwerfällt. Zum ersten Mal seit Tagen könnte sie jetzt wieder richtig lachen und darf nicht. Sie betritt den Laden. Die Buchhändlerin ist gerade mit einem älteren Herrn beschäftigt, der sich nicht zwischen dem achten Band der Marine-Corps-Reihe und einem Western mit dem Titel »Der Colt des Goldgräbers« entscheiden kann. Auch damit hätte sie also leben müssen. Nicht nur »Blumen im Regen«, nein, auch die Endlos-Roman-Reihe »Wie ich den Krieg gewonnen hätte« hätte sie hier wohl verkaufen müssen, wenn die Wahl der Gemeindeverwaltung auf sie gefallen wäre. Von einem der Verkaufstische lacht ihr die Autobiographie »Und sie lieben mich doch« von Schlagersänger Heino entgegen.

Irgend etwas möchte sie kaufen, damit ihr Besuch hier nicht gar so unmotiviert erscheint. »Frauen, die Priester lieben« liegt etwas weiter hinten auf dem Tischchen, und Marei denkt: »Das wäre doch mal was«, und greift zu.

Das war aber nun der absolut falsche Griff, um unauffällig aus diesem Laden wieder hinauszukommen. Noch während sie darin blättert, sieht sie die Blicke der Buchhändlerin abschätzend auf sich ruhen. Diese ist leider inzwischen mit ihrer Kundenberatung fertig, und der Herr hat sich nun doch für die Revolverhelden im Wilden Westen entschieden. Es hat keinen Sinn mehr, das Buch mit den Priestern jetzt noch wieder aus der Hand zu legen, denkt sie. Wenn das mein Buchladen wäre, wüßte ich ganz genau, welches Buch an welchem Platz liegt und was der Kunde gerade gegriffen hat. Da braucht man nur noch flüchtig die Farbe des Buchcovers gesehen zu haben und der Kunde ist geoutet. Die Buchhändlerin hält Marei jetzt wahrscheinlich für eine Katholikin, die ein Verhältnis mit ihrem Pfarrer hat. Fast bringt ihr diese Vorstellung Spaß. Wenn sie jetzt noch auf Anhieb rot werden könnte, wäre ihr Auftritt hier perfekt. Jedenfalls wird man sie nicht als die abgelehnte Bewerberin für den Buchladen im Gedächtnis speichern. Alles andere ist ihr egal. Sie schlendert noch ein bißchen hin und her, entdeckt Kunstbände, die pro Maler zwölf Mark achtzig kosten, entdeckt ein Regal mit Taschenbüchern wie McCrory, »Der Schrein« und Pasternak, »Doktor Schiwago«, und ist von der Konzeption dieses Ladens, preiswertes Taschenbuchzentrum zu sein, im Prinzip ganz angetan. Neben der Kasse entdeckt sie noch einen Tisch mit Broschüren von den Grauen Panthern und Büchern mit so kraftvollen Titeln wie »Mit siebzig fängt das Leben erst an«. Doch sie beendet ihren Streifzug nun, bezahlt, schnell, elegant und ohne einen Anlaß zum Gespräch zu bieten, weil ihr die Blicke der Buchhändlerin allmählich zu neugierig werden und sie unbedingt schnell den Laden verlassen möchte jetzt.

Mit dem Priesterbuch in der Hand steht sie draußen vor der Tür und sieht auf die grünen Wiesen gegenüber. Es liegt hübsch, dieses Altersheim, es ist mit Bedacht geplant und gebaut worden, und sie hätte hier gerne ihren sicheren Beamtenjob abgerissen. Ein erheblicher Teil der Bewohner ernährt sich offensichtlich vom Vollkornbäcker und vom Bioladen. Sympathische Leutchen. Normalerweise steht Sahnetorte und Zuckergußkuchen in den Vitrinen von Altersheim-Kiosken. Das hier ist anders, halt Gnadenbrot e.V. Aber die Bücher, die Marei gerne verkaufen würde, die stehen hier im Buchladen in den hintersten Regalen, im dunkelsten Eck. Schon sinnvoll gemacht, denkt sie. Der geübte Leser und Buchhandelskunde, der hat sowieso keine Schwellenangst zu überwinden und weiß nach einem einzigen Besuch im Laden, wo das Regal mit »seiner« Literatur steht. Es ist ihr einfach zu wenig. Sie dreht sich noch einmal um und ist nun, alles in allem, gar nicht mehr so traurig, daß sie diesen Laden nicht bekommen hat. Diese Art Buchladen ist genau das, was sie nicht wollte. Das hätte sie auch zu Hause haben können! Damit hätte sie ihren eigenen Buchladen auch über die Runden gebracht. Nur hätte sie morgens irgendwann nicht mehr in den Spiegel sehen können. Ein bißchen glaubwürdig muß man schon bleiben. Natürlich kann man auch Bücher im Sortiment haben, von deren Tendenz man – gelinde ausgedrückt – nicht überzeugt ist. Nur muß irgendwie die Mischung noch vertretbar sein. Zehn Prozent Barbara Cartland & Co. ist vertretbar, aber dreißig Prozent des Sortiments darf das nicht ausmachen. Und Westernhelden sind ja ganz gut und schön, aber auch da gibt es »so'ne und so'ne«. Sie hat immer Karl May im Laden gehabt, schon allein, weil viele Schüler bei ihr einkauften. Aber so Macho-Western und Landser-Hefte würden wirklich nicht über ihre Ladenschwelle kommen.

Sie legt das Priesterbuch mit dem Rosenkranz auf dem Buchcover in ihren Polo auf den Beifahrersitz und schließt die Wagentür wieder ab. Hier, wo ihr Auto zwischen Artgenossen steht, die nicht täglich zwischen zwei staubigen Baustellen geparkt werden müssen, sieht es richtig ein bißchen peinlich aus. Bislang hatte sie ihre alte Rostbeule wenigstens immer sauberhalten können. Seit der Stadtteil im Baustellenschutt und -sand untergeht, sieht ihr dunkelgrüner Polo immer aus, als wäre sie damit stundenlang durch die staubige Prärie gefahren. Metallic-türkis war er mal. Jetzt ist er oliv-braun gesprenkelt, mit einer Ahnung von dunklem Tannengrün darunter. Metallic glänzt da nichts mehr. Hat man ihn gewaschen, ist er drei Tage später wieder oliv-schlammfarben gesprenkelt.

Sie macht zu Fuß einen Abstecher zu den Schafen, die sie nun schon kennt. Wieder diese wollige Flut, die auf sie zu schwappt, sobald die Tiere merken, daß man sich für sie interessiert. Sie kommen angaloppiert, als gäbe es was umsonst. Marei streichelt die vordersten Nasen und redet mit ihnen.

»Vielleicht war es gut, daß die Gemeindeverwaltung mich abgelehnt hat, hm? Was meint ihr? Ich bin nicht unglücklich, obwohl, aber das ist ein ganz anderes Thema. Nein, sauer bin ich nicht auf Mathis. Er blamiert mich nur, Schäfchen. Das nehme ich ihm übel. Das Gericht muß ja denken: ›Die Alte spinnt, wenn die nachts keinen Kerl im Bett liegen hat.‹ Ein Mathis als Zeuge wäre besser als drei Frauen als Zeuginnen. In manchen Ländern ist das noch ganz offiziell so: Zwei Zeuginnen zählen vor Gericht so viel wie ein männlicher Zeuge.«

Sie schweigt eine Weile, streicht einem der Hammel-Häuptlinge sanft über das kurze Nasenhaar und sagt dann: »Und in dieser Situation läßt er mich hängen. Er ist nicht der, für den ich ihn gehalten habe.«

Im Prinzip hatte sie sich schon daran gewöhnt, ihn nur nachmittags zu haben. Er kommt sonnabends, manchmal sonntags, und in der Woche meistens so zum Fünf-Uhr-Tee. Irgendwie hat sich das so eingespielt, daß sie ihn gar nicht mehr nachts hat haben wollen. Nur, daß ein aufgezwungener Prozeß ihr plötzlich abverlangt, Mathis als nächtlichen Zeugen aufzufahren, das nervt. Der Albtraum jedes Alleinstehenden überhaupt: Nachts einen Zeugen vorweisen zu müssen.

»Was sagst du dazu Schäfchen? Ich soll zu Mathis fahren? Jetzt? Unangemeldet? Nur, weil ich hier gerade in der Nähe bin? Ach, du meinst, der freut sich. Na gut, vielleicht sollte man einfach mal spontan sein.«

Sie geht zurück zu ihrer verstaubten Rostbeule von Polo und steuert souverän Mathis' und Kilians Domizil an. Vor der Haustür sitzt der halbblinde Kater und guckt mit seinem weißen trüben Auge in die Gegend.

Sie klingelt und wartet. Sie hört Türenschlagen und Geschrei, erst undeutlich. Dann noch mal Gebrüll, dieses Mal Mathis' Stimme: »Das erzähl' ich dir aber seit zwei Jahren! Aber mein Herr Sohn hat es ja nicht nötig, mir zuzuhören! Der Krug geht so lange zum Brunnen, bis er bricht.«

»Was für'n Krug?«

Das war Kilians Stimme, etwas piepsig und noch von keiner Stimmbruchvorahnung belastet. Kilian ist wirklich ein Kind. Müssen die sich jetzt streiten? Sie würde am liebsten kehrtmachen. Nun hat sie aber schon geklingelt und kann nicht mehr zurück. Man würde sie ins Auto steigen und abfahren sehen. Noch während sie ihre Fluchtgedanken durchspielt, öffnet sich die Tür. Mathis und Kilian stehen gleichzeitig im Türrahmen, etwas angespannt und etwas erleichtert, als sie Marei erblicken, so, als hätten sie Schlimmeres erwartet.

Mathis atmet hörbar auf und sagt dann ruhig: »Komm rein.«

Und Marei sagt: »Guten Tag«, auch ganz ruhig, so als sei es ganz selbstverständlich, daß sie unangemeldet kommt, und als sei es selbstverständlich, daß im Hause Fauner ein Gebrüll zwischen Vater und Sohn die Wände erzittern läßt, und alle drei müssen plötzlich lachen. Auch Kilian, der in seiner typischen Mugschmanier die Lippen nach innen kräuselt. Nach dem Motto: Von mir hört ihr jetzt nichts mehr!

»Möchtest du was trinken?« wird Mathis nun ganz Gastgeber.

»Wenn du schon so fragst: gerne! Würdest du es über dich bringen, einen Tee zu kochen?«

»Aber selbstverständlich«, sagt er und beginnt, mehrere Küchenschranktüren, zum Teil gleichzeitig, zum Teil nacheinander auf- und wieder zuzumachen, und Marei hat das deutliche Gefühl, er ist froh, daß er jetzt etwas zu tun bekommt. Er fängt nun an, umständlich seine Plünnen zum Teekochen zusammenzusuchen. Mathis ist Kaffeetrinker. Wenn er bei sich zu Hause Tee kocht, dann geht das Suchen los. Wo ist die Teekanne, die nur alle hundert Jahre einmal benutzt wird? Wo ist der Tee nun hingekommen? Hat er ihn denn nicht vorgestern erst da oben gesehen? Nein, da unten rechts könnte er sein, aber da ist er auch nicht. Wieso liegt das Tee-Ei wieder nicht beim Besteckkasten? Da ist aber endlich der Tee, hinter die Zuckertüten gerutscht. Zucker hat er immer genug im Hause. Aber wo ist das Tee-Ei? In der Besteckschublade ist es jedenfalls nicht. Daß der Tee in diesem kleinen Metallgefängnis sein Aroma nicht entfalten kann, hat sie ihm in den vergangenen zwölf Monaten noch nicht beibringen können. Mathis ist Kaffeetrinker.

»Du kannst auch Teebeutel nehmen«, sagt sie, »da oben sind doch Teebeutel.«

»Ja?« ungläubig, verblüfft. »Ich denke, du willst einen Tee? Nun habe ich extra Darjeeling gekauft, nur für dich, wenn du zu Besuch kommst. Nein, nun will ich dir auch einen Darjeeling kochen. Wo ist das Tee-Ei?«

Mathis sucht. Allmählich sprudelt das Wasser im Kessel und setzt die Küche unter Wasserdampf, da klingelt es auch noch an der Tür.

»Geh du mal an die Tür, ich mach' das hier schon«, und sie schiebt ihn aus der Küche, gießt das heiße Wasser in die leere Teekanne zum Vorwärmen, da fällt ihr Blick aus dem Fenster, und sie sieht einen Polizeiwagen auf der anderen Straßenseite hinter ihrem Polo stehen. Sie läßt neues Wasser in den Kessel einlaufen, stellt ihn zurück auf den Herd, als sie endlich auch das Tee-Ei neben dem Brotkasten gewahrt, und dann fallen ihr die gedämpften Stimmen an der Haustür auf. Und plötzlich dämmert es ihr: Die Polizei steht mit Mathis an der Haustür. Sie hört seine freundliche, verbindliche Tonlage, die er für Geschäftliches und zum Abwiegeln immer parat hält: »Ja, schönen Dank. Das machen wir. Selbstverständlich. Kein Thema. Ich komme morgen mit meinem Sohn vorbei.«

Während das Wasser im Kessel allmählich anfängt zu bollern und Marei sowieso nichts mehr hört, sieht sie zwei Polizisten zum Peterwagen zurückgehen. Plötzlich steht Kilian mit im Flur, den sie gar nicht hat anschleichen hören.

»Was wollten die?«

»Wir beide gehen morgen zusammen auf die Wache in Nordkloster, mein Sohn. Sehen, ob wir das wieder hinbiegen können. Da reden wir heute abend noch mal drüber. Nun geh spielen.«

Mathis muß selbst lachen, als er seinen dreizehnjährigen Sohn zum Spielen schickt.

»Rüdigers Vater wollte doch auch noch auf die Wache. Wir können doch zusammen mit denen –«

»Ich werde nicht mit Rüdiger Thienemanns Vater zusammen zur Polizei gehen!« brüllt Mathis plötzlich wieder los und verliert nun jede Beherrschung. »Wir beide werden allein zur Polizei gehen! Und wenn du großes Glück hast, mein Sohn, wenn du ganz großes Glück hast, dann zieht der andere die Anzeige zurück. Aber wirklich nur, wenn du ganz großes Glück hast. Und was das kostet, das zieh' ich dir vom Taschengeld ab, das kannst du dir schon mal ausrechnen, wie viele Monate du dafür sparen mußt, um die Rechnung zu bezahlen. Das übt. Dann werden deine Mathezensuren vielleicht auch mal besser! Und nun sieh zu, daß du Land gewinnst.«

Marei fühlt sich so unwohl wie noch nie im Hause Fauner und will jetzt nur eines nicht: Mathis in seine Erziehungsmaßnahmen hineinpfuschen. Offensichtlich handelt es sich wohl mal wieder um ein größeres Problem.

Sie trinken den Tee im Wohnzimmer, das zum ersten Stock zu offen ist, und da Kilian sein Zimmer genau an der Treppe hat, ist jetzt kein offenes Gespräch möglich. Marei fragt deshalb gar nicht erst, was los ist. Sie wird es sowieso in den nächsten Tagen erfahren. Sie schenkt Tee ein und versucht, zu genießen. Mathis' Mimik schwankt immer noch zwischen väterlicher Gnade und Anfällen von wütender Verzweiflung. Sie sieht auf die Wiesen vor seinem Fenster. Wieso flippt das Kind in dieser Idylle so aus? Jasper würde hier säen und ernten und italienische Kräuter züchten, seine Freunde mit ihm. Und die einzige Freundin, die er bislang hatte, die Neele, die würde dabei mitmachen, ganz sicher. Was war wieder los mit Kilian?

Jetzt also ein Thema zur Unterhaltung, solange bei Kilian die Zimmertür offen ist. Aber da hätte sie sogar noch eins, eines, das schon lange in der Luft liegt.

»Wann fliegen wir denn nun mal zusammen?«

»Fliegen?«

»Ja. Du hast doch immer gesagt, wenn dein Flugzeug wieder in Ordnung ist und der Winter vorbei, dann fliegen wir mal zusammen.«

»Hab‹ ich das gesagt?«

»Ja.«

»Hm. Warum muß es denn unbedingt mit meinem Flugzeug sein? Du bist doch schon mit Hans-Jürgen geflogen.«

»Aber da bist du nicht mitgeflogen.«

»Warum muß ich denn mitfliegen?«

»Weil das gemein war, wie ihr beide mich da auf den Sitz geschnallt habt, ohne mich darauf vorzubereiten. Du hattest mich zum Flugplatz gelockt mit dem Versprechen, wir beide würden miteinander fliegen.«

»Du hast geschimpft wie'n Rohrspatz, als wir dich da angebunden haben.«

»Ja, weil du immer nicht daran denkst, wie das, was du tust, auf andere wirkt. Du hattest dich mit mir verabredet, damit *wir beide* zusammen fliegen, und nicht ein Hans-Jürgen, der zwar sehr nett war, aber den ich nicht kannte. Und ich komm' da in freudiger Erwartung unseres gemeinsamen Fluges an, und dann überrumpelt ihr mich, indem da eine völlig andere Maschine vollgetankt auf dem Rollfeld steht.«

»Wie'n Rohrspatz. Geschimpft wie'n Rohrspatz.«

»Ja, sehr witzig. Hauptsache, du hast deinen Spaß dabei gehabt, mich da mit einem wildfremden Kerl zusammen im Cockpit an den Sitz zu fesseln. Einer von links, einer von rechts, und ich konnte mich nicht wehren. Und schon waren wir in der Luft. Und da konnte ich auch nicht mehr aussteigen.«

»Geschimpft wie'n Rohrspatz«, wiederholt Mathis nun zum dritten Mal belustigt. Oben klappt eine Tür. Kilian ist in seine kleine Naßzelle im ersten Stock gegangen und kommt so schnell nicht wieder da raus. Jetzt ist Gelegenheit für ein paar Fragen nach dem Grund der Raster-Fahndung im Hause Fauner. Marei deutet mit Blicken nach oben und fragt in etwas gedrosselter Lautstärke: »Sag mal, ist Rüdiger Thienemann nicht der, mit dem er gar nicht mehr spielen sollte?«

»Ja, genau! Ich habe ihm nach der Sache mit den Fischteichen endgültig den Umgang mit ihm verboten.«

Marei guckt Mathis etwas belustigt an und fragt: »Und? Was haben sie gespielt?«

»Sie haben Autoknacken gespielt.«

»Ach, du Scheiße! – Und der Thienemann hat ihn angestiftet? Oder wie?«

»Ja. Wie immer. Deswegen habe ich ihm den Umgang ja verboten.«

Mathis tippt sich mit dem Zeigefinger an die Stirn: »Mit dem Thienemann zusammen auf die Polizeiwache! Da halten die mich doch gleich für einen Asozialen.«

»So, wie du aussiehst und wie du redest, bestimmt!« beginnt Marei sich zaghaft über ihn lustig zu machen, »aber was ist mit der Anzeige? Nimmt der die wirklich zurück? Kennt ihr den Autobesitzer?«

»Ja, das ist es doch. Hier auf den Dörfern kennt doch jeder einen, der einen kennt, der einen kennt. Das ist ein Schüler vom Gymnasium Nordkloster. Da in Nordkloster haben sie ihm auch in einer kleinen Seitenstraße das Auto aufgebrochen, so nach dem Motto: ›Die alte Rostbeule, die kriegen wir schnell auf‹, und ›Ich kann das besser als du, laß mich mal‹ und dann beide Türschlösser irgendwie mit Draht aufgekriegt, und dann ist der Thienemann bis auf den Waldparkplatz gefahren, und da wollte mein Sohn dann auch mal 'n paar Runden drehen, weil da nicht so viele Ampeln und Verkehrsschilder sind.«

»Ist das Auto heil geblieben?«

»Ja, bis auf ein paar Lackkratzer um die Türschlösser herum und die demolierten Schlösser selbst: An beiden Türen. Sie mußten ja üben. Mein Sohn sollte ja angelernt werden.«

»Und könnt ihr denn eventuell dem Gymnasiasten die Reparatur und die Lackierung bezahlen und noch 'n Tank Benzin spendieren und ihn bitten, die Anzeige zurückzuziehen.«

»Der hat noch gar keine Anzeige erstattet. Das soll Schlumpf bloß nicht wissen. Das tut ihm ganz gut, mal 'n heilsamen Schrecken zu kriegen, daß er sieht, was auf Rüdiger Thienemann immer für ein Mist folgt.«

»Wieso hat der noch keine Anzeige erstattet? Und woher dann die ganze Aufregung mit der Polizei?«

»Weil der Autobesitzer selbst sie plötzlich mit seinem Auto am anderen Ende vom Dorf hat rumkurven sehen, und weil sein Freund den Thienemann kannte. Und der Freund hat den Jungs den Autoschlüssel wieder abgenommen, und dann haben die Großen erst mal bei der Polizei gefragt, was sie mit den Kleinen jetzt machen sollen, na, und wie das mit unseren Dorfgendarmen so ist, da kennt auch einer den anderen, und die können sich inzwischen ausmalen, daß mein Sohn wieder mittendrin steckt, wenn Rüdiger Thienemann seine Jünger um sich schart.«

»Und was vertritt der für 'ne Religion?«

»Ganovenehre und Mafiosi-Geist, Cosa Nostra«, sagt Mathis noch und lacht. Beide haben sie nicht gehört, daß Kilian inzwischen wieder im Zimmer steht.

»Was ist Cosa Nostra?«

»Das verstehst du nicht. Du sollst dich nicht immer so anschleichen.«

»Ich hab' mich nicht angeschlichen.«

»Schlumpf, du hast so viel Scheiße gebaut in den letzten Wochen, jetzt geh mir mal für'n paar Stunden aus den Augen, mach Schularbeiten oder was anderes. Aber häng uns hier nicht an den Lippen und rede nicht dazwischen. Und denk mal drüber nach, warum man keine Autos klauen soll.«

»Der Sebastian hat sein Auto doch längst wieder.«

»Welcher Sebastian? Woher weißt du, daß der Sebastian heißt? Ich denke, der heißt Schmidt«, poltert Mathis mit seinem trockenen Humor heraus.

»Ja, Sebastian Schmidt«, klärt Kilian die Lage auf.

»Moment mal! Du kennst den Vornamen von dem Autobesitzer? Du kennst den? Ihr wußtet vorher, wem ihr das Auto klaut?«

Kilian kräuselt wieder die Lippen nach innen, so als hätte er schon viel zuviel verraten.

»Weißt du auch, wo der wohnt?«

Kilian, muffelig, zögernd, löst die gekräuselten Lippen voneinander und murmelt: »Schwarze Kate.«

»Der wohnt in Schwarze Kate? In den drei Häusern da? Dann ist auch klar, wieso der 'n Auto braucht, um zur Schule zu kommen. Da fährt ja nichts. Alle drei Stunden mal ein Bus. Das nützt ihm nichts, wenn er in der Oberstufe ist und Freistunden zwischen seinen Kursen hat. Die Eltern werden dem einen kleinen Gebrauchtwagen geschenkt haben, damit er in Ruhe Abitur machen kann und seine Zeit nicht mit unnützer Warterei verplempert. Und dem müßt ihr Helden das Auto klauen.«

»Wir haben das nicht geklaut. Wir sind ja nur mal damit gefahren.«

»Ja, und dafür habt ihr's aufgebrochen, beide Türschlösser demoliert, den Lack zerkratzt an beiden Türen und dann beim Waldparkplatz der Polizei 'ne Ralley vorgeführt.«

»Wir wußten doch nicht, daß die zugucken! Du hast doch immer gesagt: ›Wenn die Polizei gerade erst da war, kommt die in der nächsten halben Stunde nicht wieder.‹ Und wir hatten die doch gerade vom Waldparkplatz wegfahren sehen.«

»Was soll ich gesagt haben?«

»Daß die Polizei immer nur einmal kommt und dann erst mal zum nächsten Einsatzort fährt.«

»Wann hab' ich das gesagt?«

»Als wir auf dem Flugplatz fahren geübt haben.«

Marei freut sich nicht über Mathis' Blamage, obwohl ihr das jetzt eine Bestätigung sein könnte. Er selber hat den zwölfjährigen Jungen ans Steuer seines Wagens gesetzt und war so stolz darauf, daß sein Sohn Auto fahren konnte. Er hatte ihm diese Mentalität »Man darf sich nur nicht erwischen lassen« ins Ohr und ins Gehirn gepflanzt. »Die Polizei kommt immer nur einmal.« Und wenn sie gerade aus der Tür ist, dann können die Mäuse auf dem Tisch tanzen. Mathis selbst hat den Grundstein für diese Komplizenschaft: »Die Bullen sehen uns ja nicht« gelegt. Und nun schlägt das Schicksal zurück und trifft hart.

In Kilians Köpfchen geht alles durcheinander. Alles. Der Vater hat ihm vorgeführt, daß Gesetze über Autofahren und Geschwindigkeitsbegrenzungen, über Führerschein und Mindestalter nur dazu da sind, sie geschickt zu übertreten.

Der Junge hat nur gut gelernt. Das einzige, was er sich selbst ausgedacht hat, ist das Autoknacken. Alles andere hat er vom Vater. So kreativ ist er gar nicht. Mathis ist wirklich nicht zu beneiden.

Auf dem Heimweg weiß sie, daß dieser Spontanbesuch, den die Schafe ihr vorgeschlagen hatten, genau das Richtige für ihre Rest-Desillusionierung war. Wenn Jasper mit der Polizei zu tun bekommt, dann wenigstens deshalb, weil er demonstriert. So gesehen ist sie richtig stolz auf ihren Sohn. In dem Alter sind doch schließlich alle irgendwie auf Krawall gebürstet, denkt sie. Waren wir doch auch. Wann soll man denn sonst radikal übers Ziel hinaus schießen, wenn nicht als Jugendlicher? Nur, die Richtung muß stimmen. Und die stimmt bei Kilian nie.

Sie muß ihren Kräutergarten wohl mit Jasper zusammen anlegen. Mit Mathis wird das nichts.

Sie schiebt für heute all diese unlösbaren Probleme beiseite, steckt sich zu Hause Lärmschutz-Stöpsel in beide Ohren und geht ins Bett. Morgen ist auch noch ein Tag.

Gegenüberstellung

Schon wieder so ein Brief, den sie lieber nicht bekommen möchte. Davon hat sie doch schon einen ganzen Ordner voll, wenn auch zu einem völlig anderen Thema. Man müßte mal ein Buch herausgeben: »Briefe, die niemand bekommen möchte …« – für den nicht betroffenen, neutralen Leser wäre das bestimmt eine Genußlektüre mit erheblichem Freizeitwert. Dem, den's betrifft, bleibt nur der Galgenhumor.

Sie liest die Worte Identifizierung, Täter, Gegenüberstellung, und sie weiß: Sie will das nicht. Sie wollte verdrängen und vergessen. Und nun macht ihr die Kripo einen Strich durch ihre Milchmädchenrechnung. Man war fleißig, sowohl die Buchladenräuber als auch die Kriminalpolizei. Man hat Serientäter gefaßt und bittet Marei nun zu bestätigen, daß es dieselben sind, die ihren Laden überfallen haben. Wieso brauchen die noch eine Zeugenaussage? Sie haben doch Fingerabdrücke? Vielleicht leugnet einer der beiden, und die Fingerabdrücke sind nur vom anderen. Vielleicht leugnen beide. Vielleicht sind die Fingerabdrücke verwischt und unbrauchbar gewesen. Sie will das nicht. Sie wollte verdrängen und vergessen. Damit hatte sie gleich nach dem Überfall letztes Jahr begonnen. Und nun dieser Brief. Während sie das Papier noch in der Hand hält und darauf starrt, fühlt sie sich plötzlich in einen dunklen, nebeligen Schlauch gezogen, einen Tunnel, in dem es komisch riecht. Ihre Ohren pochen, und sie ist wieder da: diese eine kurze Viertelstunde, die zur

Ewigkeit wurde damals, die kein Davor und Danach duldete. Es riecht ranzig und nach Schweiß. Der ranzige Geruch fällt ihr wieder ein, der Geruch von lange nicht gewaschenen Haaren oder Frittenbude, die als kalt gewordener Fettdunst in den Klamotten hängt. Sie weiß nicht, warum der Ganove ranzig roch. So genau hat sie ihn sich gar nicht angesehen. Ihr wird übel. Sie will diesen ranzigen Typen nicht wiedersehen. Sie hat Angst. Ihre dreihundert Mark bekommt sie davon auch nicht wieder.

»Was Unangenehmes?« fragt der Briefträger sie, während er noch die anderen Hausbriefkästen füllt und Marei, neben ihm stehend, den eilig aufgerissenen Brief überfliegt.

»Das kann man wohl sagen«, antwortet sie stirnrunzelnd und sieht vom Papier auf, dem Postboten ins Gesicht, »ich soll die beiden Männer identifizieren, die mich hier letztes Jahr im Laden überfallen haben. Ich will nicht. Ich will denen nicht noch einmal begegnen.«

»Ich wußte gar nicht, daß Sie überfallen worden sind. Hier im Laden? Tagsüber?«

»Ja – von einer Gegenüberstellung krieg' ich mein Geld doch auch nicht wieder. Wahrscheinlich bekommen die zwei Jahre auf Bewährung, und nach zwei Dritteln sind die wieder draußen.«

»Und wenn's Junkies sind, kriegen sie strafmildernde Umstände und nicht einmal zwei Jahre«, meint der Postbote, und Marei weiß immer weniger, was sie bei der Kripo soll.

Aber halt, das ist ja gar nicht die Kripo, und vor allem kommt der Brief aus Lüneburg, das merkt sie jetzt erst. Staatsanwaltschaft Lüneburg. Das heißt, daß die Täter entweder in Lüneburg wohnen oder ihre letzte Tat dort in der Umgebung begangen haben.

Vielleicht ist auch das gar nicht schlecht, daß sie nun nach Lüneburg muß. Sie hatte beschlossen, ab jetzt von Mathis zu lernen. Was sie an ihm am meisten schätzt, ist seine Gelassenheit. Die will sie auch haben. Wiederhaben. Marei weiß, wie sie selbst sich anfühlt, wenn sie vor Gelassenheit aufblüht. Das ist ihr verlorengegangen in den Stürmen ihres Schicksals der letzten Jahre. Das will sie wiedererlangen. Diese stoische Ruhe, die Mathis bisweilen an den Tag legen kann. Und diese seine Ruhe, seine Gelassenheit, speist sich so oft aus seiner Ignoranz. Das hat sie gelernt. Was ihn unruhig machen könnte, das blendet er einfach aus. Das will sie nun auch üben.

Marei will ihr Ignoranz-Potential stärken. Gleich heute fängt sie damit an.

Sie war lange nicht mehr in Lüneburg. Sie erinnert sich an das Kloster Lüne nur noch von einer Klassenreise, damals waren sie in der fünften Klasse. Als sie später einmal mit Lisa hinein wollte, kamen sie außerhalb der Öffnungszeiten und wurden nicht reingelassen. Das alte Gemäuer hatte sie beide damals spontan angezogen. Sie hatten keinen Plan gehabt. Sie waren einfach in die Klostermauern hineingelaufen. Jetzt macht Marei sich einen Plan. Wenn sie schon wegen dieses Ermittlungsverfahrens nach Lüneburg fahren muß, dann will sie sich wenigstens auch etwas Schönes gönnen. Einen Gang durch die Lüneburger Altstadt und einen Besuch während der Öffnungszeiten von Klöster Lüne. Gerade weil sie neulich dieses Buch über Ordensgeschichte Korrektur gelesen hat, möchte sie einmal wieder in diese alte Welt abtauchen. Und bei der Staatsanwaltschaft wird sie morgen anrufen, ob das denn wirklich sein muß. Irgendwie ist das nicht schön, den Räubern wieder so gegenüberstehen zu müssen.

Sie versucht, sich den Rest des Nachmittags wieder auf ihre Korrekturfahnen zu konzentrieren. Am Abend zappt sie unruhig von einem Fernsehkanal auf den anderen. Sie schläft über einem Western ein und ist nicht unglücklich darüber, den Schluß zu verpassen. Gegen ein Uhr ist die Nacht in dieser Wohnung ja sowieso zu Ende.

Early morning tea

Drei Probleme allein reichen eigentlich. Marei hat nun vier. Sie verdient zu wenig Geld. Sie hat einen Part-Time-Lover und hätte gerne einen ganzen. Sie hat Günni Prollmann und kann keine Nacht mehr schlafen. Und viertens muß sie der Konfrontation mit den Buchladengangstern ins Auge sehen. Vielleicht sollte sie das gleich heute morgen in Angriff nehmen. Wenn sie fertig ist mit ihrem Teefrühstück wird sie bei der Staatsanwaltschaft in Lüneburg anrufen. Sie schenkt Tee in ihren Becher, Milch dazu und trinkt durstig fast in einem Zug aus.

»Kavalier genießt und schweigt«, fällt ihr wieder ein. In ihrem Fall müßte der Kavalier endlich einmal beredt Zeugnis ablegen. Aber das wird der Schluri nicht tun. Der ist im Moment kaum in der Lage, seinen Sohn mal wieder ein Wochenende zu seiner Mutter zu lassen. Wenn die nämlich zu tief ins Glas guckt, dann steht Sohnemann wieder nachts ohne Peilung mit interessanten Freunden auf abgelegenen Parkplätzen zwischen interessanten Autos. Die Sache mit dem Draht kann er ja jetzt. Sein Unrechtsbewußtsein ist auch nicht gerade besonders ausgeprägt. »Mathew and Son« heißt der Titel eines Musikstückes von Cat Stephens, und das haben sie Marei einmal geklaut, als sie ihr Auto aufgebrochen haben. Die Kassette steckte leider im Kassettenrecorder, und der war auch weg. Mathew and Son. Marei überlegt noch einmal, was sie bei der Staatsanwaltschaft fragen will, und dann genießt sie erst einmal ihre heiße Badewanne.

Irgendwie ist sie doch frustrierter vom gestrigen Abend, als sie sich vorerst eingestanden hatte. Es ist nicht nur, weil Mathis kein Ohr für ihre Probleme hatte. Sie fühlte sich an diesen Fernsehabend erinnert, als Mathis seinem Sohn den Film »Hitlerjunge Salomon« aufgenommen hatte. Das war das letzte Erlebnis gewesen, das sie unverarbeitet aus dem Hause Fauner mitnehmen mußte. Mathis hatte Abendbrot vorbereitet, und nun wurde nebenbei der Film abgespielt. Als Mathis noch etwas aus der Küche holt und einen Augenblick unaufmerksam ist, ruft Kilian ihm zu: »Oh, guck mal, Papa, schnell, da ist mein Lieblingsflugzeug.«

Auf dem Bildschirm konnte man folgende Szene sehen: Bomben fallen, ein Luftangriff auf flüchtende Zivilisten, Menschen schreien, es knallt und kracht, erste Leichen säumen den Weg, Blut, Staub und Schreie fliegen durch die Luft, und oben links in der Ecke ist der Jagdbomber zu sehen, der all das verursacht. Und Kilian ruft: »Oh, guck mal Papa, mein Lieblingsflugzeug!«

Kilian ist dreizehn.

Kilian konsumiert den ganzen Hitlerjungen Salomon wie einen Propagandafilm, und würde man hinterher die Eintrittsformulare verteilen: Er wäre sofort dabei. Irgendwann ist es selbst Mathis zu peinlich und er sagt: »Ja, das wird hier alles noch wie Indianerspielen aufgenommen.«

Marei hatte aus dieser Bemerkung geschlossen, daß der Vater begriffen hätte, was mit seinem Sohn los ist.

In den folgenden Monaten begann sie aber, das zu bezweifeln. Als Mathis ein Wochenende mit Kilian nach England geflogen war, um dort an einer historischen Flugschau teilzunehmen, kam er stolz mit seinen Fototrophäen wieder.

»Ich hab ihn in einem alten Jagdbomber fotografiert«, erzählte Mathis am Telefon. Zwei Wochen später sah Marei die Fototrophäen an der Wand hängen. Kilian im Cockpit, wie der Jagdbomber-Pilot persönlich, der gleich starten will, Kilian mit übergeschlagenen Beinen lässig gegen die Maschine gelehnt, als wenn er nach getaner Arbeit am Boden für seine Fanpostkarten posiert.

Wie soll Jasper, der schon in der neunten Klasse ein engagiertes Referat über die Friedensbewegungen der sechziger Jahre gehalten hatte und dabei die Lehrer durch Rückgriffe auf die Friedensbewegung vor dem Ersten Weltkrieg verblüffte, wie soll dieser Jasper, der gegen jede Art von Militarismus ist, auch nur ein Treffen mit Mathew and Son überstehen? Sie muß diese Mesalliance beenden mit dem Tag, an dem Jasper auf deutschem Boden aus dem Flugzeug steigt.

Inzwischen sind auch ihre Nachbarn Rita und Micha wieder aus dem Urlaub zurück, aber die hören nur das »Gequieke«, wie sie es nennen, und nicht die anderen Geräusche. Sie haben drüber gelacht, aber dann ein ziemlich gemeines Gedicht ins Treppenhaus gehängt, weil sie auch keine Lust haben, jede Nacht geweckt zu werden. Nur hören die beiden eben das Gepolter und Möbelgeschurre auf dem Parkettfußboden nicht. Marei braucht aber Zeugen für die ganze Geräuschpalette. Und die hört man nur in ihrer Wohnung. Außerdem ist es ihr jetzt schon peinlich, Rita und Micha zu fragen, ob sie zur Not auch gegen Günni Prollmann vor Gericht aussagen würden. Schließlich ist Günni Prollmann auch ihr Nachbar.

»Weißt du«, sagt Marei zu Rita, »ich sag immer zu Mathis: ›Mach die Schlafzimmertür zu, falls uns jemand im Treppenhaus hört.‹ –

Wäre dir das angenehm, wenn man dich und Micha so deutlich hören würde?«

Rita grinst und sagt: »Nee«, und dann sagt sie noch etwas flapsig: »Der Prollmann ist krank. Der braucht Zuhörer.«

Das Gedicht von den beiden hängt dort an der Haustür ohne Unterschrift und ist ein bißchen ordinär. Hoffentlich kommt niemand auf die Idee, daß es von ihr stammen könnte. Aber Micha wollte es nicht unterschreiben. »Wieso?« sagte er, »wenn da steht, daß alle Nachbarn nachts um drei aufgeweckt werden, dann ist es doch besser, das hängt da ohne Autogramm.«

Das Argument ist stimmig. Dennoch ist Marei unwohl bei dem Gedanken, daß irgend jemand so kurzhirnig sein und ihr das Gedicht zuschreiben könnte. So nach dem etwas simplifizierten Muster: Ist doch Literatur, und dann kommt das bestimmt von der verkrachten Buchhändlerin.

Nun hatte sie sich so gut auf dieses Gespräch vorbereitet, und dann haut der ihr alle ihre Gedanken mit einem Schlag wieder aus der Hand. Sieben auf einen Streich sozusagen. Ein Geständnis bekämen sie nach ihren Erfahrungswerten eher, wenn Marei die Gegenüberstellung unverdeckt laufen ließe. Das heißt, wenn der Ganove also sieht, daß wirklich sie es ist, die der Staatsanwaltschaft zu Protokoll gibt: »Ja, der war's. Den erkenne ich wieder.« Nach einer verdeckten Gegenüberstellung kann es sein, daß man genausoweit ist wie vorher, weil kein Ganove sich davon beeindrucken läßt, wenn man ihm sagt: »Da hat Sie eben jemand durch den venezianischen Spiegel hindurch identifiziert, nur: Sie konnten diesen Zeugen gar nicht sehen.«

Dann sagt der Ganove: »Haha, das beweisen Sie mir erst mal.« Und dann hat man weiterhin kein Geständnis, und der Zeuge muß noch einmal, zum Gerichtsverfahren geladen werden. Dann hätte sie den Streß zweimal.

Marei hat also mit dem Köpcke, so hieß der Typ von der Staatsanwaltschaft, vereinbart, daß sie übernächste Woche hinfährt und sich der Prozedur einer unverdeckten Gegenüberstellung unterzieht.

Sie haben also immer noch kein Geständnis. Von Günni Prollmann hat man auch noch kein Geständnis. Er streitet dem Vermieter gegenüber alles ab. Er läßt seinen Anwalt dem Gericht gegenüber alles abstreiten. Marei hat allmählich die Faxen dicke, sich mit diesem grünen Rotzlöffel überhaupt so lange auseinandersetzen zu müssen.

Marei hat vier Probleme.

Sie verdient zu wenig Geld.

Sie hat Günni Prollmann.

Sie hat in Mathis einen Kavalier, der nur genießt und schweigt.

Und sie muß den ranzigen Räubern demnächst ins Auge sehen.

Das ist zuviel. Könnte nicht wenigstens eins von diesen vier Problemen bald einmal einer Lösung näherrücken? Statt dessen scheint eher alles zu eskalieren und ihr über dem Kopf zusammenzuschlagen, sich synergetisch ins Negative hochzupeitschen. Sie muß eine Dringlichkeitsreihenfolge festlegen. Sie kann nicht alles auf einmal.

Und sie hatte beschlossen, Gelassenheit zu üben! Komme, was da wolle.

Die kann sie heute wirklich gut gebrauchen, die Gelassenheit. Mit der Post kommt ein blauer Brief vom Amtsgericht. Sie wird zu einer mündlichen Verhandlung geladen. Genau das hatten sie verhindern wollen, Marei und ihr Anwalt. Der Anwalt hatte auf die Dringlichkeit hingewiesen und eine schnelle Entscheidung ohne mündliche Verhandlung beantragt. Das Gericht hält es nicht für so dringend, daß jemand in seiner Wohnung keine Nacht mehr schlafen kann, und hat einen Termin in zweieinhalb Wochen angesetzt. Ihr persönliches Erscheinen wird angeordnet, ebenso das persönliche Erscheinen ihres Prozeßgegners. Und das genau an dem Tag, den sie eben gerade mit der Staatsanwaltschaft Lüneburg für die Gegenüberstellung vereinbart hat. Da muß sie also auch wieder anrufen und das rückgängig machen. Der Lärmtermin ist erst mal wichtiger.

Und dieser Köpcke war ja auch ganz nett und hat sogar gesagt, daß es so furchtbar nicht eilt mit der Gegenüberstellung, weil die sowieso eine Weile in Untersuchungshaft bleiben. Es liegt offensichtlich genug gegen die vor, auch ohne Mareis Buchladenraub. Trotzdem ist es ihr etwas peinlich, da nun gleich noch mal anzurufen. Sie wäre froh, wenn sie auch diese ganze Gegenüberstellung schon hinter sich hätte. Sie weiß, wie unangenehm es ist, Zeuge zu sein, und sie weiß, wie wichtig es ist, Zeugen zu haben. Sie ist Rita und Micha so richtig kitschig dankbar dafür, daß die beiden sich bereit erklärt haben, vor Gericht als Zeugen für sie gegen Günni Prollmann auszusagen. Der Anwalt hat gesagt, im Eilverfahren braucht man Zeugen nicht vorher anzumelden. Man muß sie selber einladen, und man kann sie zum Verhandlungstermin einfach mitbringen. Marei hat mittlerweile vier Zeugen. Zwei Freundinnen, die bei ihr in der Wohnung übernachtet haben, und Rita und Micha. Sie ist zufrieden mit ihrer wirklich aufwendigen Vorarbeit und hat beschlossen, auf jeden Fall ganz ruhig zu bleiben inmitten der Stürme, die das Leben für sie noch bereithalten mag. Auch wenn noch weitere Gebirge über ihr zusammenstürzen, sie will jetzt Ruhe bewahren. Sie hat einen Anwalt für ihren Nachtlärm-Prozeß, und sie hat nächste Woche noch einmal Zeugenschlafen mit einer weiteren Freundin verabredet, aber ansonsten kann sie jetzt ein wenig Verantwortung loslassen, die Regie an ihren Anwalt abgeben.

Mathis und die Buchladenräuber sind aufschiebbare Probleme. Mit denen muß sie sich frühestens in vierzehn Tagen wieder befassen. Wirklich drängen tut ansonsten nur noch ein einziges Thema: Warum ist ihr Konto so in den Miesen? Und wie kann sie es da wieder rausholen?

Es hat sich jetzt, nach zwei Monaten, bestätigt, was sie schon vorher wußte: Die beiden Überbrückungsjobs reichen nicht einmal für das Notwendigste. Und sie hat wirklich keine unnötige Mark ausgegeben. Sie weiß nicht, wo sie noch sparen sollte. Arbeit muß her. Nur woher nehmen und nicht stehlen?

Alle gehen von der irrigen Annahme aus, daß jeder Mensch Anspruch auf Arbeitslosengeld hat. Marei war zehn Jahre lang selbständig. Woher soll sie Anspruch auf Arbeitslosengeld haben? Auf dem Arbeitsamt war sie sogar. Freie Stellen in ihrem Beruf haben die ihr auch nicht nachweisen können.

Sie will die zwei Stunden bis zum Jugendcafé heute nachmittag noch für zwei »weiche Bewerbungen« nutzen, Akquisitionstelefonate für kleinere Aufträge. Als sie einen der zuständigen Redakteure gerade so weit hat, mit ihr einen längeren Artikel zu verabreden, den sie auch ganz gut bezahlt bekäme, klingelt es an der Tür. Marei will jetzt nicht unterbrechen. Es könnte aber der Paketpostbote mit einem größeren Packen Korrekturfahnen sein. Bricht sie ab, ist der Redakteur gleich mit was anderem beschäftigt, läßt sie ihn an der Strippe hängen, kostet es ihre Telefongebühren, Ferngesprächstarif, München. Sie wird unkonzentriert, hadert, weil sie den Postboten nicht weglaufen lassen will, um ihre Fahnen nicht erst morgen abend zu bekommen.

»Entschuldigen Sie bitte, bei mir klingelt es gerade. Könnte ich Sie gleich wieder anrufen? Es wird nur der Postbote sein.«

Marei geht zur Tür, öffnet. Herr Strotz von der Firma A. C. Müller-Immobilien steht auf der Fußmatte. Dafür hat sie nun ein Arbeitsgespräch unterbrochen. Er will wieder einmal den Kellerschlüssel haben. Kann die Vermieterfirma sich nicht mal einen eigenen Kellerschlüssel mitbringen?

Jedesmal wird Marei aus der Arbeit, aus Telefonaten, aus Ferngesprächen herausgeklingelt. Sie ist weder der Hausmeister noch der Pförtner. Sie bekommt keine verbilligte Miete für diese permanenten Störungen zugestanden. Sie hat keine Lust, sich in diesem Moment auch noch mit Herrn Strotz anzulegen. Aber wenn Herr Strotz sie nun schon aus einem Akquisitionstelefonat gerissen hat, dann will sie die Gelegenheit auch gleich beim Schopfe packen. Sie holt ihm zwar den Kellerschlüssel, sagt dann aber gleich: »Ach, könnten Sie sich die Treppe dann bitte noch mal ansehen?«

Herr Strotz reagiert unwillig und will in seinen Keller. Aber sie sieht nicht ein, daß sie nun, wo wirklich seit vier Wochen wieder Sand, Staub, Dreck auf der Hausflurtreppe liegengeblieben sind, diese Gelegenheit verstreichen soll. Letztes Mal hatte Herr Strotz den Dreck auf den braunen Stufen angeblich nicht gesehen. Sie weiß, daß man diese Dreckschicht auf dem Dunkelbraun wirklich übersehen kann. Deshalb beharrt sie freundlich-konsequent darauf, daß er doch bitte mal vier Schritte nach oben machen möge und die Dreckflusen in Augenschein nehmen solle. In der Tat, diesmal sieht er sie und sagt: »Ja. Dann müssen die noch mal angeschrieben werden.«

Man sieht diesen Dreck oft wirklich nur auf den Stufen am Fenster. Merken tut man ihn schnell an den weißen Jogginghosen, die Marei immer zu Hause trägt. Marei ist froh, daß sie Herrn Strotz den Kellerschlüssel rausgereicht hat. Er hat die Dreckflusen nun gesehen, bei Tageslicht, wo man sie wirklich nicht übersehen kann, millimeterdicke Schichten, und er hat gesagt: »Ja. Dann müssen die noch mal angeschrieben werden.«

Herr List, der Junggeselle im ersten Stock und Günni Prollmann daneben, sie beide arbeiten Hand in Hand, was das Ignorieren des

Hausflurdrecks anbelangt. Herrn List hätte Marei schon häufig am liebsten mal eine Packung Haarshampoo geschenkt. Er redet viel von Nachbarschaft, aber nur dann, wenn er mit dem Auto zum Arzt gefahren werden will. Nicht, wenn Marei ihn auf die Treppenhausreinigung anspricht. Dann gibt er genauso talentiert ausweichende Antworten wie Prollmanns.

Als Marei danach versucht, ihren Redakteur in München wieder zu erreichen, ist dort ständig besetzt. Das muß sie nun wieder auf morgen vertagen. Dennoch geht sie regelrecht ein bißchen beschwingt ins Gemeindehaus zum Jugendcafé, denn nun ist sie wenigstens in dem Dreckproblem ein Stück weitergekommen. Die Oma oben schimpft auch immer über die versiffte Treppe, will sich aber mit niemandem mehr anlegen und hat resigniert. Der neue Nachbar neben Marei geht nie nach oben, weil er nur seinen Comic-Laden hier hat, und er läßt alle vierzehn Tage seine Mädels putzen. Und Rita und Micha sagen immer, oben sei der Dreck schon abgefallen von ihren Schuhen und sie hätten auch keine Lust, sich mit Prollmann und List abzusabbeln. Die einzige, der der Dreck wirklich genau vor die Wohnungstür rieselt, ist Marei.

Freier Fall

Als Marei nach dem Jugendcafé die Treppe zum Gemeindesekretariat hinuntergeht, steht Kathrin Fellenberg, die Pastorin, dort in dem gleichen blau-karierten Hemd in der Tür, das Marei sich vorgestern im Sonderangebot gekauft hat. Beide sehen sich an und lachen.

»Kann ich Sie noch einen Augenblick sprechen? Haben Sie noch Zeit?«

»Ja. Was gibt's denn?«

»Tja, wo fange ich an? Möchten Sie was trinken?«

»Nein danke. Ich mußte heute mit Arielle und ihrem Bruder auf seine dritte Abi-Klausur anstoßen, und dann hatten noch drei von unseren Stammgästen gerade eine Klassenarbeit zurückbekommen, und die beiden kleinen Punkerinnen mit den grünen und lila Haaren, die unbedingt Tierpflegerinnen werden wollen, die haben jetzt Pflegepferde gefunden, dahin fahren sie jetzt immer zum Stallausmisten und dürfen dafür umsonst reiten. Das mußte alles gefeiert werden, ich habe genug getrunken.«

»Ja, um das Jugendcafé geht's. Unsere Diakonin ist fast wieder gesund. In ungefähr anderthalb Wochen wird sie wieder arbeitsfähig sein.«

»Ach so. Sie brauchen mich nicht mehr.«

»Brauchen tue ich Sie schon, nur bezahlen kann ich Sie nicht mehr ... Was für Sie wohl ungefähr aufs selbe rauskommt.«

Erst jetzt fällt Marei auf, was heute anders ist als sonst. Sie sieht die junge Pastorin zum ersten Mal mit offenen Haaren. Normalerweise trägt sie ihre Haare immer zum Zopf geflochten, was ihr im Dienstgewand mehr Würde verleiht, als wenn sie hier die Lorelei im Karohemd und in Turnschuhen spielt. Das Gemeindehaus ist bereits abgeschlossen, und um diese Zeit kommt hier niemand mehr. Sie sind unter sich. Worum geht's hier eigentlich? Marei hat mit ihrem Buchladen Pleite gemacht, und die erste Arbeitgeberin, die ihr danach ins Leben geschneit ist, ist zehn Jahre jünger als sie.

»Wenn unsere Diakonin wieder da ist, sieht natürlich niemand ein, wozu wir noch zusätzlich Honorarkräfte einstellen sollen. Wir haben im Kindergarten schon die Terrassenrenovierung aus Finanzgründen hinausgeschoben, da haben sich schon wieder zwei Kinder an den alten Geländern verletzt. Wir schieben nur noch die Finanzlöcher hin und her und müssen immer unsere Sondermittel umschichten, wenn so etwas Unvorhergesehenes kommt wie zusätzliche Personalkosten. Ich hatte den Kirchenvorstand zu überzeugen versucht, daß Ihre stundenweise Mitarbeit hier weiterhin sinnvoll und notwendig ist, aber ich bin nicht weit gekommen mit meinen Argumenten. Es tut mir leid. Ich kann Ihnen auch nichts anderes anbieten. Wie kommen Sie denn derzeit überhaupt zurecht? Haben Sie noch die Halbtagsstelle als Korrekturleserin?«

»Ja, aber nur auf Aushilfsbasis mit Halbjahresvertrag. Und jetzt habe ich gerade erfahren, daß ich zu der Ehre sowieso nur gekommen bin, weil eine Kündigung und ein Mutterschaftsurlaub im Verlag zusammentrafen. Wenn in vier Monaten die Kollegin aus dem Mutterschaftsurlaub zurückkommt, brauchen die mich auch nicht mehr. Ich weiß nicht, wie es weitergehen soll. Ich weiß es wirklich nicht.«

Marei zuckt mit den Schultern und setzt dann hinterher: »Aber das ist nicht Ihr Problem. Das muß ich lösen. Ich weiß inzwischen, was diese Zahlen von Herrn Jagoda und seiner Bundesanstalt für Arbeit, mit denen sie uns allabendlich unterhalten, bedeuten. Ich habe mich überall beworben. Als Diplompädagogin bekomme ich nichts. Als Sozialpädagogin nehmen sie mich nicht, weil ich dafür überqualifiziert bin. Und als Gemeindepädagogin brauche ich mich gar nicht erst irgendwo zu bewerben. Dafür bin ich nicht fromm genug.«

Beide müssen lachen, und damit ist die depressive Stimmung, die das ausweglose Sachthema über den Raum gelegt hat, für einige Sekunden verflogen.

»Ich hatte Ihnen ja schon gesagt, daß ich mit diesen normalen Gottesdiensten nichts anfangen kann, und die anderen Gemeinden erwarten, daß man mindestens jeden zweiten Sonntag im Gottesdienst Shakehands macht. Deshalb fand ich ja auch diesen Konfirmationsspruch so passend, den Sie mit Jasper zusammen rausgesucht hatten. Daß so ein Querdenker wie mein Sohn so einen aufmunternden Spruch bekommen hat.«

»Ja, deshalb hat er das Motto ja bekommen. Weil er so ein Selbstdenker ist.«

Je länger sie miteinander reden, desto mehr fällt auf, wie sehr sie auf einer Wellenlänge schwimmen. Vielleicht hat Marei wirklich den falschen Beruf gelernt. Vielleicht hätte sie Theologie studieren sollen. Aber sie könnte nicht diese normalen Kirchenlieder singen, diese Texte, dieses genormte Glaubensbekenntnis. Das ist nicht ihr Glaube. Das könnte sie nicht von der Kanzel herunter predigen. Sie bewundert diese Berufswahl, aber sie könnte das nicht. Nicht, wie die Amtskirche heute noch aussieht. Sie hat die Predigten von Kathrin Fellenberg mehrfach gehört. Hat die respektvollen Äußerungen einiger Gemeindemitglieder noch im Ohr. Die Timothianer, auch die älteren Semester, sie lieben ihre junge Pastorin, die aus Süddeutschland kommt und eine konvertierte Katholikin ist. Das ist unübersehbar. Marei findet ihre Stimme schön. Sie hat sich die Predigten immer auch deshalb angehört, weil sie ihre dunkle Stimme so angenehm findet. Wenn Kirche bedeuten könnte, daß es nur noch solche Pastorinnen wie Kathrin Fellenberg gäbe, dann würden sich sicherlich wieder mehr Leute zur Kirche hingezogen fühlen und man bräuchte sich nicht über das Anwachsen der Sekten Gedanken zu machen.

Als Marei geht, hat sie zwar einen Broterwerb weniger als vorher, aber sie spürt, daß es der anderen Frau wirklich leid tut und daß sie trotz ihres Altersunterschiedes auf einer Wellenlänge funken. Auch Kathrin Fellenberg kennt die Entwurzelung. Sie wollte Pastorin werden. Das konnte ihr die katholische Kirche nicht bieten. Sie trat mit achtzehn Jahren aus der katholischen Kirche aus, um evangelische Theologie zu studieren. Die Anfeindungen in ihrem Heimatort nahmen kein Ende. Sie bewarb sich auf eine Pfarre in Norddeutschland. Hof und Vaterland hat sie damit hinter sich gelassen.

Einen kurzen Moment nur zögert Marei, als sie gemeinsam die Tür aufschließen, weil der Schlüssel wieder hakt. Sie steht schon fast in der Dämmerung draußen, sieht noch einmal zurück, und plötzlich tun sie, was sie noch nie gemacht haben, umarmen sich zum Abschied, und Marei muß danach ganz schnell weggehen, um nicht hemmungslos loszuweinen. Wie kurz vor einem Deichbruch fühlt sie sich. Zu Hause nimmt sie Jaspers Konfirmationsurkunde aus seinem Regal.

»Niemand verachte deine Jugend, sondern sei ein Vorbild den Gläubigen im Wort, im Wandel, in der Liebe, im Glauben, in der Reinheit. *1. Timotheus 4,12.*«

In dieser Nacht erwacht Marei nicht nur von Poltern, Schreien und aufschlagenden Bettkanten. In dieser Nacht hört sie plötzlich lautes Hämmern mit der Faust an einer Wohnungstür und dann Michas Stimme laut im Treppenhaus, offensichtlich in heftigem Dialog mit Günni. Als eine Weile danach wieder die Bettkanten rhythmisch aufs Parkett knallen, ist plötzlich zum ersten Mal das Gequieke dazu nicht mehr zu hören. Offensichtlich hat Micha etwas über das Gequieke gesagt. Das hat nun aufgehört. Das Rumgetrampel und Möbelpoltern nach dem Beischlaf jedoch nicht. Als das Bett aufhört, mit den Kanten auf den Boden zu schlagen, springt zwanzig Sekunden später oben ein Elefant aus dem Bett und läuft durch die Wohnung.

Als sie Micha am nächsten Morgen fragt, was los war, sagt er: »Ich hab' ihm den Marsch geblasen.«

»Was hast' denn gesagt?« fragt Marei.

»Ich hab' gesagt, es ist drei Uhr mitten in der Nacht. Könnt ihr jetzt mal mit den Bumsgeräuschen aufhören? Davon wacht man auf«

»Und dann?«

»Er war ganz verdattert. Aber dann war ja Ruhe.«

Na ja, wie man's nimmt, denkt Marei. Von dem Getrampel und dem Stühleschurren und dem Aufschlagen der Bettkanten abgesehen schon.

Kurzer Prozeß

Endlich ist er da, der Tag, an dem die ganze leidige Angelegenheit ihren Abschluß finden soll. Sie sitzen auf dem Gerichtsflur und warten. Für zehn Uhr ist ihre Verhandlung angesetzt. Marei hat fünf Zeugen. Micha und Rita, Brigitte und Loni, und zu guter Letzt ist sogar noch Steffi eine Nacht angerückt, obwohl die berufstätig ist. Marei hatte sich wieder einmal mit ihr über Mathis unterhalten, und über ihre ambivalenten Gefühle ihm gegenüber. Sie kann noch nicht damit fertig werden, daß dieser dreißig Jahre lang durch ihr Leben kriechende Traum sich in einen so fehlbaren Menschen verpuppt hat, ihr Traumlehrer zur pädagogischen Niete, ihr Pazifist zum Jagdbomber-Fan, ihr Retter vor den Wölfen zum schnöden Versager und Ignoranten in einer bedrohlichen Lebenssituation geworden ist. Steffi hatte zum wiederholten Male gesagt: »Schieß ihn in den Wind! Wenn der jetzt schon mit seiner Doris telefoniert hat und die auch der Ansicht ist, sein Sohn muß ins Internat, dann kannst du eigentlich nur darauf hoffen, daß diese Doris bald wiederkommt und sich das Problem von allein regelt.«

»Aber ich hätte fürs Gericht gerne wenigstens einen männlichen Zeugen, und ich weiß nicht, wen ich mir sonst ins Bett legen soll. Ich kann mir doch nicht einen in der Kneipe vom Tresen pflücken.«

»Dann frag doch mal deinen Freund Chrüsch.«

»Nein.«

»Warum nicht?«

»Nee, das geht nicht.«

»Warum geht das nicht?«

»Weil, nee, das kann ich nicht machen.«

»Aber ich hab' das Gefühl, daß da schon die ganze Zeit bei euch was am Schnackeln ist. Das ist doch am ehesten der, der dir nicht unangenehm wäre.«

»Ja, gerade weil's am Schnackeln ist, will ich ihn nicht darum bitten.«

Chrüsch wollte sie nicht darum bitten, und Mathis kommt nicht, obwohl sie ihn mehrfach gebeten hat. Wer also kommt, ist Steffi, mit Nachthemd und Zahnbürste bewaffnet.

Gegen zweiundzwanzig Uhr fängt oben zwar wieder die Völkerwanderung an, aber kurz vor halb elf gehen sie alle vier aus dem Haus, und Marei ist fast enttäuscht, daß nun erst einmal der Vorführeffekt eintritt. Aber dann, zwei Stunden später, geht über ihrem Schlafzimmer plötzlich die Post ab. Merkwürdigerweise aber nur kurz, was das Quieken anbelangt wenigstens. Das Rammeln und das Trampeln nach dem Rammeln führt Günni diese Nacht aber in Reinkultur vor. Marei ist zufrieden mit Günni.

Am nächsten Morgen fragt Rita sie grinsend: »Was war denn da heute nacht los? Wieso hat das Gequieke denn nach drei Minuten aufgehört? Hat er da 'n Handtuch drüber geworfen?«

»Darf ich vorstellen?« sagt Marei zu Steffi, »das ist meine Nachbarin Rita mit ihren etwas deftigen Scherzen.«

Der ganze Aufwand mit den ständigen Wäschetrommeln voll von Bettwäsche hatte sich also gelohnt. Marei hatte fünf Zeugen auf der Zeugenbank sitzen und nichts konnte nun mehr schief gehen. Und für die nächste Zeit hatte sie reichlich das Bedürfnis, abends alleine ins Bett zu gehen.

Alle, die ihr in den letzten Wochen durch offene Ohren und hilflose Ratschläge Beistand geleistet hatten, sagten: »Wie gut, daß du deinen Nachbarn Micha dabei hast. Ein männlicher Zeuge ist in deinem Fall wirklich genausoviel wert wie drei weibliche.«

Mit einer Viertelstunde Verspätung werden sie endlich in den Gerichtssaal eingelassen. Mareis Zeugen und noch eine Handvoll Freunde nehmen still und gesittet Platz auf den Zuschauerbänken.

»Was ist das alles hier?« fragt die Richterin unwillig, mit dem Unterton: Was will der Pöbel hier?

Da sie niemanden direkt angesprochen hat, antwortet keiner. Totenstille.

Bis endlich Mareis junger Anwalt seinen Blick souverän über die zehn Menschen auf den Bänken schweifen läßt und dann höflich zur Richterin hin Auskunft gibt: »Ja. Zeugen.«

»Mir sind keine Zeugen angemeldet worden«, giftet die Richterin ihn an, und Marei verspürt den Reflex, ihren jungen Anwalt vor der Richterin beschützen zu wollen. Dabei hatten sie extra abgesprochen, daß sie den Mund halten darf und möglichst nur ihren Anwalt reden läßt. Marei hat sich zu diesem Thema schon den Mund fusselig geredet. Sie hatte davon geträumt, endlich die Regie abgeben zu können, und nun scheint dies hier atmosphärisch von der ersten Sekunde an völlig zu entgleisen.

»Die Zeugen brauchen auch nicht angemeldet werden im Eilverfahren«, kontert ihr Anwalt weiterhin höflich.

»Ich brauche keine Zeugen. Ich habe ja von Herrn Prollmann die Erwiderung bekommen, und Sie haben die auch, und danach habe ich nichts mehr gehört. Ich habe auch um halb elf die nächste Verhandlung.«

Der Anwalt beharrt weiterhin auf Zeugenvernehmung.

»Na gut, dann also alle Zeugen raus«, sagt die Richterin und verweist die Aussagewilligen auf den Flur.

»Und was ist das?« fragt sie genauso aggressiv und herablassend weiter, nachdem sie festgestellt hat, daß fünf Leute auf den Bänken sitzen bleiben. Wieder dieser Unterton: Was will der Pöbel hier?

Diesmal reagiert der Anwalt genauso höflich und souverän, nur etwas schneller: »Zuschauer«, sagt er, »das ist eine öffentliche Verhandlung.«

Es geht alles so schnell, daß nicht einmal Marei auf die Idee kommt, diese Richterin jetzt sofort wegen Befangenheit abzulehnen. Ihre Voreingenommenheit ist nicht zu übersehen, nicht zu überhören. Auch Marei hat die Erwiderung von Herrn Prollmann gelesen. Darin enthalten ist eine gelogene eidesstattliche Versicherung von Gisela Grobschmied, wie Günnis Gigi offenbar mit vollem Namen heißt, daß sie in der fraglichen Nacht, für die Marei die erste Zeugenaussage hat, krank gewesen wäre, eine schmerzhafte Nierenbeckenentzündung gehabt hätte und mehrfach auf die Toilette gemußt hätte. Andere Geräusche als Schritte seien mit Sicherheit nicht zu hören gewesen. Es sei auch in der Nacht nichts runtergefallen.

Es war die Nacht, in der Loni bei Marei geschlafen hatte. Sie waren zweimal von lauten, langanhaltenden Lustschreien geweckt worden, einmal war ein schwerer Gegenstand auf den Boden gepoltert und einmal ein klöternder, rollender, leichterer Gegenstand. Gigi Grobschmied hat offensichtlich keine Hemmungen, falsche eidesstattliche Erklärungen abzugeben.

Danach geht alles rasend schnell. Die Richterin fragt Herrn Prollmann, ob sie denn zu Protokoll nehmen könne, daß er sich in Zukunft nachts ruhig verhalten werde.

»Ja«, sagt Günni Prollmann.

Und dann beginnt sie zu diktieren, daß Herr Prollmann in Zukunft nachts leise sein werde, läßt die Protokollantin danach ein Komma setzen und diktiert weiter: »wie in der Vergangenheit auch.«

Dabei guckt sie Günni Prollmann fragend an: »Ist das so richtig?« und er sagt noch mal »Ja.«

Mareis Anwalt weist mehrfach auf die Zeugen hin, die draußen vor der Tür warten.

»Ich brauche keine Zeugen. Ich kann das so beurteilen«, sagt die Richterin und läßt Günni Prollmann noch erzählen, daß er diverse Teppiche unter sein Bett gelegt hätte. Und überhaupt hätte er in seinem ganzen Zimmer diverse Teppiche ausgelegt. Günni Prollmann hat seinen Text gut gelernt, den sein Anwalt ihm vorgeschrieben hat. Offenbar hat er sogar seinen Wortschatz im Hinblick auf diese Verhandlung erweitert.

»Die Verhandlung ist geschlossen«, hört Marei die Richterin noch sagen.

Abends erhalten sie das Urteil. Die Klage wird abgewiesen. Die Kosten des Verfahrens trägt die Klägerin.

Auf die Urteilsbegründung muß man eine Weile warten.

»Da ist heute Unrecht gesprochen worden«, sagt Loni.

»Die hat dem Angeklagten ja richtig in den Mund gelegt, wie er sich am besten aus der Sache rausredet«, sagt Maria, die als Zuhörerin im Gerichtssaal gesessen hat.

»Das passiert einem zwei-, dreimal im Leben, daß man in eine Situation gerät, wo sich alles gegen einen verkehrt. Und du hast die im Moment zu fassen«, sagt Brigitte, »da kannst du auch nichts gegen machen. Du kannst nur darauf warten, daß diese Unglückssträhne irgendwann vorbei ist. Es werden auch wieder andere Zeiten kommen, bestimmt.«

Nach diesem Urteil geht das Tohuwabohu nachts erst so richtig los. Zwar halten sie sich jetzt mit den Geräuschen zurück, die Micha und Rita auch hören würden, weil sie Zoff mit Micha vermeiden wollen, aber das Gerumpel und Gepumpel auf dem Fußboden, das wird jetzt erst richtig lustig. Sie feiern regelrecht ihren Sieg und trampeln ihr jetzt erst recht auf dem Kopf herum. Irgend etwas haben sie aber mit dem Bett gemacht, das stimmt schon. Irgendwo liegt da plötzlich ein Teppich. Wahrscheinlich unter dem Bett, denn Marei wird jetzt nachts von einem Geräusch geweckt, daß sich so anhört, als schlüge das Bett seitlich gegen die Fußleiste, nicht mehr direkt auf den Boden. Und das Gequieke ist seltener und kürzer geworden. Was bleibt, ist der Stakkatotakt, ab jetzt von Bettpfosten an Fußleiste. Was auch bleibt, ist das Gefühl, daß es keinen Sinn hat, in diesem Land ein Gericht anzurufen.

Rita sagt zwei Tage später grinsend: »Jetzt haben wir die Maus ja mal gesehen«, und meint damit Gigi Grobschmied, die man vorher immer nur gehört hat.

»Das ist aber 'n Unterschied«, sagt Rita noch.

»Wieso? Unterschied wozu?« fragt Marei.

»Na ja, im Gegensatz zu Nicole. Die Neue hat ja 'n Touch ins Ordinäre.«

Einige Tage später, als Marei wieder einmal ein Stück in Zitrone gedünstetes Fischfilet am Küchentisch sitzend genießen will, gewahrt sie plötzlich lautes Klopfen über ihrem Küchenbalkon. Sie sieht von ihrem Fisch auf, nach draußen, wo ein großer roter Teppich von Günnis Balkon aus auf ihren Balkon hinunter ausgeschüttelt wird. Es fliegen dicke Staubflusen, lange Haarbüschel, Essensreste und einiges mehr auf ihren Balkon und landen auf Mareis frisch gezogener Petersilie, die ungefähr nächste Woche erntereif gewesen wäre. Kopfhaare, Schamhaare, Teppichdreck und Pizzareste liegen auf der Blumenerde und haben sich in den Petersilienstengeln verstrickt. Marei hat keinen Appetit mehr. Die Arbeit mit der Petersilie war umsonst.

Marei ruft ihren Anwalt an. Der rät ihr, selbst einen Brief an den Vermieter zu schreiben. Sonst würde sich ja immer gleich »die Kostenfrage stellen«, wenn der Anwalt nun jeden Brief an den Vermieter schreiben soll. Der rechtsschutzversicherte Mandant ist offenbar nicht Anwalts Liebling. Marei formuliert also in wohlgesetzten Worten das Dilemma mit Prollmanns Teppichladen über ihrem Kopf und weist noch einmal darauf hin, daß das Treppenproblem nach wie vor ungelöst ist. Der Hausmeister hat die Treppe gesehen, Herr Strotz hat die Treppe gesehen, die Mieter im zweiten Stock sehen diese Treppe dauernd. Eigentlich wäre es Aufgabe des Vermieters, bei denen nachzufragen, ob die den Dreck auch so schön finden, und nicht abzuwarten, ob die sich melden.

Mathis, der kurz vor dem Prozeß so ausdauernd gekniffen hat, kommt nun wieder häufiger zu Besuch, oft auch direkt nach der Schule. Und Marei nimmt ihn so unzulänglich und liebenswürdig wie er ist, in seiner Funktion als Tankstelle für Lebenskraft und Ruhe.

Aber heute hat er ein Problem, er müsse mal eben einen Anruf beantworten, den er gestern abend auf dem Anrufbeantworter hatte. Kilians Mutter hat Mathis auf Band gesprochen, es gäbe da Probleme mit ihrem Sohn auf der Klassenreise in England. Sie sei von den Lehrern angerufen worden, die Eltern möchten sich bitte mal melden. Mathis ruft als erstes seinen Sohn selbst an.

Er sitzt mit dem Telefon bei Marei auf dem Sofa und sie hört nur seinen Part dieses Gesprächs mit:

»Wieso ist dein Taschengeld alle? Du hattest doch dreihundert Mark mit.«

–

»Wie kannst du in vier Tagen dreihundert Mark ausgeben? Du bezahlst keine Unterkunft, du kriegst da zu essen. Wo sind die dreihundert Mark geblieben?«

–

»Erzähl keinen Scheiß! Wo ist das Geld geblieben?«

–

»Ich red' mal mit deinen Lehrern, und wenn das so stimmt, wie du das erzählst, dann sollen die dir noch fünfzig Mark geben, die kriegen sie dann wieder, wenn ihr wieder hier seid. Und nun benimm dich, mein Sohn.«

Mathis legt auf und macht maulend Kilians Tonfall nach, wobei er den Unterkiefer schräg nach vorn schiebt und dumpf lallend nur wenige Sätze nachäfft: »Papa, ich brauch neues Taschengeld. Mein Geld ist alle.«

Marei verschluckt fast ihren Tee vor Lachen.

»Ich sag: Wieso ist dein Geld alle? Du hattest doch dreihundert Mark mit?«, dann wieder maulig weitererzählend: »Das ist alles so teuer hier!«

Mathis wählt die zweite Nummer, die er auf seinem Zettel hat und versucht nun, einen Lehrer zu erreichen. Die sind aber im Moment alle ausgeflogen. Er solle es um siebzehn Uhr wieder versuchen.

»So«, sagt Marei, »nun reg dich mal bitte nicht so auf. Du hast zu mir immer gesagt: ›In der Ruhe liegt die Kraft.‹ Und jetzt, wo ich unter deinem Einfluß so schön ruhig geworden bin, jetzt läßt *du* dich in Aufruhr versetzen. Komm ins Bett. Das beruhigt.«

»Ich finde immer, das regt eher auf.«

»Na ja, aber anders.«

»Stell mir mal den Wecker auf siebzehn Uhr. Daß ich nicht verpenne, da wieder anzurufen.«

Als Mathis zwei Stunden später wieder einmal mit Menschen- und Engelszungen nicht dazu zu bewegen ist, sich wenigstens spärlich zu bekleiden, bevor er sich vors gardinenlose Fenster zum Telefonieren setzt, nimmt Marei im Jeanshemd neben ihm Platz. Während er am Telefon herumfingert und die Schnüre neben sich zurechtlegt, streichelt sie ihm den Nacken und fragt kapitulierend: »Könntest du dich nicht wenigstens so setzen, daß die Nachbarn nun nicht wirklich alles sehen.«

Mathis ist schon mit dem Wählen beschäftigt, während Marei noch versucht, ihn auf dem Sofa etwas züchtiger zu dekorieren. Er hat tatsächlich Kilians Lehrer am Apparat und erfährt, daß Kilian sich auf der Fähre nach England eine Bundeswehr-Uniform gekauft und in dieser Verkleidung englische Jugendliche mit »Heil Hitler« gegrüßt hat. Daraufhin haben die Lehrer erst einmal die Uniform eingezogen und die Eltern informiert, das heißt, in diesem Fall die Mutter, weil sie Mathis nicht erreicht haben. Mathis sitzt nackt und breitbeinig auf dem Sofa und beginnt, wild gestikulierend, sich zu echauffieren. Marei verläßt den Raum. Ihr ist es plötzlich gleichgültig, wer ihn da so sitzen sieht. Sie kann nicht mehr. Sie hört nur noch, wie er sagt: »Ja, ja. Das ist genau richtig. Die Uniform dürfte er zu

Hause auch nicht anziehen. Behalten Sie die. Ich rede noch mal mit meinem Sohn.«

Danach ruft er wieder bei Kilian an: »Erzähl keinen Scheiß! Ich weiß alles. Ich habe mit deinem Lehrer geredet.«

–

»Ja, der soll die Uniform behalten. Die gucken wir uns dann zu Hause zusammen an. Und nun sei mal mein Sohn.«

Als Mathis aufgelegt hat, äfft er wieder das Gemaule nach: »Die haben mir 'ne Hose weggenommen.«

Marei weiß nicht, wie sie diesen Vater noch trösten soll. Und ob sie noch will. It's a challenge.

Als Mathis gegangen ist, spürt sie trotz aller Trauer auch so etwas wie Erleichterung. Seit sie mit Mathis zusammen ist, hat sie sich gefragt, ob sie sich Mathis wirklich als Partner für jeden Tag wünscht, und ob Kilian so etwas wie ihr zweiter Sohn werden könnte, was zwangsläufig damit verbunden wäre. Heute hat sie die endgültige Antwort erhalten.

Sie weiß, daß Mathis das Problem wieder nur delegieren wird, wenn er sich erst einmal abgeregt hat. »Das haben schon die Lehrer mit ihm besprochen«, wird er sagen. Sie hört es jetzt schon. »Das ist geklärt, das haben schon die Lehrer mit ihm besprochen.« Er wird seinen Sohn nicht fragen: »Warum hast du das gemacht?« Er will nicht wissen, warum sein Sohn mit »Heil Hitler« gegrüßt hat. Er will nur, daß er das nicht tut, damit er seinen Vater nicht blamiert. Damit ist das Thema für ihn dann durch. Sie kennt ihn inzwischen gut genug, um das im voraus zu wissen. Ein Lehrer hatte ihn sogar einmal gefragt, ob es sein könne, daß sein Sohn mit Neonazis sympathisiert. Mathis hatte gesagt: »Nö. Wie kommen Sie darauf?«

Der Schulleiter, der gleichzeitig Geschichtslehrer ist, hatte zu Mathis über seinen Sohn gesagt: »Der ganze Unterricht, das rauscht alles so an ihm vorbei. Ich weiß gar nicht, ob das ein Realschüler ist.«

Deutlicher kann man es einem Vater eigentlich nicht sagen.

Mathis tut ihr unendlich leid. Sein Lebensdrama ist, sich einmal sehr unüberlegt mit der falschen Frau ins Bett gelegt zu haben. Dieser Sohn kann nie das werden, was der Vater sich unter einem Sohn vorstellt. Sie muß diese Gedanken von sich wegschieben. Sie kann diese Tragödie nicht auflösen.

Wieso ist sie eigentlich mit so einer Heilserwartung an diesen Menschen herangegangen? Jetzt muß sie ihn auf dem Altar des Lebens opfern. Die Realität ist eine gestrenge Lehrmeisterin. Aber Marei war allzu lange Zeit keine sehr gelehrige Schülerin. Wollte nicht sehen. Wollte nur fühlen.

Der Wolfserzähler, der Traumpädagoge, der gute Mensch von damals, edelmütig wie Winnetou. Und der Mann für gewisse Stunden heute.

Wer nicht hören will, muß fühlen. Das hatte Marei jetzt zur Genüge getan.

Sie wollte nicht ganz allein sein. Doch je mehr sie sich auf Mathis einließ, desto einsamer fühlte sie sich. Sie spürt, daß die Zeit reif ist. Der Abschied ist nahe. Unterstützung hat sie durch Mathis sowieso nicht. Da kann sie gleich alles allein machen.

Als er eine ganze Woche nicht anruft, ist sie darüber nicht unglücklich. Sie ruft ihn auch nicht an. Als die zweite Woche anbricht, weiß sie: Er fehlt ihr nur noch ein bißchen. Als er anruft und sagt, daß er so viel auf dem Flugplatz zu tun habe, merkt sie, daß er gerne noch mehr zu tun haben könnte. Sie wird ihr Leben schon allein schaffen.

Er sah ein bißchen aus wie Pierre Brice.

Aber eigentlich doch nicht.

Das Märchen von den Wölfen und dem edelmütigen Retter ist vorbei. Winnetou ist tot. Und überhaupt – Winnetou! Sie fragt sich, wie man damit leben kann? Mit den Träumen, die nicht stimmen. Als Träumer. Und als der, von dem da geträumt wird. Einmal hat sie eine Schlagzeile gelesen: »Winnetou heiratet!«

»Winnetou heiratet nicht«, hat sie damals gedacht, »Pierre Brice heiratet«, und ihm viel Glück zur Hochzeit gewünscht. Und sie hat sich gefragt, wieso der arme Kerl nicht mal als Pierre Brice heiraten darf? Wieso er dafür nun auch noch den Winnetou spielen muß? So, wie Romy Schneider ewig Sissi geblieben ist.

Auch Mathis konnte seine Rolle nicht ewig spielen. Die Wölfe haben ausgeheult. Das Klassenzimmer von damals ist leer. Ende einer Flucht. Einer Flucht vor den Wölfen und durch die Wälder. Über den Fluß und in die Träume. Aus der Welt und in die Geschichten mit edlen Charakteren. Aber die gibt es in der Realität nicht.

Es ist Freitag mittag und Micha und Rita verabschieden sich für ein langes Wochenende. Leider bekommen das auch Günni Prollmann und Gigi Grobschmied mit und bringen in der darauffolgenden Nacht wieder alles, was unter den Poltergeistern Rang und Namen hat, auf die Beine. Marei weiß nicht, wie sie nun weiter planen soll. Ohne neue Arbeit kann sie vor allen Dingen keinen Umzug bezahlen. Wohnungssuche ist also sinnlos zur Zeit.

Am Sonnabend mittag bringt ihr der Postbote einen Brief vom Vermieter.

Der Vermieter ist der Ansicht, daß das Treppenhaus ordnungsgemäß von allen Mietparteien gereinigt wird. Das hätte Herr Strotz ihr doch auch gesagt. Das Wort »Zeugen« setzt er in Anführungsstriche. Alles, was Marei geschrieben hat, setzt er in den Konjunktiv und arbeitet mit Vokabeln wie »angeblich«. Herr Prollmann habe nur angeblich seinen Teppichschmutz auf ihren Balkon entsorgt. Herr Prollmann bestreitet dies entschieden. Das steht im Indikativ, nicht im Konjunktiv. Und nicht in Anführungszeichen.

Statt sich über Lappalien aufzuregen, sollte sie mal ihre Fenster putzen. »Hierzu fordere ich sie nachdrücklich auf. Mit freundlichen Grüßen – A. C. Müller«.

Gerade als sie völlig paralysiert über diesem Brief sitzt und nicht mehr weiß, wie sie diesen Schlag ins Gesicht jetzt auch noch verdauen soll, klingelt das Telefon. Chrüsch ist dran und hat eine ausnehmend gute, ja fast alberne, ausgelassene Stimmung.

»Gut, daß du anrufst. Chrüsch? Kann ich dich jetzt mal bitten vorbeizukommen?«

»Weinst du?«

»Ja.«

»Was ist denn los?«

»Kommst du?«

»Ja, aber ich kann erst so gegen achtzehn Uhr. Ich wollte dir sowieso was erzählen. Ist das zu spät?«

»Nein, nein, das geht schon. Wenn ich nur weiß, daß du überhaupt kommst.«

Als Marei aufgelegt hat, kommt der Tränenfluß ungehemmt und schwemmt sie hinweg aus dieser Welt, aus dieser ausweglos ungerechten Situation, die zu verändern nicht in ihrer Macht liegt. Es muß vorbei sein. Nach einer so totalen Niederlage kann man nur ganz neu anfangen.

»Chrüsch, da steht, Herr Strotz hätte gesagt, die Treppe sei ordnungsgemäß. Herr Strotz hat aber wörtlich gesagt: ›Ja. Dann müssen die noch mal angeschrieben werden.‹ – Und er hatte den Dreck vor Augen, als er das sagte.«

»Ja und? Dann lügt dein Vermieter. Was regst du dich so auf? Ist das so was Ungewöhnliches?«

»Und meine Zeugen, die schreibt er in Anführungsstrichen! Weißt du, da habe ich unter Mühen und mit großem Aufwand fünf Zeugen fürs Amtsgericht zusammenbekommen, und dann wird keiner von denen gehört, und diese Gigi Grobschmied kommt mit ihrer gelogenen eidesstattlichen Erklärung glatt durch. Dann liegt wochenlang Dreck im Treppenhaus, ich zeige es dem Strotz, der Hausmeister hat es auch mehrfach gesehen, und dann schreibt A. C. Müller-Immobilien meine Zeugen in Anführungszeichen. Das ist eine ganz gezielte Beleidigung.«

»Und wenn du noch mal mit dem Hausmeister redest?«

»Ach, eigentlich ist der ganz nett, aber ich möchte ihm nicht lästig fallen. Der ist doch auch hin und her gerissen jetzt, zwischen der Wahrheit und seinem Arbeitgeber. Ich habe nur eine Chance, wenn ich den Hausmeister jetzt noch mal anspreche: Mich bei dem auch noch unbeliebt zu machen. Und außerdem hat er manchmal gesagt, er findet es dreckig, und manchmal hat er gesagt, er habe nichts gesehen. Und das stimmt sogar. Wenn du die Treppe in der dunklen Jahreszeit bei der Treppenhausfunzel anguckst, dann siehst du auf dem verwaschenen Dunkelbraun den Dreck nicht. Du merkst es beim Fegen und an deinen eigenen versifften Hosenbeinen und am Flurteppich. Der Hausmeister ist nicht das Problem. Das Problem ist, daß der Strotz gelogen hat. Er sagt zu mir, die müssen noch mal angeschrieben werden und behauptet hinterher, er hätte gesagt, das sei ordnungsgemäß.«

»Nee, du hast recht. Es bringt nichts, sich Zeugen zu suchen, die bei A. C. Müller auf der Gehaltsliste stehen. Nimm doch mal mich als Zeugen. Ich guck' mir das jetzt mal an.«

Sie gehen ins Treppenhaus, einen halben Treppenabsatz hoch, so daß sie in Augenhöhe genau die Treppenstufen haben, die zu Prollmanns hochführen. Chrischan lacht. Auf allen Stufen liegt eine dicke Sandschicht mit Steinchen und Gewölleflusen dazwischen, Flecken getrockneter Flüssigkeiten, die seit Monaten nicht weggewischt worden sind.

»Das ist echt 'n Saustall. So möchte ich nicht leben. Das ist doch auch ein Bakteriennährboden sondergleichen. Vor allem, weil ihr ja auch ewig frische Hundescheiße vor der Tür habt, schon wieder schön breitgetreten, hab' ich eben grad' gesehen.«

»Glaubst du, daß du mit deinem Problem allein bist?« fragt er, als sie wieder in der Wohnung sitzen.

»Nee, ich glaube, daß es noch 'n paar Millionen andere Mieter gibt, die bei vergleichbaren Problemen mit ihrem Vermieter am sehr viel kürzeren Hebel sitzen und mindestens genauso schikaniert werden. Halten Sie den Mund, wenn Sie nachts geweckt werden und man Ihnen Teppiche über dem Kopf ausschüttelt, und putzen Sie ihre Fenster!«

»Warum hast du diesen Zeitungsausschnitt hier liegen?«

»Ach den! Ja, weil sie da nach zwanzig Jahren einen Mord aufgeklärt haben, und zwar tatsächlich über Ede Zimmermann. Bei XY hat sich nach zwanzig Jahren ein Zeuge gemeldet, der was über eine unaufgeklärte Leiche wußte, und dann kam raus, daß das damals ein Fall von Lynchjustiz war. Da hat einer sich erst zu reden getraut, nachdem alle anderen Mitwisser tot waren. So was wäre doch für deine Krimi-Reihe spannend, oder nicht?«

Chrischan studiert den Artikel und murmelt zustimmend halbe Sätze.

»Und weißt du was?« setzt Marei noch nach. »Ich kann die Leute immer mehr verstehen, die den Gerichten in diesem Land mißtrauen und zur Selbstjustiz greifen. Ehrlich. Ich kann das immer besser verstehen. Nur das mit dem Mord, das sagt mir nicht so zu. – So, aber jetzt wolltest du mir auch irgendwas erzählen, hattest du heute morgen am Telefon gesagt. Hoffentlich was Aufbauendes.«

»Ja, das hoffe ich, daß dich das aufbaut. Du wolltest doch immer Geschichten schreiben, die im zwölften Jahrhundert spielen, war das nicht so?«

»Ja, aber warum fragst du das?«

»Weil ich Arbeit für dich habe.«

»Was?«

»Sigrids Vater ist von deiner Idee begeistert. Ich habe ihm nur noch nicht gesagt, daß sie von dir ist.«

»Was für 'ne Idee? Du meinst meine Geschichte in der Doppelabtei?«

»Ja, er hat gesagt, warum nicht mal was völlig anderes, etwas, das total aus dem Rahmen fällt. Es ist zwar viermal so teuer wie eine normale Produktion, aber wir wagen es jetzt.«

Marei sieht ihn stirnrunzelnd an.

»Wenn du noch willst, heißt das«, sagt er fast entschuldigend.

»Wieso ich?«

»Du entwirfst mir jetzt mal so drei, vier Geschichten, die jeweils 'ne Dreiviertelstunde füllen könnten, und dann gebe ich das dem Alten und führe dich als meine Co-Autorin ein. Denk mal drüber nach.«

»Da brauche ich nicht lange drüber nachzudenken. Die Geschichten habe ich im Kopf. Da kann ich sofort ja sagen.«

»Dann mache ich uns jetzt was zu essen, wenn du damit einverstanden bist. Ich habe Eisbergsalat, Tomaten, Mozzarella, Basilikum und noch ein paar andere Leckereien im Auto. Darf ich in deiner Küche wirtschaften, und wir essen dann gemütlich? Du guckst dir inzwischen die Videokassette an, die ich dir mitgebracht habe.«

Als Chrischan nach einer knappen Stunde mit einer Salatschüssel aus der Küche wieder auftaucht, findet er sie grübelnd über dem unverschämten Vermieterbrief vor.

»Vergiß diesen gemeinen Brief. Warum läßt du dich davon so runterziehen?«

»Weil, ach, weil es mir einfach zu viel ist. *Ein* Silberstreif am Horizont könnte jetzt mal aufleuchten.«

»Könntest du, wenn wir in Ruhe gegessen haben, so in einer Dreiviertelstunde fertig sein für ein Vorstellungsgespräch, das keins ist?«

»Hä? Wie meinst du das?«

»Ich habe heute nachmittag gesagt, daß ich eventuell heute abend noch die Buchhändlerin für die ›Tips aus der Bücherecke‹ vorstellen könnte. So soll die Sendung jetzt nämlich heißen.«

»Ach, deshalb diese wild gemischte Videokassette. Sollte ich einen Überblick über das Sammelsurium von ›Daily Daydreams‹ bekommen?«

»Genau. Fühlst du dich fit?«

»Doch. Schon.«

»Dann laß uns jetzt in Ruhe essen, und dann machst du dich fertig. Du unterzeichnest heute abend noch die Verträge, die sie dir anbieten, und ab morgen suchst du dir mit Volldampf eine neue Wohnung. Du mußt hier raus! – Hä? Was ist denn das? Das ist aber nicht mehr meine Videokassette. Ist das nicht die alte Winnetou-Melodie?«

»Scheint so.«

»Das ist doch – was ist denn das?« und Chrischan läßt ungläubig die Salatschüssel aus der Hand auf den Tisch gleiten. Pierre Brice reitet im traditionellen Winnetou-Kostüm mit einem roten Blutfleck auf der Brust, aber mit seinem Gesicht von heute über die Prärie und mitten in Mareis Wohnzimmer hinein. Was ist denn das?

Winnetou lebt. Er hat dreißig Jahre als Eremit irgendwo in den unzugänglichen Bergen überwintert und taut nun wieder auf. Siehst du, Claudio, denkt sie, so einer wie Winnetou, der heiratet nicht, der ist zum Eremiten geboren.

Aber Claudio ist nicht da, um an ihrem Triumph teilzunehmen, und plötzlich sagt Chrischan: »So ein Kitsch! Der Edle Wilde!«

Und Marei setzt sich an den Tisch, auf dem die Tomaten, der grüne Salat, das Basilikum und das Olivenöl inzwischen ihren verführerischen Duft verbreiten und sagt trotzig: »Und weißt du was? Mir gefällt das!«

Mareis Bücher

Marei weiß zwar nicht mehr, wie sie sich Herrn Brender vorgestellt hatte, bevor sie ihn nun heute abend hier kennengelernt hat, aber jedenfalls irgendwie anders. Er sieht aus wie ein etwas zu groß geratener Norbert Blüm. Sie weiß noch gar nicht, wie sie das finden soll.

Herr Brender sorgt für seine inneren Pölsterchen, indem er nach dem Schollenfilet in Mandelbutter noch eine Nachspeise mit doppelter Sahneportion bestellt. Wo er das Cholesterin ablagern will, ist ihr schleierhaft, aber nicht ihre Angelegenheit. Mind your business, Marei!

Herr Brender ist nicht unfreundlich – praktisch, kompetent und sehr verbindlich. Die Bücherecke war schon während der Vorspeise geritzt. Dreimal im Jahr – im Rahmen einer einstündigen Kultursendung – soll Marei zwanzig Minuten lang Bücher vorstellen, die sie ohne jegliche Vorgabe selbst aussuchen darf. Als Kulisse ist eine Bücherwand mit alten, ledergebundenen Buchrücken geplant. Das überzeugt. Marei beschließt, daß ihr die inneren Pölsterchen von Herrn Brender gleichgültig sind, solange sie wirklich freie Hand bei der Auswahl der Buchtitel hat. Herr Brender geht derweil vom Weißwein zu den härteren Sachen über.

»I think, we'll have white vine with the fish, James«, schießt es Marei durch den Kopf. Irgendwie fühlt sie sich durch Brenders Anwesenheit eher zu Komödien inspiriert. Dann kommt er endlich auf ihr zwölftes Jahrhundert zu sprechen und fragt sie, ob man die Geschichten für die geplante Fernsehserie nicht in einem Kloster spielen lassen könne, so wie einige von Boccaccios Novellen. Und ob da dann auch die Pest wüten würde, in ihren Geschichten? Marei sieht Chrischan an und denkt, daß es bestimmt kein Zuckerschlecken war, seit knappen zwanzig Jahren Herrn Brender zum Schwiegervater zu haben. Aber Chrischan hat keine Geldsorgen.

Marei versucht, mit elegantem Understatement Herrn Brender darüber aufzuklären, daß Boccaccio im Spätmittelalter geschrieben hat, im vierzehnten Jahrhundert, genauer gesagt, und daß der Reiz des Hochmittelalters, also des zwölften Jahrhunderts zum Beispiel, jedoch gerade darin liege, daß die großen Pestzüge da noch nicht stattgefunden hatten und auch die Temperatur auf der Welt noch in Ordnung war, hier in Europa jedenfalls – alles hier so ungefähr mindestens ein Grad Celsius wärmer im Jahresmittel. Außerdem hatte die Agrardepression des Spätmittelalters mit ihren dramatischen Mißernten noch nicht eingesetzt. Den Zahn mit der Pest muß sie Herrn Brender also ziehen, keine danse macabre, kein Sensemann auf allen Kirchenportalen und -reliefs, aber dafür andere spannende Dinge, wie zum Beispiel die beginnenden Städtegründungen überall. Herr Brender muß bei Laune bleiben, und das tut er.

Am Schluß dieses Arbeitsessens ist die Büchersendung unter Dach und Fach, und Marei soll am übernächsten Tag die Verträge auf dem Schreibtisch haben. Nur das Sendeformat könnte sich eventuell noch ändern. Sie fangen mit zwanzig Minuten an, die von ebenfalls zwanzig Minuten Musiktips und zwanzig Minuten Ausstellungstips eingerahmt werden sollen. »Notenheft« und »Vernissage« sollen die beiden anderen Rubriken heißen.

»Laßt uns doch die Bücherecke schlicht und ergreifend ›Mareis Bücher‹ nennen, schlägt Chrischan vor, als noch ein Etikett gesucht wird. Brender knurrt und nickt zustimmend. Er grinst in diesem Moment wie Blüm, wenn er einem sympathisch ist. Marei ist sprachlos glücklich.

Für die Serie im mittelalterlichen Kloster soll sie mit Chrischan zusammen ein Konzept vorlegen. Auch das gibt's übermorgen schriftlich, aber sie merkt jetzt schon, daß Herr Brender hier ein bißchen Sex and Crime haben möchte. Mit Sicherheit hat Herr Brender sich das zwölfte Jahrhundert anders vorgestellt als Marei. Aber daß hier Daily Soap gemacht werden soll, war ja von vornherein klar. Man kann nicht alles haben im Leben. Marei würde gerne unabhängig vom Publikumsgeschmack mit Büchern und Geschichten genug Geld zum Leben verdienen. Aber genau das würde Herr Brender sicher auch gerne.

Trotzdem kommt er vom anderen Ende. Herr Brender ist sich dieses Konflikts seit zwanzig Jahren bewußt, Marei erst so richtig seit zwanzig Minuten. Herr Brender löst diesen Konflikt seit zwanzig Jahren zu seinen Gunsten. Marei verhält sich in dieser Schere seit zwanzig Jahren zu ihren eigenen Ungunsten.

Herr Brender möchte nun ein Nonnenkloster, in dem es heiß hergeht, oder vielleicht sogar eine Doppelabtei, in der die Kooperation zwischen Mönchen und Nonnen über das gottwohlgefällige Maß weit hinausgeht, lacht er und rückt sich zufrieden auf seinem Platz zurecht. Herr Brender weiß, was bei seinen Zuschauern ankommt.

Marei erinnert sich, wie sie vor drei oder vier Jahren einmal ein Angebot vom Hörfunk ausgeschlagen hat. Hörspiele sollte sie schreiben, für einen Privatsender, kleine Sketche als Pausenfüller, und sie hatte dieses Ansinnen weit von sich gewiesen, weil die Vorgaben sie zu sehr eingeengt hätten. Den ganzen Tag lang lustig sein müssen, kann auch ganz schön anstrengend sein. Und dauernd wurde ihr vorab erzählt, was man durch Zuschauerumfragen mit Fragebögen herausbekommen hatte. Marei denkt an das Vorspiel zum Faust, an den Disput zwischen Dichter und Theaterdirektor. Den kann sie immer noch auswendig.

»Bedenkt, Ihr habet weiches Holz zu spalten,
Und seht nur hin, für wen Ihr schreibt!
Wenn diesen Langeweile treibt,
Kommt jener satt vom übertischten Mahle,
Und, was das allerschlimmste bleibt,
Gar mancher kommt vom Lesen der Journale.«

Wenn Marei nur drei Bücher auf eine einsame Insel mitnehmen dürfte, so wären dies das Alte Testament, Grimms Märchen und der erste Teil vom Faust. Aber es geht hier nicht um Faust, es geht hier um Daily Soap.

Als Marei gerade das Terrain sondieren will und abklopfen möchte, wie einschränkend denn nun die Vorgaben für diese Fernsehserie sein sollen und leichtes Bauchgrummeln sich meldet, das keinesfalls mit dem Lollo Rosso zu tun haben kann, den sie sich zu den Scaloppine con Salvia bestellt hat, und auch nicht daran, daß sie zweimal zu Abend essen mußte heute, da kommen Sigrid und Brenders Sekretärin, auf die man schon die ganze Zeit gewartet hat, zusammen durch die Tür. Nach großem Begrüßungshallo sind nun die Details des Serienkonzepts nicht mehr in Ruhe zu besprechen, und es geht nur noch um die zügige Ratifizierung der beschlossenen Zusammenarbeit. Marei denkt an die vergangenen Monate und die sich langsam und stetig steigernde Respektlosigkeit einiger ihrer Mitmenschen, besonders nachdem ihre Buchladenpleite publik geworden war. Marei denkt an Jasper und an ihren Traum von einer anderen Wohnung, obwohl die Nachbarn etwas ruhiger geworden sind, seit Marei mit ihrem Anwalt zusammen in die Berufungsinstanz gegangen ist und sie dabei nun auch alle fünf Zeugen mit Namen angegeben haben. Das Landgericht wird nicht noch einmal so über den Radau hinweggehen können wie das Amtsgericht.

Marei träumt dennoch von einer anderen Wohnung. Sie will raus aus diesem Haus und nicht länger Prozesse um Selbstverständlichkeiten führen. Sie will überhaupt keine Prozesse führen. Sie will ihre Ruhe und irgendwo wohnen, wo sie nicht länger die einzige ist, die mit Pappkärtchen Hundescheißhaufen vor der Haustür wegschaufelt und den Nachbarn ihren Treppendreck hinterherputzt. Und sie weiß nicht, wo sie bei ihren Hungerlöhnen der letzten Monate die Miete für ein besseres Ambiente hernehmen soll. Marei sieht die Sekretärin von Herrn Brender an und Sigrid, die sie als Studentin vor mehr als zehn Jahren zuletzt gesehen hat. Die sehen beide nicht so aus, als wenn sie jemals Existenznöte auch nur von weitem kennengelernt hätten. Und Marei weiß plötzlich: Sie unterschreibt jetzt alles, und wenn Herr Brender eine Serie haben will, in der im Kloster gevögelt wird, dann bekommt er die. Hauptsache, Marei hat ihr Geld auf dem Konto und keine Audienzen auf dem Sozialamt.

Sei stark, Marei und akzeptiere die Welt so, wie sie ist. Die kriegen jetzt das geschrieben, was sie hören wollen. Und als sie wieder zu Chrischan hinüberblickt, spürt sie, wie etwas in ihr leicht und leichter wird. Wie etwas gerade eben »klick« gemacht hat. Ihr ist plötzlich leicht und schwerelos wie schon lange nicht mehr, und das ganze Genörgel der unbeirrbaren Altachtundsechziger, die mit ihrer klugscheißerigen Kulturkritik vor ihrem Buchladen posiert haben, geht ihr schon lange auf den Senkel.

Sie hält es für besser, sich für heute abend von Chrischan und Brender und den anderen zu verabschieden und hat plötzlich Urlaub. Zum ersten Mal seit Jahren hat sie ein inneres Urlaubsgefühl. Übermorgen. Alles mit den Verträgen: Übermorgen!

Und morgen hat sie frei und will noch einmal einen Tag in Eichenrade verbringen.

Zu Hause schaltet sie den Fernseher ein. Kein Winnetou, nein, plötzlich ein bekanntes Gesicht; dann noch eins. Die kennt sie. Die sind ausgebrochen. Wie konnten die nun wieder ausbüxen?

Und obwohl die erkennungsdienstlichen Fotos der beiden Buchladenräuber über die Mattscheibe flimmern, ist Marei zum ersten Mal ganz ruhig, als sie an den Überfall denkt. Die Gegenüberstellung erübrigt sich ja nun wohl erst mal. Da wird sie morgen anrufen. Wieder ein Problem geregelt. Mareis Laune wird zusehends besser.

Als sie am nächsten Tag in Eichenrade ist und sich hier überhaupt nicht mehr wie die gescheiterte Buchhändlerin fühlt, da steht plötzlich der Herr, na, wie heißt er denn nun, dieser Dingsda von der Gemeindeverwaltung, der steht vor dem Taschenbuchzentrum. Er begrüßt sie freudig erregt: »Guten Tag, Frau Asbrook! Was machen Sie denn hier?«, und Marei ist es peinlich, daß sie seinen Namen nun so gar nicht mehr erinnert. Er erzählt, daß zwei andere Wohnzentren in Hessen und Niederbayern von Gnadenbrot e.V. fertiggestellt worden seien und auch je eine Buchhändlerin suchten. Ob sie nicht noch Interesse habe? Die hätten beide sogar eine Werkswohnung, für einen Spottpreis von Miete, flüstert er ihr verschwörerisch zu und erzählt noch ein paar verführerische Details über die landschaftliche Lage dieser Wohnzentren, die Marei ins Wanken bringen. Marei denkt an ihren alten Buchladen, an ihre Bücher, an ihre Kunden. Richtige Kunden, denen man in die Augen gucken kann und die nicht nur vorm Fernseher sitzen. Kundenberatung aufs Individuum zugeschnitten, nicht auf einen imaginären Fernsehzuschauer, dessen Reaktion man höchstens mit wochenlanger Verzögerung als Hochrechnung durch Einschaltquoten und Fragebogenauswertungen erfährt.

Und sie spürt die Verlockung, Herrn Brender mit seinen Klosterpornos morgen nicht ratifizieren zu müssen. Aber wie soll sie Jasper nach Hessen oder Niederbayern verpflanzen?

Sie bittet sich einen Tag Bedenkzeit aus. Buchladen ist Buchladen. Soll sich Herr Brender doch mit seinen Klosterpornos gehackt legen und zum Teufel scheren!

Marei läßt ihren geplanten Waldspaziergang vorläufig ausfallen und geht in Nordkloster ins Postamt.

»Ich brauche eine Auslandsverbindung nach Georgia, USA.«

Sie läßt Carries Nummer wählen, wird verbunden und verlangt nach wenigen Höflichkeitsfloskeln ihren Sohn. Stellt ihm das Problem mit den Daily Soaps in Brenders Nonnenkloster dar. Jasper stöhnt auf.

Noch mehr stöhnt er aber auf, als er hört, er solle sein Abi irgendwo in den Südstaaten der Bundesrepublik absolvieren. Jetzt wird er rebellisch. Das will er nicht. Er freut sich darauf, Till und Niklas wiederzusehen, Johannes und die anderen aus seiner Schule.

Okay, okay. Marei hat verstanden. Sie hat entschieden. Sie selbst hätte es vielleicht gemacht, wäre für Herrn Brenders Bücherecke dreimal im Jahr nach Hamburg hoch gefahren und hätte den Buchladen da unten gerne übernommen. Wenn die Gegend hübsch gewesen wäre. Eins von den beiden Wohnzentren hatte eine Werkswohnung mit Blick auf alte Fachwerkhäuser, hatte der Dingsda aus Nordkloster sogar gesagt. Aber Jasper hat recht. Mit siebzehn Jahren möchte man nicht freundlos verpflanzt werden.

Als sie das Postamt verläßt, fängt es schon an zu dämmern, aber Marei hat plötzlich das Gefühl, als wenn sie es im Wald heute auch mit zwanzig Räubern aufnehmen könnte. Wenn sie einmal tief Luft holt, hängen die ihr quer vor der Nase!

Sie läßt ihr Auto in Eichenrade am Ortsrand stehen und stiefelt mitten in den Hahnheider Wald hinein. Im Wald, da sind die Räuber, halli, hallo, die Räuber, aber heute sind sie gar nicht da.

Ein paar frisch gefällte Stämme liegen am Wegrand, und der Geruch von Fichtenharz mischt sich in die feuchte, erdige Waldluft. Marei atmet tief durch. Wie sie jetzt den Weg verläßt, um mitten zwischen den Bäumen hindurchzulaufen, wird der braune Nadelteppich unter ihren Füßen immer weicher. Ein Specht hämmert irgendwo seine Maden unter der Baumrinde hervor.

Als sie einen Kuckuck schreien hört und sich wundert, was der so spät überhaupt noch zu melden hat, kommt eine uralt-bekannte Stimmung in ihr auf. Ruhe, Ruhe und nochmals Ruhe und eine lange vermißte Schwerelosigkeit. Hat man schon mal den Kuckuck dafür zur Rechenschaft gezogen, daß in seinen Eiern nie das drin ist, was sie nach außen hin zu sein vorgeben?

Ein Jahr später

»Was kochen wir heute, Mama?«

Jasper federt auf seinen neuen roten Turnschuhen durch die Küchentür herein und fährt mit der Hand die Gemüsekörbchen rauf und runter, die zu viert von der Küchendecke hängen. Dann beginnt er, mit den hängenden Drahtkörbchen Flugzeug zu spielen. Der Putz und ein wenig Deckenfarbe bröckeln herab und schneien auf die Zwiebeln und auf seine schwarzen Haare.

»Oh«, meint er kurz und sammelt die weißen Krümchen aus dem oberen Korb und aus seinem Pony.

»Zucchini mit Birnen, dachte ich«, antwortet Marei, »aber den großen Topf, ich habe Hunger. Wie sind die neuen Schuhe?«

»Bißchen ungewohnt noch, aber die Sohlen sind gut. Wie Federwölkchen unter den Füßen. Aber die Schnürsenkel sind zu langweilig. Da müssen andere rein.«

Marei legt die Zucchini ins Waschbecken und will gerade Wasser darüber laufen lassen.

»Oder wolltest du lieber dein Rahmgeschnetzeltes machen heute?«

»Neenee. Das wollte ich morgen machen, mit Kartoffelklößen. Das dauert länger.«

»Also morgen Rahmgeschnetzeltes mit Schnittlauch-Kartoffelklößen.«

»Und Rotkohl.«

»Und heute Zucchini-Birne mit Sonnenblumenkernen. Wieder auf Roter Bete? Wie neulich?«

»Au ja. Das sah geil aus.«

Marei beginnt, die Zucchini zu waschen und abzutrocknen, danach die Birnen. Zusammen schneiden sie die Zucchini in dünne Scheiben. Marei beginnt, die Sonnenblumenkerne in einer Pfanne nebenbei zu rösten, sie mit dem Eßlöffel hin und her zu werfen, damit sie nicht anbrennen. Die kleinen Hügel in der Pfanne immer wieder hin und her zu schütteln, so daß sie flach den Boden bedecken. Wie einen Pfannkuchen, den man wieder in der Mitte der Pfanne plazieren will. Als die Kerne ihr nussiges Aroma entfalten und nach und nach goldbraun werden, schüttet sie sie auf einen Teller zum Abkühlen.

Das Telefon klingelt, als die Zucchinischeiben im Topf gerade anfangen, mit dem heißen Olivenöl zu zischeln und zu tuscheln.

»Kannst du schon mal die Birnen kleinschneiden?« ruft Marei Jasper noch zu, als sie aus der Küche fliegt. »Ich glaube, das ist Chrischan. Der wollte noch anrufen wegen der Geschichte, die wir übermorgen fertig haben müssen.«

»Mach' ich. Und dann in den Topf da?«

»Nein. Die Zucchini müssen erst 'n bißchen anbräunen, bevor die Birnenstücke draufkommen. Das suppt sonst sofort durch, und dann werden die nicht mehr braun.«

Marei nimmt den Hörer auf.

»Hallo?«

»Na?« flirtet die Telefonstimme am anderen Ende, und Marei vergißt Birnen und Zucchini und fällt aus allen Wolken. Seit Monaten hat sie nichts mehr von Mathis gehört. Was verschafft mir die Ehre? hätte sie beinahe gefragt. Die Hintergrundgeräusche sind ungewöhnlich. Mit so einem Rauschen hat Mathis noch nie bei ihr angerufen.

»Wo bist denn du?« fragt sie.

»Ich? Bin in Lübeck.«

»Und was machst du da?«

»Ich wollte mal mein Handy ausprobieren. Geht's gut?«

»Äh. Ja. Sicher. Mein Sohn ist wieder da. Wir kochen gerade.«

»Was gibt's denn?«

»Zucchini mit Birnen und gerösteten Sonnenblumenkernen.«

»Und dazu?«

»Was heißt ›dazu‹? Das ist unser Lieblingsessen. Das ist die vegane Abwandlung von Bohnen, Birnen und Speck. Das müßtest du als Norddeutscher eigentlich kennen.«

»Und wo sind die Bohnen und der Speck?«

»Ja, dafür gibt's bei uns die Zucchini und die goldgelb gerösteten Sonnenblumenkerne.«

»Ach so.«

»Und weshalb rufst du nun an?«

»Nichts. Nur so. Ich wollte mal mein Handy ausprobieren.«

»Ach so. Hast du das neu?«

»Ja.«

– Pause –

»Aber du rufst doch nicht nur an, um dein Handy auszuprobieren.«

»Dochdoch. Mach's gut. Wird so teuer sonst. Man sieht sich. Tschüß!«

Klick.

»Wer war das?«

»Ein Herr, den du nie kennengelernt hast.«

»Und was wollte der Herr? Können die Birnen jetzt auf die Zucchini?«

»Ja. Der Herr wollte sein Handy ausprobieren. Halt, kein Salz dazu! Nur gekörnte Brühe. Die hier. Und ohne Wasser. Die Birnen bringen Feuchtigkeit genug.«

Marei fragt sich, was die Nummer mit dem Handy nun sollte.

Jasper schüttelt den Kopf und grinst: »Sein Handy ausprobieren! Und was wollte der wirklich?«

»Das wüßte ich auch gerne.«

»Und was willst du von ihm?«

»Jetzt? – nichts mehr!«

»Und wenn er wieder anruft und sein Handy wieder ausprobieren will?«

»Dann merk dir bitte gut, was er sagt, falls du dann dran bist.«

»Was soll er denn sagen?«

»Hm. Zum Beispiel könnte er mich zum Essen einladen, zu gebratenen Auberginen. – Und das wird er sogar tun. Er wird wieder anrufen. Und er wird mich zum Essen einladen.«

Marei spießt die labbrig-gebrutzelten Zucchini-Scheibchen auf ihre Gabel und genießt. Fast wie Steinpilze oder Maronen in ihrer Konsistenz. Seit Tschernobyl hat sie auf Waldpilze verzichtet. Sie traut dem Frieden nicht mehr.

»Sollen das wieder so Tigerenten-Schnürsenkel werden? So wie die in den grünen Stoffschuhen?« fragt sie und guckt Jasper dabei auf seine roten Füße. Hagebuttenfüße, so wie damals, als er noch klein war.

»Nee. Bei Schuhparadies gibt's so silberne mit Fledermäusen und Spinnweben drauf, aber die sind zu kurz, nur für Kinderschuhe. Bei Pappnase gibt's welche für acht Ösen.«

»Für acht Ösen mit Spinnweben?«

»Nee, die leider nicht. Die gibt's nur zu kurz.«

»Also wieder Tigerenten?«

»Nee. Die passen nicht zu dem Rot.«

»Na, das meine ich aber auch. Wie wär's denn mal mit einfarbigen Schnürsenkeln?«

»Nee. Langweilig. So was gibt's auch nicht bei Pappnase.«

»Nee, das ist klar. Wenn man seine Schnürsenkel bei Pappnase kauft, dann kriegt man keine einfarbigen.«

»Doch, in Neon. Manchmal. Arbeitest du heute abend noch?«

»Ja. Und morgen auch den ganzen Tag. Kann ich dich mit dem Einkaufen und Kochen morgen allein lassen?«

»Logo. Ich bin ja kein Kind mehr.«

Handgemenge

»Wieso müssen es eigentlich Auberginen sein?« und dann noch lauter: »Die Dame möchte Auberginen!«

Mathis unterhält mit seiner Lautstärke nicht nur den Kellner, sondern das halbe Restaurant. Er inszeniert die Bestellung zu einem außerordentlichen Event.

»Bringen Sie der Dame bitte alles an Auberginen, was Sie haben!«

An den Nebentischen drehen sich immer mehr Gäste um.

»Also, Mathis, nun laß doch den Kellner bitte erst mal zeigen, was er hat. Wir haben doch die Speisekarte noch gar nicht gesehen.«

Marei atmet auf, als der Kellner sich vom Tisch entfernt, um die Speisekarten zu holen.

»Gut, soll der Kellner der Dame erst mal zeigen, was er hat«, brüllt Mathis wieder einen Tick zu laut in die interessierte Öffentlichkeit hinein. Am Nebentisch lacht jemand.

»Mathis, wenn du jetzt nicht gleich deine Stimme etwas drosselst, dann habe ich gar keinen Hunger mehr und gehe.«

Der Kellner kommt mit der Speisekarte zurück, und irgendwie hat Marei jetzt den Appetit auf Auberginen völlig verloren und bestellt sich Steinbuttfilet in Zitronen-Öl-Sauce. Sie hat sowieso das Gefühl, keinen Happen Aubergine mehr essen zu können, ohne daß das Publikum an den Nebentischen ihr jeden Bissen in den Hals guckt. Mit Mathis kann man einfach nicht essen gehen, wenn er gerade seinen Komiker-Tag erwischt hat. Das hätte sie vorher wissen müssen. Mathis will nun auch den Steinbutt mit der Zitronensauce.

»Dein Sohn hatte aber am Telefon gesagt: Sie können meine Mutter zum Auberginenessen einladen.«

»Weil er weiß, daß ich zum Auberginenbraten immer zu faul bin. Die brauchen so viel Öl, und dann muß man immer die ganze Zeit danebenstehen und so aufpassen, daß sie nicht anbrennen, weil sie das Fett aufsaugen wie Löschpapier. Aber wenn du so rumkrakeelst, daß das halbe Lokal schon auf meinem Teller zu Hause ist, bevor überhaupt serviert wurde, dann möchte ich jetzt was anderes.«

»Wieso ißt du überhaupt Fisch? Ich denke, du ißt keine Tiere mehr.«

»Ich habe gesagt: Mein Sohn ißt keine Tiere mehr. Und wenn ich mit ihm zusammen esse, dann kochen wir ohne Tiere. Aber jetzt sitze ich ja hier mit dir. Da darf ich doch Steinbutt essen, oder?«

»Alles darfst du essen. Alles, was dir Spaß bringt!«

»Bitte etwas leiser.«

Marei fühlt sich wie in der Sauna damals, nur daß sie diesmal noch etwas anhat. Mathis hat ein unübertroffenes Talent, sie bloßzustellen. Man kann sich mit ihm nicht in der Öffentlichkeit sehen lassen.

»Was macht Kilian?«

»Den krieg ich kaum noch zu sehen. Der ist jetzt jeden Nachmittag bei Herrn Bärwald, und was Herr Bärwald sagt, ist prinzipiell richtig. Was Vater sagt, zählt jetzt gar nichts mehr, seit es Herrn Bärwald gibt.«

»Wer ist denn nun Herr Bärwald?«

»Herr Bärwald ist sein Fußballtrainer, sein neuer Sportlehrer. Seitdem ist er vom Fußballplatz nicht mehr wegzukriegen. Er ist Mittelstürmer. Da kann er seine Energie loswerden. Seitdem hat er keine Zeit mehr, Unfug zu machen. Und die Freunde, die er jetzt nach Hause bringt, die sind auch alle in dieser Fußballmannschaft. Jetzt hat er endlich nichts mehr mit Rüdiger Thienemann am Hut.«

»Hört sich gut an. Und Schule?«

»Ja, ich hab' ihn jetzt das Jahr wiederholen lassen. Da kommt er natürlich besser mit. Jetzt lernt er tatsächlich manchmal gerne.«

»Siehst du? Das ist doch mein Reden seit '45.«

»Ja, da hattest du recht. Aber ich wollte doch damals nicht, daß er ein ganzes Jahr verliert. Ich dachte, er schafft das mit 'n bißchen büffeln.«

Mathis wird erstaunlich moderat, wie er plötzlich über die Kehrtwendungen seines Sohnes spricht, der offenbar nun mit allen Tugenden begabt ist, die ein Vater sich nur wünschen kann. Und genauso offensichtlich ist Herr Bärwald nicht ganz unschuldig daran, daß der Kleine sich so gefangen hat. Ein paarmal sagt Mathis tatsächlich: »Ja, das hattest du ja damals auch schon gesagt. Herr Bärwald meinte auch ...«

Herr Bärwald wird Marei zunehmend sympathischer. Vor allem, seit wohl auch er versucht hat, Kilian ein paar berufliche Alternativen zur Bundeswehr aufzuzeigen. Als der Fisch kommt, ist Marei schon über den halben Lebenslauf von Herrn Bärwald informiert und fragt sich, wo Mathis seine Bockigkeit gelassen hat. Seine Klugscheißerei, daß der Junge nur faul sei und daß die Mutter alles falsch gemacht hätte, ist einem erstaunlichen Vakuum an Ratlosigkeit und Einsicht gewichen. Offenbar hat auch Mathis in Herrn Bärwald seinen Meister gefunden, und Herr Bärwäld hat ein Talent, die Kids zu begeistern und in Bahnen zu lenken. Mathis hat seinen Seelenfrieden wieder. Nur von Herrn Bärwalds politischen Ansichten ist er nicht angetan. Herr Bärwald scheint Ökofreak und Grünenwähler zu sein. Mathis meint, er fände es nicht richtig, daß Herr Bärwald beim Fußballtraining Politik mache. Das gehöre da nicht hin.

»Wieso? Was macht er denn da für Politik?«

Mathis redet um den lauwarmen Brei ein bißchen herum. Nach einigem Nachfragen stellt sich heraus, daß Herr Bärwald an den

Opernsubventionen herumgenörgelt hat, und Mathis als alter Opernliebhaber ist natürlich unversöhnlich gegen jeden, der den Opernsubventionen ans Leder will. Aber daß die Grünen den Eurofighter nicht mögen, das schlägt dem Faß den Boden aus. So ein geiles Flugzeug. Es folgen: Details zu den technischen Möglichkeiten und zur Geschwindigkeit dieses Flugzeugtyps, die Marei noch nie interessiert haben.

Mathis paßt es nicht, daß Kilian nun auf einmal desorientiert nach anderen Flugmöglichkeiten Ausschau hält. Sein Berufspraktikum wollte er gerne beim ADAC im Hubschrauber verbringen, aber die haben ihn nicht gelassen, weil Praktikanten ihren Arbeitsablauf zu sehr stören. Da hat er sich für die Berufsfußballer entschieden und seine Zeit im Büro eines Sportvereins abgesessen. Aber das Büro fand er nicht so spannend. Selber kicken macht mehr Spaß, und irgendwie kommt dann auch nebenbei heraus, daß Kilian übers Wochenende bei einem Fußballkumpel zu Besuch ist. Mathis, der nun schon seit einer guten Viertelstunde vor Charme sprüht und allmählich zu Hochform aufläuft, fragt nun nach Mareis Sohn, der wieder da ist, nach den Nachbarn, die zur Hälfte ausgezogen sind, nach der Arbeit in der Kirchengemeinde, die sie längst ganz aufgegeben hat, und nach Mareis neuen Ufern, zu denen sie aufgebrochen ist und von denen er nicht viel verstünde, wie er selber zugibt. Und mit seinen Bemerkungen steigert er sich allmählich in die ihm eigene Ironie hinein, entfaltet sein theatralisches Talent, indem er Marginalien ins Zentrum seiner Betrachtungen rückt und mit seinen Kommentaren zu allem und jedem ständig völlig überzieht, Haken schlägt im Gespräch, die keinem Zuhörer auf den ersten Blick einsichtig sind, und, beim Nachtisch angekommen, fragt: »Ich weiß ja nicht, was du noch mit mir vorhast. Manchmal hat man so seine Träume. Kann ja sein, daß du dir sagst: Mit dem Mann möchte ich noch *einmal* in die Mitternachtsmesse gehen!«

Und wieder ist er einen Tick zu laut, gerade mit dieser letzten Bemerkung. Marei spürt, wie die Leute an den Nebentischen plötzlich wieder leiser und sehr aufmerksam werden.

»Ich bin nicht katholisch«, kontert sie, zuerst staubtrocken, kann dann aber ihr Lachen doch nicht zurückhalten – wie hat er das wieder geschafft, daß sie jetzt lachen muß, obwohl sie nicht lachen will – und sagt: »Nein, ich möchte nicht mit dir in die Mitternachtsmesse.«

Sein amüsierter Blick fängt an, sie zu ärgern.

»Mathis, was denkst du eigentlich, wo's längs geht? Du hast mich in der schlimmsten Zeit meines Lebens allein gelassen, wo ich dich gebraucht hätte, und jetzt, ein Jahr später, kommst du an und meinst, daß du zufällig heute nacht Zeit hättest, oder wie? Was soll daran für mich attraktiv sein?«

»Ich. – Ich bin attraktiv.«

Wieder hat er es geschafft, daß sie lachen muß, ohne eigentlich zu wollen.

»Ich glaube, ich möchte jetzt gehen. Bevor du noch witziger wirst.«

»Keine Mitternachtsmesse?«

»Keine Mitternachtsmesse.«

Als sie zu Hause in die Tür kommt, ruft Jasper ihr aus seinem Zimmer entgegen: »Na? Wie waren die Auberginen?«

»Die hatten keine.«

»Was???«

»Du, ich erzähl's dir morgen. Ich kann jetzt nicht. Der Herr war etwas anstrengend heute. Das habe ich ihm am Schluß auch gesagt.«

Erst in den folgenden Tagen spürt sie, wieviel Unruhe dieses Auberginenessen wirklich in ihr verursacht hat. Und sie wird das Bild nicht los, wie Mathis am Schluß dastand und ihr nachsah. Zweimal hatte sie sich umgedreht und immer noch stand er dort unverändert mit dem gleichen Blick. Fast wäre sie zurückgegangen und hätte ihn in den Arm genommen. Diese Wehmut in seinem Blick. Wie er dort stand. Er sah ihr nach, und sie stieg in ihr Auto und fuhr los. Sah ihn noch im Rückspiegel zuletzt.

Vielleicht ein Wegbegleiter, sicher. Vielleicht war irgend etwas Wichtiges dreißig Jahre virulent. So daß sie ihn wiedertreffen mußte. Mußte. Darum wäre sie nicht herumgekommen. Aber vielleicht passen Wölfe und Menschen eben einfach auf Dauer doch nicht zusammen.